HEYNE BÜCHER

Das Buch
England im 16. Jahrhundert: Von der schönen, wilden, intelligenten Tamar geht das Gerücht, sie sei vom Teufel gezeugt. Ihre Mutter fällt deswegen der Inquisition zum Opfer. Tamar aber wird durch das Eingreifen des Gutsherrn Richard Merriman, der sich als ihr leiblicher Vater zu erkennen gibt, im letzten Moment vor dem Scheiterhaufen gerettet. Unter Merrimans Schutz führt sie fortan ein besseres Leben. Angst hat sie nur vor dem zur See fahrenden Bartle, der sie in Leidenschaft verfolgt. Durch Erpressung gelingt es ihm zweimal, sich Tamar gefügig zu machen. Aber dafür haßt sie ihn. Und doch kann sie bei der Nachricht, daß sein Schiff gesunken und er ertrunken ist, keine Erleichterung verspüren. Jahre später – Tamar ist inzwischen mit dem strengen Puritaner Humility Brown verheiratet – taucht Bartle plötzlich wieder auf. Und wie damals wirbt er leidenschaftlich um Tamar ...

Die Autorin
Victoria Holt wurde 1906 als Eleanor Alice Burford Hibberts in London geboren. Die weltbekannte Unterhaltungsschriftstellerin, die auch unter den Pseudonymen Philippa Carr und Jean Plaidy schreibt, erhielt 1989 den Golden Treasure Award für ihr umfangreiches Romanwerk.

Im Wilhelm Heyne Verlag liegen zahlreiche ihrer Romane vor; im lesefreundlichen Großdruck ist erschienen: Victoria Holt, *Die Rache der Pharaonen* (10/24).

JEAN PLAIDY
besser bekannt als
VICTORIA HOLT

In einer dunklen Zeit

Roman

Aus dem Englischen
von Inge Wehrmann

WILHELM HEYNE VERLAG
MÜNCHEN

HEYNE ALLGEMEINE REIHE
Nr. 21/36

Titel der Originalausgabe
DAUGHTER OF SATAN

Umwelthinweis:
Das Buch wurde auf
chlor- und säurefreiem Papier gedruckt.
Dieser Titel ist auch in kleinerer
Schrift in der Allgemeinen Reihe Nr. 01/9614
lieferbar

2. Auflage

Wilhelm Heyne Verlag GmbH & Co. KG, München
Printed in Denmark 1998
Umschlagillustration: Stephen J. Gorman / Xing Art
Umschlaggestaltung: Atelier Ingrid Schütz, München
Satz: (2904) IBV Satz- und Datentechnik GmbH, Berlin
Druck und Bindung: Nørhaven A/S, Viborg

ISBN 3-453-12428-6

I

Tamar wurde in einer Mittsommernacht des ruhmreichsten Jahres gezeugt, das England bis zu dieser Zeit erlebt hatte.

Ihre Mutter war ein armes Dienstmädchen. Wenn sie gefragt wurde, wer der Vater des Kindes sei, senkte sie den Blick. Wurde sie weiter bedrängt, murmelte sie, es sei nicht ihre Schuld gewesen. Sie wäre in der Dunkelheit der Nacht vergewaltigt worden und hätte nicht einmal das Gesicht des Vaters gesehen. Aber eigentlich glaubte sie, die Mutter des Kindes, wie viele andere auch, der Vater des Kindes sei niemand anders als der Teufel.

Es war Pfingstsonntag.

Die See glitzerte, und die Sonne schien auf die Felsen, so daß sie aussahen, als seien sie aus Amethyst, Chrysopras, Rosenquarz und Jade. Niemals zuvor war der Ginster so golden gewesen wie in jenem Mai; sogar die Seenelken, die bescheidensten aller Blumen, schienen mit neu erwachtem Trotz aus den zerklüfteten Felsen hervorzusprießen. Der betörende Duft von Weißdorn vermischte sich mit dem Geruch des Meeres und der Erde. Der unvergleichliche Charme des englischen Frühlings war doppelt so süß in diesem Jahr.

An diesem Sonntagmorgen hielt es Richard Merriman nicht in seinem Haus in Pennicomquick, denn zu viel Aufregung lag in der Luft. Wie soviele andere zog es ihn nach Plymouth, wo er einen ganz besonderen Gottesdienst besuchen wollte. In einem Gasthof, der nur einen Steinwurf von der Klippe entfernt stand, ließ er sein Pferd füttern und tränken. Er ging hinaus in den frischen Wind und blickte über den Sund, bevor er sich in die Stadt aufmachte.

Auf den ersten Blick sah man, daß er ein äußerst anspruchsvoller Mann war. Seine Kniehosen waren aus Samt; unter den Ärmeln seines Wamses, die einen Schlitz von den Handgelenken bis zu den Schultern hatten, kam der wertvolle Stoff seines Gewandes zum Vorschein. Sein blasses Gesicht wirkte hochmütig und sehr vornehm. Sein Äußeres ließ erkennen, was er war: ein Gelehrter und gleichzeitig ein Genießer. Seine Neigung zu den Wissenschaften wurde von seinem Nachbarn, Sir Humphrey Cavill, nicht geteilt. Sir Humphrey war bei allen Männern und vor allem bei den Frauen sehr beliebt. Er trank hemmungslos und war von Natur aus leichtlebig. Sir Humphrey war mit Sir Francis Drake in spanischen Gewässern gesegelt. Es wurde gemunkelt, daß die Hälfte der Kinder zwischen Stoke und Pennicomquick eine Cavillsche Nase oder jene tiefliegenden, auffällig blauen Augen des Sir Humphrey hätten. Richard Merriman war wählerischer als sein Freund, mit dem er nur Freundschaft pflegte, weil sie beide Nachbarn waren.

Was für ein Anblick bot sich an diesem sonnigen Morgen! Richard stand auf der Klippe und blickte auf die farbenfrohe *Pracht vor ihm. Ark, Revenge, Elizabeth Bonaventure* und *Mary Rose* – dort lagen sie. Ungeduldig schienen sie an ihren Ankerketten zu zerren. Wie Sir Francis Drake konnten sie es kaum erwarten loszusegeln, um sich dem Spanier zu stellen. Außerdem ankerten dort *Victory* und *Nonpareil* alle segelten sie unter dem roten Kreuz auf weißem Untergrund, der Flagge von England. Noch viele weitere Schiffe lagen dort eine prächtige Flotte, aber Richard wußte, daß ihr ein Treffen mit der Armada bevorstand, mit einer Kriegsflotte, die viele für noch stolzer und großartiger hielten.

Jeden Moment konnten die ersten Spanier am Horizont auftauchen. In der Dämmerung der kommenden Nacht könnten die Signalfeuer an den Küsten von Devon und Cornwall plötzlich auflodern.

Die Glocken läuteten, als er die Klippe verließ und sich in die Stadt begab. Er ging weiter zum Wachtturm und schlenderte gedankenversunken den Anglerkai entlang. An solch einem Tag stürmten auf einen Mann viele Erinnerungen und Überlegungen ein. Auf denselben Pflastersteinen war vor nicht allzu langer Zeit König Philipp von Spanien als hochgeehrter Gast gewandelt, denn der größte Feind der regierenden Königin Elisabeth war der geliebte Gatte ihrer katholischen Vorgängerin, Maria, der Blutigen, gewesen. Die Zeiten hatten sich geändert, und jetzt lagen große Ereignisse in der Luft.

Als er durch die gepflasterten Straßen schritt, standen überall Menschen zusammen, die riefen und flüsterten, lachten und ernst dreinblickten. Mädchen, die sich aus den Fenstern lehnten, riefen sich über die engen Gassen etwas zu. Die Straßen wimmelten von Lehrlingen und Händlern, Fischern und Seeleuten.

Er erreichte den Platz, aber die Kirche von St. Andrew war an diesem Sonntagmorgen überfüllt, und er mußte wie viele andere draußen stehen.

Die Spannung in der Menge war so groß, wie er sie selten erlebt hatte. So ähnlich mußten sich die Bürger dieser alten, ehrwürdigen Stadt vor etwa hundert Jahren gefühlt haben, an dem sonnigen Schicksalstag, als die französischen Korsaren versucht hatten, sie zu unterwerfen. Die Abenteuerlust war stärker als die Angst, denn diese Leute sehnten sich förmlich nach Abenteuern. Hier war die Wiege für jene tapferen Helden, die entschlossen waren, Spanien herauszufordern und zu bezwingen.

Hier draußen vor der Kirche standen viele Männer, die mit Drake gesegelt waren und die hofften, bald wieder mit ihm zu segeln. Diese Männer würden zu ihren Schiffen eilen, wenn die Zeit gekommen war. Sie verachteten die Spanier, wie nur diejenigen sie verachten konnten, die ihre fanatische Grausamkeit am eigenen Leibe zu spüren bekamen. Sie wußten, wenn jene ehrwürdigen Galeonen am Horizont erschienen, würden sie außer Soldaten und Munition noch etwas anderes mitbringen –

Daumenschrauben, die Peitsche, die Folterbank und all die anderen qualbringenden Werkzeuge der gefürchteten Inquisition. Sie würden Fanatismus und Intoleranz in ein Land bringen, das einen Vorgeschmack davon erhalten hatte, als der spanische König es regiert hatte.

»Niemals wieder!« sagten die Männer von Devon und mit ihnen die Männer in ganz England. So etwas sollte nie wieder geschehen, solange Sir Francis und seinesgleichen am Leben waren, um es zu verhindern.

Als der Gottesdienst beendet war, traten die Gläubigen hinaus in den Sonnenschein. Zuerst erschienen Martin Frobisher und John Hawkins. Jubel erschallte für diese tapferen Männer. Und dann kam der Moment, auf den alle gewartet hatten, denn Lord Howard of Effingham trat aus der Kirche, und neben ihm befand sich Sir Frands Drake.

Hier war er, der Held von Plymouth – derjenige unter den großen Männern, dem alle dienten und bis in den Tod folgen wollten. Sein Bart reichte bis zur feinen Spitze seiner Halskrause, sein Schnurrbart war fesch geschwungen, seine blitzenden Augen überblickten die Menge.

»Sir Francis, Gott segne Euch!«

»Sir Francis, auf immer!«

Er nahm seine Kappe ab. Er war Abenteurer, Charmeur und Schauspieler in einer Person. Er verbeugte sich und stellte seinen Begleiter der Menge vor: »Ihr und ich, Männer von Devon, wir müssen diesen Mann hier anerkennen. Ihr und ich werden ihn ehren als den neuen Admiral der Flotte. Aber wir wissen, wer die Spanier schlagen wird. Wir wissen, wessen Mut und Einfallsreichtum uns den Sieg bringen werden. Und wenn ihr, gute Männer von Devon, ihm um der Ehre willen folgt, folgt ihr gleichzeitig mir mit ganzem Herzen.«

Ein Raunen ging durch die Menge. Drake hatte befohlen, und wie immer würde man ihm gehorchen. Da Drake gesagt hatte: »Huldigt Lord Howard of Effingham«, erwiesen die Männer von Devon dem edlen Lord Ehre. Hätte Drake gesagt: »Zum Teufel mit Howard. Folgt niemandem außer eurem Führer!«, dann hätte es eine Meuterei in der Flotte gegeben.

Ein Lächeln kräuselte Richards feine, dünne Lippen. Wie anregend es doch war, über die Fähigkeit dieses Mannes, die Stimmung des Mobs zu beeinflussen, nachzusinnen. Die Königin erschien ihm manchmal als eine unkluge Frau. Begriff sie denn nicht, daß es sie den Thron hätte kosten können, als sie Drake befahl, den zweiten Rang hinter Howard einzunehmen? Es war immer noch ein Risiko. Adlige Abstammung allein konnte Spaniens Armada nicht besiegen. Und wenn Drake auch nur der Sohn eines bürgerlichen Pastors war, so konnte er doch besser als jeder andere Menschen dazu bewegen, ihm zu folgen. Die Tradition verlangte, daß der Admiral der Flotte ein vornehmer Lord war, und so kam es, daß Lord Howard of Effingham nun den

Platz einnahm, der eigentlich Sir Frands Drake zugestanden hätte.

Richard zuckte mit den Achseln und wandte sich ab. In der Menge sah er zwei junge Mädchen, die als Dienstmädchen in seinem Haushalt arbeiteten. Sie kicherten und lachten zusammen. Die Dicke mit den rosigen Wangen warf den jungen Männern Blicke zu. Sie hatte lohfarbenes, kurzes Haar wie ein Junge und lohfarbene Augen. Bis auf ihr kurzes Haar war sie ein typisches Devoner Mädchen. Die zweite war ein interessanterer Typ. Sie hatte dunkle Augen, und ihr dunkles Haar war so kurz wie das ihrer Freundin. Es amüsierte ihn zu sehen, wie diese dunklen Augen an Sir Francis hingen. Welche Bewunderung! In der ganzen Stadt würde es wohl keine Frau geben, die Sir Francis nicht bewunderte, aber dieses Mädchen sah ihn an, als sei er ein Heiliger und nicht ein charmanter Abenteurer. Nur ein einfaches, naives Mädchen konnte Sir Francis für einen Heiligen halten!

Richards Interesse war geweckt, denn das Mädchen besaß einen Hauch von Schönheit. Ihr Gesicht war noch nicht von Erfahrungen gezeichnet; sie war jung, kaum älter als fünfzehn. Es war eine Schande, daß die Haushälterin Mistreß Alton die Haare der Mädchen abschnitt. Es war ja ihre Aufgabe, bei den Mädchen für Zucht und Ordnung zu sorgen, und er zweifelte nicht daran, daß sie sich darauf verstand. Sie war eine strenge Frau, die etwas Böses an sich hatte. Er war sicher, daß die Mädchen oft Prügel von ihr bezogen, aber er zweifelte nicht daran, daß sie es auch verdienten. Und doch war es schade, daß sie ihnen die Haare abschnitt. Mit langem Haar wären sie so viel hübscher anzusehen, und er liebte es, hübsche Dinge anzusehen. Allerdings war er kein sinnlicher Mann. Er hatte eine Frau geheiratet, die sein Großvater für ihn ausgesucht hatte. Als sie starb, empfand er keine große Gefühlsregung. Es erschien ihm auch nicht notwendig, wieder zu heiraten. Dennoch lebte er nicht wie ein Mönch, sondern hafte eine Freundin in Pennie Cross, die er ab und zu besuchte. Sie war älter als er, eine charmante, ernsthafte, an denselben Dingen wie er interessierte Frau. Ihre Beziehung ließ sich nicht als leidenschaftlich bezeichnen. Es paßte also nicht zu ihm, Dienstmädchen anzusehen, wie Sir Humphrey es getan hätte. Es war nur dieses Lächeln auf dem Gesicht der kleinen Dunklen, das ihn amüsierte. Beinahe hoffte er, die Strafe, die die beiden Mädchen sicherlich zu erwarten haften, da sie unerlaubt in die Stadt gegangen waren, würde nicht allzu hart auf diese schmalen Schultern niedergehen.

Er vergaß die Mädchen, als er losging, um sein Pferd zu holen. Als er von der Stadt fortritt, sah er auf die Tamar, die sich wie eine silberne Schlange zwischen Devon und Cornwall dahinwand. Die grünen Ufer des Flusses waren dicht mit bunten Blumen bewachsen. Von hier war es nur noch etwa eine Meile bis zu seinem Haus in Pennicomquick. Sein Haus mit dem Strohdach, den Giebeln und Gitterfenstern bot einen angenehmen Anblick. Es war auch sehr komfortabel und geräumig, obwohl es nicht so groß war wie das von Sir Humphrey oben in Stoke. Er schauderte bei dem Gedanken, es könne von den Spaniern geplündert und abgebrannt werden. Er ritt durch das Tor, vorbei an den Eiben, denen sein Gärtner, Joseph Jubin, die Form von Vögeln gegeben hafte, vorbei am Lavendel, der noch nicht blühte, und am Männertreu mit seinem durchdringenden und dennoch angenehmen Duft.

Clem Swann, sein Stallknecht, kam aus den Stallungen, um sich seines Pferdes anzunehmen. Richard ging ins Haus und stieg die Treppe zu seinem Arbeitszimmer hinauf. Es war ein schöner Raum mit großen bleiverglasten Fenstern und mit Eichenholz vertäfelten Wänden. Auf dem Fußboden lag ein Teppich, und kunstvolle Wandbehänge zierten die Wände. Er umgab sich nur mit den exquisitesten Dingen, die es zu kaufen gab. In diesem Raum stand eine große Eichentruhe, für die nur er einen Schlüssel besaß. Es gab Regale voller Bücher, die alle sorgsam in Kalbsleder gebunden waren. Die Stuhlpolster waren mit Gobelinstickereien verziert, und es gab einen kunstvoll geschnitzten Sessel, auf dem selbstverständlich nur er, Richard selbst, sitzen durfte.

Plötzlich merkte er, wie müde er war. Es lag an der Hitze und an der Aufregung des Morgens. Er läutete, und als Josiah Hough, sein Kammerdiener, erschien, verlangte er Wein. Als er seinem Herrn den Wein einschenkte, erkundigte sich Josiah: »Sir, Ihr kommt aus der Stadt. Habt Ihr Sir Francis gesehen, Sir, wenn ich so kühn sein darf, Euch zu fragen?« Richard zog seine Brauen hoch. Die Diener hatten große Ehrfurcht vor ihm, und es geschah äußerst selten, daß sie etwas sagten, ohne gefragt zu werden; aber jetzt mußte er doch lächeln. Dies war in der Tat ein ganz besonderes Ereignis.

»Ich habe ihn gesehen, Josiah. Die Menschen haben ihm laut zugejubelt.«

»Das ganze Land scheint irgendwie zu zittern, Sir.«

»Nicht vor Angst, Josiah. Vor Spannung.«

»Einige sagen, die Spanier hätten die besten Schiffe der Welt.«

»Das mag sein, Josiah. Aber es sind die Männer, nicht die Schiffe, die eine Schlacht gewinnen. Ihre Schiffe sind wie ihre Granden – sehr schön anzusehen, sehr ehrwürdig. Unsere englischen Schiffe mögen nicht so attraktiv sein, aber manchmal ist es besser, sich flink zu bewegen, als würdevoll zu sein.«

»Stimmt, Master.«

Richard faltete seine langen weißen Hände und lächelte seinen Diener an. »Sie müssen uns in unseren eigenen Gewässern entgegentreten. Zweifelst du wirklich an dem Ausgang? Sie müssen dem gegenübertreten, den sie El Draque genannt haben – den Drachen. Sie fürchten ihn, Josiah, und er ist kein Fremder für sie. In ihrer Bigotterie, in ihrem Fanatismus glauben sie, er sei ein Magier. Wer sonst, so fragen sie sich, könnte solche Siege über ihre heilige Kirche erringen?«

Josiah wich erstaunt zurück; niemals zuvor hatte er eine solche Leidenschaft auf dem Gesicht seines Herrn gesehen. Er wartete darauf, daß Richard fortfuhr. Plötzlich drang kreischendes Gelächter durch die offenen Fenster.

»Wer ist das?« fragte Richard.

Josiah ging zum Fenster. »Es sind die beiden Mädchen, Sir. Ich werde sie verprügeln. Es sind Betsy Cape und Luce Martin.«

Zu Josiahs Überraschung stand sein Herr auf und trat ans Fenster. Er blickte auf die beiden Mädchen, die er in der Stadt gesehen hatte.

»Ein ziemlich freches Pärchen, Sir«, fuhr Josiah fort. »Betsy ist ganz schön kühn, und Luce versucht es ihr gleichzutun. Ich sage Mistreß Alton, sie soll sie auspeitschen, weil sie unter Eurem Fenster gekreischt haben.«

»Warum kreischen sie? Offensichtlich sind sie vergnügt. Kennen sie die Bedeutung dieses Tages nicht?«

»Sie kennen nur die Bedeutung eines Zierbandes oder eines Männerlächelns, Sir.«

Betsys Lachen schrillte laut. Richard schauderte, als ob das Lachen an seinen Nerven zerrte.

»Bitte geh und sage ihnen, sie sollen still sein«, verlangte er.

Josiah ging, und Richard blickte durch das Fenster. Er war ein wenig überrascht, daß er diesen Anflug von Interesse verspürte. Er sah, wie jedes Mädchen eine Ohrfeige erhielt. Betsy streckte Josiah hinter seinem Rücken die Zunge heraus, und die kleine Luce hielt sich den Mund zu, um nicht laut zu lachen.

Sogar nachdem sie schon ins Haus gegangen waren, dachte Richard noch an sie. Was konnte die Zukunft für diese Mädchen bringen? Eine Heirat mit einem von Clem Swanns Jungen, ein Leben in einem Kotten in der Nähe des Hauses, wo sie vielleicht weiter für ihn arbeiten würden, das Aufziehen von Kindern – Jungen, die für einen anderen Helden wie Drake kämpfen würden, gegen einen anderen Gegner als die Spanier; und Mädchen, die über ein Zierband oder über das Lächeln eines Seemanns kicherten. Dann vergaß er sie. Er nahm ein Buch aus dem Regal und lehnte sich in seinem Sessel zurück. Es war schwierig zu lesen, wenn jeden Moment das erste spanische Schiff am Horizont gesichtet werden konnte.

Luce Martin war fünfzehn Jahre alt. Mit dreizehn war sie zum Haus von Richard Merriman geschickt worden, um dort zu arbeiten. Ihr Vater war Fischer und lebte in einem kleinen Kotten in Whitsand Bay, am anderen Ufer der Tamar. Dadurch war Luce fast eine Fremde für die Leute in Devon. Es war schwierig, den Lebensunterhalt zu verdienen. Manchmal liefen die Boote aus und kamen nur mit einem kleinen Fang zurück, und wenn die Netze voller Fische waren, schien es immer ein Überangebot zu geben. In manchen Zeiten lebte die Familie nur von Buttermilch und Roggenbrot. Luce hatte so viele Geschwister, daß sogar ihre Mutter nachzählen mußte, wenn sie nach der Kinderzahl gefragt wurde. Jedes Jahr kam eins dazu. Luce war eines der mittleren. Als Mistreß Alton, die selbst aus Whitsand Bay stammte, anbot, sie mit in das Haus in Pennicomquick zu nehmen, willigten Luces Eltern gern ein.

Mit einem kleinen Bündel, das all ihre Habseligkeiten enthielt, war sie von zu Hause fortgegangen. Zum ersten Mal in ihrem Leben überquerte sie mit einer Fähre die Tamar, und dann ging sie die paar verbleibenden Meilen zu ihrem neuen Heim zu Fuß.

Seit sie erstmals von Mistreß Alton gehört hatte, hatte sie Angst vor ihr, und bei ihrer ersten Begegnung war sie nicht beruhigt worden, denn Mistreß Alton sah in Luces Augen schrecklich aus. Sie war eine große, dünne Frau, die kaum den Mund öffnete, selbst wenn sie sprach, und wenn sie ausgeredet hatte, schnappte er wie eine Falle zu. Sie trug die ordentlichsten und züchtigsten Kleider, die Luce jemals gesehen hatte. Ihre Haut war durch die Pocken schrecklich entstellt. Sie hatte jedoch den Ruf, besonders fromm zu sein, obwohl dies Luces Angst vor ihr nicht gerade verminderte.

Sobald Luce angekommen war, schickte man sie auf den Hof, wo sie sich ausziehen mußte, denn ihre Kleider waren verlaust. Man gab ihr ein Gewand, das Mistreß Alton ausgesucht hatte, denn solch ein anspruchsvoller Herr wie Richard Merriman ließ sich nicht dazu herab, sich selbst um die Belange seiner Dienerschaft zu kümmern. Derartige Dinge überließ er seiner Haushälterin.

Die Kleider waren genauso wie die von Betsy Cape. Dann wurde Luces Haar, das lockig bis zur Taille herabfiel, abgeschnitten.

Haare, sagte Mistreß Alton während des Schneidens, müssen am besten kurz sein, und das gilt besonders für Haare, die dick und lockig sind, denn solche Haare sind zweifellos ein Geschenk des Satans.

Mistreß Alton führte den Namen des Teufels öfter auf den Lippen als den Gottes, der in ihren Augen eine übergeordnete, rachsüchtige Version des Teufels war.

Hier fand sich also die arme Luce wieder, die gerade dreizehn Jahre alt und völlig verängstigt war. Niemals zuvor hatte sie etwas derartig Großartiges gesehen wie das Haus, in dem sie nun lebte. Tag für Tag lehrte man sie Gehorsam gegenüber Gott und ihrem Dienstherrn, aber in erster Linie Gehorsam gegenüber Mistreß Alton.

Mistreß Alton führte das Haus. Sie kochte und salzte das Essen. Sie überwachte alles, was im Haus getan werden mußte, und war außerordentlich stolz auf ihre Arbeit. Sie machte niemals einen Fehler, wenn Fehler vorkamen, waren andere dafür verantwortlich; und für Fehler mußte man büßen. Es war Mistreß Altons Pflicht, sich darum zu kümmern, und die Fehler von Betsy und Luce mußten mit Schlägen gesühnt werden, die sie mit einem dünnen Stock verabreichte, der zusammen mit den Schlüsseln am Gürtel der Haushälterin hing.

Regelmäßig gab es Schläge wegen des geringsten Anlasses. Als Bill Lackwell in die Küche kam, um Fisch zu liefern, fand Mistreß Alton die Blicke der Mädchen zu keß, und sie wurden geschlagen. Einmal hafte sie Betsy erwischt, wie sie Charlie Hurly küßte, als dieser Eier brachte. Daraufhin wurde Betsy mit ganz besonders schlimmen Schlägen bestraft.

Es sei ihre Pflicht, sagte Mistreß Alton, diese Dinge zu unterbinden.

Wenn Betsy geschlagen wurde, mußte Luce dabei zusehen; und Betsy mußte immer Zeugin bei Luces Bestrafungen sein.

»Das soll eine Lehre für dich sein!« wurde zu jeder gesagt.

Sie wurden gezwungen, sich bis zur Taille auszuziehen, denn warum sollte man die Schläge durch die dicken Kleider abschwächen? Sie mußten jedoch ihre Leibchen über ihren Busen halten, denn es galt als unkeusch, sich vor den eigenen Geschlechtsgenossinnen nackt zu zeigen. Ließen sie einmal ihr Leibchen fallen oder verrutschte es ein wenig, wurden sie wiederum wegen Unkeuschheit geschlagen.

Mistreß Alton ließ sie hart arbeiten. Der Teufel, so

erklärte sie, warte nur darauf, Müßiggänger in Versuchung zu führen.

So bestand das Leben der dreizehnjährigen Luce nur aus Arbeit und Schlägen. Sie fand dies beinahe normal. Ihr Vater hatte sie früher auch manchmal geschlagen, wenn er schlechter Laune war. Sie mußte sich glücklich schätzen, Essen und Kleidung zu bekommen. Nun jedoch, da sie älter war, trauerte sie ihren langen Haaren nach, und Betsy schürte diese Unzufriedenheit.

Sie schliefen zusammen auf dem Dachboden. In einigen Häusern übernachteten alle Diener in einem großen Raum zusammen, aber Mistreß Alton duldete es nicht, daß Männer und Frauen in einem Raum schliefen.

»Du liebe Güte!« sagte sie. »Was ginge da bloß alles vor sich! Keine Sekunde Schlaf bekäme ich, wenn ich da über die Sittlichkeit wachen müßte.«

Jeden Abend wurden die beiden Mädchen auf ihrem Dachboden eingeschlossen, und das Fenster wurde verriegelt. »Und wenn ich höre«, sagte Mistreß Alton, »daß ihr Mädchen dieses Fenster öffnet, werfe ich euch augenblicklich aus dem Hause. Es gibt eine Lüsternheit, die man durch Schläge nicht ausmerzen kann, und so etwas dulde ich in diesem Hause nicht.«

Wenn Luce und Betsy auf ihren Strohsäcken lagen, unterhielten sie sich immer, bis sie einschliefen. Nach einem Tag voll harter Arbeit dauerte das meist nicht lange.

Als sie in dieser Pfingstnacht zusammen auf ihren Strohsäcken lagen und auf Mistreß Alton warteten, flüsterte Luce: »Ob wir beide wohl heute abend geschlagen werden?«

»Keine von uns wird geschlagen werden«, antwortete Betsy mitso viel Überzeugung, daß Luce sich aufsetzte, um sie anzusehen.

»Warum nicht?«

»Weil sie zu beschäftigt ist, um an unsere Strafe zu denken.«

»Woher weißt du das?

»Charlie Hurly hat es mir erzählt«, kicherte Betsy. »Er kam heute nachmittag zu uns. Ich glaube, er wollte mich sehen. Er wollte mich überreden, mit ihm zu gehen...«

Glückliche Betsy! Ein Leben voller harter Arbeit und ständiger Bestrafungen konnte ihr die gute Laune nicht verderben. Sie fühlte sich stets, als ob ihr ein spannendes Abenteuer bevorstünde, das ihre Verführung mit einschloß. Nach diesem schlimmen Schicksal schien sich Betsy mehr als nach allem anderen zu sehnen.

»Du hast doch ein Stückchen Kuchen genascht«, erinnerte Luce sie. »Sie hat dich noch kauen sehen, und du hast etwas auf dein Mieder gekleckert.«

»Nun, dafür habe ich ein, zwei Ohrfeigen gekriegt. Außerdem ist sie zu beschäftigt, ich sag' es dir. Pst! Da kommt sie.«

Auf dem Dachboden war noch genug Licht, so daß die Mädchen die Haushälterin sehen konnten.

Betsy hat recht, dachte Luce; irgend etwas war geschehen. Sie sah aufgeregt aus. Luce vermutete, es liege daran, daß die Spanier nun jeden Moment ankommen könnten.

Mistreß Alton trug ihr bestes Kleid; ihre Halskrause war aus Batist, und ihr Rock stand viel weiter ab als sonst. Es war jedoch nicht ihr Kleid, das Luce so auffiel, sondern ihr Gesicht. Niemals zuvor hatte Luce die Haushälterin so vergnügt gesehen. Kein Wort wurde über ihre Missetaten des heutigen Tages verloren, und es gab keine Schläge an diesem Sonntagabend.

Als sie gegangen war, lächelte Betsy geheimnisvoll und flüsterte. »Ich könnte dir sagen, Luce Martin, wohin sie gehen wird.«

»Wohin?« fragte Luce.

Betsy lächelte immer noch. »Hast du jemals daran gedacht, daß Hexen unter uns sein könnten?«

»Hexen?« flüsterte Luce.

»Und sie leben vielleicht ganz nah bei uns. Weißt du, was Hexen tun können, Luce? Sie können alles tun.... alles, was du dir nur vorstellen kannst.«

Luce wollte nicht über Hexen sprechen; sie wollte weiter über das nachdenken, was sie beschäftigte, seit sie Sir Francis Drake vor der Kirche gesehen hatte. Durch Betsys ständiges Gerede über Männer war Luces Neugierde geweckt worden, und es gab Dinge, die sie wissen und erfahren wollte. Allerdings mochte sie nicht mit Betsy darüber reden. Es war besser, wenn Betsy sie für kalt und prüde hielt, als daß sie erfuhr, warum Luce es haßte, wenn sie wegen Ned Swann, der nach Stall stank, oder wegen Bill Lackwell, der nach Fisch stank, geneckt wurde. Sie mochte Ned Swann nicht; noch weniger mochte sie Bill Lackwell, dessen Großmutter eine Hexe war. Nein, so sollte Luces Verführer nicht aussehen. Sie hoffte auf jemanden, der großartig und edel war, gut aussah, eine Spitzenhalskrause und einen feschen Bart trug – sie dachte natürlich nicht an Sir Francis selbst, aber es sollte schon jemand sein, der ihm sehr ähnlich war.

Betsy fuhr fort, über Hexen zu reden.

»Sie können ein Gewitter machen. Sie können jemandem die Pocken oder die Pest an den Hals hexen. Sie können Teufelswerk tun. Du hörst mir gar nicht zu. Nun, du solltest mir zuhören. Bill Lackwell hat ein Auge auf dich geworfen, und wenn er sein Herz an dich verliert, wird er dich bekommen. Ganz sicher wird er dich bekommen. Ist seine Großmutter nicht eine von ihnen?«

»Ich habe nicht das geringste mit Bill Lackwell zu tun.«

»Das sagst du jetzt. Aber was geschieht, wenn sie erst anfängt, dich zu bearbeiten? Hexen können alles. Dann gibt es Teufel, die nachts in dein Bett kriechen, und keine Riegel an Türen und Fenstern können sie daran hindern. Sie kommen in den unterschliedlichsten Formen. Manchmal sehen sie gut aus, so wie eine Frau es sich bei einem Mann wünscht. Manche kommen als Kröten und Hasen und Katzen und Hunde. Und mancher kommt als der Teufel selbst.«

Betsys Stimme hatte sich in ein Kreischen gesteigert, nun mußte sie eine Pause machen, um Atem zu holen, bevor sie fortfuhr: »Ich werde dir etwas anderes erzählen. Ich werde dir sagen, warum uns der Stock erspart blieb. Heute nacht gehen sie fort... Sie treffen sich. Charlie hat es mir gesagt. Sie werden sich die alte Lackwell vornehmen und bei ihr nach dem Zeichen des Teufels suchen... Brustwarzen, an denen sie ihresgleichen nährt... und dann fesseln sie sie und tauchen sie unter. Das wird das Ende von Oma Lackwell sein, denn wenn sie oben schwimmt, ist sie eine Hexe. Dann bringen sie sie zum Hexengalgen und hängen sie auf. Und wenn sie versinkt – nun, dann ist sie keine Hexe, aber sie wird ertrinken.«

Luce begann zu zittern.

»Oh, ich wünschte, ich könnte dort sein!« sagte Betsy.

»Und wenn wir eine Hexe unter uns haben, könnten es auch mehrere sein. Und wenn das so ist, dann sollten wir auf der Hut sein. Kein Wunder, daß Charlies Vater im letzten Monat einen ganzen Wurf Ferkel verloren hat. Er sagte, das war Hexenwerk, und wir müssen herausfinden, ob sie wirklich unter uns sind.«

Sie schwiegen.

Es wurde dunkel, und die Sterne kamen zum Vorschein.

Die dünne Mondsichel warf ein wenig Licht durch das bleiverglaste Fenster. Sie konnten nicht schlafen, und schließlich fing Betsy an, über die Spanier zu reden.

»Sie kommen in die Städte, brennen die Häuser nieder und schänden die Mädchen. Nun, daran haben wir keine Schuld, oder? Aber einige sagen, daß sie keine richtigen Menschen sind. Sie wollen keine Huren aus uns Mädchen machen, sondern Katholikinnen. Sie peitschen dich aus, legen dir Daumenschrauben an und hängen dich an den Handgelenken auf. Wenn du katholisch werden willst, erwürgen sie dich, bevor sie dich verbrennen. Wenn du nicht katholisch werden willst, verbrennen sie dich lebendig. Hör mal. Kannst du diese Stimmen hören? Das sind sie mit Oma Lackwell.« Sie sprang aus dem Bett und lief zum Fenster. »Wir können wohl nicht aus dem Fenster klettern? Aber wenn diese Tür unverschlossen wäre, wäre ich draußen. Du nicht auch, Luce? Wäre es nicht ein wenig Arger wert, wenn wir sehen könnten, was sie mit Oma Lackwell anstellen?«

Luce nickte, und Betsy kicherte. Sie tänzelte zur Tür. »Wenn diese Tür nicht abgeschlossen ist«, sagte sie, »dann öffne ich sie und gehe raus, die Treppe hinunter ...«

Sie hatte den Knauf der Tür gedreht, und die Tür öffnete sich, denn Mistreß Alton hatte vergessen, sie zu verschließen.

Ungefähr eine halbe Meile vom großen Haus und von den Kotten von Pennicomquick entfernt umringten etwa fünfzehn Männer und Frauen eine alte Frau. Das Licht einiger Fackeln erleuchtete die Lichtung zwischen den Bäumen, in deren Mitte sich ein Teich befand. Die Gesichter der Menschen sahen im Feuerschein unheimlich aus. Jagdlust brannte in ihren Augen, vermischt mit dem Gefühl von Rechtschaffenheit, durch das sie ihre Grausamkeit noch besser genießen konnten. Die Kirche von England und die Kirche von Rom klagten Hexen öffentlich an und verurteilten sie zu einem unwürdigen Tod.

Frauen flüsterten: »Ich habe heute Rauch aus ihrem Schornstein kommen sehen. Er stieg in Form einer Schlange auf. Das war kein gewöhnlicher Rauch. Es war sicher das Böse, das sie in ihrem Kessel braute.«

»Ihre Katze ist keine gewöhnliche Katze. Sie ist ihresgleichen, und sie säugt sie. Wir werden sehen, wie sie oben schwimmt, denkt an meine Worte.«

»Und wenn sie oben schwimmt, was dann?«

»Was das Gesetz nicht für uns tut, das tun wir selbst. An den Galgen mit ihr.«

Sie fesselten nun die alte Frau auf die traditionelle Weise – ihre Handgelenke wurden an ihre Fußgelenke gebunden; sie befestigten auch ein Seil an ihrer Tallie, damit sie sie aus dem Wasser ziehen konnten, um eventuell zu verhindern, daß sie ertrank. Sie wollten unbedingt beweisen, daß sie eine Hexe war, und sie am Galgen aufhängen.

Die arme alte Frau stöhnte leise; aus ihren Mundwinkeln floß etwas Speichel, sie war betäubt vor Angst. Sie hockte im Gras, splitternackt, ihr ausgemergelter Körper erschien unwirklich im Licht der Fackeln. Ihre Peiniger hatten eine große Warze auf ihrem Rücken gefunden und erklärt, dies sei das Zeichen des Teufels. Dies galt als Rechtfertigung, sie der Prüfung auszusetzen. Die Katze der alten Frau miaute jammervoll. Sie hatten beschlossen, daß sie ihrer Herrin ins Wasser folgen sollte; und ein Stein war um ihren Hals gebunden worden; sie kratzte und biß ihre Peiniger mit solcher Kraft, daß sie sicher waren, keine normale Katze vor sich zu haben.

»Schmeißt die Katze zuerst rein!« rief ein Mann. »Wer weiß, vielleicht hat sie sonst die Macht, der Hexe zu helfen.«

Die Menge stimmte ihm zu, und die Katze wurde in den Teich geschleudert. Augenblicklich sank sie auf den Grund. »Nun«, schrie Mistreß Alton, die mit in vorderster Reihe stand. »Keine weiteren Verzögerungen. Jetzt zu der Hexe. Tom Hurly, bevor wir's tun, solltest du lieber ein paar Worte sagen und den wahren Grund für unser Vorgehen erklären.«

Tom Hurly, ein gesprächiger Mann, war auf die Rede vorbereitet.

»Wir werden um Gottes Segen bitten«, sagte er, »denn jeder von uns weiß, daß der Allmächtige will, daß wir den Teufel und alle seine Anhänger bekämpfen. O Herr, laß diese Hexe nicht Deiner Rache entkommen. Zeige uns, was sie ist, wenn wir sie ins Wasser werfen. Laß es nicht zu, daß Dein Feind, der Teufel, ihr zu Hilfe kommt. Wenn sie oben schwimmt, Herr, werden wir sie mit Deiner Hilfe aufhängen. Wenn sie ertrinkt, werden wir wissen, daß sie unschuldig ist. Wir bitten Dich, uns dabei zu helfen, dieses Land vom Bösen zu säubern.«

Mistreß Alton schrie: »Kommt, Freunde! Im Namen des Herrn.«

Mit Triumphgeheul stürzten sich die Leute auf die alte Frau und versuchten sie hinzustellen. Sie konnte nicht stehen, gefesselt wie sie war, sie konnte nur auf allen vieren hocken, wie ein Tier, das Schmerzen hat.

Da trat plötzlich Richard Merriman in ihre Mitte. Sein Erscheinen war so unerwartet, daß die Männer innehielten, um ihre Mützen zu ziehen, während die Frauen knicksten.

Richard sah mit Abscheu auf die nackte Frau und dann auf ihre Peiniger.

»Was macht ihr für einen gräßlichen Spekta kel«, sagte er. »Eine Hexenjagd also veranstaltet ihr.«

»Nun, Sir«, antwortete Tom Hurly, der Sprecher, »diese Oma Lackwell, sie ist eine Hexe, Sir ... «

»Meine Güte, Hurly, ich bin sicher, sie ist nur eine etwas verdrehte, harmlose alte Frau.«

»Nein, Sir, nein, sie ... «

Plötzlich redeten alle gleichzeitig.

»Meine kleine Jane bekam auf einmal Krämpfe, nachdem die alte Frau sie angesehen hatte.«

»Ein ganzer Ferkelwurf verloren ... «

Richard stand ruhig da. »Ihr habt mich gestört«, sagte er, »mit eurem Geheule und Gebrülle. Diese Frau ist keine Hexe. Ich sage euch, sie ist eine hilflose alte Frau. Wagt einer von euch, mir zu widersprechen? Glaubt mir, es ist euch nicht bestimmt, das Gesetz in eure Hände zu nehmen. Binde sie los, Tom, eine von euch muß ihr Gewand ablegen und sie darin einhüllen. Mistreß Alton, ich dachte, Ihr würdet Euch lieber um Eure Pflichten kümmern, anstatt Euch mit solchen Dummköpfen zusammenzutun. Die beiden Mädchen dürften niemals um diese Zeit draußen herumlaufen. Ich bedaure, daß Ihr Euch nicht besser um sie kümmert. Für euch anderen sind diese Dummheiten beendet. Bringt die Frau nach Hause. Wenn ihr eine sinnvolle Beschäftigung sucht, dann habt ein Auge auf die See. Stellt euch vor, die Spanier legen hier bei uns an, während ihr nichts Besseres zu tun habt, als eine alte, unschuldige Frau zu quälen.« Sie gehorchten ihm, etwas anderes wäre ihnen nie in den Sinn gekommen. Richard hatte keinen Zweifel daran, daß seine Befehle ausgeführt würden.

Arme alte Frau! dachte er. Eine Hexe? Nun, heute nacht hatte er ihr das Leben gerettet, aber er zweifelte nicht, daß man sie eines Tages umbringen würde. Sie war als Hexe gebrandmarkt, und ein trauriges Schicksal stand ihr bevor. Er hatte sie alle heute nacht länger beobachtet, als es ihnen bewußt war. Sie interessierten ihn mit ihrem Aberglauben und mit ihrer Grausamkeit.

Er dachte an die beiden Mädchen und lächelte. Sie würden wohl eine schwere Strafe erhalten, und sie hatten sie auch verdient. Er nahm an, daß Betsy die treibende Kraft bei diesem Abenteuer gewesen war. Luce hatte das Spektakel nicht so sehr genossen wie ihre Freundin. Luce hatte wohl einen anderen Charakter.

Wochen voller Ungewißheit gingen dahin. Der Juni kam, und er brachte ungewöhnlich stürmische Winde. Südwestliche Stürme hielten die englische flotte im Hafen, und die Versorgungsgüter, die die Königin versprochen hatte, waren noch nicht eingetroffen.

Sir Humphrey ritt mit seinem Sohn Bartle von Stoke nach Pennicomquick, um seinen Freund aufzusuchen.

Sir Humphreys einziges legitimes Kind war sein sechsjähriger Sohn Bartle. Uneheliche Kinder dagegen hatte er im Überfluß. Er hatte nichts gegen die zahlreiche Nachkommenschaft, die ihm zugeschrieben wurde. Da seine Frau ihm nur einen einzigen Sohn geschenkt hatte, lag der Fehler ja wohl eindeutig bei ihr und nicht bei ihm. Er genoß das Leben; nichts konnte ihm Angst einjagen, solange er es verstehen konnte – und Krieg, Blutvergießen und Gewalt verstand er gut. Aber das Übernatürliche versetzte ihn in Angst und Schrecken. Er stellte sich jedem mit einem Schwert oder einer Donnerbüchse entgegen. Aber Hexen wirkten in der Dunkelheit. Sie konnten einem die Pest oder die Pocken an den

Hals hexen. Während des Rittes sprach er mit Bartle über Hexen.

Obwohl Bartle erst sechs Jahre alt war, konnte ein Mann wie Sir Humphrey bereits stolz auf ihn sein. Er war groß für sein Alter. Er hatte blonde Haare, rote Wangen und blaue Augen. Er hatte das Aussehen seiner Mutter und den Charakter seines Vaters geerbt. Er würde ein Frauenheld werden, für den das ganze Leben ein einziges Abenteuer wäre.

Bartle konnte nie genug über die Heldentaten seines Vaters auf See hören. Er liebte es, seine Hände über den goldenen Schmuck gleiten zu lassen, den sein Vater aus Peru und Spanien mitgebracht hatte. Er hüllte sich in die wertvollen Stoffe, die Sir Humphrey den Spaniern abgejagt hatte, und stolzierte damit herum.

Es sah nicht danach aus, daß aus dem Jungen einmal ein Gelehrter werden könnte. Seine blauen Augen waren bereits auf die See gerichtet. Sie waren am Kotten der Lackwells vorbeigeritten, und Sir Humphrey hatte Bartle verboten, in diese Richtung zu sehen.

»Diese alte Frau kann dich mit einem Fluch belegen. Sie könnte dich in einen pockigen, todgeweihten Jungen verwandeln... oder vielleicht in einen weibischen Gelehrten wie unseren Freund Merriman.«

»Das würde mich nicht so sehr stören, Sir, denn dann könnte ich endlich meinen Lehrer zufriedenstellen. Ich würde schneller mit meinen Aufgaben fertig und müßte damit nicht soviel Zeit verschwenden.«

»Sag so etwas nicht, Junge. Damit forderst du den Teufel heraus. Bleib, wie du bist, und denke nicht zuviel an deine Aufgaben. Hauptsache, du lernst lesen und schreiben und die Manieren eines Gentlemans. Das ist alles, was wir beide uns wünschen.«

»Sieh nur«, rief der Junge, »im Kanal sind Schiffe! Dort drüben. Sie fahren mit voller Geschwindigkeit ...«

Sir Humphrey hielt sein Pferd an. Er verfluchte seine Augen, weil er nicht so gut sehen konnte wie der Junge.

»Dort, Vater! Sieh nur! Eins ... zwei ... drei ... Oh, Sir, die Spanier sind gekommen. Laß uns in die Stadt reiten. Ich könnte etwas tun. Ich könnte ...«

»Sei still, Junge, komm.«

Sie galoppierten, ihre Herzen schlugen schnell – Erleichterung, sogar Freude spiegelte sich in ihren Gesichtern.

»Die Spanier sind gekommen!« rief Sir Humphrey. »Raus aus euren Häusern, ihr Hornochsen, ihr faulen Hunde! Nun werdet ihr einen Kampf erleben. Bei Gott, mein Schwert wird noch vor Ende dieses Tages rot von Blut sein!«

Männer, Frauen und Kinder kamen aus ihren Häusern gerannt. Sir Humphrey deutete auf die See und ritt weiter.

Richard war herausgekommen, um sie zu begrüßen. Er lächelte auf eine Weise, die Sir Humphrey als überheblich und süffisant bezeichnete.

»Die Spanier!« rief Sir Humphrey. »Bei Gott, endlich sind sie hier.«

Richard sagte lächelnd: »Blödsinn, Cavill. Es sind nur die Versorgungsschiffe von Tilbury.«

»O Gott!« stöhnte Sir Humphrey.

»Es stimmt!« rief Bartle. »Ich kann das rote Kreuz von England sehen.«

Richard legte eine Hand auf die Schulter des Jungen. »Bist du so aufs Blutvergießen versessen? Kommt ins Haus und trinkt ein Glas Wein.«

Sie ließen ihre Pferde bei Clem Swann und gingen ins Haus. Richard läutete, und Luce erschien. Er bestellte Kuchen und Wein.

Mistreß Alton und Luce brachten die Erfrischungen. Seit dem Abenteuer in der Pfingstnacht war Mistreß Altons Mund noch härter geworden. In ihren Augen lag eine leichte Mißbilligung. Richard nahm an, daß sie ihn nicht mehr mochte, weil er, ihrer Meinung nach, mit Gottes Feinden im Bunde war. Er lächelte sie sardonisch an. Dann wandte er seine Aufmerksamkeit dem Mädchen zu; flüchtig fragte er sich, ob ihr Rücken von den Schlägen der Pfingstnacht wohl noch immer schmerzte.

Sir Humphrey taxierte die Frauen, wie er ein Pferd taxieren würde. Er kannte den Alton-Typ. Sie haßte es, daß andere Leute miteinander schliefen, da sie selbst diese Erfahrung nie gemacht hatte. Eine Frau wie ein Holzstock. Die konnte man vergessen. Aber das Mädchen? Er hatte es vorher noch nie bemerkt, dieses schüchterne, zerbrechliche Mädchen. Es war noch sehr jung, aber nicht zu jung für seine Zwecke. Es sah mit seinem kurzen Haar beinah wie ein anmutiger Junge aus. Sir Humphrey beschloß, es im Auge zu behalten. Nicht, daß er sich für das Mädchen ein Bein ausreißen würde, aber wenn sich die Gelegenheit ergäbe... nun, dann würde er sie ergreifen.

Als die Dienstboten den Raum verlassen hatten, hörte Bartle gespannt der Unterhaltung der Erwachsenen zu.

»Bei Gott«, sagte Sir Humphrey, »Drake muß wirklich vor Ungeduld fast platzen. Soll er etwa im Hafen warten und sich vor ein paar lächerlichen Sturmböen ängstigen? Nein, Sir! Er sollte raus und sie angreifen. An Bord gibt es Unruhe. Ich weiß es. Drake sagt: ›Wir gehen und erwischen den Spanier in seinen eigenen Gewässern. Aber die Königin und ihre Berater sagen nein. Bleibt nah am Land, um uns zu beschützen.‹ Bei Gott, das ist nicht Drakes Art. Immer der erste beim Angriff, so ist unser Admiral. Und er hat recht. Er hat es bewiesen. Er hat es tausendmal bewiesen.«

Der Junge hüpfte auf seinem Sessel auf und ab.

»Es scheint«, erwiderte Richard, »daß es nicht gut ist, wenn die Theoretiker die Praktiker behindern. Hätte er seinen Willen bekommen, wäre die Gefahr wohl schon vorüber. Sir Francis wird durch die Anweisungen aus London gelähmt. Er weiß, welchen Weg er gehen muß. Fortes fortuna adjuvat.«

»Was bedeutet das?« fragte Sir Humphrey.

»Bartle wird es Euch sagen«, meinte Richard, »zumindest sollte er dazu in der Lage sein.«

Aber Bartle wußte es nicht. Sir Humphrey war darüber nicht besonders verärgert.

»Bartle, du bist anscheinend ein kläglicher Schüler. Ich habe deinen Lehrer gefragt, wie gut du lernst, und er hat nur melancholisch mit dem Kopf geschüttelt. Du träumst wohl zuviel von Abenteuern, von der See und von Schätzen, die du heimbringen wirst. Stimmt das?«

»Dann träumt er die Träume eines Mannes«, warf Sir Humphrey ein.

Bartle sagte: »Wenn diese Schiffe kommen, bedeutet das, daß unsere Flotte angreifen wird.« Sein Gesicht wurde starr. »Sie werden sie von unserer Küste forttreiben, bis an die Küste von Spanien, vielleicht in den Hafen von Cadiz. Die Spanier werden dieser Schlacht zusehen, nicht wir.«

Sir Humphrey stieß ein brüllendes Gelächter aus. »Aus dir wird nie ein Gelehrter. Du würdest dir lieber eine Schlacht ansehen, als die Bedeutung eines lateinischen Satzes zu verstehen, stimmt's, mein Sohn?« Sir Humphrey starrte einen Moment lang in seinen Wein. »Es gibt da etwas, das mich stört, Richard. Wißt Ihr... Ihr hättet sie in der Pfingstnacht gewähren lassen sollen. Hexen sind Hexen, und je schneller wir herausfinden, wer unter uns mit dem

Teufel im Bunde steht, desto besser ist es für uns alle.«

Richard sah zu Bartle hinüber. »Geh in den Garten und sieh nach, ob du ein paar Pfirsiche findest.«

»Nein!« sagte Sir Humphrey. »Laßt den Jungen bleiben. Ich will nicht, daß aus ihm ein jämmerlicher Waschlappen wird, der dieses und jenes nicht hören darf. Er weiß, daß es Hexen gibt, stimmt's, Junge? Und er weiß, es ist unsere verdammte Pflicht, sie unschädlich zu machen.«

Bartle nickte. »Ich wollte, ich wäre dort gewesen. Warum habt Ihr sie gezwungen aufzuhören? Die alte Frau ist eine Hexe.«

»Das ist ja schrecklich!« antwortete Richard. »Guter Gott, wir müssen Gesetz und Ordnung hier erhalten. Unseren Untergebenen kommt es nicht zu, das Gesetz in ihre Hände zu nehmen. Sie ist nichts weiter als eine verdrehte alte Frau, die liebeskranken Mädchen Talismane gibt. Ich hörte das Geschrei und ging hinaus. Ein äußerst verachtenswürdiges Schauspiel.«

Sir Humphrey sah seinen Freund an. Verdammt, dachte er, ich wäre nicht sein Freund, wenn er nicht in der Nachbarschaft wohnte. Nur ein halber Mann. Ab und zu besucht er diese Witwe. Eine vertrocknete alte Witwe, während unter seinem eigenen Dach eine hübsche Jungfrau lebt. Er liest seine Bücher, kratzt mit seiner Feder etwas aufs Papier, kann nicht einmal zusehen, wie sie eine Hexe prüfen, ohne es ekelhaft und geschmacklos zu finden.

Sir Humphrey sagte: »Wenn es hier irgendwo Hexen gibt, sollten sie gefunden und beseitigt werden. Mit dem Teufel wollen wir nichts zu tun haben.«

Richard zuckte mit den Schultern und lächelte Sir Humphrey überlegen an. Dann schnitt er ein anderes Thema an.

Kurz darauf erhob sich Sir Humphrey. Als Richard mit seinen Gästen zum Tor ging, war Luce im Garten. Sie hatte einen Korb mit Pfirsichen in der Hand. Sie knickste, als sie herauskamen.

»Was hast du da, Mädchen?« fragte Sir Humphrey. Richard beobachtete, wie er so tat, als sehe er in den Korb, um in Wahrheit in ihren Ausschnitt zu sehen.

»Pfirsiche, Sir.«

Sir Humphrey nahm einen und biß hinein. »Nun, sie sind besser als unsere. Schickt das Mädchen mit einem Korb zu mir, Richard.« Er gab Bartle den Pfirsich und Luce einen Klaps, als sie weitergehen wollte. »Bring sie herüber, Mädchen, und gib sie niemandem außer mir. Verstehst du mich?« Luce sah ihren Dienstherrn an. Richard nickte, und sie knickste noch einmal, bevor sie zurück ins Haus ging.

Nachdem er Sir Humphrey und seinem Sohn zum Abschied nachgewinkt hatte, ging Richard zurück durch den Garten. Dort sah er Luce, die Pfirsiche für Sir Humphrey pflückte. Richard folgte ihr bis zu der Wand, an der die Pfirsiche wuchsen. Luce errötete.

»Gib ihm nicht unsere besten«, sagte er. »Die wollen wir für uns selbst behalten.«

Sie pflückte die Früchte, und als der Korb voll war, nahm Richard ihn ihr ab.

»Geh zu den Ställen«, forderte er sie auf, »und sage Ned Swann, er soll diese zu Sir Humphrey bringen!«

Sie knickste, und er sah ihr nach, wie sie über den Hof ging.

Im Hafen beluden die Seeleute beim Schein von Fackeln und Laternen die Schiffe. Die spanischen Galeonen waren noch nicht gekommen, aber die Engländer fuhren los, um sie zu treffen, denn Drake hatte sich endlich durchgesetzt. Zuerst hatte Howard seinem Plan zugestimmt, dann die Königin und ihre Berater. Die Seeleute sangen und pfiffen, als sie die Schiffe klarmachten. Die Ungewißheit und das Warten waren vorüber.

Mistreß Alton war krank geworden. Sie lag in ihrem Bett und murmelte Gebete, von denen sie glaubte, daß sie dem Fluch entgegenwirkten. In der Pfingstnacht hatte die alte Lackwell ihr den ›bösen Blick‹ zugeworfen, und seitdem war sie krank, dessen war sich Mistreß Alton ganz sicher.

Luces und Betsys Leben gestaltete sich ohne Mistreß Alton und ihre ständigen Ermahnungen und Schläge sehr angenehm.

Die Sonne schien, und die Gärten schwelgten im Duft der blühenden Rosen und des Lavendeis. Betsy sang, als sie mit Luce von der Küche zum Backhaus, dann weiter zur Meierei und wieder zurück zur Küche ging:

»Ehre sei der Sonne, die mit ihren heißen Strahlen
Die Früchte in den Tälern und auf den Bergen reifen läßt.
Der längstvergessene Schäfer Philon
Sitzt an einem Kristallspringbrunnen.«

Betsy brachte Luce den Text bei, und sie sangen zusammen weiter:

»Er sitzt an einem Kristallspringbrunnen
Im Schatten eines grünen Eichbaums,
Auf seiner Flöte spielt er dieses Lied:
Treulose Geliebte, treulose Geliebte,
Treulose Geliebte, Adieu Geliebte.
Dein Sinn ist leicht.«

Sie tanzten in der Küche herum. Charlie Hurly sah durchs Fenster und beobachtete sie eine Weile, bevor sie ihn bemerkten. Dann applaudierte er. Luce wurde rot, Betsy ging ans Fenster und schimpfte ihn zum Spaß aus. Er lachte nur und bat Betsy, in den Schuppen zu kommen, denn er habe ihr etwas Wichtiges zu sagen. Betsy schimpfte noch mehr, aber bald verschwand sie unter einem Vorwand für eine Viertelstunde nach draußen.

Sie mußten immer abwechselnd zu Mistreß Alton gehen, um sich neue Anweisungen zu holen. Sie lag auf ihrem Lager, ihr Gesicht war grünlich-gelb, ihre trockenen Lippen murmelten ununterbrochen Gebete, die das Böse fernhalten sollten.

Im Hof sprach Charlie Hurly mit Ned Swann über die Vorgänge im Hafen. Sie nickten und sahen klug und weise aus. Charlie hätte es niemals gewagt, sich so lange aufzuhalten, wenn Mistreß Alton nicht krank gewesen wäre. Und die Mädchen hätten nicht herumgestanden und getratscht.

Und in dieser Nacht konnte Mistreß Alton auch nicht die Mädchen in ihrem Zimmer einschließen.

Die Wochen des Wartens waren immer noch nicht ganz vorbei. Die Flotte war zwar losgesegelt, aber ein heftiger Sturm hatte sie gezwungen umzukehren. Jeder Mann und jede Frau in Plymouth teilten die Ungeduld der Admiräle. Alle wetterten gegen die Königin, da sie die notwendigen Versorgungsgüter nicht schickte. An Bord der Schiffe wurde das Essen knapp. Drake und Howard waren überzeugt, daß der Sturm den Spaniern genausoviel zu schaffen machte. Aber sie wußten auch, daß sie wegen ihrer schlechten Ausrüstung kaum in der Lage waren, den Feind zu bekämpfen, wenn die Gelegenheit zum Angriff käme. Die Vorsicht und vor allem der Geiz der Königin verhinderten einen schnellen Sieg. Es war ja schön und gut, Reden in Tilbury zu halten, aber es war eine große Dummheit, ihren Thron und ihr Land durch übergroße Vorsicht zu gefährden.

Aber als die erste Juliwoche gekommen war, konnten Drake und Howard nicht länger warten. Trotz der Krankheiten an Bord und des knappen Essens segelten sie zum Angriff los. Aber schnell kamen sie zurück, deprimiert und enttäuscht. Die vom Sturm arg mitgenommenen Spanier lagen vor La Coruna, wo sie den Engländern hilflos ausgeliefert gewesen wären. Dann jedoch, wie durch ein Wunder, stoppte plötzlich der Nordwind, und die Engländer, die ihren Feind vor Augen hatten, waren lahmgelegt, bis ein Wind aus südlicher Richtung einsetzte. Sie konnten zurückkehren oder auf günstigeren Wind warten. Allerdings waren ihre Essen- sund Wasservorräte fast aufgebraucht.

Mistreß Alton, die sich mittlerweile von ihrer rätselhaften Krankheit erholt hatte, war sich sicher, was das bedeutete: Es war Hexerei. Sie wußte, daß Hexen einen Sturm und eine Flaute hervorrufen konnten. Sie lief den ganzen Tag herum und murmelte Gebete. Seit sie sich vom Krankenbett erhoben hatte, wurde der Stock nicht mehr allzuoft benutzt. Das lag jedoch nur daran, daß sie nicht mehr dieselbe Stärke in ihren Armen hatte. Nie zuvor hatte sie ein solch hohlköpfiges Pärchen wie diese beiden Dienstmädchen gesehen. Betsy ging hinaus, um Wasser zu holen, und vergaß den Eimer. Luce schien oft nichts zu hören, wenn man mit ihr sprach. Diese Mädchen hatten irgend etwas angestellt, bemerkte

Mistreß Alton schnell, denn sie konnte jede Sünde sofort erkennen.

Sie erwog, Clem Swann zu bitten, den Mädchen eine ordentliche Tracht Prügel zu verpassen, aber sie traute ihm nicht so ganz. Er würde vielleicht versuchen, einen Blick auf ihre entblößten Körper zu werfen. Die Sittsamkeit verbot es, die Mädchen von Clem Swann verprügeln zu lassen. Es war schon eine traurige Sache, Sünden nicht gebührend bestrafen zu können.

Sir Humphrey dachte über die enttäuschenden Vorgänge auf See ähnlich wie Mistreß Alton. Das war Hexerei. Wie ließe es sich sonst erklären? Er wollte sich die alte Oma Lackwell schnappen und sie zwingen, ihre Verbündeten preiszugeben. Er stritt mit Richard darüber; es machte ihn wahnsinnig, wie ein Gelehrter einen Mann mit Worten einwickeln konnte. Er überlegte, ob er trotz der Mißbilligung seines Freundes handeln sollte, wie er es für richtig hielt. An einem sonnigen Freitagnachmittag beschloß er, nach Pennicomquick zu reiten, um Richard seine Absichten mitzuteilen. Er erreichte jedoch das Haus nicht. Auf dem Weg kam ihm einer seiner Männer entgegen.

»Sir Humphrey«, rief der Mann, »sie kommen! Kapitän Fleming hat gerade den Hafen erreicht. Die Spanier sind gesichtet worden.« Da vergaß Sir Humphrey die Gefahr, die von Hexen ausging. Er galoppierte auf direktem Wege hinunter zum Hafen.

An den folgenden Tagen erlebten die Menschen den Untergang der größten Armada, die man bis dahin jemals gesehen hatte. Sie konnten die Schlacht zu weiten Teilen von den Küsten von Devon und Cornwall aus beobachten. Danach flohen die Spanier den Kanal hinauf bis zur Isle of Wight, verfolgt von den englischen Schiffen, auf denen die Besatzung die Munition zählte und dem Hungertod nahe war. Nachrichten verbreiteten sich langsam, und es verging eine ganze Zeit, bis die Bewohner von Plymouth von den Feuerschiffen hörten, die der Armada den letzten Schlag versetzten. England war vor den Spaniern und vor der Inquisition errettet.

Ruhe und Frieden kehrten nach Plymouth zurück. Niemand sprach mehr von den Spaniern. Nur die armen Seeleute mußten sich nach getaner Arbeit mit Geschichten über ihre Heldentaten ihr Geld verdienen. Die Gefahr einer Invasion war gebannt, die Gefahr zu verhungern war weniger aufregend.

Es war Anfang September, als Mistreß Alton die weinende Luce zu ihrem Herrn brachte, damit sie ihm ihre Schande gestehen sollte.

Richard sah, wie sehr Luce sich verändert hatte. Unter ihren Augen lagen dunkle Schatten, und ihr Gesicht war von Furcht gezeichnet.

Sie schwieg, deshalb sprach Mistreß Alton für sie.

»Ich habe schreckliche Neuigkeiten.« Sie konnte kaum ihre heimliche Genugtuung verbergen.

Richard zog die Augenbrauen in die Höhe. »In der

Tat? Bei Eurem Gesichtsausdruck könnte man eher glauben, es handle sich um gute Neuigkeiten.«

»Dann versteckt mein Gesicht meine Gefühle. Dieses Mädchen hat Schande über sich und über mich gebracht. Über mich, weil sie unter meiner Verantwortung steht; ich aber lag krank im Bett, und so konnte sie in ihrer Boshaftigkeit entkommen. Nun aber hat Gott beschlossen, daß sie schon hier unten für ihre Sünden büßen wird. Sie dachte, mir entgehen zu können, aber jetzt hat sie gelernt, daß man für seine Sünden bezahlen muß. Ich habe sie gepeitscht, und sie blutet noch von den Schlägen. Und nun bleibt nichts mehr zu tun, als sie vor die Tür zu setzen.«

»Um welch große Sünde handelt es sich denn?« fragte Richard und strich über seine Halskrause.

»Sie ist schwanger, Sir. Diese böse, verderbte Kreatur! Sie hat sich nachts hinausgeschlichen, um ihren Geliebten zu treffen, und nun sieht es so aus, als ob er nichts mehr mit ihr zu tun haben will. So mußte sie mir ihre Schande gestehen.«

»Wer ist dein Geliebter?« fragte Richard.

Luce ließ den Kopf hängen und schwieg. Mistreß Altons harte Faust boxte sie in den Rücken.

»Sprich, du kleines Flittchen, wenn dein Herr es dir befiehlt.«

Luce sah ihn mit ihren dunklen Augen an. »Ich kann es nicht sagen, Herr.«

»Hat er dich gebeten zu schweigen?«

»Ich… ich weiß es nicht.«

Mistreß Alton lachte. »Sie kann seinen Namen nicht nennen. Er kam wohl in der Nacht zu ihr. Es sei nicht ihre Schuld gewesen, sagt sie. Solche Märchen habe ich schon oft gehört. Sie werfen den Männern lüsterne Blicke zu; sie gehen mit ihnen, wenn sie darum gebeten werden, und wenn sie anfangen, dick zu werden, dann spielen sie die Unschuldige. ›Ich weiß es nicht... Ich wurde dazu gezwungen... Ich hatte keine Schuld...‹«

»Laßt mich mit dem Mädchen allein sprechen«, erwiderte Richard.

Die Frau zögerte, ihr Mund war verkniffen, ihre Augen funkelten. Schließlich ging sie langsam hinaus.

Als sie gegangen war, sagte Richard: »Nun, Luce, komm her, setz dich und erzähl mir ganz genau, was passiert ist.«

»Ich kann es Euch nicht sagen, Sir, weil ich es selbst nicht richtig weiß.«

»Also bitte, das ist Unsinn. Ich furchte, du wirst mich sehr wütend machen, wenn du weiter auf diesem Blödsinn bestehst. Wer ist der Mann? Komm schon, du mußt es doch wissen! War es vielleicht Ned Swann?«

Sie schüttelte den Kopf.

»Luce, hör mir zu; erzähl mir jetzt alles, und wer weiß, vielleicht kann ich dir ja helfen. Glaubst du, dieser Mann würde dich heiraten?«

»Oh... nein, nein!«

»Ist er vielleicht ein hochgestellter Herr? Du mußt

es ihm nur sagen, und ich bin sicher, er wird einen Ehemann für dich finden. So etwas ist schließlich nicht zum ersten Mal passiert. Trockne deine Tränen, ich wage zu behaupten, daß wir einen Mann finden, der dich heiratet.

Sie sah ihn an und schüttelte den Kopf, und plötzlich sprudelte sie die ganze Geschichte heraus.

Es hatte sich folgendermaßen zugetragen: In der ersten Nacht, in der Mistreß Alton krank gewesen war, hatten sie und Betsy sich aus dem Haus geschlichen. An jenem Tag hatte Charlie Hurly Betsy gebeten, sie zu einer sehr seltsamen Begebenheit zu begleiten. Es gab eine ganze Reihe von Hexen in der Nachbarschaft, und in gewissen Nächten trafen sie sich, um dem Teufel zu huldigen und große Macht zu erringen, indem sie ihm ihre Seelen versprachen.

Betsy hatte versprochen mitzukommen. Aber als es Mitternacht wurde, bekam sie Angst und bat Luce, sie zu begleiten. Luce wollte zuerst nicht mitgehen, aber durch viel gutes Zureden tat sie es schließlich doch.

Danach wurde die Geschichte ein wenig konfus. Für Richard war es offensichtlich, daß Charlie Betsy hinausgelockt hatte, um sie zu verführen; so war es kein Wunder, daß er verärgert war, als sie nicht allein kam.

Luce versicherte ihm, in jener Nacht seltsame und teuflische Dinge gesehen zu haben. Aber nichts war seltsamer und teuflischer als das, was ihr dann selbst zugestoßen war.

Charlie hatte sie zu einer Waldlichtung gebracht. Sie hatten sich hinter den Bäumen versteckt und heimlich zugeschaut. Luce hatte wilde Gestalten gesehen, die um ein Feuer tanzten. Sie war sicher, daß es keine richtigen menschlichen Wesen waren. Sie tanzten miteinander, und es sah aus, als ob sie …

Sie konnte nicht mehr weitersprechen, aber er half ihr: »Als ob sie sich paaren wollten?« fragte er.

Sie ließ den Kopf hängen. »Bitte, Sir, ich kann nicht weiter darüber sprechen. Werft mich hinaus … Laßt mich hungern … Laßt mich betteln, aber bittet mich nicht, Euch noch mehr zu erzählen, denn ich kann es einfach nicht.«

»Ich muß darauf bestehen, daß du es mir dennoch erzählst.«

»Niemals hätte ich den Dachboden verlassen dürfen. Ich wußte, es war falsch. Ich wußte, es war böse. Ich hätte nicht zusehen dürfen.« Sie begann zu schluchzen. »Dann wäre es mir nicht passiert.«

»Fahr fort!« befahl er.

Und sie erzählte ihm, wie sie plötzlich bemerkt hatte, daß Charlie und Betsy nicht mehr bei ihr waren; sie war allein dort zwischen den Bäumen. Aber plötzlich spürte sie, daß sie nicht mehr allein war … denn nah bei ihr war eine Gestalt, die ganz in Schwarz gekleidet war. Sie konnte ihr Gesicht nicht sehen. Sie konnte nicht einmal sehen, ob sie überhaupt ein menschliches Gesicht hatte. Sie bemerkte, da waren Augen, die siebeobachteten, da waren Hörner … Ja, sie sah die Hörner.

»Und, Sir«, sagte sie, »ich zitterte am ganzen Körper, denn ich wußte ...«

»Was wußtest du, Luce?«

»Ich wußte, Sir, daß der leibhaftige Teufel ganz in meiner Nähe war. Er kam auf mich zu ... und ich versuchte wegzulaufen, aber ich war wie angekettet und konnte mich nicht bewegen ... er kam näher und näher ... und ich konnte nicht schreien oder mich bewegen. Dann hob er mich hoch und warf mich über seine Schulter.«

»Er hatte also eine Schulter?«

»Ja, Sir, ich hatte den Eindruck, als ob er mich über seine Schulter geworfen hätte. Ich wurde sofort ohnmächtig. Ich dachte, daß ich direkt in die ewige Verdammnis getragen wurde, von der Mistreß Alton immer erzählt.«

»Und wann kamst du wieder zu dir?«

»Ich lag im Gras, Sir, im dichten Gebüsch ... und ich wußte, was mit mir geschehen war.« Er legte beide Hände auf ihre Schultern und sah ihr ins Gesicht. »Luce, versuchst du mir im Ernst weiszumachen, daß du glaubst, es war der Teufel? Komm schon, Mädchen, du weißt, es war ein Mann, der sich als Teufel verkleidet hat. Gib es schon zu. Ich denke, du weißt, wer der Mann ist.«

»Nein, Sir, ich schwöre, daß ich es nicht weiß.«

»Luce, du strapazierst wirklich meine Geduld. Dir ist ein übler Streich gespielt worden.«

»Das glaube ich nicht, denn er ist sogar einmal mitten in der Nacht in mein Bett gekommen.«

»In diesem Haus? Warum hast du Betsy nicht geweckt?«

»Mistreß Alton war krank, und Betsy mußte bei ihr bleiben. Ich war allein in dieser Nacht. Plötzlich wachte ich auf. Es war dunkel... und ich wußte, er war da.«

»Bist du dann wieder ohnmächtig geworden?«

»Nein, Sir, ich war die ganze Zeit wach.«

»Und du bestehst darauf, daß es der Teufel war?«

»Ja, ich weiß, es war der Teufel.«

»Nun, hör mir zu, Luce. Ich kann ja verstehen, daß du das in jener Nacht geglaubt hast, in der du diese unglaublichen Geschehnisse erlebt hast. Aber dann – er kam schließlich in dein Zimmer! Denk mal an all die Männer hier, die dich vielleicht begehren. Es muß einer von ihnen gewesen sein.«

Sie schüttelte den Kopf. Sie weinte leise. Voller Abneigung sah er in ihr geschwollenes Gesicht und trat ans Fenster.

»Ich muß dich warnen, sprich mit niemandem über diese unglaubliche Geschichte. Wenn du es dennoch tust, könnte es große Schwierigkeiten für dich geben. Vielleicht sollte ich dich zu deinen Eltern zurückschicken. Möchtest du das?«

Sie fing an, laut zu schluchzen.

Er fuhr ein wenig sanfter fort. »Mach nicht solchen Lärm, mein Kind. Geh jetzt, ich werde dich nicht nach Hause schicken, wenn du es nicht willst. Statt dessen werde ich mich bemühen, einen Mann zu finden, der dich trotz deiner Schwangerschaft heiratet. Du hast Dummheiten gemacht, es war falsch, das Haus zu verlassen, obwohl Mistreß Alton es verboten hatte. Jetzt hast du die Quittung für deine Dummheit. Aber denk daran, das, was dir passiert ist, ist tausend anderen vor dir auch passiert. Jetzt geh, ich verspreche, dir zu helfen.«

Er sah ihr nach, wie sie aus dem Zimmer stolperte. Wie sehr unterschied sie sich doch jetzt von dem anmutigen Mädchen, das er am Pfingstsonntag vor der Kirche gesehen hatte.

So also wurde Tamar empfangen.

Richard hielt sein Wort. Er wählte Ned Swann als Ehemann für Luce aus. Aber Ned wollte sie nicht, denn man munkelte bereits darüber, daß Luce schwanger war.

Die Lackwells nahmen es nicht so genau. Bill hatte schon vorher ein Auge auf Luce geworfen, und als Richard Luce noch eine ordentliche Mitgift gab, war Bill einverstanden.

So heirateten Bill und Luce. Fast ein Jahr, nachdem Luce Sir Francis Drake vor der Kirche gesehen hatte, kam ihr Baby auf die Welt.

Tamar war ein braunäugiges Mädchen und schon als Kind sehr hübsch. Einige sagten, sie sei tatsächlich Bill Lackwells Tochter; aber es gab viele, die sich nicht davon abbringen ließen, daß sie ein Kind des Satans war.

II

Tamar war überdurchschnittlich intelligent. Schnell stellte sie den Unterschied zwischen sich selbst und anderen Kindern fest. Als sie fünf Jahre alt war, hatte Luce noch drei weitere Kinder bekommen, die den Lackwellschen Kotten bevölkerten. Tamar beobachtete ernst, was um sie herum geschah. Sie hatte die Geburt eines Bruders und den Tod eines anderen gesehen. Sie hatte still in ihrer Ecke gesessen, denn niemand hatte sie hinausgeschickt. In dieser Zeit bemerkte sie die Scheu – später sollte Angst daraus werden-, die die anderen vor ihr empfanden. Sie schuf sich einen eigenen Platz in der Nähe des Feuers. Sie legte bunte Steinchen, die sie gesammelt hatte, um diesen Platz, so daß eine Art Grenze zum übrigen Raum entstand.

»Niemand darf diese Steingrenze übertreten«, sagte sie.

Sie sprach trotzig, denn sie erwartete, daß Bill Lackwell die Steinchen aus dem Fenster werfen würde und daß er sie mit seinen schwieligen Händen packen würde, um sie ebenfalls hinauszubefördern. Aber er tat nichts dergleichen. Er wandte nur seinen Blick von ihr ab, während ihre Mutter sie entsetzt anstarrte.

Das war Tamars Triumph. Niemand berührte die Steine.

Wenn die anderen Kinder sie aufheben wollten, verbot die Mutter es ihnen und schimpfte sogar der Vater mit ihnen. Tamar hatte deshalb die gemütlichste Ecke dieser elenden Behausung für sich allein.

Tamar zeigte großes Interesse für alle Vorgänge in ihrer Umgebung. Die anderen Kinder schienen sich höchstens um ihre nächste Mahlzeit oder um die nächsten Prügel ihres Vaters zu kümmern. Um das letztere brauchte sich Tamar in der Tat nicht zu sorgen, denn Bill Lackwell rührte sie niemals an, aber das Essen war auch für sie von großer Bedeutung.

Großmutter Lackwell saß fast immer auf einem Stuhl, von dem sie sich selten erhob. Sie konnte nun kaum noch laufen, denn als sie in jener Pfingstnacht aus dem Kotten gezerrt worden war, war ihr Bein gebrochen; sie mußte es unter großen Schmerzen beim Gehen hinter sich herziehen. Sie saß meist mit halbgeschlossenen Augen da und grübelte vor sich hin, ohne die anderen Bewohner des Kottens zu beachten.

Tamar fühlte sich zu der Alten hingezogen. Sie spürte, daß auch sie anders war. Die alte Frau tat fast nichts für ihren Lebensunterhalt. Ab und an verkaufte sie ein paar Kräuter, die beim Kotten wuchsen. Sie schickte ihre Kunden hinaus und sagte ihnen, was sie pflücken sollten. Dann sagte sie ihnen, was sie mit den Pflanzen machen sollten und was man dabei sagen mußte. Sie bekam fast niemals

Geld für ihre Dienste. Aber ein paar Tage später lag meist ein Geschenk vorder Tür, ein Roggenbrot oder einige Eier.

Tamar dachte jedoch, daß diese Geschenke zu selten kamen, um für den Aufenthalt der Alten in der überfüllten Behausung aufzukommen. Trotzdem wurde sie niemals unfreundlich angesprochen oder von ihrem Platz gescheucht. Sie hatten Angst vor ihr, genau wie vor Tamar.

Eines Tages ging Tamar zu der alten Frau. »Oma«, sagte sie, »erzähl mir etwas über die Kräuter, die auf unserem Beet wachsen.«

Eine knochige Hand berührte Tamars dicke, schwarze Locken.

»Wunderschön«, murmelte die alte Frau. Tamar mußte ganz nah heranrücken, um sie zu verstehen. »Du wirst wissen, was du zu tun hast, wenn die Zeit gekommen ist.«

Tamar, die in ihrem Steinring über diese Worte nachdachte, wußte nun, daß sie eine sehr wichtige Person war und daß sie eines Tages noch bedeutender sein würde.

Sie lebte ihr eigenes geheimes Leben. Wenn es warm war, schlief sie draußen. Sie haßte die kalten Nächte, die sie wieder unter das Dach der Lackwells trieben.

Luce war schon lange kein schlankes junges Mädchen mehr, sondern eine müde Frau, ausgelaugt von den ständigen Schwangerschaften. Ihr Haar war nun lang, es hatte jedoch seine ganze Schönheit verloren und hing strähnig herab. Zuerst war sie über Bill Lackwells Grausamkeit entsetzt gewesen, dann jedoch hatte sie sich dumpf ihrem Schicksal ergeben.

Sie beobachtete ihre älteste Tochter voller Ablehnung. Sie hatte für sie den Namen Tamar gewählt, da sie fühlte, daß ein solches Kind keinen gewöhnlichen Namen tragen sollte. Ängstlich hatte sie darauf gewartet, ob sich Tamars wohlgeformte Füßchen in Hufe verwandeln würden. Auch auf Tamars hübschem Kopf zeigten sich keine Anzeichen von Hörnern. Tamar hätte also ein ganz gewöhnliches Kind sein können. Aber ihre klugen Augen, ihr hübsches ovales Gesicht, ihr vollkommener Körper und ihre rasche Auffassungsgabe hatten sie stets von allen anderen unterschieden. Ihre Schönheit hatte sie zumindest teilweise von Luce geerbt; die anderen Eigenschaften konnten auf keinen Fall von ihrer Mutter stammen.

Luce wollte diese Tochter gerne lieben, aber es war ihr unmöglich, ihre Ablehnung dem Kind gegenüber zu überwinden, und Tamar entging das nicht.

Das kleine Mädchen war von Geburt an immer gesund gewesen. Es wurde nicht gewickelt, da es bei den Lackwells keine Windeln gab. So hatte es sich immer frei bewegen können.

Schon von früher Kindheit an wußte Tamar ihre scharfe Intelligenz zu nutzen. Sie bekam fast alles mit, was um sie herum geschah. Sie sah, wie ihre Halbgeschwister von ihrem grausamen Vater verprügelt wurden; sie sah auch, wie ihre Mutter unter seiner Gewalttätigkeit litt. Sie sah, wie sie sich versöhnten, und sie wußte, was sich häufig unter den Lumpen auf ihrem Strohbett abspielte. Sie beobachtete, wie aus ihrer vertrockneten, knochigen Mutter nach und nach eine dicke Frau wurde, und sie wußte auch, was das bedeutete.

Sie war sechs Jahre alt, als es ihr endgültig klarwurde, wie sehr sie sich von den anderen unterschied.

Manchmal kam Betsy Hurly zum Kotten. Betsy hatte es für ihre Verhältnisse ganz gut getroffen. Sie hatte Charlie Hurly dazu gebracht, sie zu heiraten, und war nun Herrin auf der Farm der Hurlys. Die heißblütige Bauersfrau war, wie vor ihrer Heirat, immer noch auf Abenteuer aus.

Eines Tages kam sie zu den Lackwells, als nur Luce, die alte Frau und Tamar zu Hause waren.

Dank ihrer scharfen Beobachtungsgabe bemerkte Tamar sofort, daß Betsy im Vergleich zu ihrer eigenen Familie geradezu reich aussah.

Während Tamar ihre Steinchen polierte, entging ihr nichts. Draußen vor dem Kotten wartete Betsys Tochter Annis, die ein paar Monate jünger war als Tamar. Annis streckte Tamar die Zunge heraus, aber Tamar hatte größeres Interesse an den Erwachsenen.

Luce schlug die Augen nieder: »Was möchtest du, Betsy?«

Betsy flüsterte: »Jim Haines. Hast du ihn gesehen, Luce? Was für ein Mann! Aber leider hat er nur Augen für die junge Stallmagd. Ich will unbedingt, daß er sich für mich interessiert.«

»Aber, Betsy, so etwas solltest du dir nicht wünschen!«

»Red doch keinen Quatsch, Luce Lackwell! Sollte ich etwa sein wie du und es zulassen, daß mein Mann mich grün und blau schlägt und mich wieder und wieder schwängert? Du hast ja schließlich auch mal ein bißchen was erlebt, das war wahrscheinlich auch etwas besser als Bill, nicht wahr?«

Betsy blickte hinüber zu Tamar, doch diese schien ganz in ihre Steinchen vertieft zu sein.

»Ja, es war wohl etwas anders«, gab Luce zu.

»Das muß es ja wohl. Du liebe Güte, es war bestimmt besser als irgend etwas anderes.«

Luce nickte.

»Aber es hat dir dies hier eingebracht. Sonst hättest du vielleicht Ned Swann bekommen, wenn dich nicht jemand vorher gehabt hätte. Warum solltest du also so tun, als ob du so etwas nicht kennen würdest? Du könntest mir einen Zaubertrank verschaffen, durch den Jim Haines sich in mich verliebt.«

»Nein, Betsy, das wäre nicht richtig.«

»Nein? Ich sage dir eins, Charlie hat so seine Methoden!«

»Komm mit raus aufs Beet, ich sollte es zwar nicht tun, aber ich habe vor ein paar Tagen gehört, wie die Alte etwas vor sich hin murmelte.«

Sie gingen hinaus in den Garten. Tamar starrte ihnen nach. Annis blickte in den Kotten.

»Komm her«, sagte Tamar.

»Nein, das mach' ich nicht.«

»Dann geh weg, es ist mir egal.«

»Nein, ich komme nicht.«

»Du hast Angst.«

Annis hatte blonde Haare und graue Äugen, sie war ziemlich hübsch, aber neben Tamar sah sie blaß und farblos aus.

»Wenn du keine Angst hättest, würdest du reinkommen.«

Annis trat in die Hütte und ging vorsichtig auf die Steine zu.

»Wozu hast du die Steinchen?«

»Keiner darf über diese Steinchen gehen.«

Annis kniete nieder und betrachtete die Steinchen. Plötzlich lächelte Tamar sie an und gab ihr ein Steinchen in die Hand.

Als die beiden Frauen in den Kotten zurückkamen, wurde Betsy blaß. »Annis! Was machst du hier drinnen? Zu Hause werde ich dir den Hintern versohlen!«

Annis rannte aus der Hütte. Tamar schrie: »Sie hat meinen Stein! Gib ihn zurück! Gib ihn zurück!«

Betsy schüttelte Annis und rief: »Laß ihn fallen. Laß ihn sofort fallen!«

Annis warf den Stein hin, und Tamar schnappte ihn sich triumphierend. Betsy gab ihrer Tochter eine schallende Ohrfeige. »Und jetzt komm nach Hause. Auf Wiedersehen, Luce.«

»Wiedersehen, Betsy.«

Tamar schaute zu ihrer Mutter, aber Luce konnte ihr nicht in die Augen sehen.

Ich bin anders, dachte Tamar. Niemand gibt mir Ohrfeigen, niemand versohlt mir den Hintern. Ich bin anders. Ich bin Tamar. Sie fürchten mich.

Unten am Sutton Pool standen die Menschen auf dem Kopfsteinpflaster und sahen der Ausfahrt Sir Walter Raleighs und seiner fünf Schiffe zu. Sie wollten den Orinoko auskundschaften, um hoffentlich Gold für die Königin zurückzubringen. Bei solchen Gelegenheiten gab es nun weniger Begeisterung als vor einigen Jahren. Plymouth konnte den traurigen Anblick jener tapferen Seeleute nicht vergessen, die die Helden beim Sieg über die Spanier gewesen waren, danach aber in den Straßen hungern und um ihr Brot betteln mußten – manche von ihnen grausam verstümmelt. Ihre Dienste wurden nicht gewürdigt. Von einer undankbaren Königin und deren Rat waren sie nie bezahlt worden.

All diese Männer wären schon längst gestorben, hätte es nicht Menschen wie Drake, Hawkins und Frobisher gegeben, die viel aus ihren eigenen Taschen beigesteuert hatten, um eine Stiftung für bedürftige Seeleute zu gründen. Sie bauten ein Krankenhaus für die Matrosen. Sir Francis, der sein Haus in der Looe Street verlassen hatte, um sich in der Buckland Abbey niederzulassen, hatte sein Ziel nicht vergessen, Wasser in die Stadt zu leiten. Nun wurde Wasser aus dem westlichen Arm des Flusses Plym dorthin geleitet.

Tamar war unten beim Hafen. Die edlen Schiffe gefielen ihr sehr, und sie wünschte, bei der Expedition dabeizusein. Es kam ihr sogar in den Sinn, sich auf einem der Schiffe zu verstecken. Dann erinnerte sie sich daran, daß Oma Lackwell heute ganz allein im Kotten war. Tamar war sehr impulsiv, und wenn sie einmal eine Idee im Kopf hatte, mußte sie sie auch in die Praxis umsetzen. Sie drängelte sich durch die Menge und rannte den ganzen Weg nach Hause.

Die alte Frau saß auf ihrem gewohnten Platz. Tamar brüllte in ihr Ohr: »Ich bin's, Oma, Tamar! Ich bin gekommen, um dich ein paar Dinge zu fragen. Warum haben sie alle Angst vor dir und mir?«

Die Alte lachte und entblößte dabei ihre schwarzen Zahnstumpfe. »Wie wurde ich geboren?« fragte Tamar schnell.

Die Alte wurde aufgeregt. Ihre Hände zitterten. Tamar sah sich ängstlich um. Sie fürchtete, gestört zu werden.

»Hat ein Mann bei meiner Mutter gelegen, so wie Bill Lackwell es unter den Lumpen tut... oder war es im Gras?«

Daraufhin verschluckte sich Oma Lackwell fast vor Lachen.

»Hör auf zu lachen, Oma. Erzähl's mir, ich will alles wissen.«

»Im Gras«, antwortete die Alte.

»Sie machen das wohl gern«, sagte Tamar ernst. »Und dann ist meine Mutter dick geworden, und ich bin dabei herausgekommen. Aber ... warum haben sie Angst vor mir?«

Die Alte schüttelte den Kopf. »Oma, ich muß es wissen. Du hast Angst vor mir. Meine Mutter hat Angst vor mir. Sogar Bill Lackwell fürchtet mich. Er ist groß und stark, er hat einen Riemen und starke Hände, und ich bin klein, sieh doch nur, wie klein ich bin, Oma! – Und er hat Angst vor mir! Sie haben auch Angst vor dir, Oma. Es ist etwas, das ich von dir habe.«

Die Alte schüttelte den Kopf. »Von mir hast du gar nichts.«

»Von wem denn, Oma? Sprich ... sprich. Ich tu, dir weh, wenn du es mir nicht sagst.«

Die Alte bekam Angst. »Ganz ruhig, meine kleine Schönheit. Sag nicht so etwas ... Der Mann im Gras gab dir dein wunderschönes Aussehen.«

»Es liegt nicht an den Haaren und an den Augen. Lackwell wurde sich nicht darum kümmern. Außerdem haben sie auch Angst vor dir, Oma. Und du bist furchtbar häßlich.«

Die Alte nickte. Sie streichelte die schwarze Katze auf ihrem Schoß. »Du mußt sie auch streicheln, mein Kind.«

Gemeinsam streichelten sie die Katze.

»Du bist eine Hexe, Oma«, sagte Tamar.

Die Alte nickte.

»Oma, hast du schon den Teufel gesehen?«

Die Alte schüttelte den Kopf.

»Oma, wie ist es, wenn man eine Hexe ist?«

»Man hat Kräfte, die die anderen nicht haben. Wir gehören Satan, er ist unser Meister. Wir sind die Kinder des Teufels. Wir können töten. Wir können die Milch in den Eutern von Kühen und Ziegen sauer werden lassen. Wir haben Sabbate. Dann treffen wir uns und erweisen dem gehörnten Ziegenbock, der ein Botschafter Satans ist, Ehre. Manche sagen, es ist nur ein verkleideter Mann. Das kann wohl sein, aber für uns ist er dann eben ein Ziegenbock... und wir tanzen um ihn herum. Jetzt bin ich zu alt, um zu tanzen. Ich kann jetzt nur noch anderen erzählen, wie sie ihren Trank brauen sollen. Es war die Nacht, in der sie mich testen wollten. Beinahe hätten sie mich umgebracht... wenn ein Gentleman sie nicht daran gehindert hätte. Seitdem bin ich krank und lahm. Aber ich bin noch immer eine Hexe, daran ist nicht zu rütteln, mein Kind.«

»Oma, bin ich eine Hexe?«

»Noch bist du keine.«

»Werde ich eine sein?«

»Das wird wahrscheinlich so kommen, wenn man bedenkt, wie du auf die Welt gekommen bist.«

»Wie bin ich auf die Welt gekommen? Es war doch auf dem Gras? War mein Vater eine Hexe?«

Die Alte wurde ganz ernst. »Sie sagen, mein Kind, es war der größte Herrscher von allen... unter Gott.«

»Ein Engel?«

»Nein. Leg deine Hand auf Tobys Rücken. Komm näher zu mir, mein Kind... näher...«

Tamar wartete atemlos. »Sag es mir, Oma. Sag es.«

»Dein Vater, mein Kind, war niemand anders als der Satan selbst.«

Während des heißen, trockenen Julis war Tamar nur in der Hütte, wenn sie sich etwas Brot oder gesalzenen Fisch holen wollte. Nur wenn die alte Frau allein war, setzte sie sich zu ihr, und sie unterhielten sich. Tamar wollte alle dunklen Geheimnisse über die Teufelswelt ihrer Großmutter erfahren.

Es war schwierig, die Alte zu verstehen, und ihr schlechter Atem war kaum zu ertragen. Tamar brachte deshalb nicht allzuviel aus ihr heraus. Aber sie wußte über das große Geheimnis Bescheid. Die Menschen fürchteten sie, weil sie die Tochter des Satans war.

Sie rannte mit nackten Füßen durchs kühle Gras; sie flüsterte den Bäumen zu: »Ich bin die Tochter des Teufels. Niemand kann mir etwas anhaben, denn er paßt auf mich auf.«

Sie liebte die grüne Einsamkeit des Landes. Sie sammelte merkwürdige Pflanzen, die sie der Alten brachte, um etwas über ihre magischen Eigenschaften zu erfahren. Aber die Stadt bot ihr dennoch das größte Vergnügen. Während sie auf der Straße stand, beobachtete sie die Menschen und hörte ihren Gesprächen zu. Der Markt bereitete ihr besonderen Spaß. Manchmal fand sich dort auch etwas Eßbares. Bisweilen schenkte ihr ein Fremder, der von ihrer anmutigen Schönheit bezaubert war, ein Geldstück.

Sie kannte einen alten Seemann, der mit ihr am Hafen saß und ihr von seinen Abenteuern berichtete. Sie stellte ihm Fragen über Fragen, und er redete gern mit ihr über seine Erlebnisse auf See. Sie trafen sich häufig, und er eröffnete ihr durch seine Erzählungen eine neue Welt. Aber eines Tages blickte er zur Seite, als er sie sah, und tat so, als ob er sie nicht kenne. Sie rannte zu Ihm und zog ihn am Ärmel. Er brüllte sie nicht an und fluchte auch nicht, obwohl er, wie sie wußte, besonders grob fluchen konnte. Er drehte sich nur um und vermied es, sie anzusehen. Dann befreite er sich sanft von ihr und humpelte mit seinen Krücken davon. Sie wußte, was geschehen war. Er hatte herausgefunden, wer ihr Vater war, und hatte jetzt Angst.

Sie warf sich ins Gras und schluchzte wütend und leidenschaftlich; aber als sie den alten Seemann wiedersah, stellte sie sich vor ihn hin, sah ihn mit funkelnden Augen an und verfluchte Ihn. Er wurde bleich und humpelte fort. Nun triumphierte sie, denn sie wußte, er hatte vor einem kleinen Mädchen größere Angst als vor der spanischen Inquisition.

An einem aufregenden Tag hörten sie, daß die Spanier in Cornwall gelandet waren, daß Mousehole in Flammen stand und Penzance angegriffen wurde.

Tamar sah zu, wie die Schiffe lossegelten, um den Leuten in Cornwall zu helfen. Solche Tage waren aufregend für ein Mädchen, das genauso gefurchtet wurde wie die Spanier.

Irgendwann im August segelten auch Drake und Hawkins fort. Niemals würde Tamar den Tag vergessen, an dem sie vom Tod dieser beiden Helden erfuhr. Die ganze Stadt trauerte um sie, und Tamar sehnte sich danach, ebenso geliebt zu werden wie diese beiden. Es mußte besser sein, geliebt zu werden als gefürchtet, dachte sie, denn wenn man gefürchtet war, führte man ein sehr einsames Leben.

Einmal sprach Luce von Drake. »Ich habe ihn mehrmals gesehen«, sagte sie in ungewöhnlich redseliger Stimmung, »ich erinnere mich, als wir einmal in allergrößter Gefahr schwebten... alle warteten wir auf die Spanier... Zu der Zeit waren sie noch wahre Spanier. Sie hatten große Schiffe, sagten alle, und unsere waren kleiner. Das machte aber nichts aus, denn wir hatten ihn!«

»Und er war besser als alle anderen!« rief Tamar.

»Sie gingen in die Kirche, er und ein anderer großer Herr. Ich ging mit Betsy hin, um sie zu sehen. Damals war ich anders... Mein Haar war kurz geschnitten wie bei einem Jungen. Meine schönen, lockigen Haare wären ein Geschenk des Satans, sagte Mistreß Alton.«

»Ein Geschenk Satans!« rief Tamar und berührte ihre eigenen üppigen Locken.

»Wir gingen zur Kirche, und er war dort. Ich sah Ihn. Als er herauskam mit dem edlen Lord, weinten die Frauen bei seinem Anblick, und die Männer warfen ihre Mützen in die Luft. ›Gott segne Euch, Sir Francis‹, riefen sie. Und nun soll er tot sein. In seiner ganzen Schönheit liegt er auf dem Meeresgrund. Ich hätte mir nie vorstellen können, daß er stirbt, solange ich noch am Leben bin.«

»Erzähl mir mehr«, sagte Tamar. »Erzähl mir von dieser Zeit mit Mistreß Alton.«

Weinend fuhr Luce fort: »Ich dachte zuviel an ihn. Durch solche Gedanken fordert man den Teufel heraus. Ich wollte gar nicht so viel, ich wollte nur ein kleines bißchen.«

»Das ist dumm«, meinte Tamar. »Man muß viel wollen. Ich will das.«

Luce sah ihre Tochter an. »Du mußt nachts im Hause bleiben. Ich möchte nicht, daß dir dasselbe passiert wie mir. Sei bloß vorsichtig.«

Tamars Augen funkelten. »So was wird mir nie passieren.«

»Du weißt nicht, was du redest, Kind. Das ist etwas, das wir alle erst verstehen, wenn es zu spät ist.«

»Ich weiß Bescheid.«

»Sei vorsichtig. Es geschieht in einem Augenblick, und dann lebst du für den Rest deines Lebens in Fetzen und Lumpen, und du bist gefangen.«

»Mir passiert das nicht!« erklärte Tamar. »Es gibt niemanden, der schlau genug ist, mich zu fangen!«

Wieder lagen große Schiffe im Hafen. Drake und Hawkins waren tot, aber es gab andere Männer, die nur darauf warteten, in ihre Fußstapfen zu treten. Einer von ihnen war Sir Walter Raleigh, der als Drakes Nachfolger galt. Während des ganzen Frühlings, als Plymouth um Drake trauerte, sammelte sich die Flotte im Sund. Auch Lord Howard war dort. Doch die Zeiten hatten sich geändert. Die Männer drängten sich nicht länger danach, auf den Schiffen mitzusegeln. Raleigh brachte Fremde mit, die zum Dienst gezwungen worden waren. Während Drake Männer, die anheuern wollten, zurückweisen mußte, desertierten jetzt einige, die, wurden sie wieder eingefangen, zur Abschreckung am Hafen aufgehängt wurden.

An einem Tag im Juni, als Tamar der Ausfahrt der Flotte zusehen wollte, erblickte sie am Hafen einen Jungen, der so viel älter als sie war, daß er beinahe wie ein Mann wirkte. Sie wußte, es war Bartle Cavill, Sir Humphreys Sohn. Er war dreizehn Jahre alt, groß, seine Augen waren so blau wie die See und seine vollen Haare strohblond. Sie sah, wie er mit sehnsüchtigen Augen den Schiffen nachblickte, und trat näher an ihn heran, weil sie diese Gefühle teilte.

Sie betrachtete seine feine, maulbeerfarbene Hose. Die Farbe und die Weichheit des Stoffes gefielen ihr. Sie mußte die Seide berühren, um sie zu fühlen.

Doch als er ihre Hand spürte, packte er sie am Arm.

»Diebin!« rief er. »Ich habe dich gefangen, du kleine Diebin!«

»Ich wollte nur die Seide berühren«, sagte sie schüchtern. »Du tust mir weh.«

»Das ist auch meine Absicht! Ich lasse dich durchsuchen und aufhängen, du dreckige kleine Diebin.«

»Ich bin keine Diebin. Du solltest dich lieber vor mir in acht nehmen.«

»Ich lasse dir diese Lumpen vom Leibe reißen. Bevor sie dich aufhängen, lasse ich dich zu meinem ganz persönlichen Vergnügen noch auspeitschen.«

Als sie Ihren Arm befreit hatte, hielt er sie an den Haaren fest.

»Siehst du den Mann dort am Galgen? Er ist von seinem Schiff desertiert. Das passiert also mit dreckigen Bettlern, die Ihre Herren bestehlen.«

»Ich habe keine Herren«, sagte sie würdevoll, obwohl sie Schmerzen hatte, da er ihr fast die Haare ausriß.

Seine Augen blitzten wütend. »Unverschämtheit! Das wird dir noch leid tun!«

»Dir wird es leid tun. Du weißt ja nicht, wer ich bin.«

Er sah ihr ins Gesicht und lachte. »Ach, du bist es... die Tochter des Teufels, was?«

Sie zitterte, denn sie sah keine Furcht in seinem Gesicht.

»Du weißt ja anscheinend, wer ich bin und daß ich nicht nur so daherrede. Für deine Unverschämtheit lasse ich dich peitschen.«

»Du würdest es nicht wagen, niemand würde das

wagen, es ginge schlimm für dich aus, wenn du mir weh tust.«

Er ließ sie los, und sie rannte fort. Als sie sich umdrehte, sah sie, daß er noch immer dort stand und sie beobachtete.

Sie ging langsam und würdevoll weiter, aber sobald sie sicher sein konnte, daß er sie nicht mehr sah, rannte sie, so schnell sie nur konnte. Sie zitterte vor Angst und Haß, weil sie nicht sicher war, ob er Angst vor ihr hatte oder nicht.

Kurz darauf hörte sie, Bartle Cavill sei fortgelaufen und zur See gegangen. Sie war erleichtert. Das Leben ging weiter wie gewöhnlich. Sie wuchs heran und wurde zehn Jahre alt.

In jenen Tagen gab es wenig Aufregung in der Stadt. König Philipp war seit einem Jahr tot, und die Gefahr von Plünderungen an der Küste schien behoben. Kurz vor seinem Tod hatte Philipp erfahren, daß seine Pläne niemals zu verwirklichen waren. Plymouth hatte die Schiffe seiner Granden nicht einmal zu Gesicht bekommen, denn ein Sturm im Golf von Biskaya hatte sie zerstört. Damit waren Philipps Absichten endgültig verwirkt, England zu erobern. Auf hoher See jedoch lieferte man sich weiterhin manche Schlacht.

Irgendwo da draußen, so dachte Tamar manchmal, war Bartle Cavill. Vielleicht hatte er gerade sein Schiff verlassen und stürmte irgendeine Stadt; vielleicht kämpfte er sich jetzt durch den Dschungel; vielleicht wurde er in einem Verlies gefoltert. Sie dachte voller Haß an ihn, nicht so sehr wegen seiner Worte, sondern wegen der Verachtung, die sie in seinen strahlendblauen Augen gesehen hatte.

Ihr Leben verlief weiterhin sehr einsam. Kein Kind spielte mit ihr, aber sie hatte auch kein Interesse an den Spielen ihrer Altersgenossen. Sie lernte viel von Oma Lackwell. Wenn Leute zum Kotten kamen, um Kräuter zu holen, sagte die Alte: »Das Kind wird sie für euch pflücken. Es weiß Bescheid.«

In solchen Augenblicken genoß sie ihre seltsame Macht. Aber eines Tages erfuhr sie, daß die Menschen sie haßten, weil sie vor ihr Angst hatten. Das bisher schrecklichste Erlebnis Ihres Lebens wartete auf sie.

An einem Sommerabend ging sie zu ihrem Lieblingsversteck, einem schattigen Plätzchen inmitten vieler Bäume, die einen großen Teich säumten. Sie kam oft hierher und beobachtete die Insekten und die Vögel, deren Schreie sie täuschend echt nachahmen konnte.

Aber als sie heute unter den Bäumen anlangte, hörte sie plötzlich Geschrei über sich, und einige kleine Gestalten, manche sogar kleiner als sie selbst, sprangen von den Bäumen. Die Kinder aus der Nachbarschaft fielen über sie her. Sie stürzte sofort zu Boden. Obwohl sie heftig um sich trat und schlug, konnte sie sich nicht befreien. Es waren einfach zu viele, und unter ihren Angreifern befanden sich einige ziemlich große Jungen. Sie banden ihr ein Tuch vor die Augen, da sie Angst hatten, sie könne sie wiedererkennen. Das bereitete ihr einen gewissen Triumph. Es bewies ja, daß die Kinder sie fürchteten.

»Laßt mich los!« schrie sie. »Ich werde euch verfluchen. Das wird euch noch leid tun. Ich weiß, wer Ihr seid, dazu muß ich euch nicht sehen.«

Sie sagten nichts. Einer trat sie; ein anderer boxte sie in den Rücken. Sie fühlte sich krank und sehr schwach. Sie hatte zwar häufig körperliche Gewalt gesehen, aber sie hatte sie nie zuvor am eigenen Leibe erlitten.

Sie trat um sich und schrie: »Das wird euch noch leid tun. Ich kenne euch. Ich kenne euch alle.«

Ihre Peiniger sagten immer noch kein Wort. Sie zwangen sie, sich ins Gras zu setzen, und als sie ihre Hände und Füße zusammenbanden, wußte sie, was sie vorhatten.

Viele Hände berührten sie, kratzten sie, rissen ihre Haut auf. Sie erwartete, daß irgendeine Macht ihr zu Hilfe käme, aber sie hatte nichts ... nichts als die Stärke eines zehnjährigen Mädchens.

Laute Schreie ertönten aus ihren Kehlen, und sie fühlte, wie sie geworfen wurde; sie platschte in das schlammige Wasser des Teiches und landete auf dem schilfigen Grund. Da ihre Peiniger nicht in der Lage gewesen waren, sie sehr weit zu werfen, befand sie sich nur bis zur Taille im Wasser.

Die Kinder am Ufer des Teiches vergaßen, daß sie

ihre Stimmen nicht hören durfte, und schrien: »Sie geht unter!«

»Nein, sie geht nicht unter!«

»Sie wird schon oben schwimmen. Sie ist doch des Teufels eigene Tochter. Er wird sich schon um die Seinigen kümmern.«

Einer der Jungen versuchte, sie mit einem langen Stock weiter hinaus zu stoßen, und verletzte sie dabei am Bein. Sie fühlte nicht einmal mehr den Schmerz. Sie glaubte, sterben zu müssen; gefesselt, wie sie war, konnte sie nichts tun. Das Tuch vor ihren Augen, das nun naß war und unangenehm roch, ließ sie nichts sehen.

»Sie ist wirklich eine Hexe!« schrien die Kinder.

Jemand warf einen Stein nach ihr, verfehlte sie aber. Doch von den nächsten Steinen trafen einige sie. Sie fühlte, wie sie immer tiefer im Schlamm versank. Sie war nahe daran, ohnmächtig zu werden, doch ihre Wut und ihr Glaube an sich hielten sie aufrecht. Es bedeutete den Tod, wenn sie bewußtlos würde, es sei denn, die Kinder bekämen Angst und zögen sie heraus. Aber sie hatten keine Angst, denn es würde niemanden bekümmern, wenn sie ertränke. Oma Lackwell wäre wohl traurig; aber sie war dem Tode nahe und zählte nicht. Ihre Mutter? Vielleicht täte es ihr ein bißchen leid, aber sie wäre auch erleichtert. Sie müßte nicht mehr darauf achten, ob ihre Tochter irgendwelche äußerlichen Merkmale entwickelte, die ihre teuflische Herkunft verrieten. Alle anderen wären nur froh. Es gab niemanden, der wirklich um sie trauerte.

Während sie nach Luft schnappte, bemerkte sie plötzlich, daß es still war. Die Kinder schrien nicht mehr.

Eine Stimme sagte: »Du und du, geht und holt das Mädchen aus dem Wasser.«

Sie wurde gepackt und ans Ufer gezerrt, wo sie liegenblieb und um Atem rang.

»Nehmt das Tuch von ihren Augen und bindet sie los.«

Vor ihren Augen tanzten schwarze Punkte.

Eine angenehme Stimme sagte: »Es ist das Lackwellsche Mädchen.«

Tamar fühlte sich nun entsetzlich krank. Sie stöhnte und versuchte aufzustehen. Die Kinder waren fort, aber der Mann war geblieben. Sie kannte ihn: Es war Richard Merriman, der in dem großen Haus lebte.

»Es ist alles in Ordnung«, sagte er. »Diese jungen Teufel hätten dich ertrinken lassen. Geh ihnen in Zukunft aus dem Weg.«

Sie stammelte: »Sie hatten Angst vor mir. Sie mußten mir die Augen verbinden.«

Sie wankte auf ihn zu, und er fing sie auf, bevor sie hinfiel. Sie bemerkte sogleich den Ekel, der ihn in ihrer Nähe überfiel. Der Kontrast zwischen ihren stinkenden Lumpen und seinen edlen Gewändern war ihr wohl bewußt. Würdevoll zog sie sich von ihm zurück.

»Vielen Dank dafür, daß Ihr mich rausziehen ließet«, sagte sie und humpelte davon.

»Komm her, mein Kind!« rief er hinter ihr her. Aber sie sah sich nicht um. »Zum Teufel noch mal!« rief er.

Die Tränen rannen ihre Wangen hinunter. Man hatte sie aufs äußerste beleidigt, zuerst die Kinder und dann er. Niemand sollte Ihre Tränen sehen.

Sie kam zurück zum Kotten, und die Alte versuchte sie zu trösten. Sie kochte ihr einen ganz besonderen Tee.

»Hier, das wird dir jetzt guttun. Es war das erste Mal, daß sie dich untertauchten, und du hast es gut überstanden.«

Tamar zog sich in ihren Steinring zurück. Sie fühlte nicht die Schmerzen in ihren Gliedern und das Brennen in ihren Wunden. Sie dachte nur an den Mann mit den eleganten Kleidern, den es angeekelt hatte, sie in seiner Nähe zu haben.

Sie dachte noch oft an Richard Merriman. Wenn er nicht gewesen wäre, wäre sie vielleicht gestorben. Sie hätten sie ertränkt wie eine streunende Katze. Für die anderen war sie nicht mehr als ein unnützes Tier. Und doch hatten sie Angst vor ihr, und deshalb haßten sie sie. Vielleicht war es doch nicht so gut, gefürchtet zu sein? Viel besser wäre es, geliebt zu werden!

Sie durfte jedoch nicht böse auf Richard Merriman sein, da er sie gerettet hatte. Er konnte nichts dafür, daß er von ihr angeekelt war. Sie erinnerte sich daran, wie Bartle Cavill sich vor ihr geekelt hatte, und ihre Augen blitzten haßerfüllt. Ich hoffe, die Spanier kriegen Ihn! dachte sie. Ich hoffe, sie quälen ihn mit heißen Eisen und verbrennen ihn wegen seines Glaubens.

Sie sah um sich und wartete darauf, daß die Erde sich auftäte und der Teufel erschiene. Sie wartete auf irgendein Tier, das zu Ihr mit menschlicher Stimme spräche und das Ihre Seele forderte für das, was sie verlangte. Nichts geschah.

»Nein!« flüsterte sie. »Ich will nicht, daß die Spanier ihn verbrennen, denn dann sähe ich ihn niemals wieder. Und ich will ihn wiedersehen, damit ich Ihm irgendwie zeigen kann, wie sehr ich Ihn hasse.«

Dem anderen Mann, Richard Merriman, mußte sie Ihre Dankbarkeit zeigen, da er ihr das Leben gerettet hatte. Die Tochter des Satans mußte dankbar sein.

Auf den Klippen gab es eine Stelle, an der man Seemöweneier finden konnte. Dort suchte jedoch kaum jemand nach Eiern, da es sehr gefährlich war, dort hinaufzuklettern. Da es so schwierig war, sie zu holen, wurden diese Eier natürlich besonders geschätzt.

Sie wurde ganz aufgeregt, als sie den Plan faßte, ihm diese Eier zu bringen und stolz zu sagen: »Ihr mögt meinen Geruch nicht, Sir, aber vielleicht mögt Ihr den Geschmack dieser Eier. Sie sind für Euch, weil Ihr mir das Leben gerettet habt.«

Die Sonne stand hoch am Himmel, als sie loszog. Auf dem Weg zu dem einsamen Ort hielt sie sich von allem Bäumen fern – sie würde nie wieder unbesorgt unter Bäumen hergehen können. Sie drehte sich häufig um, um sich zu versichern, daß ihr niemand folgte. Sie mußte eine steile, gefährliche Klippe hinaufklettern und verlor einige Male fast den Halt. Vögel schwirrten um ihren Kopf – Möwen und Kormorane, die ihre schrillen Schreie ausstießen, um vor dem Eindringling zu warnen. Aber Tamar fürchtete die Vögel nicht.

Sie zog sich weiter nach oben, krallte sich an dem rauhen Gestein fest, zerschnitt sich die Beine an den scharfkantigen Felsen; ein-, zweimal fiel sie beinahe, aber sie fing sich wieder und kletterte triumphierend weiter.

Blickte sie die Felsen hinunter, erkannte sie, daß es ihr sicherer Tod wäre, wenn sie fiele. Aber so sollte es auch sein, denn er hatte ihr das Leben gerettet, und sie war bereit, es erneut aufs Spiel zu setzen, um Ihm ein gebührendes Dankgeschenk zu bringen.

Der Wind wehte durch ihr dickes Haar. Es roch genauso schlecht wie ihre Kleider, und das haßte sie. Sie sehnte sich nach einem Kleid mit Puffärmeln und nach einem Rock, unter dem ein hübscher Unterrock hervorschaute. Bei ihrem schrecklichen Erlebnis am Teich hatte sie bemerkt, daß ihre Kleidung hinterher zwar nach Moder und Schlamm roch, daß aber auch viele Läuse im Wasser zurückgeblieben waren. Nun wollte sie ihre Kleider und ihre Haare in einem klaren Fluß spülen, der durch die Ländereien Richard Merrimans floß. Sauber gewaschen wollte sie ihm dann mit den Eiern gegenübertreten. Sie mußte bei diesem Gedanken lachen. Er würde ihre Veränderung bemerken. In ihrer Fantasie veränderten sich ihre Lumpen durch die Wäsche im klaren Wasser in wunderschöne Kleider aus Samt und Seide.

Sie kletterte voller Energie weiter. Ein Stein, an dem sie sich festhalten wollte, löste sich von dem Felsen. Aber sie konnte sich gerade noch retten. Dabei zerkratzte sie ihren Arm jedoch so schlimm, daß er stark blutete.

Das war ihr egal, denn nun hatte sie die ersten Seemöweneier gefunden.

Der Abstieg dauerte viel länger als der Aufstieg, weil sie auf die Eier achten mußte. Die weichen Locken in ihrer Stirn waren schweißnaß vor Anstrengung. Schmutzig und zerschunden erreichte sie schließlich Richard Merrimans Besitz.

Der Fluß war an dieser Stelle etwa sechs Fuß breit. Vor langer Zeit hatte jemand große Steine hineingelegt, über die man gehen konnte. Die Stelle war durch Büsche und Bäume geschützt.

Zu Tamars Freude war nur ein einziges Ei zerbrochen. Vorsichtig legte sie die Eier ins Gras. Dann zog sie ihre Lumpen aus. Als sie sie in den Fluß tauchte, wurde das Wasser dunkelbraun. Danach legte sie die Kleider zum Trocknen in die Sonne. Auf Zehenspitzen ging sie vorsichtig in den Fluß und tauchte ihren Kopf ins Wasser. Das kalte Wasser raubte Ihr beinahe den Atem. Sie setzte sich in den Fluß und schrubbte sich den Dreck vom Körper.

Danach legte sie sich in die Sonne und wartete, daß ihre Kleider trockneten. Es gefiel ihr, so nackt dazuliegen, denn so sah sie aus wie jeder andere. Mistreß Alton würde nicht besser aussehen ohne Ihre guten Kleider; genausowenig wie die Frau von Humphrey Cavill, diese feine Lady, die Bartles Mutter war.

Ihre feuchten Haare fielen bis auf die Taille herab. Während sie dort saß, stellte sie sich vor, wie erfreut er über die Möweneier sein würde, die selbst für ihn eine Delikatesse sein mußten. Plötzlich sah sie das blasse Rot einer Blume. Es war eine Betonie, wie sie zu ihrer Freude feststellte. Er sollte sie bekommen, denn diese Blume würde sein Haus vor allem Bösen beschützen.

Obwohl weder ihre Haare noch ihre Kleider ganz trocken waren, konnte sie nicht länger warten. Sehr schnell zog sie sich an und lief zum Haus. Es war das schönste Haus, das sie jemals gesehen hatte.

Sie legte die Eier vor die Tür und plazierte die rote Blume darauf. Dann pochte sie an die Tür. Klopfenden Herzens wartete sie.

Er öffnete die Tür nicht selbst. Ein junges Mädchen mit sehr kurzem Haar und einem sehr schönen Gewand machte statt dessen auf.

Das Mädchen sah sie voller Abscheu an. Sie blickte auf die Eier auf der Türschwelle und wurde blaß, als ob Tamar ein Sendbote des Teufels sei.

»Was willst du?« fragte das Mädchen nervös.

»Deinen Herrn«, antwortete Tamar tapfer.

»Du ... willst ... meinen Herrn sprechen?«

»Hol ihn her«, ordnete Tamar würdevoll an.

Nun kam Mistreß Alton zur Tür. »Was ist hier los?«

Der Stock und der Schlüssel waren an ihrem Gürtel befestigt. Tamar behielt das Gesicht der Frau im Auge.

»Ich will Euren Herrn sehen«, sagte Tamar. »Ich will Ihm etwas geben.«

Mistreß Altons Lippen wurden schmal. »So etwas habe ich noch nie gehört! So eine Unverschämtheit! Die schwarzäugige Tochter einer schwarzäugigen Hexe! Mach, daß du hier wegkommst, und nimm deinen Dreck mit!« Sie griff nach dem Stock.

»Ich bin gekommen, um Euren Herrn zu sehen, wenn Ihr mir weh tut, wird es Euch leid tun.«

»Du kannst mich totschlagen, aber ich lasse es nicht zu, daß du einen Fuß in dieses Haus setzt. Was ist das für eine Schweinerei auf der Schwelle?«

»Das ist keine Schweinerei«, antwortete Tamar bestimmt.

»Das habe ich für Euren Herrn mitgebracht. Es sind Seemöweneier, die ich selbst gesammelt habe; seht nur, ich bin dafür in die Felsen geklettert. Und das ist eine Glücksblume.«

»Bring diese Sachen weg.«

»Nein, sie sind für Ihn.«

Mistreß Altons Gesicht wurde rot vor Wut, und bevor Tamar es verhindern konnte, trampelte sie auf den Eiern herum Tamar stieß einen kleinen Wutschrei aus, dann eilte sie auf die Frau zu, schnappte ihren Rock und trat sie.

»Hilfe! Hilfe!« schrie Mistreß Alton. »Ich werde umgebracht. Diese Hexe versucht mich umzubringen.«

In diesem Moment kam Richard Merriman zur Tür. Tamar ließ die Frau los und sah ihn an.

»Was bedeutet das?« fragte er kalt.

»Diese Hexe ist hierhergekommen, um Euch etwas Böses anzutun... um uns allen etwas Böses anzutun«, rief die Haushälterin.

»Was für eine kleine Hexe?« fragte er.

»Sie hat Eier auf die Türschwelle gelegt. Es war ein Fluch.

Ich kenne ihre bösartigen Methoden.«

Er war näher gekommen, um die Eier zu betrachten.

Tamar rief: »Das sind Seemöweneier. Ich habe sie für Euch geholt, weil Ihr mich gerettet habt. Ich bin dafür hoch in die Felsen geklettert. Und die Blume sollte Euch Glück bringen. Sie wird das Böse von diesem Haus fernhalten.«

»Ach ja, du bist also Luces Tochter. Wie heißt du denn?«

»Tamar.

»Ein schöner Name«, meinte er lächelnd. »Es

war nett von dir, mir die Eier zu bringen. Vielen Dank.«

»Sie sind zerbrochen. Sie hat darauf herumgetrampelt.«

»Ich danke dir trotzdem.«

Sie hob die Blume auf. »Die ist für Euch; sie soll Euch vor allem Bösen beschützen.«

Er nahm die Blume. »Du bezahlst also deine Schulden«, erwiderte er. »Bringt sie ins Haus und gebt ihr etwas zu essen. Gebt ihr auch etwas zum Anziehen.«

»Ich kann diese Lumpen nicht im Hause haben«, erklärte Mistreß Alton. »Sie soll sich draußen ausziehen, dann gebe ich ihr andere Kleider.«

Er zuckte mit den Schultern. »Seht zu, daß sie soviel zu essen bekommt, wie sie will.«

Tamar sah ihm ins Gesicht. Seine Kleider, seine Stimme und seine Manieren faszinierten sie.

Er blickte sie noch einmal an und sagte: »Es war sehr nett von dir, mir die Eier zu bringen. Komm einfach ins Haus, wenn du Hunger hast. Mistreß Alton wird dir Essen geben, wenn du etwas brauchst.«

Ein leichtes Lächeln umspielte seine Lippen. Dann drehte er sich um und ging fort.

»Wag es nicht, einen Fuß in dieses Haus zu setzen«, sagte Mistreß Alton. »Bring bloß nicht dieses Ungeziefer herein. Geh zum Hinterhof, dann werde ich dir Kleidung herauswerfen. Nimm diese Lumpen mit, wenn du wieder gehst.«

Genau wie ihre Mutter vor vielen Jahren zog Tamar sich draußen aus und legte die Kleider an, die man ihr gab. Sie fühlte sich wie neugeboren; die Kleider waren ihr zu groß, doch das spielte keine Rolle, denn sie waren schön und fein.

Dann durfte sie sich auf einen Stuhl vor der Hintertür setzen, und Moll gab ihr einen Teller Suppe.

Nie zuvor hatte sie ein so großartiges Abenteuer erlebt, und während sie aß, dachte sie die ganze Zeit an Richard Merriman, an seine schöne Stimme und an seine wertvollen Gewänder. Dann schien es ihr, als hätte er sie auf seltsame Weise angesehen, als ob er wie alle anderen dachte, daß sie ein merkwürdiges Wesen sei.

Tamar war vierzehn Jahre alt, als Simon Carter, der Hexenjäger, nach Plymouth kam.

Königin Elisabeth war kürzlich gestorben. Ihre Nachfolge trat der schottische König an, der aus Schottland über die Engländer und die Schotten herrschte. Tamar wußte dies, da sie stets den Gesprächen auf der Straße lauschte. Sie erfuhr, daß es eine gute Sache war, von diesem Jakob regiert zu werden, denn da die beiden Reiche nun unter seiner Herrschaft vereint waren, würde es keinen Krieg mehr zwischen ihnen geben. Er war ein gelehrter Mann, den die Leute bereits den englischen Salomon nannten. Aber er glaubte an die Mächte der Hexen und war entschlossen, sie aus seinem Reich zu vertreiben.

Der neue König war sich ganz sicher, daß kaltblütige Hexen gegen ihn selbst und gegen seine Gemahlin gearbeitet hatten. Diesen Hexen war es beinahe gelungen, Prinzessin Anne auf der Fahrt von Dänemark nach Schottland, wo sie Jakob heiraten sollte, ertrinken zu lassen. Zweimal hatte die Prinzessin die Reise versucht, und gerade als sie nur ein paar Meilen von der schottischen Küste entfernt war, kam ein Sturm auf, der ihre Schiffe bis an die Küste Norwegens trieb. Als dieses Desaster sich zum zweiten Male zutrug, gab einer der Kapitäne zu, daß ein Matrose auf seinem Schiff mit einer Hexe verheiratet war. Als schließlich ein dritter Versuch, Schottland zu erreichen, scheiterte, gab es für viele keinen Zweifel mehr daran, daß hier Hexen am Werk gewesen waren.

Die Hexenfrau des Matrosen wurde bei lebendigem Leibe verbrannt und mit ihr viele ihrer Freundinnen. Als der König schließlich selbst lossegelte, um seine Braut zu holen, zerschellte sein Schiff beinahe vor der norwegischen Küste.

Da er davon überzeugt war, daß er und seine Frau durch Hexerei um ein Haar ihr Leben verloren hätten, ließ er sofort nach seiner Hochzeit auf schottischem Boden die Hexen verfolgen. Viele wohlbekannte Hexen wurden gefangen, und nach der Folter gestanden sie, was sie getan hatten.

Sie hatten eine Katze getauft und so ein kirchliches Sakrament verhöhnt. Dann hatten sie Leichenteile gestohlen und sie der Katze an die Beine gebunden. Darauf hatten sie die Katze von einem Pier ins Meer geworfen. Die Katze konnte gut schwimmen und erreichte trotz der Behinderung das Ufer. Dadurch hätten die Hexen erfahren, daß die Königin doch noch sicher auf schottischem Boden landen würde. Sie erklärten, daß der große Earl of Bothwell mit ihnen in Verbindung stünde; man munkelte, er wohne als Teufel verkleidet ihren Sabbats bei. Durch seine Verkleidung wäre auch die Macht des Bösen auf Ihn übergegangen.

Die schottischen Hexen wurden stranguliert und verbrannt, bis nur noch ein Häufchen Asche von ihnen übrigblieb.

All das war vor mehr als zehn Jahren geschehen. Und nun kam dieser König mit seiner Frau und seiner Familie nach London.

Außer den Hexen gab es noch andere, die die Autorität des Staates mißachteten. Dauernd wurde nun über die Sektierer und Puritaner gesprochen. Tamar hörte entsetzliche Berichte über das Leid, das diese Menschen seit Jahren erdulden mußten.

Verfolgungen fanden im ganzen Land statt; sie waren so abscheulich und blutig wie unter Königin Maria, die daher ihren Beinamen die Blutige erhalten hatte, aber es war immer noch schlimm genug. In Plymouth hatte man Männer gefangengenommen, ihren Familien entrissen und in den Kerker gesteckt, weil sie nicht die anglikanische Kirche besuchten, sondern es vorzogen, Gott auf ihre eigene Art und Weise zu dienen. Die Gefängnisse in London und in den meisten anderen Städten waren voll von solchen Männern. Man ließ sie in den Kerkern verhungern, sie wurden mit Keulen fast zu Tode geschlagen, einige wurden aufgehängt.

Tamar war mit ihren vierzehn Jahren schon zu außerordentlicher Schönheit erblüht. Obwohl sie gänzlich ungebildet war, zeigte sie große Intelligenz und eine schnelle Auffassungsgabe. Deshalb wollte sie über diese religiösen Dinge Bescheid wissen; es stimmte sie besonders traurig, daß man mit ihr darüber nie sprach, weil alle insgeheim dachten, sie sei eine Hexe.

Sie wußte einiges über Hexerei, da sie eine gelehrige Schülerin von Oma Lackwell gewesen war. Die Alte saß noch immer in ihrem Stuhl. Manchmal redete sie wirres Zeug vor sich hin, so daß Tamar dachte, sie hätte den Verstand verloren.

Bartle war von seinen Seefahrten zurück. Er war nun zwanzig Jahre alt, groß, stark und ungeheuer stolz auf die Narbe auf seiner Wange. Sein Gesicht war gebräunt, wodurch seine auffällig blauen Augen noch besser zur Geltung kamen. Tamar hatte gehört, daß er wie sein Vater war. Alle Mädchen aus der Stadt lagen ihm zu Füßen. In den nächsten Jahren würde man viele Kinder mit den typischen blauen Augen der Cavills sehen. Einmal traf Tamar ihn am Hafen. Er grinste, als er sie erkannte, und sie rannte schnell an Ihm vorbei.

Und nun war Simon Carter, der Hexenjäger, nach Plymouth gekommen. Er war ordentlich gekleidet, wie es seiner schwerwiegenden Mission zukam, und trug eine Bibel unter seinem Arm. In seiner Begleitung befanden sich Männer, die ihm bei seiner Arbeit halfen.

Er stand auf dem Platz und erzählte den Leuten von der wichtigen Arbeit, die er für seinen König und für Gott tat. Das Land litte unter den Hexen. Er könne eine Hexe erkennen, wenn er sie sah. Aber er glaubte an die Gerechtigkeit, deshalb verurteilte er keine, bevor er sie getestet hatte.

»Wenn irgendeiner von euch eine Hexe kennt, so darf er sein Wissen nicht für sich behalten. Und wenn einer von euch den Verdacht hat, daß sein Nachbar mit dem Teufel im Bunde steht, dann soll er hervortreten und dessen Namen nennen.«

Tamar stand aufmerksam am Rande der Menge, jederzeit bereit, wegzulaufen, sollte einer auf sie zeigen.

Simon Carter wußte, wie er mit einfachen Leuten reden mußte. Gott sei allmächtig, erklärte er, doch es gebe einen aus dem Himmel Ausgestoßenen, der, wenn man von Gott absah, mächtiger sei als alle anderen. Die Frömmigkeit müsse den Sieg davontragen, denn Gott habe die größte Macht über die Welt; aber das unkontrollierte Böse könne großen Schaden anrichten. Gott rette niemanden vor den Hexen, der es aus Dummheit oder Bosheit unterließe, diese Kreaturen zu denunzieren. Denn wenn jemand sich dem Teufel verschrieb, so hieß das, er arbeite gegen Gott. Alle seien sie Gottes Diener, oder etwa nicht? Das sollten sie beweisen, indem sie Simon Carter die verlangten Informationen gaben.

»Ihr guten Leute, hattet ihr vielleicht einmal eine Mißernte und wußtet gar nicht, wieso? Wurdet ihr jemals von Anfällen, Erbrechen und merkwürdigen Krankheiten geplagt? Dann, meine lieben Freunde, seid Ihr gewiß den Launen einer bösen Hexe zum Opfer gefallen. Denkt gut nach, Männer und Frauen, denkt nach über alle, die in eurer Nähe leben. Habt Ihr jemals gesehen, wie sie merkwürdige Dinge taten? Haben sich vielleicht Tiere in Ihre Häuser geschlichen? Haben sie Kräuter gesammelt und ein seltsames Gebräu daraus gekocht? Führen sie Selbstgespräche? Sind sie bei einer Mondfinsternis draußen herumgelaufen? Kommt schon, wenn ihr eurem König dienen wollt, wenn ihr wollt, daß es euch und euren Kindern immer gutgeht... kommt her und erzählt mir etwas über diejenigen unter euch, die ein verborgenes Leben führen.«

Tamar stahl sich aus der Menge fort. Die Straßen waren wie ausgestorben. Alle Leute schienen auf dem Platz zu sein. Sie wußte, daß sie in Gefahr schwebte. Auch die alte Frau war in Gefahr; wenn man sie quälte, würde sie all jene verschrobenen, zusammenhanglosen Dinge murmeln, die sie zu Tamar gesagt hatte. Sie konnte nichts tun. Wie hätte sie die alte Frau verstecken können? Es gelänge ihr niemals, sie aus dem Kotten fortzuschaffen.

Sie ging jedoch nicht zurück nach Hause, sondern lag ausgestreckt im Gras und sah auf die See hinaus.

Sie überlegte, wie sie sich selbst und die alte Frau retten könnte.

Dann aber trieb es sie zurück in die Stadt. Sie mußte einfach wissen, was dort vor sich ging.

Simon Carter hatte bereits sechs Frauen im Rathaus um sich versammelt. Er redete ununterbrochen.

»Hexerei, meine lieben Freunde, findet man öfter bei Frauen als bei Männern. Der Inkubus, der Subbukus und alle anderen Teufel aus dem Reich Satans lieben die Frauen am meisten. Denn Frauen sind schwache Kreaturen, die dem Bösen eher zuneigen als Männer. Es fehlt ihnen der größere Verstand, den Gott den Männern gegeben hat; man kann sie viel leichter zum Bösen überreden. Zieht diese Frauen nun nackt aus. Nun, liebe Freunde, werden wir das Teufelsmal suchen. Damit zeichnet er sie, wodurch sie Ihm für immer gehören. Oft ist das Teufelsmal an den verstecktesten Stellen des Körpers, deshalb müssen wir äußerst gründlich danach suchen.« Eine der Frauen versuchte sich zu wehren; sie war jung und nicht gerade häßlich. Aber einer von Simon Carters Männern fesselte sie, während ein anderer ihr die Kleider vom Leibe riß.

Simon Carter schnappte sich eine der Frauen, zwang sie in die Knie, riß grob an ihren Haaren und führ fort: »Was glaubt ihr, meine unschuldigen Freunde, was tun diese Kreaturen wohl sonst noch, außer, daß sie euch üble Streiche spielen? Sie wälzen sich im Schmutz, sie vergnügen sich in ihren Betten mit seltsamen Kreaturen. Der Subbukus besucht die Männer und beraubt sie ihrer Lebenssamen; diesen Samen gibt er weiter an den Inkubus, der dann den vom Teufel vergifteten Samen in die Frauen einpflanzt.« Er stieß die Frau zu Boden. »Na, mach schon, Weib, sei nicht so schüchtern. Laß doch einfach deine böse Seele glauben, daß ich die Kröte bin, die du in deinem Bett begrüßt... der Teufel, der kommt, um dich zu erfreuen...«

Er stieß einen Freudenschrei aus, denn er hatte das Teufelsmal in der Kniekehle gefunden. Er kicherte fröhlich vor sich hin. Jede Hexe, die er an den Galgen brachte, machte Ihn um fünfzehn Shillinge reicher.

»Nun, liebe Leute, sollt Ihr sehen, wie ich sie steche. Die hier wird nicht bluten, denn sie trägt das Teufelsmal. Woher ich das weiß? Weil mir die göttliche Macht gegeben wurde. Ich erkenne eine Hexe. Ich steche sie nur um der Gerechtigkeit willen. Aber ich erkenne eine Hexe, sobald ich sie sehe. Liebe Brüder und Schwestern in dieser schönen Stadt, wie werdet ihr frohlocken, wenn ihr euch an diesen Tag erinnert, als Simon Carter kam, um eure Stadt von diesem Fluch zu befreien.« Er stach eine Nadel in die Warze.

»Kein Blut! Das ist das Werk des Teufels. Wenn ich irgendeinen frommen Bürger dieser Stadt mit einer Nadel steche, was passiert dann wohl? Blut spritzt aus der Wunde. Aber wenn eine Hexe gestochen wird, kann ihr auch der Teufel nicht mehr helfen. Sie blutet nicht, weil sie dem Teufel gehört. Ihr Fleisch und Blut unterliegen nicht den göttlichen Gesetzen. Diese Hexe wird auf jener schönen Landzunge aufgehängt werden. Ihr werdet sehen können, wie ihr Kadaver verwest. Wenn ihr dann gemerkt habt, wie Gerechtigkeit geübt werden kann, werdet ihr mir mehr und mehr Hexen bringen.«

Tamar konnte es nicht mehr länger ertragen. Sie hatte die gräßlichen Obszönitäten der Zuschauer gehört. Sie war verwirrt, denn immer wieder war der Name Gottes erklungen. Niemand bemerkte Tamar, denn alle hatten nur Augen für die nackten Frauen. Sie weideten sich am Anblick der gequälten Opfer, deren Peiniger Worte der Gerechtigkeit murmelten.

Tamar rannte den ganzen Weg bis zum Kotten. Ihre Mutter und einige ihrer Halbgeschwister waren zu Hause.

»Oma! Oma!« rief sie. »Der Hexenjäger ist in der Stadt. Du mußt schnell einen Zauber aussprechen. Du darfst ihn nicht herkommen lassen... sonst wird er dich kriegen... und mich auch.«

Die alte Frau zitterte am ganzen Körper; ihr Unterkiefer fiel herab, und ihre Augen schlossen sich; sie sackte in ihrem Stuhl zusammen.

Die anderen nahmen keine Notiz davon.

Ein paar Tage später kam der Hexenjäger mit zwei Helfern zum Kotten. Zahlreiche Leute aus der Stadt folgten ihnen.

Tamar hörte sie kommen und wollte fliehen, aber es war zu spät; sie konnte nicht mehr wegrennen, ohne gesehen zu werden. Wenn sie es dennoch versuchte, zöge sie nur die Aufmerksamkeit auf sich.

Luce und Bill Lackwell waren mit dreien ihrer Kinder im Kotten.

Simon Carter stieß die Tür auf. Er sah Oma Lackwell direkt ins Gesicht. »Ah, dort sitzt eine Hexe! Es wäre nicht einmal nötig, das Mal bei ihr zu suchen. Es gibt keinen Zweifel, daß sie eine Hexe ist.«

Tamar starrte Oma Lackwell an. Sie hockte in der Ecke, umgeben von ihren Steinen, die sie nun nicht mehr schützen konnten.

Die alte Frau hatte sich in den letzten Tagen ein wenig erholt. Sie konnte ihre Augen öffnen, aber nicht sprechen. Ihre rechte Gesichtshälfte war nach unten gezogen, und sie konnte Ihren rechten Arm und ihr rechtes Bein nicht bewegen. Arme Oma! Kein Wunder, daß Simon Carter sie für eine Hexe hielt.

Die beiden Männer ergriffen sie und zogen sie von ihrem Stuhl. Sie fiel nach vorne und hing schlaff in ihren Armen.

»Sie ist tot«, stellte einer der Männer fest. Sie ließen Ihren Körper auf den Boden gleiten.

»Das ist ein Trick!« schrie Simon. »Sie hat Ihre Verbündeten zu Hilfe gerufen. Nehmt die Katze und dreht Ihr den Hals um. Der Teufel ist an diesem Ort. Ich kann es fühlen, ich kann es riechen. Der Teufel ist hier, ganz in unserer Nähe, ihr guten

Leute. Haltet eure Gedanken rein. Sagt das Vaterunser. Das vertreibt ihn schneller als alles andere. Nun müssen wir herausfinden, ob diese Frau auch wirklich tot ist, denn Hexen kennen viele Tricks.«

Sie rissen ihre Kleider auf und versuchten, Ihren Herzschlag zu fühlen.

Tamar konnte ihre Augen nicht von Simon Carter abwenden. Sein Mund bildete eine gerade Linie; seine Augen glitzerten wie Lichtpunkte unter seinen buschigen Brauen. Er war sehr wütend. Eine tote Hexe brachte Ihm nichts ein. Er war umsonst hierhergekommen.

»Gute Leute, der Teufel hat diese Frau genommen. Er hat sich einen Spaß daraus gemacht, uns um ihre gerechte Bestrafung zu betrügen.« Er wandte sich ab und starrte nun Luce an, die vor der Mauer kauerte.

Eine aus der Menge flüsterte: »Erinnert Ihr euch nicht, damals... wurde nicht gesagt, daß Luce Lackwell...«

Simon Carter drehte sich augenblicklich um und fragte: »Was war das, liebe Freundin? Diese Frau dort...«

Eine Frau wurde nach vorn geschoben: »Nun, ich weiß es auch nicht so genau... aber man sagte... es war diese Frau dort, Luce Lackwell. Es hieß, sie wurde vom Teufel genommen.«

Simon wandte sich wieder Luce zu. Hoffnungsvoll sagte er: »Diese Frau?« Er sah Luce direkt in die Augen. »Du kannst es nicht vor mir verstecken. In deinen Augen kann ich deine Schuld sehen. Du warst es also, Hexenfrau, du hast einen Zauber ausgesprochen, der diese ältere Hexe zu ihrem Meister geschickt hat. Kommt, Männer, sucht nach dem Mal. Ich wette, ihr findet es an einer sehr geheimen Stelle, denn hier handelt es sich um eine sehr geheimnisvolle Frau.«

Luce schrie, als sie ihr die Kleider herunterrissen. Nach wenigen Sekunden stand sie splitternackt vor ihnen.

Tamar konnte das nicht ertragen. Sie mußte aus der Hütte heraus – weniger, um sich selbst in Sicherheit zu bringen. Es war ihr vielmehr unerträglich, der Schmach ihrer Mutter beizuwohnen.

Sie stahl sich unbemerkt zur Tür, da die Menge nur Augen für Luce und die Hexenjäger hatte.

Als sie bereits draußen war, sagte jemand: »Das ist Luces Mädchen... die Tochter des Teufels. Laßt sie nicht gehen. Sie muß getestet werden!«

Tamar rannte, so schnell sie konnte. Ihre Verfolger jagten ihr große Angst ein. Aber sie war flinker als sie alle, und schließlich wollte niemand das Schauspiel in der Hütte versäumen.

So schaffte Tamar es, sie abzuhängen. Keuchend schnappte sie nach Luft. In ihrer großen Not erinnerte sie sich plötzlich an Richard Merriman. Nicht, daß er ihr jemals allzu große Beachtung geschenkt hätte. Aber er sah sie doch anders an als die anderen Kinder. Manchmal umspielte ein leichtes Lächeln seine Lippen. Sie war häufig in seinem Haus gewesen und hatte dort Essen und Kleidung erhalten.

Tamar fühlte, daß Richard Merriman auf irgendeine Weise ihr Freund war. Deshalb wollte sie sich auf seinem Land verstecken und dort überlegen, was sie tun sollte.

Sie benetzte ihr erhitztes Gesicht mit dem kalten Wasser des Flusses. Angestrengt horchte sie auf jedes Geräusch, aber es blieb alles still. Als es dunkel wurde, versteckte sie sich im Gebüsch und schlief erschöpft ein.

In der Morgendämmerung wurde sie von quälendem Hunger geweckt. Sie konnte nicht zurück zum Kotten gehen. Plötzlich hatte sie eine abenteuerliche Idee. Sie hatte beobachtet, daß Richard Merriman an manchen Sommertagen, meist am späten Nachmittag, in seinem Garten spazierenging. Wenn er nun heute käme, sollte sie Ihn dann einfach um Hilfe bitten? Er hatte ihr das Leben gerettet, als die Kinder sie ins Wasser geworfen hatten. Vielleicht würde er ihr nun helfen, dem Hexenjäger zu entkommen. Es war möglich, daß er sie den Männern auslieferte, aber das konnte sie sich einfach nicht vorstellen, denn er haßte alles Widerwärtige, und diese Männer und das, was sie den Frauen antaten, waren widerwärtig. Sie war verzweifelt, weil sie es ohne Essen nicht viel länger aushalten konnte, und sie wußte sonst niemanden, der ihr hätte beistehen können.

Jetzt, da sie einen Plan gefaßt hafte, fühlte sie sich schon viel besser. Zunächst wollte sie sich und ihre Kleider waschen. Wenn sie ihn schon um einen derartigen Gefallen bat, sollte er auf keinen Fall durch ihren schlechten Geruch abgestoßen werden. Sie zog Ihr Kleid aus – darunter trug sie nichts – und versuchte es so gut wie möglich im Fluß sauber zu schrubben. Dann breitete sie es zum Trocknen auf dem Gras aus und wusch sich. Sie lag in der Sonne und dachte darüber nach, was sie ihm sagen sollte. Sie könnte sich hinter den Büschen in seinem Garten verstecken und warten, bis er nahe genug herangekommen war. Dann würde sie flüstern: »Ich bin in Gefahr. Der Hexenjäger ist hinter mir her. Ihr habt mich schon einmal gerettet, werdet Ihr es nun wieder tun?«

Sie war sicher, daß er sie verstecken konnte, wenn er wollte, denn er war mächtiger als alle anderen, die sie kannte. Außerdem glaubte sie, er würde Ihr helfen, weil er immer ein wenig lächelte, wenn er sie ansah.

Plötzlich hörte sie Schritte und drehte sich um. Gelähmt vor Schreck, sah sie Bartle Cavill, der zwischen ihr und ihrem Kleid stand.

Ihr Herz raste. Es lag etwas in seinem Blick, das ihr Angst einjagte, dieselbe Angst, die sie gespürt hatte, als jene Männer ihre Mutter anrührten. Wollust war in Ihren Gesichtern gewesen, als sie den nackten Körper Ihrer Mutter anstarrten; dieselbe Wollust sah Tamar nun in Bartles strahlendblauen Augen.

»Welch schöner Zufall!« sagte Bartle spöttisch und verbeugte sich. Sie saß reglos da und versuchte, Ihre Nacktheit mit Ihren langen Haaren zu bedecken.

»Ich habe gerade meinen Nachbarn besucht – ein ziemlich langweiliger Mensch. Ich wußte ja nicht, daß mich noch so ein reizendes Rendezvous erwartet.«

»Kommt nicht näher!«

»Gerade das habe ich aber vor. Du bist doch Tamar, die Tochter der Hexe! Du bist ja eine kleine Schönheit ohne deine Lumpen!«

»Bleibt, wo Ihr seid ... oder ich verfluche Euch.«

»Wenn du so große Macht hast, Tamar, warum hast du dann solche Angst?«

Er packte sie am Arm, und sie versuchte aufzuspringen; aber er zog sie herab, und sie rollten im Gras herum. Er keuchte und lachte.

»Du hast auf mich gewartet! Ja, das hast du, du kleines Biest. Welch eine Unverschämtheit! Du hast ohne Erlaubnis Merrimans Land betreten. Weißt du, daß man dich dafür hängen könnte?« Er versuchte, sie zu küssen, aber sie wehrte sich mit aller Kraft. »Nein, ich lasse dich nicht aufhängen. Schließlich hast du ja netterweise auf mich gewartet. Und sogar deine Kleider ausgezogen. Es hat wirklich keinen Zweck, Tamar, daß du versuchst, dich hinter all deinem wunderschönen Haar zu verstecken. Du bist eine unzüchtige Kreatur ...« Er schrie plötzlich laut auf, denn sie hatte Ihn in die Hand gebissen. »Du beißt mich? Wenn du solche Tricks anwendest, wird es um so schlimmer für dich werden!«

Sie spuckte sein Blut aus. »Ich hasse Euch... ich hasse...« Mit aller Kraft trat sie ihn, aber er trat sie auch; sie zerkratzte sein Gesicht, sie griff seine Nase und drehte sie so stark, als ob sie sie abreißen wollte.

Er verfluchte sie, aber für einen Moment lockerte er vor Schmerz seinen Griff. Sie sprang auf. Er packte sie am Fuß, aber sie befreite sich wieder. Sie schnappte ihr Kleid und rannte in Richtung Park, dicht gefolgt von Bartle. Voller Erleichterung sah sie dort Richard Merriman. Keuchend warf sie sich Ihm in die Arme.

»Rettet mich!« schrie sie. »Rettet mich!«

Bartle, der sie eingeholt hatte, blieb stehen; er atmete schwer und sah aus wie ein wütender, frustrierter Bulle, während Tamar ihr Gesicht in Richards Mantel vergrub.

»Was, zum Teufel, geht hiervor?« fragte Richard. Aber es bedurfte keiner Erklärung. Mit einem Blick sah man, was Bartle vorgehabt hatte, und das Kind war Luce Lackwells Mädchen, nach dem die Hexenjäger suchten.

»Beschützt mich vor ihm und versteckt mich!« flehte Tamar.

»Warum seid Ihr zurückgekommen, Bartle?« fragte Richard, um Zeit zu gewinnen. Er wußte noch nicht, was er mit dem Kind machen sollte.

»Ich fand sie; sie hatte unerlaubt Euer Land betreten. Sie lag nackt im Gras und wartete auf mich.«

»Ich frage mich, warum sie dann vor Euch weggelaufen ist«, antwortete Richard spöttisch.

»Er lügt!« schrie Tamar.

»Zieh dich an, Mädchen«, sagte Richard. Sie errötete und zog schnell Ihr feuchtes Kleid an.

»Ich bitte Euch, Sir«, prahlte Bartle, »Ihr habt keinen Grund, so schockiert zu sein. Ich wäre wahrscheinlich sowieso nicht der erste gewesen.«

»Du lügst!« kreischte Tamar.

»Das Mädchen hat Euch offensichtlich zurückgewiesen. Ich wünsche nicht, daß Ihr Eure Seeräubermanieren hier in meinen Garten bringt.«

»Es war doch nur ein Spaß«, murmelte Bartle.

»Und nach diesem Spaß hättet Ihr sie wohl dem Hexenjäger ausgeliefert.«

»Um Gottes willen, nein. Ich hätte sie natürlich versteckt.«

»Vorausgesetzt, sie wäre Eure willige Sklavin geworden! Das war zweifellos Euer edler Plan.«

»Oh, sie würde es nicht schlecht getroffen haben. Wenn sie, wie sie behauptet, noch Jungfrau ist, würde sich dieser Zustand schnell ändern. Und warum sollte ich nicht ihr erster sein? Gebt sie mir, Sir. Ich schwöre, ich werde sie irgendwo verstecken, bis Simon Carter fort ist.«

»Nein!« schrie Tamar zitternd.

»Sie scheint Euch genauso zu fürchten wie Carter. Ihr habt Euch nicht wie ein Gentleman benommen.«

»Verdammt, Sir, dem Mädchen wäre es nicht schlecht ergangen. Wenn sie sich am Anfang ein bißchen wehren, ist das ganz normal. Und hinterher können sie nie genug bekommen.«

»Ich sage Euch noch einmal, daß Ihr Euch ungehobelt aufgeführt habt. Möchtet ihr das nicht wiedergutmachen? Ihr wißt, wie sehr ich es verabscheue, wenn niedrige Kreaturen wie dieser Carter Gewalt ausüben. Darüber hinaus ist Tamar schließlich noch ein Kind. Deshalb finde ich, sie sollte nicht dem Hexenjäger ausgeliefert werden.«

»Ich habe nicht vor, sie auszuliefern. Ich könnte mir vorstellen, daß man mit dieser kleinen Schönheit viel angenehmere Dinge anstellen kann.«

»Keine Angst, Tamar, er ist nur ein eingebildeter Gockel, der erst kürzlich entdeckt hat, daß er ein Mann ist, und der dies bei jeder passenden Gelegenheit beweisen will. Wir wollen Ihm vergeben, denn nun brauchen wir seine Hilfe. Geht zur Eingangstür, Bartle, und verwickelt Alton in ein Gespräch. Lenkt sie solange ab, bis ich das Mädchen die Hintertreppe hinaufgebracht habe.«

»Sehr wohl, Sir. Ich verspreche, mein Bestes zu tun.«

»Kommt dann in etwa fünf Minuten in mein Arbeitszimmer.«

Bartle stolzierte davon und warf Tamar noch einen unverschämten Blick zu.

Dann sagte Richard zu Tamar: »Sei ganz still und geh dicht hinter mir her. Hoffentlich hat niemand aus dem Haus dieses schöne Schauspiel beobachtet.«

Sie folgte ihm durch eine Hintertür ins Haus. Leise schlichen sie durch den dunklen Gang, stiegen die Hintertreppe hoch und standen kurz darauf in seinem Arbeitszimmer.

Freundlich sah er sie an. »Du bist erschöpft, mein Kind.

Wann hast du zuletzt etwas gegessen?«

»Bevor der Hexenjäger in unseren Kotten kam.«

»Hab keine Angst, ich werde nach meinem Kammerdiener Josiah Hough läuten. Er ist verläßlich und treu, von Ihm hast du nichts zu befürchten.«

Sie sah ihn mit staunenden Augen an. Er erschien ihr wie ein Gott, allmächtig, auf distanzierte Weise freundlich und nicht zu durchschauen.

Als Josiah kam, ordnete Richard an: »Bring Wein und etwas Essen, Josiah. Sag einfach, es sei für mich. Aber beeil dich.«

Nachdem Josiah gegangen war, wandte Richard sich wieder an Tamar: »Du schwebst in großer Gefahr, mein Kind. Du weißt sehr wohl, was mit dir geschieht, wenn der Hexenjäger dich fängt. Ich werde dich verstecken.«

»Ihr seid ein guter Mensch«, antwortete sie.

Er lachte. »Nun übertreibe nicht. Du zitterst ja noch immer, weil du an diesen jungen Lümmel denkst. Er ist nur ein wollüstiger junger Mann. Er wird dich nicht verraten. Ich lasse dich nicht mit ihm allein. Abgesehen von seiner männlichen Lust, kann man ihm vertrauen. Wenn er etwas verspricht, dann hält er es auch.«

Josiah kam mit dem Tablett. Richard bat Tamar an den Tisch. So einen Tisch hatte sie niemals zuvor gesehen. Sie strich verwundert über seine glatte Oberfläche. Sie blickte sich im Zimmer um, und ihr Blick fiel auf einen Teppich. Sie hatte sich einen Teppich nie vorstellen können, obwohl sie einmal gehört hatte, wie Ihre Mutter davon erzählte. Alles war fremd, wie in einem Tagtraum, aber sie hatte keine Angst; solange er in ihrer Nähe war, würde sie sich niemals fürchten.

Es klopfte an der Tür, und Richard ließ Bartle herein.

Bartle sah sie an, aber sie senkte den Blick und machte sich gierig über ihre Mahlzeit her.

»Schöne Manieren!« mokierte sich Bartle.

»Fast so schön wie Eure eigenen«, erwiderte Richard. »Sie hat es nicht besser gelernt. Ihr dagegen solltet es besser wissen.«

»Oh, hängt mich auf, Sir, vierteilt mich! Ein Hexenmädchen! Eine Herumtreiberin! Ein Mädchen, das hinter den Hecken schläft! Sie legt es ja regelrecht darauf an. Sie sollte sich der Ehre bewußt sein, daß ich meine Zeit mit Ihr verschwende.«

»Auf diese Ehre kann sie anscheinend verzichten«, antwortete Richard. »Laßt uns ernsthaft reden, Bartle. Ihr wißt, wie mich all das Gerede über Hexerei langweilt. Natürlich seid Ihr nicht meiner Meinung. Ihr seid genauso abergläubisch wie alle anderen. Hoffentlich denkt Ihr einmal anders. Wie dem auch sei, Ihr habt Eure eigenen Gründe, mir bezüglich dieses Mädchens beizustehen. Nun, wir haben beide unsere Gründe. Versprecht mir, daß Ihr niemandem – nicht einmal Eurem Vater – sagt, daß dieses Mädchen hier ist. Gebt mir Euer Wort als Gentleman.«

»Ich gebe Euch mein Wort. Habe ich nun die Erlaubnis zu gehen?«

Richard nickte.

Bartle fuhr fort: »Lebt wohl, Sir. Leb wohl, Tamar.« Er warf ihr eine Kußhand zu. »Auf unser nächstes glückliches Treffen. Möge es so lustig sein wie unser letztes.« Er hielt seine Hand hoch. »Sieh, diese Hand trägt die Spuren deiner Zähne, das wird mich an dich erinnern. Dein Kleid ist häßlich. Ich hasse dein Kleid. Ohne gefällst du mir viel besser.«

Die Tür schloß sich hinter ihm, und sie hörten ihn singen, als er die Treppe hinunterging.

Richard blickte Tamar an. Was sollte er nur mit ihr machen? Wie konnte er sie verstecken? Obwohl er äußerlich ruhig wirkte, war er aufgeregt. Seit dem plötzlichen Tod seiner lieben Freundin war sein Leben eintönig verlaufen.

Tamar aß geräuschvoll.

Ihre Blicke trafen sich, und sie lächelte. Sie vertraute ihm uneingeschränkt; als er das merkte, fühlte er eine warme Freude in sich aufsteigen, die ihn selbst überraschte.

Zwei Tage lang blieb Tamar in Richards Arbeitszimmer.

Dann wurde sie entdeckt, und daran trug allein sie die Schuld.

Sie hatte sich noch nicht ganz an die Pracht dieses

Raumes gewöhnt. So ging sie herum und berührte die Stühle und den Tisch, die Bücherregale und die Eichentruhe. Sie setzte sich in die Sessel und bewunderte die Gobelinwandbehänge. Außerdem gab es einen Spiegel, in dem Tamar zum ersten Mal ihr Gesicht klar erkennen konnte. Es faszinierte sie zu sehen, wie sie auf andere wirken mußte. Sie war so sehr damit beschäftigt, alles in diesem Raum auszukundschaften, daß sie ihre Ängste vergaß. Ihre Neugierde sollte sie verraten.

Hinter dem Arbeitszimmer befand sich Richards Schlafzimmer, das sie unbedingt sehen wollte, weil sie es sich wunderschön vorstellte. Nie zuvor hatte sie ein Zimmer gesehen, in dem man nichts anderes tat als schlafen. Betten kannte sie nur als Strohsäcke auf dem Boden eines Kottens. Schließlich konnte sie dem Wunsch, ein wirkliches Schlafzimmer zu sehen, nicht länger widerstehen. Vorsichtig öffnete sie die Tür und blickte hinaus auf den Flur. Dort war niemand, doch von unten konnte sie Stimmen hören.

Auf Zehenspitzen schlich sie sich bis zur nächsten Tür und ging hinein. Es war wirklich sein Schlafzimmer.

Sie hatte vorgehabt, nur kurz hineinzusehen, aber sie konnte nicht widerstehen, alles genau zu betrachten. Kunstvolle Schnitzereien verzierten Kopf- und Fußende des Bettes. Sie berührte die Bettvorhänge. Wie schön mußte es sein, in solch einem Bett zu schlafen, geborgen hinter den weichen Vorhängen. Auf dem Boden lag ein hübscher Teppich mit orientalischem Muster; Tamar verstand zwar nichts davon, aber sie fand Ihn wunderschön. Dann ging sie zu einer Kommode und kniete nieder, um die eingeschnitzten Figuren zu untersuchen. Wie gern hätte sie die Schubladen geöffnet, um zu sehen, was sie enthielten!

Und dann, ganz plötzlich, lief ihr ein Schauer über den Rücken; instinktiv spürte sie, daß jemand an der Tür stand und sie beobachtete.

Sie schnellte herum, aber es war zu spät, um zu erkennen, wer dort gewesen war. Sie hörte nur noch das Rascheln von Gewändern und das Geräusch von schnellen, leisen Schritten. Entsetzt sauste Tamar zur Tür, aber niemand war zu sehen.

Tamar hörte die Schreie aus der Ferne. Sie kamen näher und näher. Jetzt waren sie unten vor dem Haus. Richard rannte ins Arbeitszimmer; es war das erste Mal, daß sie ihn in Eile sah.

»Mein Kind, sie sind gekommen und wollen dich holen.«

Verschreckt warf sie sich in seine Arme. Er befreite sich von ihr und sagte: »Du mußt hierbleiben, beweg dich nicht von der Stelle. Verstehst du? Wenn sie dich finden, bist du verloren.«

Sie nickte. Er verließ sie, und sie lehnte sich an die Tür. Vor Angst wurde ihr schrecklich übel. Sie sah es vor sich, wie man sie ergriff und auszog; sie fühlte, wie man die schrecklichen Nadeln in ihren Körper stach. Sie würden sie auf die Landzunge zerren, und ihr Körper würde am Galgen baumeln. Tamar… tot… die Krähen würden sich über ihren Körper hermachen.

Dann hörte sie Richards Stimme; sie klang kraftvoll, und ihr Mut kehrte zurück. Er war kein gewöhnlicher Mann; er war ein Gott. Genau wie sie selbst unterschied er sich von allen anderen Menschen.

Er lehnte sich über das Geländer der Galerie und sah hinab in die Halle, wo die Menge sich versammelt hatte.

»Was wollt ihr in meinem Haus?« fragte er. »Wie könnt ihr es wagen, hier einfach so einzudringen? Ich lasse jeden einzelnen von euch auspeitschen.«

Dann sprach Simon Carter mit lauter und trotzdem sanfter Stimme: »Beruhigt Euch, lieber Freund. Ihr kennt mich, ich bin Simon Carter. Ich bin hier, um unser Land von allem Bösen zu befreien. Vor zwei Tagen haben wir eine Hexe aufgehängt. Doch bevor sie starb, hat sie uns ihre Sünden gebeichtet. Sie hatte mit dem Teufel geschlafen, und aus dieser unheiligen Verbindung ging ein Kind hervor. Dieses Kind – die eigene Tochter des Teufels – muß sofort getötet werden. Solange sie lebt, ist die Stadt nicht sicher. Ich habe den begründeten Verdacht, daß sie hier ist, und ich muß Euch bitten, Sir, ich muß Euch ersuchen, uns nicht im Wege zu stehen, wenn wir sie holen wollen.«

»Wer sagte euch, daß sie hier ist?«

»Derjenige wollte nicht genannt werden. Und ich

respektiere solche Wünsche. Ich respektiere alle, die für Gott arbeiten. Die aber, die sich mit dem Teufel einlassen, werden von mir angezeigt und mit dem Tode bestraft. Wir wissen, das Mädchen ist in diesem Haus. Im Namen Gottes und im Namen des Gesetzes muß ich Euch auffordern, es mir sofort auszuliefern.«

»Und wenn ich mich weigere? Und wenn ich sage, es ist nicht hier?«

»Lieber guter Sir, uns bliebe dann nichts anderes übrig, als das ganze Haus abzusuchen. Wer sich gegen die Gerechtigkeit des Königs auflehnt, hat nichts Gutes zu erwarten.«

»Ihr seid also hierhergekommen, um ein Kind zu holen und es zu mißhandeln.«

»Es handelt sich hier nicht um ein menschliches Kind, Sir. Es ist ein direkter Sproß des Teufels. Wir sind alle in Sünde geboren, und es ist unsere Aufgabe, uns auf unserem Weg durchs Leben davon reinzuwaschen. Aber diese Kreatur wurde im Schmutz geboren und hat alle Klugheit der Hölle in Ihrem Kopf. Ihre Mutter hängt verwesend in der Sonne. Wir haben einiges über Ihre bösen Umtriebe gehört. Sie hat ihre Sünden gestanden. Und ich nehme viele Zeugenaussagen mit, wenn ich Euren schönen Bezirk verlasse. Die alte Hexe verübte unter unseren Augen einen Zauber und führte ihren eigenen Tod herbei. Trotzdem haben wir sie aufgehängt, und nun baumelt sie neben der anderen. Nun das Kind,… ich gebe Euch ein oder zwei Sekunden, um es zu holen… sonst durchsuchen wir das Haus.«

Es war einen Moment lang still. Tamar, die hinter der Tür kauerte, hatte jedes Wort gehört.

Sie kamen die Treppe herauf. Sie würden sie mitnehmen, denn nicht einmal er war in der Lage, sie zu retten. Er war nur einer; und sie waren so viele.

Dann sagte er: »Ihr macht einen großen Fehler, wegen des Kindes herzukommen. Warum sollte der Teufel ein armes, dummes Dienstmädchen schwängern? Das ergäbe keinen Sinn. Ist der Teufel denn vielleicht dumm? Wenn er nur ein wollüstiger Mann ist und weiter nichts, dann verschwendet Ihr eure Zeit mit der Suche nach seinen Kreaturen. Kommt schon, warum sollte der Teufel ein Mädchen wie Luce Lackwell schwängern? Warum? Stimmt ihr mir zu, daß dies eine Tat ohne Sinn und Zweck wäre?«

»Dieser Mann verdreht die Tatsachen«, schrie Simon Carter. »Laßt uns nicht unsere Zeit mit ihm vergeuden. Kommt, Freunde, durchsucht das Haus!«

»Seid vorsichtig!« befahl Richard. »Meine lieben Freunde da unten. Ihr seid gekommen, um ein Kind zu holen. Ihr werdet es entehren, bevor Ihr es umbringt. Paßt bloß auf, daß ich euch nicht in den Kerker werfen lasse, weil ihr hier unerlaubt eingedrungen seid.«

»Herr!« rief ein Mann in der Menge. »Wir wollen nichts als die junge Hexe. Gebt sie uns, Sir, etwas anderes wollen wir nicht von Euch…«

»Ihr Dummköpfe! Versteht ihr denn überhaupt nichts?

Habt Ihr denn nicht bemerkt, wie ich mich all die Jahre um sie gekümmert habe? Fragt die Frauen in meiner Küche. Sie bekam dort regelmäßig etwas zu essen. Kleider habe ich ihr auch geben lassen. Fragt die Mädchen, fragt meine Haushälterin, ob ich nicht gesagt habe, daß sie sie niemals fortschicken dürfen. Ihr seid wirklich dumm. Wird euch nun nicht alles klar? Ihr wart so sehr damit beschäftigt, den Teufel zum Vater des Mädchens zu machen, daß ihr nicht gesehen habt, was sich unter euren eigenen Augen abspielte. Welche Sünde hat dieses Mädchen begangen, außer das Opfer einer dreckigen Lügengeschichte zu sein? Seine Mutter schlief also mit dem Teufel. Ist das wahr?«

Nach einem kurzen Schweigen schrie er: »Ist das wahr?«

Von unten kam noch immer keine Antwort, und er fuhr mit lauter Stimme fort: »Ich will es wissen. Liegt außer seiner ungeklärten Herkunft sonst noch etwas gegen dieses Mädchen vor? Sagt es mir! Du, Hurly, starr mich nicht so an. Was liegt gegen dieses Mädchen vor?«

»Nichts, Sir, außer daß es die Tochter des Teufels ist.«

Richard lachte laut. »Und sonst nichts! Nun, das Mädchen ist hier bei mir. Und es bleibt. Habt ihr vergessen, daß Luce mein Dienstmädchen war? Außerdem war sie hübsch. Denkt ihr, daß ich, nachdem ich meine Frau verloren hatte, wie ein Mönch gelebt habe? Denkt darüber nach, und benutzt diesmal euren Verstand. Luces Tochter ist auch die meine. Dieses Mädchen ist in diesem Haus, weil es als meine Tochter ein Recht dazu hat.«

»Ich habe das Geständnis der Frau!« kreischte Simon Carter. »Sie war auf dem Hexensabbat, und der Teufel hat sie verführt.«

»Das hat sie nur geträumt. Ich besuchte sie in ihrem Zimmer. Sie erwartete ein Kind, und so verheiratete ich sie mit Lackwell. Ist das so außergewöhnlich, so schwierig zu verstehen? Nun, Simon Carter, macht, daß Ihr aus meinem Haus kommt. Wenn Ihr in einer Minute nicht fort seid, lasse ich Euch in Ketten legen. Ich bin mit dem Magistrat dieser Stadt eng befreundet. Ich sorge dafür, daß sie keine Gnade bei Euch walten lassen. Und das gilt für euch alle! Geht! Es sei denn, einer wagt es, meine Geschichte anzuzweifeln... Einen Moment noch! – Wenn einer von euch es wagen sollte, meine Tochter anzurühren, sagt ihm, daß er sich dafür bei mir persönlich zu verantworten hat.«

Er blieb stehen und sah ihnen nach, wie sie wie Schafe davontrotteten. Angeekelt wandte er sich ab und ging zurück in sein Arbeitszimmer.

Er sah Tamar an, und sie erwiderte seinen Blick. Ihre Augen waren vor Ungläubigkeit geweitet; seine Augen blickten ein wenig amüsiert.

Tamar dachte: Es ist, als ob ich ihn vorher niemals wirklich gesehen hätte... und er mich auch nicht.

III

Als Richard Tamar in die Küche brachte, waren die beiden Dienstmädchen Moll Swann und Annis Hurly bei Mistreß Alton.

Richard sagte in neckendem Tonfall: »Mistreß Alton, zweifellos habt Ihr eben diesen Lärm gehört.«

Die Haushälterin nickte; sie war noch zu verwundert, um zu sprechen. Die wildesten Vorstellungen gingen ihr durch den Kopf – ihr Herr und Luce Martin! Diese hinterhältige Dirne, die immer so sanft wirkte, also, daß sie und der He.... Dann diese schwarzäugige Kreatur als Ergebnis dieser Verbindung! Sie konnte es einfach nicht fassen. Sie hatte natürlich gewußt, daß Ihr Herr diese Lady in Pennle Cross besuchte, die kürzlich gestorben war; aber diese Lady war adelig gewesen. Die Entgleisung ihres Herrn in dieser Richtung war zwar beklagenswert, aber verständlich. Aber Luce Martin! Diese Schlampe! Und sie hatte immer geglaubt, ihr Herr sei so überaus anspruchsvoll. Was wußte man schon von den Leuten?

Die beiden Mädchen waren starr vor Erstaunen. Sie hatten erwartet, daß Tamar mit Nadeln gestochen und dann aufgehängt würde; doch statt dessen stand sie nun vor ihnen.

Richard fuhr fort: »Wenn Ihr den Lärm gehört

habt, habt Ihr auch gehört, was gesagt wurde. Nun wißt Ihr, in welcher Beziehung dieses Kind zu mir steht. Ich wünsche, daß Tamar wie Ihre Mutter damals hier im Hause arbeitet, und ich überlasse sie jetzt Euch. Ich hoffe, sie wird unter Eurer Anleitung eine ebenso sparsame Haushälterin wie Ihr... Und, Mistreß Alton, ich bitte Euch herzlich, schneidet ihr nicht das Haar ab.«

Mistreß Alton hatte eigentlich vorgehabt, ihren Dienst bei Richard Merriman aufzukündigen. Sie wollte ihm sagen, daß sie nicht in seinem Hause bleiben wollte, um seine Bastarde aufzuziehen. Aber sie nickte nur; daraufhin ging er und ließ Tamar in ihrer Obhut.

Tamar ging zum Tisch. In der Küche war es ganz still. Sie selbst wunderte sich noch mehr über alles als die anderen. Sie hatte gerade eine äußerst verblüffende Offenbarung gehört, und wenn sie sich ihren Vater hätte aussuchen können, so hätte sie ihn ausgewählt. Sie konnte jedoch nicht recht glauben, daß er tatsächlich die Wahrheit gesagt hatte. Er hatte es behauptet, weil es die einzige Möglichkeit gewesen war, sie zu retten. Tamar selbst war davon überzeugt, daß ihr Vater kein menschliches Wesen war. Es wäre zwar ganz angenehm, von adliger Abstammung zu sein, aber wie könnte sie den Glauben an ihre geheime Macht aufgeben, eine Macht, die nur vom Teufel kommen konnte?

Als sie sich nun an diese Macht in Ihr, durch die sie sich von allen anderen unterschied, erinnerte, konnte sie erhobenen Hauptes in die ablehnenden Augen dieser Frau sehen, die sie seit dem Tag, als sie ihre Möweneier zertrampelt hatte, für ihre Feindin hielt.

Mistreß Alton murmelte leise ein Vaterunser vor sich hin; auch sie konnte also nicht vergessen, daß Tamars wahrer Vater eigentlich der Teufel war.

Die beiden Dienstmädchen warteten darauf, daß die Haushälterin etwas sagen würde, und Mistreß Alton wußte, sie durfte ihre Autorität über die Mädchen nicht verlieren. Den Stock trug sie immer noch am Gürtel, und sie benutzte ihn oft, jedoch nicht mehr ganz so häufig wie damals bei Luce und Betsy. Sie war kurzatmiger geworden, und diese beiden kicherten manchmal, wenn sie geprügelt wurden. Das war eine Demütigung; aber immerhin fürchteten sie noch ihre scharfe Zunge.

»So, du bist also gekommen, um für mich in der Küche zu arbeiten«, sagte sie, um Zeit zu gewinnen.

»Nicht für Euch, sondern für Ihn!«

»Nun, wir werden sehen. Was steht ihr Mädchen hier herum? Moll, nimm den Schlüssel und geh zur Mühle. Hole Mehl und bringe es ins Backhaus. Ich will dort gleich backen, also mach schnell. Annis, nimm das Mädchen mit und zapfe etwas Bier. Nach dem, was ich heute durchgemacht habe, könnte ich selbst einen Schluck vertragen.«

Annis ging zögernd auf Tamar zu.

»Nun mach schon!« schrie die Haushälterin. Sie ließ sich auf einen Stuhl fallen und wischte sich mit ihrer Schürze den Schweiß von der Stirn. Später erzählte sie Betsy Hurly: »Ich war fix und fertig. Jetzt hatte ich im besten Fall einen Bastard in meiner Küche und im schlimmsten Fall eine Hexe.«

Annis nahm Tamar mit in die Speisekammer, wo Tamar sich aufmerksam umsah. Annis sah Tamar gespannt an.

»So, dies ist also die Speisekammer«, sagte Tamar, als sie ihren braunen Finger in die Butter stippte, um sie zu probieren. Sie sah Annis beim Bierzapfen zu. Dann nahm sie Ihr den Bierkrug ab und trank einen Schluck. Annis kicherte.

»Hat sie dir die Haare so kurz geschnitten?« fragte Tamar. Annis nickte.

Tamar schüttelte ihre eigenen fülligen Locken. »Sie hat auch meiner Mutter die Haare abgeschnitten. Meine Mutter hat es mir erzählt.«

»Der Herr hat gesagt, daß sie deine Haare nicht schneiden soll.«

»Ja, wenn sie es versucht hätte, wäre es schlimm für sie ausgegangen.«

Annis zitterte; dann sah sie, daß Tamars Augen voller Tränen waren. Wütend wischte Tamar sie fort. »Ich mußte an meine Mutter denken... im Kotten. Sie haben schreckliche Dinge mit ihr gemacht.«

Annis weinte leicht. Sie wischte sich die Augen mit ihrer Schürze.

»Aber warum weinst du denn?« fragte Tamar neugierig.

»Immerhin war sie deine Mutter, wenn sie auch

eine Hexe war.« Tamar mußte lächeln. Plötzlich stand die Welt ihr nicht mehr nur feindlich gegenüber.

»Weine nicht. Ich werde dir nichts tun. Nur diejenigen, die ich hasse, müssen Angst vor mir ha ben.«

Sie waren lange in der Speisekammer geblieben, aber Mistreß Alton sagte nichts dazu. Sie war immer noch, wie sie es bezeichnete, fix und fertig, weil man Ihr diese bösartige Kreatur in ihre Küche gebracht hatte.

Tamar teilte sich das Zimmer mit Annis und Moll. Moll, die Tochter von Clem Swann, war erst zehn Jahre alt. Sie schlief immer sofort ein, wenn sie sich hinlegte. Aber Annis und Tamar blieben noch wach.

»Tamar, bist du wirklich eine Hexe?« flüsterte Annis. Tamar sagte nichts. »Du weißt über die meisten Dinge Bescheid, nehme ich an«, fuhr Annis fort. »Weißt du, wie man Milch sauer macht und wie man dafür sorgt, daß Kühe keine Milch mehr geben?« Tamar antwortete noch immer nicht.

»Ich erinnere mich an dich. Es war damals, als meine Mutter deine um einen Zauber bat. Ich habe einen von deinen Steinen genommen, und du dachtest, ich wollte Ihn stehlen. Da hast du schon wie eine Hexe ausgesehen. Meine Mutter sagte, sie könne sehen, wie der Teufel aus deinen Augen guckt. Normale Augen können niemals so auffällig sein, meinte sie. Abends ließ sie mich von meinem Vater verprügeln, weil ich deinen Stein berührt hatte. Das habe ich nicht vergessen.«

Tamar betrachtete ihre neue Freundin nachdenklich. Sie wollte Annis gern beschützen. Außer Richard Merriman war das Mädchen der einzige Mensch, der freundlich zu ihr war, und sie mochte Freundlichkeit, besonders wenn sie mit etwas Furcht und Ehrerbietung gemischt war.

»Es lag damals nicht in meiner Absicht, daß du verprügelt wirst. Aber du hättest mir den Stein sofort geben sollen, als ich dich darum bat.«

»War es ein magischer Stein, Tamar?«

Tamar antwortete nicht.

Annis rückte etwas näher zu ihr. »Moll ist wohl nicht mehr wach? Ich will trotzdem flüstern. Könntest du mir wohl einen Zaubertrank brauen, Tamar? Ich möchte so gern, daß ein bestimmter Mann sich für mich interessiert.«

Tamar zitterte, denn Annis' Worte riefen Ihr das Erlebnis mit Bartle wieder ins Gedächtnis. Sie sah ihn klar vor sich: dieses unverschämte Lächeln, seine halbgeöffneten Lippen, seine strahlendblauen Augen. Er hatte sie gepackt und sich auf sie geworfen; sie hatte noch den Geruch des warmen Grases in der Nase und fühlte noch seinen Atem auf ihrem Gesicht.

Finster sagte sie: »Warum möchtest du, daß ein Mann sich für dich interessiert?«

»Warum? Weil ich es nun mal will, das ist doch ganz normal.«

»Aber … du willst es wirklich?«

»Es macht ja nichts, wenn ich es dir erzähle. Es ist John Tyler, er arbeitet für Vater auf der Farm. Er sieht schrecklich gut aus. Warte nur, bis du ihn siehst. John ist ein Mann, zu dem kein Mädchen nein sagen kann …«

Tamar zog sich zurück. Annis' erregter Tonfall erschreckte sie.

Annis war jünger als sie selbst und hatte das, was ihr beinahe passiert war, bereits hinter sich; und es schien sogar, als ob es ihr gefallen habe.

»Du hast … das also getan?« fragte Tamar, die sich plötzlich nicht mehr so überlegen fühlte.

»Nur ein einziges Mal. Ich war zu meinen Eltern gegangen, um ihnen in der Meierei zu helfen … und John hat mich zurückgebracht … und dann, er sieht so schrecklich gut aus, kein Mädchen könnte da nein sagen … Aber diese Bess Hollicks in der Meierei war wohl auch hinter ihm her. Sie ging in die Stadt und stattete Mutter Hartock einen Besuch ab, und dort bekam sie diesen Zaubertrank. Dadurch konnte sie ihn mir wegschnappen. Mutter Hartock war eine der ersten, die vom Hexenjäger gefangen wurden; aber was hilft mir das, denn der Zauber wirkt noch immer; und er nimmt sie mit in die Scheune und nicht mich.«

»Hat er dich … gezwungen?« fragte Tamar mit zitternder Stimme.

In der Dunkelheit lachte Annis leise vor sich hin. »Nun, zuerst hab' ich natürlich so getan, als ob ich ein wenig Angst hätte... aber ich hatte ja schon länger ein Auge auf John geworfen... Tamar, wirst du mir nun den Zaubertrank bereiten? Wenn du es nicht tust, gibt es für mich niemals einen anderen Mann.... auf der ganzen Welt gibt es keinen anderen für mich als John.«

»Ja, gut, ich braue dir einen Zaubertrank. Aber Annis, hast du daran gedacht, was mit Mädchen passiert? Denk mal an meine Mutter. Sie wurde schwanger und dann mit Bill Lackwell verheiratet.«

»Oh, aber bei ihr war es etwas ganz anderes. Es war der Teufel... Ich hab' das nicht so gemeint, Tamar, es ist mir nur so rausgerutscht. Es war ja unser Herr. Aber ich weiß nicht. Ich kann mir eigentlich nicht vorstellen, daß er unseresgleichen überhaupt ansieht. Wenn ich von John schwanger würde, müßte er mich heiraten.«

»Und wenn er es nicht täte?«

»Er müßte es tun... schließlich arbeitet er für meinen Vater. Außerdem ist John ein guter Mann. Das weiß ich, denn in der Scheune sagte er: ›Es ist nicht richtig, und es ist eine Sünde, Annis, und ich will es nicht mit dir tun, aber ich kann beim besten Willen nicht damit aufhören.‹ Das beweist doch seine Güte, oder etwa nicht? In der Kirche habe ich für meine Sünde um Vergebung gebetet. ›Lieber Gott‹, habe ich gesagt, ›ich wollte nicht sündigen, aber ich konnte einfach nicht anders...‹«

Tamar hörte gebannt zu. Kein Mädchen ihres Alters hatte bisher somit Ihr geredet wie Annis. Sie wollte Ihre Hand nach Annis ausstrecken und sagen: »Du brauchst niemals Angst vor mir zu haben.« Aber ihre Vorsicht hielt sie zurück; sie liebte ihre Macht zu sehr, um sie so leichtfertig fortzuwerfen.

»Ich weiß nicht, ob ich den Trank für dich brauen soll, Annis.«

»Warum denn nicht?«

»Es ist nicht richtig, wenn du mit John Tyler in die Scheune gehst, und ich werde dir nicht bei so etwas helfen.«

»Bist du etwa eine anständige Hexe?«

»Ich will bloß niemandem weh tun... außer wenn er mir weh tut.«

»Es ist eine gute Sache, John dieser Bess Hollicks wegzunehmen, denn sie ist kein gutes Mädchen. Ich möchte wetten, daß sie nicht für ihre Sünde um Vergebung gebeten hat.«

»Annis, ich bereite dir den Trank.«

»Oh, Tamar, willst du das wirklich für mich tun?«

»Und wenn du Ihn getrunken hast, wird er nur noch Augen für dich haben.«

Wie gut war es doch, daß die Tochter des Teufels nun ihre Freundin war, dachte Annis. Auf diese Weise hatte sie großen Nutzen von der Macht des Teufels, ohne daß sie dafür ihre eigene Seele hergeben mußte!

Tamar dagegen verspürte gemischte Gefühle. Sie wußte nicht, ob sie glücklich oder unglücklich sein sollte.

Das Haus nahm sie ganz in Anspruch. Es gab so viele Dinge, die sie lernen mußte, und sovieles, was sie nie zuvor gesehen hatte.

Sie freundete sich immer stärker mit Annis an. Sie sammelte die Kräuter für den Liebestrank. Einige davon waren schwer zu finden, so daß Annis' Geduld auf eine harte Probe gestellt wurde. Außerdem brauchte sie ein Haar vom untersten Ende eines Hundeschwanzes, das Gehirn einer Katze oder eines Wassermolches, die Knochen eines Frosches, dessen Fleisch von Ameisen aufgefressen war.

Mistreß Alton sah, wie die Mädchen miteinander flüsterten, und bekreuzigte sich, während sie leise das Vaterunser vor sich hin murmelte.

Betsy Hurly kam gerade in die Küche, um ein wenig mit der Haushälterin zu tratschen. Betsy war mittlerweile eine behäbige Matrone geworden und gab sich nicht länger irgendwelchen Liebesabenteuern hin. Sie hatte sich mit Mistreß Alton angefreundet. Beide liebten es, ausgiebig über die Skandale in der Nachbarschaft zu klatschen. Da Betsy immer den neuesten Tratsch auf Lager hatte, war Mistreß Alton nur allzu bereit zu vergessen, daß sie Betsy einmal für ein lasterhaftes Luder gehalten hatte, während Betsy hocherfreut war, eine Anstellung für ihre Tochter gefunden zu haben. So fiel es ihr nicht einmal schwer, die Grausamkeiten zu vergessen, die sie selbst einst von der Haushälterin erdulden mußte.

»Nun, ich sehe, du hast jetzt diese junge Wilde bei dir«, sagte Betsy und nippte an ihrem Bier.

»Ich wurde völlig überrumpelt. Sie kamen hierher, um sie zu holen... und es wäre nur recht und billig gewesen, wenn sie sie mitgenommen hätten. Als ich dann hörte, was er darauf zu sagen hatte... ich war fix und fertig, wie ich dir schon erzählt habe. Frei heraus sagte er oben am Geländer: ›Sie ist meine Tochter. Luce war mein Dienstmädchen... und sie war nicht gerade häßlich...‹ Stell dir das doch vor, gerade Luce! Kannst du das etwa glauben?«

»Nein, das glaube ich nicht, weil ich nämlich weiß, daß es nicht stimmt. Luce und ich waren schließlich eng befreundet. Ich erinnere mich noch an diese Nacht... wie sie dort lag. Ihr Rock war ganz schlammig. Sie starrte wild vor sich hin... und ich habe alles aus ihr herausgequetscht. Sie sagte: ›Groß war er... und er hatte Hörner auf dem Kopf. Er hatte Menschenaugen... Ich wurde ohnmächtig... aber ich weiß, daß ich genommen wurde. Ich weiß, daß ich vom Teufel geschändet wurde.‹ Wäre das so mit unserem Dienstherrn zugegangen? Ich wette, daß es sich dann ganz anders zugetragen hätte. Sie hätte sich etwas darauf eingebildet... aber mit dem Teufel ist das wohl etwas anderes.«

Mistreß Alton sprach das ganze Vaterunser, bevor sie Ihren Gefühlen Luft machte. »Es ist furchtbar. Was würde wohl passieren, wenn ich meinen Arm gegen sie erhöbe? Ich wette, er würde sofort steif. Meinem Vater hat eine Hexe einmal das gleiche angetan. Eines Tages, aus heiterem Himmel, fiel er um ... danach hat er nie wieder gesprochen. Der böse Blick hatte ihn getroffen, denn er hatte einen Streit mit einer alten Frau auf der Straße gehabt. Wir kochten seinen Urin in einem Topf über dem Feuer, denn wir wußten, daß das Innere der schuldigen Hexe dann auch brennen würde. Sie mußte dann kommen, um uns zum Aufhören zu bewegen. Es würde die erste sein, die zu unserem Haus käme, nachdem der Urin angefangen hatte zu kochen. Es war eine ordentliche Person, die schließlich auftauchte, und wir hätten das niemals von ihr gedacht. Wir hängten sie auf, aber nicht einmal das half. Sie war zwar tot, aber sie hatte meinen Vater für sein ganzes Leben verflucht, er hat nie wieder gesprochen.«

»Alton, du versetzt mich in Angst und Schrecken.«

»Und du hast allen Grund dich zu fürchten, denn die Hexen sind ganz in unserer Nähe.«

»Aber ... wie konnte der Herr ...? Er ist doch ein kluger Mann ... ein Gentleman ... Wie konnte er so etwas tun?«

»Es gibt Menschen, die werden zu schlau. Es steigt ihnen zu Kopf, und dann verhalten sie sich merkwürdig. Erinnerst du dich an die Nacht, als wir die alte Lackwell testen wollten? Hast du vergessen, wer uns daran gehindert hat? Es sind diese vielen Bücher, daran liegt es ...«

Tamar wußte, daß sie über sie sprachen. Sie beobachtete sie wütend. Sie warf Ihnen böse Blicke aus ihren schwarzen Augen zu und versuchte ihnen damit Angst einzujagen.

Ihr Leben hatte sich geändert, aber sie hatte noch immer jene Macht, die sie um keinen Preis aufgeben wollte.

Eines Tages, als sie in der Galerie staubwischen sollte, ging sie in das Arbeitszimmer ihres Dienstherrn. Niemand außer Josiah Hough durfte dieses Zimmer betreten, aber da Tamar schließlich zwei Tage und Nächte darin verbracht hatte, glaubte sie nicht, daß sie die Regeln, die für andere galten, beachten mußte.

Am meisten interessierte sie sich für die Bücher in diesem Raum. Als sie hier eingesperrt war, hatte sie manchmal einige Bücher aufgeschlagen, aber die Buchstaben verwirrten sie sehr; egal wie sie sie auch betrachtete, sie konnte keinen Sinn darin erkennen. Das machte sie wütend, denn Macht bedeutete sehr viel für sie. Sie hatte geglaubt, wenn sie den Teufel um Hilfe bäte, sei sie in der Lage, alles zu verstehen.

Als sie jetzt das Geländer der Galerie abwischte, mußte sie wieder an die Bücher denken und konnte der Versuchung nicht widerstehen, sie noch einmal anzusehen. Da niemand im Zimmer war, lief sie zum Bücherregal und schlug ein Buch auf. Sie drehte es herum und starrte auf die Buchstaben. Sie war noch genauso dumm wie vorher. Wütend blätterte sie die Seiten um. Von ganzem Herzen wünschte sie sich, lesen zu können, genauso wie sie sich einst gewünscht hatte, sich sauber zu waschen.

Richard kam leise ins Zimmer und fand sie dort; er sah sehr wütend aus.

»Was tust du da? Hat man dir nicht gesagt, daß du nicht in dieses Zirner kommen darfst?«

»Nein, den anderen ist das wohl gesagt worden, aber mir nicht.«

»Keiner aus der Küche darf hier hereinkommen. Bitte geh!«

Ihr Herz raste, aber sie stellte sich mutig vor Ihn hin.

»Ihr seid so klug. Wäre es nicht recht, wenn Eure Tochter auch wüßte, was in den Büchern steht?«

Er mußte plötzlich lachen, und sie konnte sehen, daß er nicht mehr böse auf sie war.

»Du willst also lesen? Meinst du denn, du kannst es tatsächlich lernen?«

»Sicher, wenn ich es will.«

»Du darfst dir nichts darauf einbilden, nur weil ich dir erlaube, in meiner Küche zu arbeiten. Nur sehr wenige Mädchen, adlige Mädchen, nicht etwa Bastarde wie du, werden im Lesen unterrichtet.«

»Vielleicht wollen sie es nicht lernen; wenn sie es wollten und klug genug wären, würden sie es lernen.«

»Du bist wirklich hartnäckig, Tamar.«

Tamar zeigte ihr strahlendstes Lächeln, denn sie bemerkte, daß er gerade anfing, sich ein wenig für die Sache zu interessieren.

»Glaub es mir, wenn du lernen müßtest, würdest du es bestimmt schnell leid. Es ist wirklich nicht sehr einfach.«

»Ich lerne gern. Ich habe alles gelernt, was Oma mir beibringen konnte.«

»Lesen ist etwas ganz anderes, als dem Tratsch einer alten Frau zuzuhören.«

»Alte Männer tratschen fast genauso wie alte Frauen.«

Er sah sie verwundert an und brach plötzlich in schallendes Gelächter aus.

»Findest du, ich bin ein alter Mann?«

»Ihr seid nicht mehr besonders jung.«

»Und du schlägst also vor, daß ich dir das Lesen beibringen soll?«

»Ich bin Eure Tochter, das habt Ihr jedem gesagt. Deshalb ist es nicht richtig, wenn ich nicht weiß, was diese Bücher bedeuten.«

Er trat näher an sie heran und sah ihr ins Gesicht. »Hör mir zu, ich werde dir beweisen, daß du niemals in der Lage sein wirst, lesen zu lernen.«

Sie lächelte. »Und ich zeige Euch, daß ich es doch kann.«

»Du wirst jeden Morgen für eine Stunde hierherkommen, und ich persönlich werde dich unterrichten. Wir werden das eine Woche lang machen, dann wirst du begriffen haben, daß du nicht lesen und schreiben lernen kannst.«

»Schreiben auch!«

»Du brauchst gar nicht so selbstzufrieden zu lächeln, ich bin nämlich ein sehr ungeduldiger Mensch und kann Dummheit nicht ausstehen.«

»Und ich bin sehr klug, und ich werde Euch beweisen, wie gut ich lernen kann.«

»Wir beginnen morgen, komm um zehn Uhr hierher.«

Lächelnd verließ sie den Raum, doch trotz ihres Sieges fühlte sie sich sehr traurig. Beinahe hätte sie angefangen zu weinen; sie wußte nicht warum, aber er hatte sie sowohl sehr traurig als auch sehr glücklich gemacht.

Tamars Unterricht endete keineswegs nach einer Woche. Richard stellte rasch fest, daß sie keine gewöhnliche Schülerin war. Er fühlte sich sogar immer angeregt, wenn er mit Tamar arbeitete. Ihre Konzentrationsfähigkeit amüsierte ihn. Er freute sich mit ihr, als sie es nach stundenlanger Anstrengung endlich schaffte, den Bogen beim großen ›J‹ auf die richtige Seite zu machen.

Am Ende der Woche sagte er: »Es ist nicht gerade amüsant, oder?«

Sie stimmte ihm zu. »Aber es wird Spaß machen, wenn ich es kann.«

Insgeheim freute es ihn, daß sie fortfahren wollte, denn er unterrichtete gern, und es war äußerst interessant, solch ein merkwürdiges Mädchen zu belehren.

»Ich gebe dir noch eine Woche«, sagte er brummig.

Einmal redete er sehr streng mit ihr. »Ich habe gesehen, wie du Kräuter gesammelt hast. Das war sehr dumm von dir. Verstehst du denn nicht, daß du nur mit knapper Not davongekommen bist? Wenn du noch einmal Ärger bekommst, wird es vielleicht nicht so einfach sein, dir zu helfen. Dann will ich dir vielleicht auch nicht mehr helfen. Beim ersten Mal tat ich es, da ich dachte, es sei nicht deine Schuld, daß diese Dummköpfe hinter dir her waren. Wenn man allerdings bedenkt, was du getan hast... freiwillig bist du losgegangen und hast Kräuter gesammelt... um irgendwelche Liebestränke herzustellen. Ich halte das für Wahnsinn.«

Er entließ sie. Es tat Ihr leid, ihn durch diese Geschichte verärgert zu haben. Da sie jedoch ihr Versprechen, das sie Annis gegeben hatte, halten wollte, fuhr sie fort, die Kräuter für Ihr Gebräu zu sammeln.

Eines Tages hatte sie schließlich alles für den Trank beisammen, und Annis konnte ihn trinken. Annis war hocherfteut und konnte es kaum abwarten, John Tyler endlich wiederzusehen.

Bartle und sein Vater waren nach Pennicomquick geritten, und Moll und Annis servierten ihnen ein Abendessen. Richard hatte nicht gewünscht, daß Tamar Ihnen half. Tamar verließ das Haus und ging in den Garten. Bei dem Gedanken, daß Bartle im Haus war, zitterte sie am ganzen Körper. Es war das Dümmste, was sie hätte tun können. Er erblickte sie durchs Fenster und ging unter einem Vorwand in den Garten.

»Hallo, Tochter des Teufels!« begrüßte er sie.

»Wag es bloß nicht, näher zu kommen!« zischte sie.

»Willst du mir denn keinen Kuß geben, einen Abschiedskuß, da ich morgen fortsegele?«

»Von mir werdet Ihr niemals etwas anderes als Fußtritte und Verachtung bekommen.«

»Diese dumme Prophezeiung wird mit Sicherheit nicht in Erfüllung gehen.«

»Ich bin nicht dumm.«

»Tamar, du bist der größte Dummkopf in ganz Devon. Du könntest schon meine Geliebte sein. Das wäre eine große Ehre für eine wie dich.«

»Und ich denke, es wäre eine Schande.«

»Stell dir mal die hübschen ausländischen Mädchen vor, die meine Gesellschaft genießen werden. Daran wirst du bestimmt denken müssen, solange ich fort bin. Ich habe mir selbst geschworen, daß ich die Tochter des Teufels bekomme, wenn ich zurückkehre. Vielleicht ist sie zuerst ein wenig abweisend, aber danach ... danach ... du wirst es schon sehen, Tamar.«

»Ich hasse Euch, ich werde Euch immer hassen.«

»Eine weitere falsche Prophezeiung. Du hast dich verändert. Du hast eine ganz neue Art, ganz neue Reize, aber verdammt noch mal, du bist so hübsch wie vorher, nein, du bist sogar noch hübscher geworden!«

Sie ging an ihm vorbei zurück ins Haus. Sie vertraute darauf, daß er nicht wagen würde, sie anzurühren. Ihr Leben hatte sich geändert. Sie erwarb Kenntnisse, sie wurde ein Mitglied des Adels; und trotzdem verlor sie ihre magischen Kräfte nicht.

Bartle segelte am nächsten Tag fort, und dafür war sie dankbar. Nun konnte sie es genießen, Annis' Geschichten über ihre Affäre mit John Tyler zu hören.

»Nun, ich habe ihn auf der Wiese getroffen, und ich sagte zu ihm: ›Wie geht's, John?‹ Er antwortete: ›Mir gut, und dir, Annis?‹ Und ich erwiderte das, was du mir sagtest, als ich den Trank hinunterschluckte: ›Für dich bin ich wunderschön und begehrenswert, John Tyler.‹ – ›Was soll das bedeuten?‹ fragte er, und ich sagte: ›Das bedeutet, daß du Bess den Laufpaß gibst, John. Ab jetzt gibt es nur noch eine für dich auf der ganzen Welt, und das bin ich.‹ Und er fragte: ›Warum denn das, Annis?‹ Dann hab' ich's ihm gesagt. ›Ich habe dich verhext, mein lieber John. Ich habe das Gebräu getrunken, das Tamar für mich gekocht hat. Sie hat dich verhext, John.‹ Er sagte: ›Wenn das so ist, können wir wohl nichts dagegen tun.‹ Dann sind wir in die Scheune gegangen, und alles ist wie vorher zwischen uns.«

Tamar freute sich sehr, diese Geschichte zu hören. Sie konnte bald lesen und schreiben, sie würde lernen, so klug und gescheit zu reden wie die Adligen. Sie würde eine von denen werden, die sie bewunderte – mit einem Unterschied: Sie konnte zaubern, und jene konnten es nicht!

Tamar war nun sechzehn Jahre alt. In den letzten zwei Jahren, den wichtigsten ihres bisherigen Lebens, war sie größer und fülliger geworden.

Schon seit geraumer Zeit mußte Tamar nicht mehr in der Küche arbeiten. Sie wurde nun als Tochter des Hauses akzeptiert. Obwohl er sich dagegen sträubte, mochte Richard sie immer mehr. Denn erstens war sie schön und er fühlte sich von jeher von allem Schönen angezogen. Und zweitens war sie intelligent; sie vermochte es, ihn zu amüsieren und in Erstaunen zu versetzen. Sie besaß eine schnelle Auffassungsgabe und hatte in ein paar Monaten lesen und schreiben gelernt. Deshalb wünschte er nicht, daß sie ihre Zeit in der Küche verschwendete. Wenn sie gern weiter lernen wollte, würde er ihr dabei helfen.

Und das wollte sie unbedingt.

»Außer lesen und schreiben mußt du noch viele andere Dinge lernen«, sagte er. »Du mußt lernen, anmutig zu gehen, dich würdevoll zu benehmen und stets beherrscht zu sein.

Und deine Aussprache... sie läßt noch zu wünschen übrig.«

Daraufhin mußte sie sich vor einen Spiegel setzen und Wörter artikulieren. Jeden einzelnen Buchstaben mußte sie so oft wiederholen, bis Richard mit der Artikulation zufrieden war. Schließlich sprach sie beinahe so wie er.

Sie liebte kräftige Farben, vor allem Rot- und Blautöne, die besonders gut zu ihrem schwarzen Haar und ihren dunklen Augen paßten. Wenn sie ausritt, drehten sich die Leute nach ihr um und schworen, daß sie etwas Teuflisches an sich habe. Sie kam ihnen einfach zu schön und zu klug vor, um ein gewöhnlicher Mensch zu sein. Nur mit knapper Not war sie dem Hexenprozeß und dem Tode entronnen – und jetzt führte sie solch ein schönes Leben! Tamar ignorierte sie; insgeheim freute es sie sogar, daß man sie weiterhin für ein mit übernatürlichen Kräften ausgestattetes Wesen hielt.

Richard beklagte das sehr. Oft ließ er sie zu sich kommen, um mit ihr zu reden. Seit dem Tod seiner Freundin in Pennie Cross fehlte ihm jemand, mit dem er über alles sprechen konnte, was ihn bewegte. Zu seinem Erstaunen füllte Tamar diese Lücke. Es verwunderte ihn, daß er so vertrauensvoll mit diesem Mädchen reden konnte, das er doch noch vor einigen Jahren für eine kleine Wilde gehalten hatte.

Sir Humphrey meinte einmal: »Ihr seid ja ganz vernarrt in dieses Mädchen. Verdammt, hättet Ihr nicht gesagt, sie sei Eure Tochter, würde ich annehmen, sie sei Eure Geliebte.«

»So ein Unsinn«, antwortete Richard wütend, »ich interessiere mich lediglich für ihre Entwicklung. Denkt mal an ihre Herkunft, und seht sie Euch an, wie sie jetzt wirkt. Sie ist schon etwas ganz Besonderes.«

Richard fühlte sich tatsächlich mehr zu Tamar hingezogen, als er es jemals für möglich gehalten hätte.

Deshalb ärgerte ihn auch ihr störrischer Glaube an ihre übernatürliche Geburt so sehr. Er machte sich große Sorgen um sie. Er fürchtete, ihr nicht noch einmal helfen zu können. Die Vorstellung, sie zu verlieren, deprimierte ihn nicht nur, sondern stürzte ihn, wenn er ehrlich war, in Verzweiflung.

Immer wieder ermahnte er sie, war kalt und abweisend zu ihr. Aber nichts, was er sagte oder tat, konnte sie von ihrer Überzeugung abbringen.

An einem kalten Novembertag rief er sie in sein Arbeitszimmer. Sie bemerkte eine leichte Röte in seinem Gesicht und wußte, daß ihn irgend etwas beunruhigte.

»Tamar, mein Kind, setz dich. Ich habe mit dir zu reden. Gerade habe ich die Nachricht von einer teuflischen Verschwörung in London erhalten. Sie wird weitreichende Auswirkungen auf das ganze Land haben.«

»Was ist das für eine Verschwörung?«

»Der König und das Parlament sollten in die Luft gesprengt werden, und das ganze Land sollte so auf einen Schlag seiner Regierung beraubt werden. Das bedeutet neue Verfolgungen.«

»Wer hat das getan?«

»Oh, es war ein dummes Komplott... zum Scheitern verurteilt. Robert Catesby, ein Katholik aus Northamptonshire, hat sich mit ein paar anderen Katholiken zusammengeschlossen. Diese haben den Glücksritter Guy Fawkes beauftragt, sich mit einem Faß voll Schießpulver in den Kellergewölben des Parlaments zu verstecken. Einer der Verschwörer warnte einen Freund davor, am 5. November das Parlament zu betreten. Das erregte Verdacht, die Kellergewölbe wurden durchsucht, das Komplott wurde entdeckt. So ein Wahnsinn! Auf diese Weise erreichen wir in diesem Lande niemals die Meinungs- und Glaubensfreiheit, von der ich träume.«

»Meinungs- und Glaubensfreiheit«, wiederholte Tamar und fügte schelmisch hinzu, »und die Freiheit, an Hexen zu glauben...«

»Wie sehr du doch an diesem dummen Glauben festhältst! Manchmal kannst du mich wirklich zum Wahnsinn treiben, Tamar!«

»Es ist doch eine Auszeichnung, die Tochter des Teufels zu sein. Ich kann diese Vorstellung einfach nicht aufgeben. Und was Ihr auch sagen mögt, Oma Lackwells Zaubereien wirkten. Die Kranken wurden geheilt. Manche Leute wurden krank, wenn sie sie ansah... oder sie hatten Pech.«

Er sah sie voller Sorge an und konnte trotzdem nicht umhin, dieses hübsche, anziehende Gesicht anzulächeln.

»Manchmal wirkte der Zauber, und manchmal wirkte er nicht. Wenn er keinen Erfolg hatte, wurde es vergessen, wenn es aber klappte, erinnerte man sich daran und sprach darüber. Es war einfach Zufall, meine Liebe. Darüber haben wir schon oft gesprochen. Aber diese Verschwörung... sie wird neue und strengere Gesetze gegen Katholiken zur

Folge haben. Wir werden in Zukunft sowohl Katholikenjäger als auch Hexenjäger unter uns haben.«

»Wenn diese neuen Jäger kommen, braucht Ihr Euch wegen mir jedenfalls keine Sorgen zu machen.«

Er sah sie spöttisch an. »Ich fürchte, du bist ein wildes Mädchen, Tamar, und ich gebe zu, ich sorge mich sehr um dich. Du hast viel und schnell gelernt. Niemand käme darauf, daß du nicht in deine jetzige Stellung hineingeboren bist. Trotzdem hältst du störrisch an deinem Aberglauben über deine Herkunft fest. Du kannst dir damit sehr viel Arger einhandeln, im schlimmsten Fall den Tod.«

»Ich weiß, daß es ein Geheimnis um meine Geburt gibt. Ihr vergeßt, ich sah das Gesicht meiner Mutter, als man es erwähnte. Die Geschichte, der Teufel habe sie im Wald genommen, hätte sie niemals erfinden können.«

»Es gibt etwas, das ich dir sagen muß, Tamar. Ich hatte noch nicht die Absicht, aber es ist wohl besser so. Ich muß dir etwas über mich erzählen. Ich sammle ganz bestimmte Informationen. Wenn ich alles, was ich brauche, beisammen habe, werde ich wohl ein Buch darüber schreiben.«

»Was für ein Buch?«

»Ein Buch über Geschichte – über die Vergangenheit und die Gegenwart, über Blutvergießen und Schrecken.«

»Warum wollt Ihr so ein Buch zusammenstellen?«

»Ich glaube, weil ich das, was ich erkannt habe,

anderen mitteilen will. Vielleicht hilft es mir auch, etwas für mich persönlich herauszufinden.«

»Was sucht Ihr?«

»Ich bin nicht sicher, vielleicht eine Religion oder vielleicht das Gegenteil von einer Religion. Während meiner bisherigen Studien mußte ich viele eigene Erfahrungen sammeln und sehr viel nachforschen. o Tamar, seit langem wollte ich dir davon erzählen. Früher konnte ich mit einer sehr guten Freundin darüber reden. Leider ist sie tot, und es sieht so aus, als hättest du in einer Beziehung ihren Platz eingenommen. Du zeigst ein reges Interesse an allem, was um dich herum geschieht. Ich meine nicht die konkreten Ereignisse, sondern das, was in den Köpfen der Leute vor sich geht, was den Zeitgeist ausmacht. Du erfaßt rasch das Wesentliche. Ja, du bist ein großer Trost für mich.«

Sie war erstaunt. Nie zuvor hatte er von Zuneigung gesprochen. Sie empfand ein starkes Glücksgefühl. Sie bewunderte ihn mehr als alle anderen Menschen, die sie kannte.

Er fuhr fort: »Es gibt sehr wenige Menschen, mit denen ich über solche Dinge reden kann. Mit den Cavrns? Nun, sie sind nur unsere Freunde, weil ihr Land an unseres grenzt. Aber sie passen gut ins Bild, denn sie sind typisch für die Zeit, in der wir leben. Beide, Vater und Sohn, achten nur auf ihren Körper, trainieren lieber ihren Körper als ihren Geist. Wie ähnlich der Sohn seinem Vater ist! Sie sind Freibeuter, alle beide. Sie lieben es, sich mit ihren starken Händen Dinge anzueignen, die ihnen nicht gehören.«

Tamars Wangen wurden heiß, wie immer, wenn Bartles Name fiel. Manchmal hatte sie noch Alpträume von ihm. Seit zwei Jahren war er weit fort, und das war gut so.

»Ja, Freibeuter!« sagte sie. »Trotzdem muß ich zugeben, daß ich Sir Humphrey im Gegensatz zu seinem Sohn ein wenig mag.«

»Sir Humphrey ist bloß ruhiger geworden. Früher war er genau wie Bartle. Sie beide verkörpern Mannhaftigkeit, und sie sind die Helden unserer Zeit. Männer wie sie machen unser Land stark, und das werden sie auch weiterhin tun. Sie weisen den Weg zu jener Vorherrschaft, die unser Land einmal erringen wird. Verachte Bartle nicht zu sehr für das, was er tun wollte. Sei lieber froh, daß es ihm nicht gelungen ist. Hätte es nicht Bartle und seinesgleichen gegeben, so würden uns jetzt die Spanier regieren, und die Verfolgung von Hexen und Puritanern, Sektierern und Katholiken sowie von allen anderen, die nicht den Gesetzen des Staates und der Kirche zustimmen, wäre hundertmal strikter und tausendmal blutiger. Du hast ja schon einiges über die Inquisition in Spanien gehört. Laß uns froh und dankbar sein, daß es in unserem Lande nicht etwas derartig Schreckliches gibt. Und doch leiden wir hier, so wie die ganze Welt leidet. Dieses Leiden kann nur beendet werden, wenn wir Toleranz lernen. Jeder muß seine eigene Religion wählen dürfen. Die Verfolgung merzt die Andersgläubigen nicht aus, sie werden dadurch vielmehr in ihrem Glauben bestärkt. König Philipp konnte unsere Männer nicht von den Meeren vertreiben, obwohl er denen, die in seine Gefangenschaft geraten waren, die fürchterlichsten Dinge zufügte. Ganz im Gegenteil, die Männer rannten zu den Schiffen, um Rache zu nehmen und Beute zu machen. Mein liebes Kind, seit es die Hexenjäger gibt, finden sich in diesem Lande mehr arme, irregeleitete Hexen als jemals zuvor.«

»Richard«, sagte sie – sie redete ihn mit seinem Vornamen an, weil sie es nicht über sich bringen konnte, ›Vater‹ zu ihm zu sagen –, »Richard, woher wißt Ihr diese Dinge?«

»Das ist eine lange Geschichte, und ich werde dir nun alles berichten. Es geht immer um Verfolgungen – Verfolgungen, die ich mein Leben lang mitansehen mußte. Als ich acht Jahre alt war, erlebte ich etwas Gräßliches, und dieses Ereignis hat mich stark geprägt. Ich habe dadurch die Geißel der Menschheit kennengelernt, die jeden Fortschritt verhindert. Ich muß dir davon berichten, Tamar, denn dieses Erlebnis hat mich zu dem Mann gemacht, der ich heute bin.

Mein Vater gehörte zum Gefolge von Königin Maria, der katholischen Königin, die Andersgläubige blutig verfolgen ließ. Wie du weißt, heiratete sie König Philipp von Spanien. Als der König nach England kam, gehörte eine wunderschöne Frau zu seinem Gefolge, in die mein Vater sich verliebte. Kurze Zeit später heirateten die beiden. Als der König nach Spanien zurückfuhr, sollte meine Mutter ebenfalls in ihre Heimat zurückkehren, da sie die feuchte Kühle dieser Insein schlecht vertrug. Mein Vater ging mit ihr nach Madrid, wo ich geboren wurde.

Bis ich sieben Jahre alt wurde, waren wir eine sehr glückliche Familie. Dann wurde mein Vater verhaftet und vor das Inquisitionsgericht gebracht. Ich hatte schon in jungen Jahren etwas von dieser fürchterlichen Praxis mitbekommen; ich hatte den furchtbaren Schrecken in den Augen der Menschen gesehen; aber erst als es meine eigene Familie traf, verstand ich, was es wirklich bedeutete. Mitten in der Nacht holten sie meinen Vater. Danach sah ich ihn nur noch ein einziges Mal. Das war ein Jahr später. Ich erkannte ihn kaum wieder; er, der früher eine gesunde Gesichtsfarbe besessen hatte, sah ganz grau aus, und er konnte kaum gehen, denn in den düsteren Kammern der Inquisition hatte er viele Qualen erlitten.

Ein Junge in meinem Alter hätte natürlich niemals dort sein dürfen; aber in unserem Haus hatten alle Angst. Meine Mutter lag krank zu Bett, und es gab Leute, die bezeugen konnten, daß sie nicht in der Lage war, der Hinrichtung beizuwohnen. Aber ich durfte nicht fehlen, denn sonst hätte man geglaubt, ich würde nicht zu einem guten Katholiken erzogen.

Tamar, die Erinnerung an diesen Tag verläßt mich nie.

Früh am Morgen wurde ich von dumpfem Glokkengeläut geweckt. Die Diener zogen mich hastig an und eilten mit mir auf die Straße.

Die Autodafés werden in Spanien groß gefeiert. Die Leute ziehen ihre besten Kleider an. All der Pomp und die Zeremonien, wie sie nur die römische Kirche schätzt, werden zur Schau gestellt.

Man brachte mich vor die Tore des Inquisitionsgefängnisses, damit ich die Prozession der Verurteilten sehen konnte, die ihrem tragischen Schicksal entgegengingen. Unter diesen bedauernswerten Männern und Frauen war auch mein Vater. Er war in ein abscheuliches gelbes Gewand gekleidet, das mit Flammen und fürchterlichen Teufeln bestickt war. Dieses Gewand war für diejenigen bestimmt, die bei lebendigem Leibe verbrannt wurden. Ich kann dir nicht beschreiben, wie entsetzlich das alles war. Was aber schrecklicher war als alles andere, sogar schrecklicher als die fürchterlichen Qualen, die diese Menschen erdulden mußten, das war der religiöse Pomp, mit dem diese üblen Zeremonien ausgeführt wurden. Alle Bewohner mußten anwesend sein, ansonsten hätten sie sich selbst verdächtig gemacht. Das ganze Schauspiel war abstoßender als die Gladiatorenkämpfe in Rom unter Nero und Tiberius. Für die Römer bedeuteten die grausamen Spiele eine Art Sport; die Spanier hatten ebenfalls großen Spaß daran, aber sie versuchten, ihre Freude unter dem Mantel der Frömmigkeit zu verstecken. Später kam ich zu der Überzeugung, daß die Spanier sich einer größeren Sünde schuldig gemacht hatten.

Die meisten Opfer waren Angehörige der höheren Schichten, was zweifellos daran lag, daß die Inquisition sich alle Besitztümer der von ihr Ermordeten aneignete und entschlossen war, reich und mächtig zu bleiben. Auf dem Platz des Feuers erhob sich der Großinquisitor und zählte die Sünden derer auf, die nun einem gräßlichen Tod entgegensahen.

Dann wurden die Feuer angezündet, und ich sah zu, Tamar, ich sah diese armen Körper, die schon auf der Folterbank zerschunden worden waren. Sie erwarteten nun ihre letzte Qual, die ihnen endlich den gnadenvollen Tod bringen würde. Einige hatte man erwürgt, bevor man sie verbrannte – das waren diejenigen, die im letzten Moment zum katholischen Glauben übergetreten waren. Die anderen wurden bei lebendigem Leibe verbrannt, weil sie an ihrem eigenen Glauben festgehalten hatten. Zu jenen gehörte mein Vater, und ich war dort... um seinen Tod mitzuerleben...«

Tamar konnte ihn nur stumm ansehen. Sie war entsetzt und empfand tiefes Mitleid. Haß erfüllte sie gegen die Peiniger seines Vaters.

Nach einer Weile fuhr er fort. »Nun, das ist viele Jahre her. Seitdem haben Tausende dieselben Qualen erlitten wie mein Vater. Sogar in diesem Land bekam man die Geißel der katholischen Kirche zu spüren. In Smithfield loderten die Feuer, und niemand konnte seinem Nachbarn trauen.

Nachdem meine Mutter gestorben war, schmuggelte man mich nach England. Ich hatte treue Diener, die mit meinem Vater nach Spanien gekommen waren und die über kurz oder lang auch der Inquisition zum Opfer gefallen wären. In England verfügte meine Familie über große Besitztümer. Ich wurde von meinen Großeltern im protestantischen Glauben erzogen.

Das schien mir eine freundliche Religion zu sein, und wir brauchen eine Religion, um uns in dieser rätselhaften Welt zurechtzufinden. Die Vergänglichkeit unseres Lebens läßt uns nach einem Glauben suchen, denn wir können es einfach nicht ertragen, daß wir sterben und vergehen müssen. Ja, das war eine glücklichere Herrschaft. Die Menschen in England wandten sich von den Feuern in Smithfield angewidert ab, und die Engländer sind aus anderem Holz geschnitzt als die Spanier. Wir lieben keine ernsten Zeremonien, sondern fröhliche Feiertage; wir mögen es, wenn Wein in Strömen fließt, und nicht Blut. Es dauert seine Zeit, bis wir wütend werden, aber dann sind wir extrem halsstarrig, auf der anderen Seite vergessen wir jedoch auch schnell. Kein Volk auf der Welt ist so bereit, zu vergeben und zu vergessen, wie wir, wenn nur eine angemessene Frist verstrichen ist. Ich war glücklich, in solch einem Land zu leben; aber als ich älter wurde, hörte ich, daß diese Grausamkeiten auch bei uns wieder auflebten. Vielleicht waren sie nie wirklich verschwunden gewesen. Die Königin war das Oberhaupt der Kirche, wie ihr Vater zuvor. Es gab jedoch einige, die sie in dieser Rolle nicht akzeptierten und die eine grundlegende Reformierung der Kirche wünschten.

Ich erlebte den Beginn neuer Verfolgungen. Nun waren es die Puritaner und die Sektierer, die leiden mußten. Ich sah, wie Menschen in den Kerker geworfen wurden, gefangengehalten in düsteren Gefängnissen. Dies war, worüber ich mich vergewisserte, noch gnädig im Vergleich zu den fürchterlichen Methoden der Spanier; und doch war es eine Verfolgung. Schließlich sah ich eines Tages, wie man in Smithfield zwei Anabaptisten auf dem Scheiterhaufen verbrannte – es waren die ersten, seit Elisabeth den Thron bestiegen hatte. Eine Religion, die derartige Dinge erlaubte, auch wenn es selten vorkam, konnte mich nicht mehr zufriedenstellen.

Ich studierte daraufhin alle Religionen, an die die Menschen seit Anbeginn der Zeit geglaubt haben. Darunter fiel natürlich auch der Glaube an Hexerei. Ja, ich befaßte mich mit Hexerei, weil ich zwischen ihr und der Religion dieses Landes eine enge Verbindung sah. Auf dem Kontinent werden Menschen, denen man Zauberkräfte nachsagt, den gräßlichsten Qualen unterworfen. Meist handelt es sich um Frauen – einige sind tatsächlich irregeleitet, manche sind sich aber auch keinerlei magischer Fähigkeiten bewußt. Und diese Qualen werden im Namen Gottes verhängt.

Warum, so fragte ich mich, bekennen sich diese Menschen manchmal zur Hexerei, bevor sie überhaupt gefoltert werden? Weil sie daran glauben. Sie sterben für ihren Glauben, so wie mein Vater für den seinen starb. Deine Einstellung, Tamar, war für mich von größtem Interesse. Man erzog dich dazu, dich als ein Kind des Teufels zu fühlen. Das verschaffte dir große Befriedigung. Und sogar jetzt, nachdem du viel gelernt hast, hältst du an dieser Überzeugung fest. Da verwundert es einen nicht, daß die Ungebildeten sich weigern, ihren Glauben zu widerrufen.«

»Ihr könnt zweifeln, soviel Ihr wollt«, unterbrach sie ihn. »Aber ich habe gesehen, wie Oma Lackwells Zaubereien gewirkt haben. Es gibt eine Macht, die über die Fähigkeiten von gewöhnlichen Männern und Frauen hinausgeht, und Hexen sind in der Lage, sie auszuüben.«

»Tamar, ich habe mich ausgiebig mit Hexerei befaßt. Hexerei steht in enger Verbindung mit der Religion, die in diesem Lande ausgeübt wurde, bevor der heilige Augustinus das Christentum hierherbrachte. Die Hexerei, wie sie heute praktiziert wird, hat ihre Wurzeln im Glauben unserer Vorväter. Sie verehrten Wotan als ihren obersten Gott, Thor, den Donnergott, Tyr, der den Menschen Weisheit und List gab, Freya, die Göttin der Fruchtbarkeit. Es stimmt zwar, daß Hexen diese Götter niemals erwähnen, sie wissen nicht einmal von ihnen. Jahrhunderte sind vergangen, seit Augustinus in dieses Land kam. Man muß bedenken, daß das Christentum den Bewohnern dieses Landes mit Gewalt aufgezwungen wurde. Und das ist die Wurzel aller religiösen Konflikte. Die Mächtigen erlauben kein freies Denken. Zu allen Zeiten hat die sogenannte christliche Kirche fanatisch, mit viel Blutvergießen und Folter, die Hexerei verfolgt, weil sie ein Teil eines rivalisierenden Glaubens ist.

Ich habe an Hexensabbaten teilgenommen, wobei ich die Maske eines Ziegenbocks trug. Ich sah die Tänze um die Freudenfeuer, und ich habe in ihnen die Tänze wiedererkannt, die getanzt wurden, bevor das Christentum eingeführt wurde. In jenen Tagen lebten hier nur sehr wenige Menschen, man wollte die Bevölkerung um jeden Preis vergrößern. Es waren Fruchtbarkeitstänze, die man um einen als Ziegenbock verkleideten Mann aufführte. Heute erscheinen sie lasterhaft, weil man ihre Bedeutung nicht mehr versteht. Sie waren dazu gedacht, die Lust und die Begierde der Tänzer anzufachen. Man glaubte, daß eine starke Begierde die Fruchtbarkeit steigerte und daß die Kinder, die in einer solchen Nacht gezeugt wurden, besonders stark und gesund seien.

Die Hexen, die heute auf ihren Sabbaten tanzen, haben keine Ahnung von diesen Zusammenhängen. Sie glauben, der Teufel habe sie zum Tanz gerufen. So ist es ihnen gesagt worden, und sie sind unwissend und leichtgläubig. Die Kirche, die die Hexen fürchtet, hat gesagt: ›Ihr seid niedrige Kreaturen, ihr seid vom Teufel besessen.‹ Und da diese Menschen ihr Leben ohne den Glauben an ihre übernatürlichen Fähigkeiten als öde und langweilig empfänden, können sie nicht darauf verzichten. Sie sind sogar bereit, dafür zu sterben. Die Vorstellungskraft kann Wunder bewirken; die Schwachsinnigen sehen plötzlich Dinge, die es nicht gibt.«

Tamar sah ihn befremdet an. Er wußte, sie stellte sich vor, wie er maskiert auf einem Hexensabbat getanzt hatte, und sie verstand langsam, wie das, was bis zu diesem Zeitpunkt so unglaublich erschien, geschehen war.

»Ja«, sagte er mit einem leichten ironischen Lächeln, »nun wird dir wohl langsam alles klar. Ich habe nicht gelogen, als ich den Leuten erklärt habe, du seist meine Tochter. Du bist meine Tochter.

Ich bin kein besonders sinnlicher Mensch; ich habe aber mein Leben auch nicht als Mönch verbracht, nachdem meine Frau gestorben war. Gelegentlich gab es oberflächliche Liebesaffären, und du weißt von meiner Freundin, die gestorben ist. Deine Mutter, die ein anmutiges Mädchen war, habe ich hier im Hause gesehen. Ich begehrte sie, ohne es selbst zu wissen. Sie gefiel auch anderen, zum Beispiel Sir Humphrey. Nun, wenn Luce nicht zu jenem Hexensabbat gegangen wäre, gäbe es dich nicht.

Jene alten Tänze können selbst das kälteste Herz erwärmen. Es gibt merkwürdige Gesänge. Die Hexen denken, daß etwas Magisches daran ist. Die Tänzer steigern sich in eine Ekstase. In solchen Nächten kommt es zu wilden Paarungen, und jeder, der daran teilnimmt, glaubt, daß er durch seinen Partner Verbindung mit dem Teufel bekommt. In jenen Tagen, als man die Götter und Helden von Asgard verehrte, repräsentierte der gehörnte Ziegenbock Fruchtbarkeit und Lebensfreude; heutzutage ist dieser alte Glaube vergessen, und nur das Ritual ist geblieben. Die Christen betrachten den Ziegenbock als Sinnbild des Teufels, denn die Anhänger eines jeden Glaubens neigen dazu, Andersgläubige als vom Teufel besessen anzusehen. Sogar eine geringfügige Abweichung vom ansonsten gemeinsamen Glauben wird verdammt. Aber ich will meine Geschichte weiter erzählen.

Ich trug die schwarzen Gewänder, die die Anwesenden mit dem Teufel in Verbindung brachten. Auf meiner Kappe waren Hörner. Ich nahm teil an diesem Tanz, der für sie Hexerei war, für mich aber der Fruchtbarkeitstanz meiner Vorväter. Er ist, wie ich schon sagte, dazu bestimmt, Begierde in den kältesten Menschen zu entfachen; und das tut er wirklich. Ich war gefangen in den primitiven Gelüsten meiner Vorväter. Und dann sah ich plötzlich Luce im Wald.

Ich konnte das schreckliche Schicksal, das sie wegen dieses Vorfalls erdulden mußte, nicht voraussehen. Mein Gewissen beunruhigte mich damals kein bißchen. Du weißt, ich habe einen Ehemann für sie gefunden. Mir erschien Luces Schicksal damals nicht schlimmer als das von so vielen anderen. Ich hatte beabsichtigt, sie ins Vertrauen zu ziehen, mit ihr zu reden, wie ich gerade mit dir geredet habe, ihr zu erklären, daß ich es war, der sie verführt hatte. Ich dachte sogar daran, sie zu meiner Mätresse zu machen. Sie war wirklich ein hübsches Mädchen. Aber ich fand heraus, daß sie dumm war, als ich hörte, wie sie über die Geschehnisse jener Nacht sprach, und mit dummen Menschen halte ich es nicht aus. Deshalb habe ich sie verheiratet; ich glaubte, ich hätte damit alles Nötige getan. Nun bist du schockiert, mein Kind, du siehst mich voller Abscheu an.«

»Ich sah, wie sie in die Hütte kamen... ich sah, wie sie sie holten.«

»Ich weiß. Auch ich muß oft daran denken. Es war ein schreckliches Ende für ein Mädchen wie Luce. Ich habe nach Entschuldigungen gesucht, doch ich sehe jetzt ein, daß ich Luce etwas Schlimmeres angetan habe, als Sir Humphrey jemals einem Mädchen hätte zufügen können.

Du sollst mich so sehen, wie ich bin. Mach dir keine Illusionen. Als sie dich verfolgten, habe ich dich beschützt, weil ich ein schlechtes Gewissen hatte, nicht, weil ich väterliche Gefühle für dich empfand.«

»Trotzdem kann ich nicht vergessen, daß Ihr mich vor all diesen Leuten als Eure Tochter anerkannt habt, als ich in größter Gefahr schwebte.«

»Das tat ich nur, weil ich wußte, daß man sie aufgehängt hatte. Und das ist nur durch meine Schuld passiert.«

»Überall gibt es nur Gewalt und Tod! Nun verstehe ich Euch vielleicht besser als vorher.«

»Heißt das, daß du mich jetzt verachtest?«

»Nein, ich liebe und bewundere Euch. Ihr habt meiner Mutter etwas Entsetzliches angetan. Aber es tat Euch sehr leid, und Ihr habt mich aufgenommen und diesen Leuten gesagt, ich sei Eure Tochter. Wie könnte ich Euch verachten?«

»Wärest du nicht so hübsch, intelligent und amüsant, hätte ich dich bestimmt weiter in der Küche arbeiten lassen.« Als sie nicht antwortete, fuhr er fort: »Sag mir bitte, was du jetzt denkst.«

»Ich denke daran, daß Ihr mich hübsch, intelligent und amüsant findet.«

Sie rannte auf ihn zu und schlang ihre Arme um ihn »Meine geliebte Tochter!« murmelte er.

Sie sah zu ihm auf: »Ich hätte nie gedacht, dich einmal weinen zu sehen.«

Er zog sie fest an sich, und sie fühlte seine Lippen auf ihrem Haar. Plötzlich schob er sie ein wenig von sich weg, als ob er sich seiner Gefühle schämte.

Er füllte zwei Gläser mit Wein und gab ihr eins.

»Auf Tamar! Auf meine Tochter, die nun weiß, daß der Teufel nichts mit ihrer Zeugung zu tun hatte.«

»Auf dich, lieber Vater«, antwortete sie.

Er legte seine Hände auf ihre Schultern. »Nun weißt du die Wahrheit.«

Sie lächelte geheimnisvoll.

»Sie hatten Angst vor mir. Während meiner ganzen Kindheit war ich geschützt.«

»Du warst nur durch den Glauben der anderen geschützt.«

»Ich weiß, daß Zauber tatsächlich wirken. Sie würden sagen, daß der Teufel in jener Nacht in dir war. Und du mußt ja wohl zugeben, daß du dich damals ganz anders als sonst verhalten hast.«

»Ich fürchte, nichts, was ich dir sage, kann dich in deinem Glauben erschüttern.«

Noch einmal umarmte sie ihn. »Ich bin wirklich froh, daß er dich ausgewählt hat, daß er in deinen Körper gefahren ist.«

»Dein Glaube scheint wirklich unerschütterlich zu sein. Tamar, kannst du ihn nicht doch aufgeben?«

Langsam schüttelte sie den Kopf.

Die Pest kam nach Plymouth.

In den Straßen lagen sterbende Männer und Frauen und flehten um Hilfe, die ihnen wegen der Ansteckungsgefahr niemand gewähren mochte. Auf viele Türen hatte man große rote Kreuze gemalt, die die Menschen davor warnen sollten, näher zu kommen. Nachts fuhr der Leichenkarren durch die Straßen. »Bringt eure Toten heraus!

Die Furcht ging um. Die Menschen untersuchten ihren Körper, ob er nicht schon die gefürchteten Zeichen aufwies: das Zittern, die Übelkeit, das Fieber, dem meist schnell der schlimme Ausschlag auf der Brust folgte. Dann war der Tod nicht mehr fern.

Eines Tages ging ein Schiff im Hafen vor Anker. Drei Männer kamen an Land, aber niemand war dort, um sie zu begrüßen. Schnell entdeckten sie den Grund. Sie sahen die roten Pestkreuze an den Türen und die Sterbenden in den Straßen. Schleunigst liefen sie wieder zum Hafen und ruderten zurück zu ihrem Schiff.

Annis klopfte an Tamars Zimmertür.

Tamar verfügte seit einiger Zeit über ein eigenes Schlafzimmer, in dem ein Himmelbett, eine geschnitzte Truhe, ein Kleiderschrank und eine Kommode standen. Besonders luxuriös war jedoch ein wunderschöner, weicher Teppich. Tamar hatte sich noch nicht ganz an all die schönen Dinge gewöhnt, die nun ihr gehörten. Im Zimmer war auch ein Spiegel aus poliertem Metall. Sie genoß es, ihr Gesicht darin zu studieren, denn ihre eigene Schönheit erfreute sie mehr als ihre neuen Besitztümer.

Tamar sah sofort, wie aufgeregt Arms war.

»Mistreß Tamar, ich hab' was entdeckt... in der Scheune, in Johns und meiner Scheune... da hab' ich sie gesehen. Drei Männer, sie lagen auf der Erde und waren ganz verhungert. Merkwürdige Männer, sie sprachen so komisch. Ich konnte sie nur schlecht verstehen. Sie bettelten mich an, wollten etwas zu essen und zu trinken von mir. Ich wußte nicht, was tun. Ich hatte Angst! Deshalb bin ich zu Euch gerannt! Was anderes ist mir nicht eingefallen.«

Tamar lächelte erfreut. Sie liebte es, bewundert zu werden, und Annis' Bewunderung für sie kam aus tiefster Seele.

»Ich werde selbst nachsehen. Ich reite hinüber. Du kannst mir folgen. Wenn diese Männer wirklich fast verhungert sind, brauchen sie ganz schnell Hilfe. Aber wir müssen vorsichtig sein, Annis. Wir wissen nicht, wer sie sind.«

»Ich dachte, Ihr wißt es vielleicht.«

Tamar dachte einen Moment angestrengt nach. »Ich fühle, es sind gute Männer, denen wir wohl helfen müssen. Aber zuerst muß ich sie einmal sehen.«

Ihr langes schwarzes Haar wehte im Wind, als sie zur Scheune ritt. Sie trug ihr Haar stets offen und genoß die Bewunderung der Leute. In den letzten Jahren war sie eingebildet geworden, denn sie hatte einen zu schnellen Aufstieg erlebt. Mit einem Schlag hatte sich ihre Armut in Luxus verwandelt, ihre Einsamkeit in Geborgenheit. Sie galt als rechtmäßige Tochter von Richard Merriman, aber die ungebildeten Menschen glaubten noch immer an ihre magischen Fähigkeiten, da sie immer noch überzeugt waren, der Teufel sei ihr eigentlicher Vater gewesen.

Sie erreichte die Scheune, stieß die Tür auf und erblickte die drei elenden Gestalten. Sie sahen wirklich erbärmlich aus, aber sie war an einen solchen Anblick gewöhnt.

»Wer seid ihr?« fragte sie.

»Lady, ich heiße Humility Brown. Meine Freunde und ich haben seit Tagen nichts mehr gegessen. Um Christi Liebe willen, bringt uns etwas zu essen und zu trinken, sonst müssen wir sterben.«

Der Mann sprach kultiviert. Deshalb konnte Tamar ihn verstehen, obwohl er offenbar aus einem anderen Teil des Landes kam.

»Sagt mir zuerst, was Ihr hier tut und wie Ihr hergekommen seid.«

»Wir ruhen uns hier aus und suchen Schutz vor dem schlechten Wetter. Wir kommen von dem Schiff *Adventurer*. Wir waren auf dem Weg nach Virginia, das liegt in der Neuen Welt.«

»Und wo sind Eure Gefährten?«

»Sie haben uns nicht mehr aufs Schiff gelassen. Wir drei waren an Land, um Proviant zu holen. Als wir die Stadt erreichten, sahen wir die schreckliche Not dort. Wir ruderten zurück zum Schiff, aber sie ließen uns nicht wieder an Bord. Wir konnten nichts tun...«

Tamar schlüpfte schnell durch die Tür und machte sie hinter sich zu. Diese Männer waren in der verseuchten Stadt gewesen. Vielleicht hatten sie sich angesteckt, hatten den tödlichen Ausschlag schon auf der Brust.

Sie rannte zu ihrem Pferd und stieg auf. Sie wußte, daß die Dörfer pestfrei geblieben waren, weil sie keinerlei Kontakt zu der verseuchten Stadt hatten.

Unterwegs traf sie Annis. »Mistreß, habt Ihr sie gesehen? Wollt Ihr helfen?«

»Annis! Geh auf keinen Fall zur Scheune. Was sollen wir bloß tun? Diese Männer waren in der Stadt, und wir beide, du und ich, waren in ihrer Nähe!«

Annis begann vor Angst zu zittern, aber dann sah sie Tamar vertrauensvoll an. »Mistreß, Ihr könnt uns vor Ansteckung schützen! Wir sind sicher, weil Ihr dafür sorgt!«

»Ja, natürlich, wir sind geschützt. Ich sorge dafür. Annis, wenn ich dir sagte, geh in die Scheune und hab keine Angst, würdest du gehen?«

»Wenn Ihr mir einen Zauber gebt, damit mir nichts passiert, dann wurde ich gehen.«

»Gut, dann werde ich es machen. Du kannst jetzt zur Scheune gehen, aber bleib draußen stehen. Laß aber auch niemanden hinein. Ich bringe dann Essen für die Männer. Ich werde ihnen das Leben retten, und dann wird niemand mehr meine Macht anzweifeln. Aber hör zu, Annis, wir sagen dem Herrn nichts, bis alles vorbei ist.« Annis nickte. »Nun lauf schon zur Scheune. Laß niemanden hinein, sag, daß dort Pestkranke sind. Warte dort, bis ich komme.«

Tamar galoppierte zurück zum Haus. Aus der Küche holte sie Wein, etwas zu essen und ein Stück Holzkohle. Dann ritt sie zurück zur Scheune, wo Annis gehorsam auf ihre Herrin wartete.

»Du kannst jetzt gehen, Annis. Warte dort hinten auf mich.«

Annis rannte fort, und Tamar öffnete das Scheunentor.

»Humility Brown, hier ist etwas zu essen und zu trinken.

Ich lege es neben die Tür. Habt Ihr genug Kraft, um es Euch zu holen?

»Ja. Möge der Herr Euch segnen.«

»Morgen bringe ich neue Lebensmittel. Wenn Ihr noch etwas anderes braucht, laßt es mich wissen.«

Humility Brown sagte mit bewegter Stimme: »Meine lieben Freunde, hier ist ein Engel des Herrn. Etwas zu essen, Freunde. Unsere Gebete wurden erhört.«

Tamar schloß die Tür und schrieb darauf mit Holzkohle: ›Der Herr möge sich unser erbarmen.

Jeder würde wissen, was damit gemeint war.

Tamar war achtzehn, ein willensstarkes und stolzes Mädchen. Richard überkamen oft böse Ahnungen, wenn er sie beobachtete. Aber er war auch erstaunt über die Gefühle, die sie in ihm weckte. Er liebte seine wilde, ungestüme Tochter mehr als alle anderen Menschen, die er zuvor geliebt hatte.

Ihre Schönheit bezauberte ihn; ihr widersprüchlicher Charakter bereitete ihm Sorgen. Er hatte sie sanft und freundlich erlebt, aber auch grausam und hochnäsig. Sie benahm sich zum Teil zivilisiert und zum Teil ungezähmt. Sie besaß einen scharfen Verstand, aber sie war durch nichts dazu zu bewegen, ihren lächerlichen Glauben an ihre übernatürlichen Fähigkeiten aufzugeben. Auch jetzt nicht, wo sie ein gemütliches Zuhause und einen liebevollen Vater hatte, der sich um sie kümmerte. Sie haßte es, vom Schutz anderer abhängig zu sein.

Er hatte sie mit allen akzeptablen Männern aus der Nachbarschaft bekannt gemacht, aber keiner gefiel ihr. Viele hätten sie trotz der mysteriösen Gerüchte um ihre Herkunft sofortgeheiratet, weil sie von ihrem Charme und ihrer Schönheit bezaubert waren. Aber sie benahm sich wie eine Prinzessin und lachte über Richards Heiratsvorschläge.

Er glaubte, sie sei vielleicht glücklicher, wenn sie verheiratet wäre; er sehnte sich danach, sie im Kreis ihrer eigenen Kinder zu sehen. Vielleicht gäbe sie dann ein paar ihrer wilden Ideen auf, akzeptierte ihn als ihren wirklichen Vater und sähe ihre eigene Zeugung als einen ganz natürlichen Vorgang. Das wünschte er sehr, denn ihr Beharren auf ihrem absurden Glauben, dieses Wilde in ihr, war die Quelle seiner ständigen Sorge um sie. Bartle Cavill war von einer weiteren Reise zurückgekommen. Er war fast ebenso stolz und hochmütig wie Tamar. Er zeigte nach wie vor Interesse an ihr, und Richard wäre diese Verbindung recht gewesen.

Nun, man mußte eben abwarten. Heute abend wollte er einen Ball für sie geben. Warum nicht, schließlich war sie achtzehn Jahre alt; und ihm lag daran, daß der gesamte Landadel sie als seine Tochter akzeptierte. Sie war zwar unehelich, aber er hatte ja keine anderen legitimen Erben. Eines Tages würde Tamar reich sein, und ein großes Vermögen würde das Stigma ihrer unehelichen Geburt fortwischen.

Von seinem Fenster aus konnte er beobachten, wie sie mit Humility Brown sprach, der im Garten arbeitete.

Er lächelte. Sie hatte sich gegenüber diesen drei Männern von der *Adventurer* überaus tapfer verhalten; vielleicht hatte sie allerdings auch nur auf ihre übernatürlichen Fähigkeiten vertraut. Er selbst hatte erst von der Sache gehört, als klar war, daß die Fremden nicht an der Pest litten. Allerdings waren nur zwei von ihnen am Leben geblieben, Humility Brown und William Spears. William arbeitete und lebte auf der Farm der Hurleys, Humility Brown kümmerte sich um Richards Gärten und wohnte in einem der Nebengebäude des Hauses. Tamar hatte das so gewollt, denn Joseph Jubin brauchte ihrer Meinung nach Hilfe.

Tamar schien Humility Brown sehr zu mögen, obwohl die beiden so verschieden waren. Sie war eine verwöhnte Range, die ihre außergewöhnliche Schönheit genau kannte. Er dagegen war Puritaner. Richard nahm deshalb an, daß Brown von Tamars Gesellschaft nicht besonders erbaut war. Oder hatte er womöglich Angst davor, Gefallen an ihr zu finden? Er war ein Geistlicher aus Boston in Lincolnshire und glaubte genauso fanatisch an seine Sache wie Tamar an die ihre. Da es in der Gegend, aus der er kam, mehr Puritaner als in jedem anderen Landesteil gab, war die Verfolgung dort besonders schlimm. Viele Angehörige dieser Sekte waren nach Holland geflohen, dem Zentrum des Protestantismus. Richard fand es interessant, sich mit Humility Brown zu unterhalten. Häufig dachte er darüber nach, ob es nicht eine angemessenere Beschäftigung für ihn gäbe, aber bisher war ihm noch nichts eingefallen.

Nun fragte er sich, was Brown wohl gerade zu Tamar sagte.

Tamar sah Humility Brown beim Unkrautjäten zu. Auf seiner Stirn standen Schweißperlen, die nicht nur von der körperlichen Anstrengung herrührten; er fühlte sich in Tamars Gegenwart immer etwas unsicher.

»Humility, ich glaube, Ihr habt Angst vor mir.«

Es freute sie diebisch, daß er es einfach nicht fertigbrachte, sie zu ignorieren.

»Nein, ich fürchte Euch nicht. Mit meinem inneren Auge sehe ich das Kreuz, und solange ich es in meiner Seele habe, ängstige ich mich nicht.«

»Humility, Ihr seid ein guter Mann, und ich bin froh, Euer Leben gerettet zu haben. Ihr hieltet mich für einen Engel, als ich Euch Essen brachte. Sah ich wie ein Engel aus?«

»Einem verhungernden Mann kommt jeder, der ihm etwas zu essen bringt, wie ein Engel vor.«

»Auch wenn derjenige vom Teufel käme?«

Brown flüsterte ein leises Gebet.

»Was dachtet Ihr, als Ihr hörtet, wer ich bin?«

Als er weiter leise vor sich hin murmelte, stampfte sie mit dem Fuß auf und schrie: »Antwortet mir, Humility! Habt Ihr vergessen, daß ich hier die Herrin bin?«

»Ich wünschte, Ihr hättet mir erlaubt, auf einer der Farmen zu arbeiten oder in der Stadt...«

»Aber ich habe Euer Leben gerettet. Es ist mein Recht zu bestimmen, wo Ihr arbeitet. Humility, wenn Ihr nicht auf meine Fragen antwortet, lasse ich Euch bestrafen.«

»Euer Vater ist ein gerechter Mann, und er würde keiner unverdienten Strafe zustimmen.«

»Wenn ich ihn darum bäte, würde er es schon tun.«

Er lächelte. »Ich fürchte keine Strafe.«

Er fuhr fort zu jäten, während sie ihm weiter zusah. Einerseits bereitete er ihr Vergnügen, aber andererseits machte er sie auch wütend. Er erinnerte sie immer an ihre große Macht, aber auch er besaß eine Macht, die mit ihrer eigenen rivalisierte.

Der Pfarrer aus Boston sehnte sich danach, ein Märtyrer zu werden. Müßte er tausend Qualen erdulden, würde er es als eine Ehre ansehen, für seinen Glauben zu sterben. Er glaubte fest daran, daß er die Kraft Gottes in sich trug, so wie Tamar glaubte, sie besäße gewisse Kräfte, die ein Geschenk des Teufels waren.

Sie wußte, warum er sie kurz ansah, um seinen

Blick dann genauso schnell wieder abzuwenden. Er war ein Mann, und er konnte es nicht verhindern, daß ihre Schönheit ihn beeindruckte. Wie die meisten Männer fand er sie begehrenswert. Es war sehr angenehm, begehrt zu werden, obwohl sie im Moment noch keinerlei Verlangen danach hatte, dem Drängen irgendeines Mannes nachzugeben, weil sie sich in dieser Beziehung ihrer eigenen Gefühle nicht sicher war. Aber während sie sich fürchtete, wenn die glitzernden Augen von Bartle Cavill sie fixierten, amüsierte es sie, wenn dieser Mann sie ansah und ganz schnell wieder wegschaute.

Er war älter als Bartle, und mit seinen etwa dreißig Jahren kam er ihr für einen Liebhaber uralt vor. Sie konnte sich gut vorstellen, wie er bislang gelebt hatte. Er war das puritanische Kind puritanischer Eltern. Die Puritaner glaubten, daß ihre Geistlichen genügsam leben sollten wie Jesus während seines irdischen Daseins. Man hatte Bruder Brown dazu erzogen, Lachen für eine Sünde zu halten. Schlemmerei, Tanzen und Geschlechtsverkehr waren die reinsten Todsünden. Einem solchen Mann mußte sie wegen ihrer betörenden Schönheit, ihres fröhlichen Lachens und ihres Selbstbewußtseins wie eine Inkarnation des Teufels erscheinen.

Sie liebte es, ihn während seiner Arbeit zu necken und zu reizen. Er sollte wissen, daß er so verwundbar war wie andere Männer. Niemals hätte sie es gewagt, Bartle auf diese Weise zu reizen.

»Warum seht Ihr mich nur so böse an, lieber Humility? Warum starrt Ihr so auf mein Haar, gefällt es Euch nicht?«

»Ihr solltet es kurz schneiden oder unter einer Haube verstecken.«

»Warum denn? Denkt Ihr etwa, es sei ein Geschenk des Teufels? Antwortet gefälligst, wenn ich mit Euch rede!«

»Nun, vielleicht ist es so.«

»Ich dachte, alle schönen Dinge kämen von Gott.«

Wie üblich versuchte er sie zu bekehren. »Laßt Euch nicht irreleiten. Kehrt um. Wendet Euch ab vom Teufel. Kommt zum wahren Glauben. Wenn Ihr Euch vor der ewigen Verdammnis retten wollt, laßt ab von allem Bösen.«

»War es vielleicht eine Sünde, Euer Leben zu retten?«

»Wenn Ihr dabei den Teufel zu Hilfe gerufen habt, so wäre ich lieber gestorben.«

»Den Eindruck hatte ich aber gar nicht, als ich in die Scheune kam. Voller Demut batet Ihr mich um Hilfe. Ich garantiere Euch, Ihr hättet das Essen genommen, und wenn es Euch der Teufel persönlich gebracht hätte.«

»Ihr vergeßt Euch, Tochter.«

»Wagt es bloß nicht, mich Tochter zu nennen. Ihr wißt, wessen Tochter ich bin.«

»Ich weiß, Ihr wurdet in Sünde geboren.«

»Was wäre, wenn ich das Eurem Herrn sagte?«

»Ich würde es ihm auch selbst sagen.«

Sie lächelte voller Bewunderung, denn er hatte die Wahrheit gesagt, wie sie genau wußte. Er war tapfer, das mußte man ihm lassen. Deshalb bereitete es ihr ja auch so viel Vergnügen, ihn zu necken. Er war ebenso tapfer wie sie, sein Glaube war so fest wie der ihre.

»Ja, das würdet Ihr wohl wirklich tun. Es gibt Dienstherren, die Euch für so etwas schlagen würden. Aber er ist ein guter Mensch... ein viel besserer Mensch, als Ihr es jemals sein werdet, Humility Brown.« Als er schwieg, fuhr sie wütend fort: »Nein, er würde nicht herumlaufen und Gott für seine Rettung danken. Er würde sich selbst niemals für etwas Besseres als seine Retter halten, die ihr Leben riskiert haben, um ihn zu retten. Er ist ein guter Mensch, das sage ich Euch, und wagt bloß nicht zu sagen, Ihr wäret besser als er, sonst peitsche ich Euch mit eigenen Händen aus.«

Bei derartigen Diskussionen war er der Überlegene, denn er blieb ruhig, was sie nie schaffte. Er war kalt und sicher, sie dagegen feurig und leidenschaftlich.

»Und es würde Euch nichts ausmachen, von mir geschlagen zu werden!« Ihre Augen blitzten. »Aber es gibt noch andere Dinge, die ich tun könnte, und die würden Euch schon etwas ausmachen. Humility Brown, Ihr seid ein Feigling. Ihr habt Angst davor, mich anzusehen. Seid auf der Hut, Humility Brown! Ich könnte Euch mitnehmen in die ewige Verdammnis. Ihr findet mich wunderschön. Eure

Lippen verleugnen das zwar, aber Eure Augen verraten Euch. Ich könnte beschließen, Euch zu zeigen, daß Ihr nichts weiter als ein sündiger Mann seid. Ihr habt bestimmt das Gerede über meinen wirklichen Vater gehört. Es stimmt, wißt Ihr, ich bin des Teufels eigene Tochter.«

Lachend rannte sie ins Haus und rief Annis, die ihr beim Ankleiden für den Ball helfen sollte.

Sie wußte, daß Annis recht hatte, wenn sie ihr wieder und wieder versicherte, sie sähe heute abend wunderschön aus.

Sie hatte die Farben für ihr Kleid – Rot, Blau und Gold – selbst ausgewählt. Der scharlachfarbene Umhang war vorne offen, darunter sah man ihr blaues, mit Gold besticktes Kleid. Ihre Halskrause war aus feinster Spitze und reichte nur bis auf die Schultern; so blieb ihr Dekolleté gut sichtbar, wie es bei unverheirateten Damen üblich war. Ihr Haar, das bis zu ihrer Taille hinabreichte, trug sie offen. Keine andere Frau würde auf dem Ball mit einer solchen Frisur erscheinen.

Annis schwatzte fröhlich drauflos. Als Tamars persönliche Kammerzofe war sie endlich der tyrannischen Haushälterin entkommen. Für Tamar bedeutete sie viel mehr als nur eine Zofe – sie war ihre Freundin.

»Ihr seid das hübscheste Mädchen, das ich je gesehen habe. Die Leute sagen, Eure Schönheit ist übernatürlich. John sagte zu mir: ›Annis, Mistreß Tamar is' so schön, sieht aus, als ob sie nicht von dieser Welt ist.‹ Ich hab' dann wütend gesagt: ›John Tyler, bist du auf einmal so mutig, daß du ein Auge auf sie wirfst?‹ Und er sagte: ›Ne, das wage ich nicht. Aber wie sie ist keine, und kein Gentleman, der sie sieht, würd' nicht sein ganzes Vermögen geben, sie zu heiraten, wenn sie auch eine Hexe ist.‹ Ich sagte: ›Es ist besser, du siehst nur mich an, John Tyler.‹ Er sagte dann: ›Ich kann ja auch nicht anders, denn sie selbst hat dir einen Liebestrank gegeben, der mich an dich kettet.‹«

Tamar lachte. »So, der Liebestrank wirkt also immer noch?«

»Ja, ganz toll. John ist oft ganz verrückt nach mir.«

Tamar betrachtete ihre Zofe, die Erfahrungen gemacht hatte, die ihr völlig fremd waren. Sie dachte an Bruder Brown, und sofort kam ihr eine andere Gestalt in den Sinn – ein junger Mann mit den leuchtendsten blauen Augen, die sie je gesehen hatte. Dann fiel ihr eine Szene ein, die ihr so manchen Alptraum beschert hatte.

Ich hasse Bartle Cavill, dachte sie.

Auf der Empore versammelten sich die Musiker.

»Beeilt Euch«, sagte Annis. »Ihr müßt mit Eurem Vater die Gäste begrüßen.«

Tamar eilte hinunter. Richard erwartete sie unten an der Treppe. Sie knickste fröhlich.

»Wie gefalle ich dir, Richard?«

»Du siehst wunderhübsch aus, mein Schatz.«

»Schämst du dich nicht manchmal, mich als Tochter zu haben?«

Er weigerte sich, ihren Vorderungen nach noch mehr Komplimenten nachzukommen. »Da ist etwas Wildes in deinen Augen. Was heckst du heute abend wieder aus?«

»Ich hecke gar nichts aus.«

»Vielleicht sollte ich für dich etwas aushecken. Es würde mich sehr freuen, dich bald verheiratet zu sehen.«

»Ich bin aber auch so glücklich.«

»Du solltest heiraten und Kinder haben. Es ist die Pflicht eines Vaters, für seine Tochter einen Ehemann auszusuchen.«

»Ich würde nicht einmal dir erlauben, für mich eine Heirat zu arrangieren, die ich nicht will.«

»Das würde ich auch nicht versuchen. Aber ich gebe zu, es würde mir gefallen, wenn du einmal mit deiner Familie von Stoke nach Pennicomquick geritten kämst ... «

»Bartle!« Sie spuckte den Namen förmlich aus. »Lieber würde ich sterben, als Bartle zu heiraten. Er ist grobschlächtig, gewöhnlich, lüstern. Wie kannst du es wagen, seinen Namen in meiner Anwesenheit zu erwähnen?«

»Reg dich nicht auf, es tut mir leid. Trotzdem glaube ich, du bist zu hart zu diesem jungen Mann. Er ist tapfer; er hat sich die Hörner abgestoßen und wäre jetzt bereit, sich niederzulassen und eine Familie zu gründen. Ich weiß, er hat dir einmal schreckliche Angst eingejagt. Damals war er ein ungestümer junger Mann, das ist alles.«

»Er war ein brutales, wollüstiges Vieh.«

»Tut mir leid, vergiß, was ich gesagt habe.«

Sie zitterte, denn in diesem Augenblick trafen die ersten Gäste ein, unter denen sich auch Sir Humphrey, Lady Cavill und ihr Sohn Bartle befanden.

Sir Humphrey sah Tamar bewundernd an, Lady Cavill küßte sie auf eine Weise, an die Tamar schon gewöhnt war, und Bartle gab ihr einen Handkuß.

Hochmütig wandte sie sich von ihm ab und redete mit Sir Humphrey.

Weitere Gäste kamen, der gesamte Adel aus der näheren Umgebung. Nachdem die Gäste getanzt und die reichhaltigen Speisen, die man für sie vorbereitet hatte, genossen hatten, erschienen mit bunten Bändern an ihren Kleidern und Glöckchen an ihren Beinen Moriskentänzer, die vor den Gästen zur Musik tanzten und sie unterhielten.

Tamars Fröhlichkeit an diesem schönen Abend wurde nur durch Bartles Anwesenheit ein wenig getrübt. Versuchte er mit ihr zureden, so ignorierte sie ihn, und es freute sie zu sehen, wie wütend ihn das machte. Sie kokettierte mit einem großen, gutaussehenden jungen Mann, dessen riesige Besitztümer längs des Flusses Plym lagen. Dieser junge Mann war so fasziniert von seiner bezaubernden Gastgeberin, daß er sie um ihre Hand bat. Augenblicklich tat er ihr leid, denn sie wollte ihn ja nicht necken, sondern nur vor Bartle fliehen.

Aber kurz vor Mitternacht, als das große Feuer in der Halle schon fast heruntergebrannt war und einige Gäste auf ihren Sesseln halb eingeschlafen waren, träge geworden vom üppigen Essen und vom Wein, drängte Bartle sie in eine Ecke. Sie lehnte sich an die Eichenvertäfelung der Wand und betrachtete ihn verächtlich. Er sah wirklich gut aus; sein Gesicht war rot, und seine Augen waren ihr noch nie so blau vorgekommen.

»Welches Teufelsspiel spielt Ihr eigentlich mit mir?«

Er hatte sie fest am Arm gepackt.

»Laßt mich augenblicklich los, oder ich lasse Euch hinauswerfen«, antwortete sie.

»Ich rate Euch, mich nicht länger zu reizen, wie Ihr es den ganzen Abend lang getan habt«, warnte er sie.

»Ich soll Euch gereizt haben? Ich kann Euch versichern, daß ich heute abend an niemanden weniger gedacht habe als an Euch.«

»Das ist eine Lüge, und eine schlechte dazu.«

»Ihr habt ja eine sehr hohe Meinung von Euch.«

»In dieser Beziehung passen wir gut zusammen.«

Seine Augen forschten in ihrem Gesicht, wanderten weiter nach unten und ruhten auf ihrem tiefen Dekolleté. Sie wurde feuerrot.

»Tamar, warum sollte man aufschieben, wozu es ja doch eines Tages kommen wird? Sicherlich habt Ihr meinen Schwur, der Euch betrifft, nicht vergessen.«

»Ihr und Eure Schwüre! Ich bin kein armes Kind mehr, um das sich niemand kümmert. Ihr müßtet Euch vor Richard verantworten.«

»Nicht, wenn Ihr aus freien Stücken kommt.«

»Darauf könnt Ihr lange warten.«

Er trat dicht an sie heran.

»Meine liebe Tamar, ich habe nicht die Absicht zu warten. Ich werde England in einer Woche verlassen. Aber vorher werde ich bekommen, was ich mir schon lange wünsche.«

»Ihr redet wirres Zeug. Wenn Ihr versucht, mir dasselbe anzutun wie damals, würde ich keine Sekunde zögern, Euch zu töten.«

»Und wie würdet Ihr das anstellen?«

»Wenn ich Euch das sagen würde, könnte ich Euch damit nicht mehr überraschen.«

»Ihr scheint wirklich den Teufel in Euch zu haben.«

»Das ist das erste vernünftige Wort, das Ihr heute abend zu mir gesagt habt.«

»Aber es wird keinen Zwang geben. Es wird mit Eurem ausdrücklichen Einverständnis geschehen – das kann ich Euch versichern. Es wird geschehen, bevor ich wegfahre, das habe ich beschlossen.«

Sie versuchte ruhig zu bleiben, aber sie ängstigte sich, und sie wußte, daß er das bemerkte. Sie zwang sich zu lachen, aber sie verstummte, als er sagte: »Simon Carter ist in Plymouth. Der Hexenjäger ist zurück.«

»Ja, und?« Sie war ganz blaß geworden.

»Das macht Euch angst, nicht wahr? Wenn ich nun zu ihm gehe und ihm sage, daß ich gesehen habe, wie Ihr zaubert und Euch in einen Hasen verwandelt?«

»Ihr wäret ein Lügner, und es würde Euch nicht weiterhelfen.«

»Er würde zu Euch kommen, Tamar. Selbst Richard könnte nicht das geringste dagegen unternehmen. Damals konnte Richard erklären, er selbst und nicht der Teufel sei Euer Vater, und Euch so retten. Aber wenn man Euch jetzt gesehen hätte, wie Ihr Zauberknoten bindet und Euch mit Euresgleichen trefft...«

»Ihr... Ungeheuer!«

»Ich werde freundlich zu Euch sein, wenn Ihr freundlich zu mir seid. Tamar, warum sollte ich Euch betrügen? Ihr werdet nicht so schnell genug von mir haben, das sehe ich Euch an, Tamar.«

»Ihr könnt Euch eine Geliebte aussuchen, so wie Simon Carter sich eine Hexe aussucht«, sagte sie.

»Laßt Euer Fenster offen. Ich weiß, wo Euer Zimmer ist. Ich komme, wenn im Haus alles still ist. Dann braucht Ihr keine Angst mehr zu haben. Sollte Euch irgend jemand angreifen oder etwas Schlechtes über Euch erzählen, dann werde ich Euch mit meinem Schwert verteidigen... immer, Tamar. Nun, vielleicht heirate ich Euch sogar. Richard meint, es wird Zeit für Euch zu heiraten. Er wird sich gegenüber dem Mann, der seine kleine Hexentochter heiratet, als sehr großzügig erweisen.«

»Lieber würde ich sterben, als Euch zu heiraten.«
»Ihr sprecht zu leichtfertig über den Tod.«
»Bitte, laßt mich jetzt endlich gehen. Ich will Euch nie wieder sehen.«
»Ihr seid ganz schön hochmütig geworden. Wie gefiele es Euch wohl, wenn sie Euch prüften? Wie wird es wohl für Euch sein, wenn diese stinkenden Männer Euren Körper untersuchen? Gefiele es Euch etwa, an einem Galgen zu hängen?«
Kalt und mit funkelnden Augen antwortete sie: »Eher würde ich Folter und Tod erdulden als das, was Ihr vorschlagt.
Darauf ließ er sie gehen. Sein Blick folgte ihr, wohin sie sich auch wandte. Als er sich verabschiedete, wurde ihr klar, wie siegessicher er war; er war überzeugt, daß sie seinem Drängen nachgeben würde.
Er flüsterte ihr zu: »Ihr habt zwei Tage Zeit, Euch zu entscheiden. Nicht eine Sekunde länger, ich warne Euch.«
Als Annis ihr beim Auskleiden half, wollte Tamar alle Einzelheiten über ihre Liebesaffäre mit John Tyler wissen. Als Annis schließlich feuerrot wurde, lachte sie laut und entließ das Mädchen. Dann warf sie sich auf ihr Bett und zog die Vorhänge zu, wie, um sich einzuriegeln.
Aber sie konnte Bartles glühende Augen nicht aus ihren Gedanken verbannen. Als sie schließlich eingeschlafen war, träumte sie, daß Bartle die Vorhänge zur Seite zog und sich auf sie warf. Auch Humility

Brown kam in diesem Traum vor, aber sie vergaß, welche Rolle er gespielt hatte.

In ihren Träumen hatte Tamar den Tag, als Simon Carter mit all den Männern gekommen war, um sie zu holen, wohl hundertmal wiedererlebt.

Damals hatte Bartle sie nicht an diesen Mann verraten. Er hatte Richard sogar geholfen, sie zu verstecken. Aber das hatte er nur getan, weil er sie für sich selbst wollte. Er kannte kein Mitgefühl, er war schamlos, er war ein Wüstling. Oh, wie sie ihn haßte! Er wollte sie so behandeln wie all die Mädchen in den Städten, die er plünderte und niederbrannte. Ein Freibeuter, ein Pirat war er, und deswegen hielt man ihn sogar für einen der tapferen Seeleute von König Jakob.

Annis brachte ihr einen Brief von ihm. Sie lächelte geheimnisvoll. »Mistreß, ich hab' was für Euch. Ein Brief von 'nem Gentleman. Ich sollte ihn Euch sofort geben. Es wär' wichtig. Oh, Mistreß, er sieht ja so gut aus. Ihm könnte keine widerstehen. Er hat mir 'nen Kuß gegeben. Ich würde bestimmt auch eine gute Geliebte abgeben. Ich hab' richtig gezittert, als er mich angefaßt hat.«

»Sei still!« kreischte Tamar. »Du bist nichts weiter als eine kleine Hure, Annis. Wenn John mit einer anderen ginge, so wäre es deine eigene Schuld, und ich wäre dann nicht sonderlich überrascht.«

»Mistreß, Ihr nehmt doch wohl nicht den Zauber weg?«

»Ich schwöre, daß ich das tun werde, wenn du dich nicht änderst. Jetzt gibt mir den Brief und geh. Ich will alleinsein.«

Sobald Annis den Raum verlassen hatte, las sie den Brief.

> »Ich muß Euch sofort sehen. Es ist sehr wichtig. Kommt in den Garten und redet mit mir. Ich warte ganz nah beim Haus, meine hasenherzige Jungfrau braucht also keine Angst zu haben. Wenn Ihr dieser Aufforderung nicht nachkommt, wird es Euch sehr, sehr leid tun. Laßt mich nicht zu lange warten.
>
> Euer zukünftiger Geliebter«

Sie ging zum Fenster. Er stand unten und sah ungeduldig zu ihr herauf. In einiger Entfernung sah sie auch Humility Brown. Schnell lief sie hinunter.

Elegant gekleidet schlenderte Bartle durch den Garten. Als sie näher kam, eilte er auf sie zu, verbeugte sich und küßte ihre Hand.

»Kommt mit mir hinter die Hecke dort drüben, sonst wird der Kerl alles hören, was wir sagen.«

Sie folgte ihm, denn sie wollte nicht, daß Humility Brown etwas über ihre mißliche Lage erfuhr. Er wäre zweifellos sehr erfreut zu hören, daß der Hexenjäger auf ihre Fährte gebracht werden sollte.

Jener Teil des Gartens war von einer hohen Hecke umgeben. Der Frühling stand vor der Tür, und auf den Blumenbeeten waren bereits die ersten Sprößlinge zu sehen.

Bartle lächelte sie frech an.

»Ja, ja, Ihr habt die Wahrheit gesagt. Ihr würdet also lieber sterben, als Euch mir hinzugeben.«

Sie gab keine Antwort und sah nur hochmütig an ihm vorbei. Er faßte sie an den Schultern und küßte sie stürmisch.

Ihre Augen glühten, und sie wehrte sich, wie sie es schon einmal getan hatte. Er ließ sie los, aber er versperrte ihr den Weg, der aus dem Garten hinausführte.

»Wir sind nicht hierhergekommen, um uns zu streiten, sondern um uns zu unterhalten. Warum, meine liebste Tamar ...«

»Niemals werde ich Eure Tamar sein!«

»Oh, doch, morgen um diese Zeit werdet Ihr meine Tamar sein, und vielleicht seid Ihr dann sogar froh darüber.«

Sie zuckte die Schultern. »Ich sehe keinen Sinn darin, daß Ihr mich hier festhaltet.«

»Ich tue das nur, weil Ihr es immer so eilig habt. Ihr hört nie richtig zu: Ihr redet, ohne nachzudenken. Ihr bildet Euch eine Meinung über meine Pläne, ohne sie überhaupt gehört zu haben. Wenn ich Euch heirate, und das werde ich wahrscheinlich tun, werde ich wohl Euer hitziges Temperament zügeln müssen. Ich werde aus Euch noch eine sanfte und liebevolle Gattin machen.«

»Wagt es nicht, mich zu beleidigen. Mich wundert, daß Ihr keine Angst davor habt, von mir verhext zu werden.«

»Wenn Ihr das wirklich könntet, hättet Ihr es schon längst getan.«

»Laßt mich durch, oder ich rufe den Gärtner zu Hilfe.«

»Was? Diesen lammfrommen Puritaner? Wenn er es wagte, sich mir entgegenzustellen, würde ich ihm den Hals aufschlitzen – das weiß er. Hört mir jetzt genau zu! Heute nacht komme ich in Euer Zimmer. Laßt Euer Fenster offen, damit ich hinein kann.«

»Mein Fenster wird verriegelt und verrammelt sein heute nacht... und jede Nacht, bis Ihr endlich fort seid.«

»Trotzdem bin ich sicher, daß Euer Fenster heute nacht offen sein wird.«

»Wieso? Warum habt Ihr mich nicht schon längst an Simon Carter verraten, wie Ihr es mir angedroht habt?«

»Weil ich mir geschworen hatte, Euch zu besitzen. Ihr selbst mögt ja lieber sterben, als mir das zu geben, worum ich Euch bitte. Aber wenn auch andere sterben müßten?«

»Welche anderen?«

»Zum Beispiel der, der sich Euer Vater nennt.«

»Ich verstehe Euch nicht.«

»Das versteht Ihr nicht? Wenn ich nun Richard Merriman anzeigte?«

»Ihr seid wohl völlig wahnsinnig? Aus welchem Grund könntet Ihr ihn anzeigen?«

»Die Hexe Luce sagte, der Teufel war ihr Liebhaber. Richard bekannte, daß er mit ihr geschlafen hat. Es wäre doch möglich, daß er zu dem Hexentreffen gegangen ist – denn Luce wurde ja während eines solchen Treffens vergewaltigt. Das hat sie selbst gesagt. Und Ihr, meine Schöne, seid das Ergebnis dieser unheiligen Verbindung. Ich könnte doch annehmen, daß Richard ein Hexer ist. Ich könnte ihn verdächtigen, und es wäre meine Pflicht, einen derartigen Verdacht dem Hexenjäger mitzuteilen. Wenn der dann ein Mal findet, irgendein Mal, dann ist es mit Richard Merriman aus.«

»Ihr seid widerwärtig, und ich verachte Euch!«

»Ja. Ich weiß, daß Ihr das tut. Aber wenn Ihr Euch mir nicht aus Liebe hingebt, dann müßt Ihr es eben aus Verachtung tun. Das ist mal etwas anderes. Zu viele Frauen haben mich schon bis zum Wahnsinn geliebt.«

»Ihr seid ein eingebildeter Schurke.«

»Dessen bin ich mir durchaus bewußt.«

»Bartle, Ihr würdet es nicht tun. Er ist doch Euer Freund!«

»Jetzt sind Eure Augen sanftmütig, und Ihr fleht mich an.

Tamar, ob Ihr nun eine Hexe oder eine Frau seid, ich habe mir geschworen, Euch zu besitzen. Ich habe niemals zuvor mit Hexen zu tun gehabt, aber seit ich Euch nackt im Gras gesehen habe, geht Ihr mir nicht mehr aus dem Sinn. Ich tue alles für Euch, ich verkaufe sogar meine Seele.«

Sie merkte, wie ihr die Tränen in die Augen schossen.

»Laßt mich jetzt gehen!« schrie sie. Er hielt sie am Arm fest, als sie an ihm vorbeirennen wollte.

»Laßt heute nacht Euer Fenster offen. Mit mir werdet Ihr größere Freuden erleben, als Ihr sie Euch jemals erträumt habt.«

Sie rannte, so schnell sie konnte, ins Haus zurück.

Sie ging früh zu Bett. Annis war ziemlich erstaunt, als Tamar sie so zeitig fortschickte. Sie spürte, daß irgend etwas ihre Herrin quälte. Aber was konnte das nur sein? Tamar hatte schließlich alles, was man sich nur wünschen konnte. Und nun machte ihr auch noch der gutaussehende Cavill den Hof.

Tamar lag zitternd hinter ihren Bettvorhängen. Die Entscheidung lag nicht mehr bei ihr. Er hatte Richard gedroht, und für Richard mußte sie nun diese schreckliche, ekelhafte Sache tun. Es war schlimmer als eine Vergewaltigung, weil sie scheinbar in alles einwilligte.

»Er ist ein Unmensch!« murmelte sie.

Sie hatte ihn verflucht, doch das hatte nichts genützt. Sie hatte versucht, einen Zauber über ihn auszusprechen, aber er mußte über einen Schutz gegen solche Formeln verfügen, vielleicht geheimnisvolle Kenntnisse, die er auf seinen Reisen von einem fremden Zauberer aufgelesen hatte.

Ihr war schwindelig vor Angst – oder vor Erregung. Jeden Moment konnte er in ihr Schlafzimmer kommen. Er würde die Bettvorhänge zur Seite ziehen und sie verspotten.

Sie tat das nun für Richard. Er hatte ihr das Leben gerettet, und nun rettete sie seines. Sie gab sogar mehr als ihr Leben, das sie lieber verloren hätte, als Bartle nachzugeben.

Durch das offene Fenster hörte sie die Geräusche der Nacht – das Rufen einer Eule, das plötzliche Bellen eines Hundes.

Er war noch nicht gekommen. Sie dachte, vielleicht hat er es nicht so gemeint. Vielleicht kommt er gar nicht. Er hat vielleicht nur Spaß gemacht. Zu ihrer Überraschung machte sie dieser Gedanke wütend. Trotz ihrer großen Angst spürte sie plötzlich fast so etwas wie Enttäuschung.

Das liegt sicher daran, daß ich für Richard ein großes Opfer bringen wollte, redete sie sich schnell ein. Sogar eine gräßliche Sache wie diese hat ihre gute Seite, denn ich hätte es schließlich für Richard getan. Wenn er von Bartles gemeinem Tauschhandel wüßte, würde er versuchen, mich aus diesem Geschäft herauszuhalten. Richard würde sich statt meiner vom Hexenjäger holen lassen. So werde ich mich nun Bartle hingeben ... um Richard zu retten.

Da konnte sie plötzlich ein neues Geräusch vor ihrem Fenster vernehmen. Sie hörte, wie er durchs offene Fenster sprang, sie vernahm seinen keuchenden Atem.

Sehr langsam, so schien es ihr, wurden die Vorhänge aufgezogen. Sie konnte sein Gesicht nicht sehen, weil es zu dunkel war. Sie spürte nur, wie sich ein kräftiger Körper über sie beugte.

»Tamar!« sagte er mit belegter, merkwürdig fremd klingender Stimme.

Als seine Hände sie berührten, zuckte sie zusammen.

»Ich wußte, daß du auf mich wartest«, flüsterte er.

IV

Tamar ließ die Erinnerung an diese Nacht nicht los.

Er hatte sich geweigert, sie vor der Morgendämmerung zu verlassen. Es blieb ihr nichts anderes übrig, als still und unterwürfig dazuliegen.

Sie hatte vor Wut geweint, und er hatte ihre Tränen fortgeküßt. Aber seine Zärtlichkeit schlug sehr schnell in Spott um.

»Du betrügst dich selbst, Tamar. Du bist nämlich genauso wild auf mich wie ich auf dich. Ich gehe erst dann, wenn es mir paßt. Wir haben abgemacht, daß ich die ganze Nacht bleibe. Was bist du nur für eine anspruchsvolle kleine Hexe! Die meisten Frauen wollen Schmuck; du dagegen forderst das Leben eines Mannes, wenn du dich ihm hingibst.«

»Du hast mich erniedrigt und gedemütigt. Genügt dir das nicht? Ich bitte dich, geh jetzt endlich.«

»Komm schon, in Wirklichkeit willst du doch, daß ich bleibe!«

»Du lügst! Und sei still. Wenn dich nun jemand hört?«

Er flüsterte ihr ins Ohr: »Sie würden sagen: Tamar hat einen Mann in ihrem Bett! Was soll man auch sonst von so einer erwarten? Vielleicht ist es der Satan, der bei ihr im Bett ist? Nein, nicht ihr eigener Vater, nur irgendein Teufel aus der Hölle!«

»Wenn sie nun kämen und dich hier fänden…?«

»Nun, dann sage ich, wie ich hierhergekommen bin. Ich würde sagen: ›Ich bin durchs Fenster gekommen. Tamar hat es für mich geöffnet.‹ Das ist die Wahrheit, wie du weißt. Als ich deine Bettvorhänge aufzog, hast du schon auf mich gewartet. Willst du das etwa abstreiten?«

»Du bist wirklich ein Teufel.«

»Dann passen wir ja gut zusammen. Das wissen wir ja jetzt auch. Oh, Tamar, wie ich dich liebe. Dies ist nur der Anfang. Laß dein Fenster morgen nacht wieder offen, dann komme ich noch einmal zu dir.«

»Das gehört nicht zu unserer Abmachung«, sagte sie schnell.

»Wer spricht denn jetzt noch von Abmachungen? Du weißt doch, warum ich hier bin.«

»Ja, weil du ein Verräter bist, ein falscher Freund.«

»Was sagst du da? Niemals hätte ich Richard verraten, mein Schatz, das wußtest du doch die ganze Zeit. Ich wollte dir doch nur eine Entschuldigung für deine Hingabe liefern.«

»Ich verachte dich. Ich hasse dich. Du bist sogar noch schlimmer, als ich geglaubt hatte. Geh sofort! Sofort, sage ich!«

Aber er hatte sie schon wieder an sich gezogen und biß sie lachend ins Ohr. »Du wußtest, daß ich Richard niemals verraten hätte. Er ist zwar ein alter Langweiler, aber ich mag ihn. Die niedrig gestellten, schmutzigen Hexenjäger sollen keine Gelegenheit erhalten, ihre Nadeln in Männer von unserer Position zu stechen. Das, was ich gesagt habe, sollte dir nur als Entschuldigung dienen. Das hast du gewußt. Mich täuschst du nicht. Und du warst hocherfreut.«

Diese Erniedrigung war mehr, als sie ertragen konnte. Nachdem er endlich gegangen war, sprang sie aus dem Bett und verriegelte ihr Fenster. Er stand unten und verbeugte sich spöttisch.

Als Annis später die Bettvorhänge zur Seite zog, war sie überrascht, daß Tamar noch fest schlief, blaß und völlig erschöpft.

Tamar öffnete die Augen und sah ihre Zofe an.

»Mistreß, was, um Gottes willen, fehlt Euch?« rief Annis. »Ihr seht so verändert aus.«

»Sei nicht dumm! Warum sollte ich mich denn verändert haben? Starr mich nicht so an! Hilf mir lieber beim Anziehen!«

Sie gab Annis eine Ohrfeige. Aber als sie sah, wie sich ihre Augen mit Tränen füllten, umarmte sie ihre Zofe und fing selbst an zu weinen.

»Es tut mir leid, Annis. Du hast recht. Ich bin heute nicht ich selbst.«

Annis lächelte sofort wieder. »Ich kann es einfach nicht ertragen, wenn Ihr mir böse seid. Was quält Euch, Mistreß? Was ist Euch zugestoßen letzte Nacht?«

»Letzte Nacht? Was meinst du damit?« schrie Tamar.

»Nichts. Ihr habt bloß so merkwürdig ausgesehen

gestern abend. Und jetzt seht Ihr noch merkwürdiger aus.«

Tamar küßte Annis auf die Wange. »Hör schon auf damit. Mir geht es gut. Ich habe schlecht geschlafen, das ist alles.«

Annis nickte. Sie dachte bestimmt, Tamar habe in der Nacht irgendeinen teuflischen Dienst verrichtet.

Bartle wagte es tatsächlich, an diesem Morgen nach Pennicomquick zu reiten. Annis führte ihn zu Tamar, die ihn mit kalten Augen musterte. Er wirkte so ausgeglichen wie immer. Für ihn waren solche Nächte wohl nichts Neues.

»Wie kannst du es wagen, hierherzukommen?«

»Um dich zu sehen, würde ich vieles wagen. Ich dachte, du würdest mich herzlicher begrüßen, nach der letzten Nacht...«

»Davor waren wir schon nicht befreundet. Und jetzt sind wir erst recht die ärgsten Feinde.«

»O Tamar, wir beide können doch niemals Feinde sein. Ich bete dich an. Ich bin gekommen, um dir einen ehrenvollen Antrag zu machen, um dich zu fragen, ob du meine Frau werden willst. Eigentlich müßte ich bei Richard um deine Hand anhalten, und ich hoffe sehr, er hält mich für gut genug für seine Tochter. Aber ich weiß, das reicht bei dir nicht. Zuerst muß man um dich buhlen, um dein Herz zu gewinnen. Deshalb bin ich zu dir gekommen, bevor ich zu deinem Vater gehe.«

»Ich wähle meinen Ehemann selbst aus. Und wenn es auch auf der ganzen Welt keinen anderen

Mann als dich gäbe, so würde ich trotzdem niemals dich heiraten.«

»Laß uns doch aufhören zu streiten und vernünftig sein.

Man erwartet von uns beiden, daß wir bald heiraten. Also warum nimmst du mich dann nicht?«

»Weil eine Frau nicht einen Mann heiraten sollte, den sie haßt.«

»Du meinst also wirklich, du haßt mich?«

»Ich hasse dich aus tiefster Seele.«

Er war nun wieder hochnäsig geworden, ging zum Fenster und sah hinaus. Sie blieb beim Tisch stehen. Dann kam Richard ins Zimmer.

Bartle verließ Plymouth einige Tage später. Tamar begriff selbst nicht, warum sie gehen mußte, um seine Abfahrt zu sehen. Aber sie tat es trotzdem.

Am Kai herrschte das übliche Getümmel. Schiffe wurden beladen, Seeleute riefen einander Befehle zu. Anker wurden eingeholt, Segel gesetzt.

Sie hatte gehofft, daß Bartle sie nicht sehen würde, aber seine scharfen Augen entdeckten sie sofort. Er kam zu ihr und lächelte sie an.

»Du bist gekommen, um mir zum Abschied zu winken?«

»Nur, um mich zu versichern, daß du auch wirklich ablegst. Es freut mich ungemein, dich für lange Zeit nicht sehen zu müssen.«

»Ich werde bald zurück sein, mein Schatz, und da....«

»Leiste bloß keine weiteren Schwüre. Diese schändliche Nacht wird sich auf keinen Fall wiederholen, das kann ich dir versichern.«

»Meine wunderschöne Tamar! Ich werde dein Bild in meinem Herzen tragen. Das wird wohl eine öde Reise werden. Wenn ich nicht in deinem Bett sein kann, gibt es kaum etwas, das mich erfreuen könnte.«

Er zog sie an sich und küßte sie auf den Mund. Da. verbeugte er sich und verließ sie.

Sie ging hinauf zur Landzunge, um die Schiffe am Horizont verschwinden zu sehen. Sie empfand Wut, Demütigung und auch etwas Bedauern.

Als sie nach Hause kam, sah sie Humility Brown im Garten arbeiten. Sie ging zu ihm und wollte ihn verspotten, um ihre Selbstachtung wiederherzustellen.

»Guten Tag, Humility Brown.«

»Guten Tag«, antwortete er, ohne sie anzusehen.

In scharfem Ton sagte sie: »Wenn ich mit Euch rede, habt Ihr nicht einfach mit Eurer Arbeit fortzufahren. Ihr müßt mich ansehen und lächeln!«

Als er sie ernst anblickte, errötete sie, denn sie fürchtete, er könne eine Veränderung an ihr bemerken.

»Starrt mich nicht so an!«

Darauf lächelte er wirklich. »Ihr beschimpft mich, wenn ich Euch nicht ansehe, und wenn ich es dann tue, gefällt es Euch auch nicht. Ihr seid heute wohl schlechter Laune.«

»Was hat Euch das zu kümmern?«

»Nichts, aber Ihr tut mir leid, da Ihr so betrübt aussehet.«

»Ich tue Euch leid?«

»O ja, Ihr tut mir von ganzem Herzen leid.«

»Und warum, wenn ich fragen darf?«

»Weil Ihr schwere Schuld auf Euch geladen habt.«

»Wer sagt das? Könnt Ihr mir die Schuld ansehen?«

»Der wahren Frömmigkeit zieht Ihr die bösen Mächte vor, die Euch der Teufel gegeben hat. Ihr wolltet schön sein, um die Männer in Versuchung zu führen, und er hat Euch Schönheit gegeben.«

»Sie wurde mir gegeben, ohne daß ich danach gefragt habe. Fühlt Ihr Euch dadurch in Versuchung geführt, Humility Brown?«

Seine Lippen murmelten ein stummes Gebet.

»Hört sofort damit auf!« schrie sie.

»Meine verirrte Tochter, laßt von Euren Sünden ab. Wascht Eure Seele rein im Blut des heiligen Lamms.«

Sie lachte. »Das habt Ihr wohl längst getan. Aber Ihr seid ohne Sünde, nehme ich an. Ich bin sicher, daß Ihr niemals irgendwelche Sünden begangen habt.«

»Wir alle sind Sünder.«

»Es überrascht mich, daß Ihr Euch auch dazu zählt. Oh, Humility Brown, manchmal wünschte ich, ich hätte Euch in der Scheune verhungern lassen.«

»Ja, das wünschte ich auch! Dann hätte meine

Mühsal ein Ende ... und ich wäre sicher im Schoße Jesu.«

»Vielleicht würdet Ihr auch im Feuer der Hölle schmoren, Humility Brown!«

Er beugte seinen Kopf, um sich noch einmal ins Gebet zu flüchten.

»Oh, ich habe es nicht so gemeint!« rief sie voller Reue. »Ihr seid ein guter Mensch, und die Tore des Himmels werden für Euch weit offen sein, daran zweifle ich nicht!«

»Tochter«, rief er, »bereue! Bereue alles, bevor es zu spät ist!«

»Was soll ich bereuen?«

»Eure Sünden.«

»Vielleicht habe ich ja nicht durch meine eigene Schuld gesündigt.«

»Nur diejenigen, die dem Teufel gehören, werden zur Sünde gezwungen. Der gute Hirte beschützt seine Schafe.«

»Seid Ihr Euch dessen sicher?«

»Ganz sicher.« Sie schwieg. Auf seinen Spaten gestützt, sah Brown sie ernst an.

»Ihr seid eine Sünderin, das weiß ich genau. Ihr verspottet die Heilige Schrift. Viele sagen, Ihr habt mit Hexen zu tun. Eure Seele ist in Gefahr.«

»Was kann ich dagegen tun?«

»Obwohl Ihr so verdorben seid, weiß ich, daß ich Euch ein Geheimnis anvertrauen kann. Ich werde Euch zeigen, wie sehr ich Euch vertraue, wenn Ihr mich gewähren laßt.«

Ihr Interesse war geweckt; zum ersten Mal seit jener denkwürdigen Nacht hatte sie Bartle vergessen.

»Ihr würdet niemals einen Freund verraten, auch wenn Ihr dächtet, er hätte eine große Dummheit begangen«, fuhr er fort.

»Ja, das stimmt.«

»Ihr seid großzügig, und in Euch ist auch Güte gegenüber den Schwachen. Diese Güte hat uns auch unser Herr Jesus Christus gelehrt. Da Ihr sie besitzt, glaube ich, daß es Hoffnung für Euch gibt. Aber Ihr seid auch eitel und stolz, glaube ich, und auf seltsame Weise böse. Doch wegen Eurer Güte möchte ich Eure Seele retten, so wie Ihr einst meinen Körper gerettet habt.«

»Sagt mir bitte, was Ihr damit meint.«

»Einige von uns treffen sich heimlich. Ihr wißt, was ich meine. William Spears, ich und andere, die Gott auf die richtige Weise verehren wollen. Wir haben einen Treffpunkt, wo wir uns versammeln.«

»Das ist eine gefährliche Sache. Wenn Ihr entdeckt werdet, bedeutet das den Kerker- vielleicht Folter und Hinrichtung.«

Er lächelte, und sein Lächeln ließ sein Gesicht strahlen, so daß es beinahe schön aussah.

»Ihr seid ein Narr!« sagte sie wütend und verspürte plötzlich Angst vor ihm.

»Ich gehöre dem Herrn.«

Ihre Augen füllten sich mit Tränen. »Ihr seid ein tapferer Mann, ich bitte Euch, seid vorsichtig! Ich will nicht erleben, daß Euch etwas Schlimmes widerfährt, nachdem ich mir solche Mühe gemacht habe, Euer Leben zu retten.«

»Wir treffen uns in einer Hütte in Stoke, auf Sir Humphreys Land.«

»Gebt acht! Sir Humphrey würde Euch sofort denunzieren. Er ist ein Fanatiker wie auch sein Sohn. Sie kennen kein Mitleid, keine ... «

»Das weiß ich. Und wir alle wissen: Wir treffen uns im Namen der Wahrheit, im Namen des Herrn. Wir wissen, welches Risiko wir auf uns nehmen, und wir nehmen es gern auf uns. Wenn der Herr es will, daß unsere Gegner uns entdecken und verfolgen, dann sind wir bereit, diese Verfolgung um Seinetwillen auf uns zu nehmen.«

»Warum habt Ihr mir davon erzählt?«

»Ihr sollt zu unserem Treffen kommen, um dort vielleicht Frieden zu finden.«

»Ich... soll mich mit Puritanern treffen?« Sie strich den kostbaren Stoff ihres Kleides glatt.

»Ihr würdet lernen, wie dumm es ist, auf dieser Erde Schätze anzuhäufen. Ihr würdet lernen, Eure Sünden zu bereuen.

Sie drehte sich um und eilte ins Haus. Sie wußte, sie wurde sich ihren geheimen Treffpunkt ansehen. Sie brauchte abenteuerliche neue Erfahrungen, nun, da der verachtenswerte Bartle fort war.

Tamar ging nur ein einziges Mal zu dem Treffpunkt. Das war nichts für sie. Sie fühlte sich wie ein Paradiesvogel unter Sperlingen und spürte, wie feindselig die Puritaner ihr gesonnen waren. Was war nur in Humility Brown gefahren, eine Hexe zu ihrem Treffen einzuladen?

Als Humility Brown an diesem Abend predigte, sagte er: »Es ist niemand unter uns, der nicht erlöst werden kann, wenn er es wirklich will.«

Sie wußte, daß das ihr galt.

Aber sie stand abseits. Sie fühlte sich isoliert von den anderen, sowie sie sich immer in ihrer Kindheit gefühlt hatte. Nur Humility Brown wollte sich ihrer annehmen. Hier erschien er viel selbstbewußter als im Garten, hier war er der Anführer. Sie war erneut stolz darauf, ihn gerettet zu haben. Zornig blickte sie in die Gesichter seiner Nachfolger. Keiner von ihnen hätte gewagt, das für ihn zu tun, was sie getan hatte.

Sie ging nicht noch einmal zu dem Treffen.

Simon Carter hatte Plymouth wieder verlassen, und die von Krähen zerfressenen Körper einiger Männer und Frauen hingen verwesend an den Galgen.

Wäre ich nicht gewesen, überlegte Tamar, hätte Richard einer von ihnen sein können.

Dann mußte sie wieder an die schmachvollste Nacht ihres Lebens denken. Sie sah hinaus auf die See und fragte sich, wo Bartle jetzt war. Irgendwo auf der Spanischen See? Vielleicht war er an Land gegangen. Vielleicht schändete er gerade eine andere Frau, so wie sie. Es nutzte ihr nichts, sich wütend von der See abzuwenden und auf das Land zu blicken, denn das grüne Gras und die Bäume erinnerten sie an den Tag, als er sie nackt im Gras entdeckt hatte. Sie konnte den Gedanken an Bartle nicht entrinnen.

Eines Tages trat Annis in ihr Zimmer; offensichtlich hatte sie Sorgen.

»Was gibt es, Annis?« fragte Tamar.

Annis schlug die Augen nieder. »Es gibt Ärger, Mistreß.«

»Ich weiß schon, du willst mir sagen, daß du ein Kind erwartest.«

Annis sah Tamar verwundert an. »Ihr habt es schon vor mir gewußt. So hört es sich an.«

Tamar gefiel es gut, daß Annis so dachte.

»Daß ausgerechnet mir das passieren mußte!«

»Nun, Annis, es hat ja einige Treffen in der alten Scheune gegeben, nehme ich an.«

»Dann habt Ihr den Zauber weggenommen, Mistreß?«

»Das, was du so häufig getan hast, kann schließlich nicht ohne Folgen bleiben. Du mußt es John sagen, denn natürlich müßt ihr jetzt heiraten.«

Annis fing an zu weinen. »Es ist so, Mistreß: John teilt sich einen Kotten mit Will Spears und Dan Layman. Für eine Frau ist da kein Platz mehr.«

»Aber, Annis. John muß jetzt für seinen eigenen Kotten sorgen.«

»Es gibt aber keinen leeren Kotten.«

»Deine Eltern werden euch bestimmt auf der Farm wohnen lassen, wenn sie erfahren, was los ist.«

»Mutter hat gesagt, wenn mir so was passiert,

dann bricht sie mir das Genick. Vater hat gedroht, mich dann windelweich zu prügeln.«

»Das haben sie gesagt, bevor es passierte, Annis. Jetzt werden sie sich bestimmt um dich kümmern. Sie müssen John und dir helfen.«

Annis schluchzte. »Das Problem liegt bei John, Mistreß. Ich hab' ihm nämlich gesagt, der Zauber würde auch für diese Sache wirken. Und es sah ja auch so aus, als ob ich recht hätte. Daß es nun anders ist, hab' ich ihm nicht gesagt. Das ist die reine Wahrheit.«

»Annis, du bist eine kleine Närrin!«

»Das sind wir Frauen ja wohl fast alle!«

»Bitte, höre jetzt auf zu weinen, Annis. Ich werde sehen, was ich für euch tun kann.«

Annis setzte sich zu Tamars Füßen und umschlang ihre Knie. »Ihr macht es weg, Mistreß. Sie sagen, eine Hexe kann so etwas tun.«

»Nein, das kann ich nicht tun.«

Alle Hoffnung schwand aus Annis' Gesicht.

»Es wäre nicht richtig, das zu tun. Aber du mußt keine Angst haben. Ich denke mir etwas für dich aus. Ich sorge dafür, daß dir nichts passiert. Du mußt mir vertrauen.«

»Oh, das tue ich, Mistreß, von ganzem Herzen.«

Richard fragte Tamar: »Weißt du, was Humility Brown, dieser alte Narr, macht? Er hält Treffen für die Puritaner ab.

Mehr noch, er versucht, hier in dieser Gegend auch andere Menschen zu seinem Glauben zu bekehren. Das ist äußerst gefährlich!«

»Er ist sehr tapfer, aber auch sehr töricht, fürchte ich«, antwortete Tamar.

»Ich will mit ihm sprechen. Läute die Glocke und laß ihn von einem der Mädchen holen.«

»Ich gehe selbst und bringe ihn zu dir.«

Sie traf ihn im Garten.

»Humility Brown, Euer Herr wünscht Euch zu sprechen.

Ihr habt allen Grund, Euch zu erschrecken. Er hat herausgefunden, daß Ihr Zusammenkünfte abhaltet. Es genügt Euch aber nicht, Euch selbst in Gefahr zu bringen, Ihr lauft auch noch herum und fordert andere dazu auf, dasselbe zu tun. Er ist sehr wütend auf Euch.«

»Wenn sie ihre Seelen retten wollen, so ist das einzig und allein ihre Sache. Der Körper ist vergänglich, die Seele lebt ewig.«

»Nun, jetzt müßt Ihr erst einmal kommen und Euch rechtfertigen. Ich habe Euch übrigens nicht verraten.«

»Das hatte ich auch keine Sekunde angenommen.«

»Ich danke Euch«, sagte sie. »Jetzt kommt mit mir. Euer Herr wartet nicht gerne.«

Wie erhaben dieser Mann doch aussah, als er vor Richard, seinem Herrn, stand, und welch kluge Antworten er doch zu geben wußte! Ein tapferer Mann, dieser Humility Brown, dachte Tamar. Sie verglich ihn mit Bartle, und ihr Mund wurde schmal, als ihr in den Sinn kam, was sie so gern vergessen wollte.

»Ich weiß, Ihr seid überzeugt davon, daß Ihr recht

habt, aber Ihr mißachtet dabei die Gesetze dieses Landes. Wie kann das richtig sein?«

»Ich kenne nur ein Gesetz, Sir, das Gesetz Gottes.«

»Ob Gott nun auf Eurer Seite oder auf der Seite der Kirche von England steht, ist ja wohl Ansichtssache. Aber ich ließ Euch nicht kommen, um darüber mit Euch zu diskutieren. Ihr selbst, guter Mann, mögt vielleicht das Zeug zu einem Märtyrer haben, aber denkt Ihr, ihr habt das Recht, andere hineinzuziehen?«

»Wenn sie ihre Seelen retten wollen, müssen sie Gott auf die einzig richtige Weise dienen. Der Zimmermannssohn predigte Bescheidenheit. Aber die Zeremonien der Kirche von England grenzen beinahe an Papisterei. Wo liegt der Unterschied zwischen der Kirche von England und der Kirche von Rom? Ich sehe da nur einen einzigen Unterschied: Die eine Kirche hat einen König als Oberhaupt und die andere einen Papst.«

»Ihr meßt der Art und Weise des Gottesdienstes zuviel Bedeutung bei. Ich habe kein Verständnis für diejenigen, die Menschen in den Tod schicken, nur, weil sie demselben Gott auf eine andere Weise dienen. Meiner Meinung nach ist es äußerst arrogant zu sagen: ›Du hast unrecht, weil du es nicht so machst wie ich.‹ Arroganz ist eine Sünde, nicht wahr? Und dieser Sünde machen sich sowohl Katholiken als auch Puritaner schuldig, genau wie alle anderen Sekten. Jesus hat doch gesagt: ›Nicht jeder, der mich seinen Herrn nennt, wird ins Himmelreich gelangen, sondern derjenige, der nach dem Worten meines Vaters handelt.‹ Macht Ihr Euch nicht der Sünde des Stolzes schuldig, wenn Ihr Gott ständig dafür dankt, daß Ihr nicht so seid wie andere Menschen? Was geschähe, wenn ich der Obrigkeit von Euren Zusammenkünften berichtete?«

»Wenn Ihr meint, das sei Eure Pflicht, dann solltet Ihr es tun.«

Tamar warf ein: »Richard, du hast immer gesagt, jeder solle das Recht haben, Gott auf seine eigene Weise zu dienen.«

»Ja, das sagte ich, und davon bin ich auch überzeugt.« Er wandte sich an Humility Brown. »Mir liegt lediglich daran, Euch zu bitten, vorsichtig zu sein.«

»Das werde ich, Sir. Und ich glaube, auch für Euch wäre es gut, zu unseren Treffen zu kommen.«

»Was?« entrüstete sich Richard. »Ihr wagt es, mir das vorzuschlagen?«

»Auch Ihr habt eine Seele, die gerettet werden muß.«

»Er ist ein besserer Mensch, als Ihr es jemals sein werdet, trotz all Eurer Frömmigkeit«, rief Tamar.

»Ich habe nicht gesagt, daß er kein guter Mensch ist«, antwortete Bruder Brown.

»Aber Ihr denkt es. Ich sehe es in Euren Augen.«

»Es genügt nicht, ein gutes Herz zu haben. Es genügt nicht, mutig und tolerant zu sein. Es ist notwendig, Gott auf die richtige Weise zu dienen.«

»Ihr meint, auf die Art der Puritaner«, sagte Richard sarkastisch.

»So ist es, Sir.«

»Ihr könnt jetzt gehen. Und denkt an meine Warnung.«

»Vielen Dank, Sir.«

Er verbeugte sich gemessen vor Tamar und Richard. Aber bevor er ging, wandte er sich noch an Tamar.

»Bereut«, sagte er, »ich bitte Euch, bereut, bevor es zu spät ist. Ich werde für Eure Seelen beten, denn beide bedürft Ihr der Erlösung.«

Nachdem er gegangen war, sah Tamar Richard an.

»Ich habe noch nie einen Mann gesehen, der sich seiner Sache so sicher ist«, meinte sie.

»Er ist ein fanatischer Narr!« antwortete Richard.

»Und doch finde ich ihn bewunderungswürdig.«

»Vielleicht, weil du selbst fanatisch und närrisch bist, meine Liebe. Er, der Puritaner, und du, die Heidin. Wer könnte es wagen zu sagen, der eine hat recht und der andere hat unrecht? Das müßte ein klügerer Mann sein, als ich es bin.«

»Du bist klüger als wir alle, und du bist derjenige, der zweifelt.« Nachdenklich sah sie ihn an. »Falls ihm etwas zustößt, werde ich ganz schön wütend sein. Schließlich habe ich ihm nicht das Leben gerettet, damit er es hinterher fortwirft.«

»Wenn ihm etwas passiert, ist er selbst schuld. Ich hoffe nur von ganzem Herzen, daß durch ihn niemand anders in Schwierigkeiten gerät.«

Tamar ging in ihr Zimmer, und kurz darauf klopfte es an ihrer Tür. Es war Annis, die nach langer Zeit wieder richtig glücklich aussah.

»Humility Brown ist aus dem Arbeitszimmer des Herrn gekommen. Ich wollte bloß wissen, ist der Herr jetzt gerettet?«

»Was meinst du?«

»Ist seine Seele gerettet? Hat Humility Brown sie gerettet?«

»Die Seele deines Dienstherrn wurde schon vor langer Zeit gerettet. Er ist der beste Mensch auf der Welt, und deshalb wird er auch ins Himmelreich gelangen, bevor irgendein predigender Puritaner dorthin kommt.«

Annis widersprach ihr zwar nicht, dennoch sah Tamar eine gewisse Ungläubigkeit in den Augen des Mädchens.

»Meine liebe Annis, mir scheint, Humility Brown hat auch dir schon eine ganze Menge Hausen in den Kopf gesetzt.«

»O Mistreß, ich wollt's Euch erst nicht sagen. Aber vor ein paar Tagen ist es passiert. Wir sind zu den Treffen gegangen, John und ich zusammen, und dann, dann wurden wir errettet.«

»Du und John … Puritaner!«

»Ja, das sind wir jetzt wohl, Mistreß.«

Tamar war wütend. Schon immer war ihr Humility Brown wie eine Art Rivale erschienen, und Annis gehörte doch zu ihr. Jetzt fühlte sie sich im Stich gelassen.

»Du und John, ihr seid jetzt also erlöst?« fragte sie verächtlich.

»Ja, Mistreß, wir sind erlöst. Wir dienen jetzt Gott, wie er es gern will, und deshalb sind wir erlöst.«

»Wohl eher so, wie euer Meister Humility Brown es will, nehme ich an.«

»Das weiß ich nicht, Mistreß. So wie es Gott will, das ist alles, was ich weiß.«

»Dann willst du wohl nicht länger meine Zofe sein?«

Annis erbleichte. »Mistreß, ich will nie von Euch getrennt werden.«

»Puritaner sollten sich von Leuten fernhalten, die mit dem Teufel im Bunde sind.«

»O Mistreß, so ist es nicht. Ihr seid gut, nur noch nicht errettet. Ich bete, daß Ihr erlöst werdet, jede Nacht. Niemand ist jemals so nett zu mir gewesen wie Ihr. Wenn Ihr es mir verbietet, geh' ich nicht mehr zu den Treffen.«

Tamar lachte triumphierend. »Nein, Annis. Wenn du willst, darfst du eine Puritanerin bleiben. Mir ist das egal. Ich bleibe deine Freundin.«

»In Wirklichkeit liegt es an John, Mistreß. Er ist zu dem Treffen gegangen und hat sich erretten lassen. Er hat dann zu mir gesagt: ›Annis, ich bin gerettet worden, und du läßt dich besser auch retten. Du sollst nicht in ewiger Verdammnis bleiben.‹ Und ich antwortete: ›John, wir wollen alles teilen. Du bist errettet, also will ich auch errettet werden.‹ Dann hat er mich zu dem Treffen mitgenommen, und ich bin auch errettet worden. Mistreß, Humility Brown kann so wunderschön reden, er kann einen so richtig mitreißen. Aber John sagt, was wir in der Scheune getan haben, war eine große Sünde, und jetzt dürfen wir es nicht mehr machen.«

»Ihr müßt sofort heiraten, Annis. Puritaner dürfen das nicht tun, was ihr gemacht habt.«

»Ich weiß, Mistreß, aber ich glaube, der Herr wird uns vergeben. Denn er weiß, wir konnten einfach nicht anders, vor unserer Errettung.«

»Hast du John gesagt, daß du ein Kind erwartest?«

»Irgendwie schon. Ich sagte: ›Wir sind gerettet, wir sollten also heiraten, denn wir haben gesündigt. Nur heiraten kann diese Sünde wiedergutmachen.«‹

»Hast du ihm nun gesagt, daß du schwanger bist?«

»Dazu hatte ich keinen Mut.«

»Du mußt es aber tun, Annis; und wenn John sagt, er will dich heiraten, werde ich sehen, was ich für euch beide tun kann.«

»Mistreß, Ihr seid so gut zu mir. Hoffentlich werdet Ihr auch errettet, denn ich frage mich, ob es mir im Himmel ohne Euch überhaupt gefällt.«

»Mach dir um mich keine Sorgen. Verlaß dich darauf, wenn die Zeit kommt, werde ich schon wissen, was ich zu tun habe.«

Annis nickte zustimmend.

Annis barg ihren Kopf in Tamars Schoß und weinte bitterlich. Etwas Furchtbares war geschehen.

John, der Einfältigste unter den neuen Puritanern, hatte zu offenherzig geredet. Er war gefangengenommen und in den Kerker geworfen worden.

Als Annis davon erfuhr, wurde sie von ihrem Kummer überwältigt. In sechs Monaten sollte ihr Baby geboren werden, und es war sehr unwahrscheinlich, daß John rechtzeitig freikäme, um sie noch vor der Geburt des Kindes zu heiraten.

»Was machen sie bloß mit John? Mistreß Alton behält mich immer im Auge. Sie lächelt verschlagen vor sich hin, als ob sie sagen will: ›Ich wußte, daß dir das passiert, Annis Hurly!«

»Kümmere dich doch nicht um diese alte Frau. Du machst mich wütend. Warum hast du John nicht sofort alles gesagt? Dann hätte er dich heiraten können, bevor diese Sache passierte.«

»Ich weiß es nicht, Mistreß. Ich muß wohl halb verrückt gewesen sein.«

»In der Tat. Aber dein Herr wird dir bestimmt helfen können. Ich rede mit ihm. Ich garantiere, daß John schon bald wieder zu Hause ist. Dann bring' ich ihn schon dazu, dich zu heiraten. Wenn du es ihm nicht sagst, dann sage ich es ihm.«

Annis schluchzte. »O Mistreß, Ihr seid so gut zu mir!«

»Besser als Humility Brown mit all seinen schönen Predigten? Nur wegen dieses Mannes ist John heute im Gefängnis.

Hast du daran schon einmal gedacht?«

»Er sagt, es war Gottes Wille, Mistreß.«

»Gottes Wille. Vielleicht solltest du jetzt mal Gott um Hilfe bitten, Gott oder Humility Brown.«

Tamar ging hinunter zu Richard.

»Hast du schon das Neueste gehört?« fragte sie.

»Dieser Dummkopf John Tyler hat zuviel geredet. In seinem Kopf ist nichts als Stroh.«

»Richard, was kannst du für ihn tun?«

Richard zuckte die Schultern. »Ich denke, es ist offensichtlich, daß ein Einfaltspinsel wie John Tyler kaum gefährlich sein kann.«

»Er darf nicht zu lange fortbleiben. Er muß Annis heiraten.«

Richard lachte ironisch. »Ja, ja, Männer und Frauen...«

Aber sie verteidigte sie schnell. »Humility Brown würde zweifellos sagen: ›Derjenige unter Euch, der ohne Sünde ist, der werfe den ersten Stein.«‹

Richard lächelte entschuldigend. »Ich bitte um Vergebung. Sag Annis, ich tue alles Menschenmögliche.«

»Das habe ich ihr bereits gesagt.«

Er zog die Brauen hoch. »Es ist wirklich merkwürdig. Du bestehst immer darauf, mit dem Teufel im Bunde zu sein, und doch kümmerst du dich ständig um die Sorgen anderer.«

»Annis soll nicht noch unglücklicher werden, als sie bereits ist. Du mußt ihr und John schnell helfen. Da ist noch etwas: Annis hat Angst vor ihren Eltern. Sie fürchtet sich davor, nach ihrer Hochzeit mit John bei ihnen leben zu müssen. Ich möchte Annis behalten. Deshalb möchte ich, daß du einen Kotten für sie bauen läßt, nicht weit von unserem Haus entfernt, dann kann sie bei mir bleiben. Wirst du das tun, Richard?«

Er brach in schallendes Gelächter aus.

»Du raubst mir den Atem.«

Sie küßte ihn auf ihre impulsive Art. Er war entzückt, obwohl er sich fragte, warum sie so reagierte.

»Du wirst es also tun«, sagte sie. »Ich wußte es. Reite bitte sofort in die Stadt und sieh zu, was du für Johns Freilassung tun kannst.«

Sie ging mit ihm zu den Stallungen und blickte ihm nach, als er davonritt.

Die Angelegenheit entwickelte sich jedoch nicht so, wie Tamar es sich vorgestellt hatte. Es fing damit an, daß es Richard nicht gelang, Johns Freilassung zu bewirken. Denn John hatte aufrührerische Reden gehalten; er hatte sich gegen Kirche und Staat gewandt.

Tamar beruhigte Annis, so gut sie es vermochte. »Mach dir keine Sorgen, Mädchen. Er kommt bald heraus.« Aber er wurde nicht entlassen, und aus Wochen wurden Monate. Mistreß Alton beobachtete sie argwöhnisch.

»Man muß sich nur versündigen, dann bekommt man auch noch Reichtümer geschenkt. Bring einen Bastard zur Welt, dann wird dir ein Kotten gebaut«, sagte sie zu Moll Swann.

Die Haushälterin traute sich lediglich, ein paar

Grimassen hinter Tamars Rücken zu schneiden. Seit Tamar in dieses Haus gekommen war, hatte sie um ihre Stellung gebangt. Sie mußte vorsichtig sein, aber sie konnte es sich einfach nicht verkneifen, über Annis herzuziehen. Am liebsten hätte sie Annis wieder in ihrer Küche gehabt. Dann hätte sie ihr gesagt, was sie von ihr hielt. Statt dessen zerriß sie sich nun das Maul über sie.

»Diese Annis platzte fast vor Stolz, als die Dame des Hauses, die Tochter unseres Dienstherrn, sie zu ihrer Zofe ernannte. Nun sieht es ganz so aus, als ob die Nähte ihrer Kleider ebenfalls fast platzen würden.«

Annis fürchtete sich davor, nach Hause zu gehen. Ihre Eltern hatten ihr gedroht, sie windelweich zu prügeln. Mistreß Alton, die sich diebisch darüber freute, versuchte Annis zu überreden, ihre Eltern dennoch aufzusuchen. Aber Tamar sorgte dafür, daß dies nicht geschah.

Tamar verteidigte Annis wütend. Sie haßte Mistreß Alton und Humility Brown, die sie aufs schärfste verurteilten. Tamar fragte sich, wie sie Humility Brown jemals für edelmütig hatte halten können.

Eines Tages, als sie aus den Ställen kam, sprach sie ihn an.

»Wie könnt Ihr es wagen, Annis so anzusehen? Ich hasse es, wenn Ihr so verächtlich auf sie herabseht, als ob Ihr Euch schon darauf freuen würdet, Annis in den Flammen der Hölle schmoren zu sehen.«

»Das wird zweifellos ihr Schicksal sein.«

»Ich könnte niemals an einen Gott glauben, der so etwas zuläßt.«

»Gotteslästerin!«

»Vielleicht bin ich das. Und Ihr seid ein Tyrann! Könnt Ihr denn nicht verstehen, daß Annis fast das Herz gebrochen ist?«

»Sie hatte unerlaubten vorehelichen Geschlechtsverkehr. Sie hat gesündigt und kann ihrer Strafe nicht entrinnen.«

»Sie wurde doch bereits bestraft. Sie liebt John Tyler, und sie halten ihn gefangen. Sie hat Angst vor dem, was sie ihm antun werden. Sie fürchtet, er kommt nicht frei, bevor ihr Baby geboren wird. Ist das nicht genug Strafe für das, was sie getan hat? Ihr seid es, der im Gefängnis sein sollte. Nicht John Tyler. Ihr habt ihn überredet, an Euren Treffen teilzunehmen. Nun wird er bestraft, während Ihr frei seid!«

»Wäre es Gottes Wille gewesen, so säße ich jetzt statt seiner im Kerker.«

»ihr macht mich wahnsinnig! Es soll also Gottes Wille sein, daß Annis so leiden muß?«

»Wie könnte es anders sein? Jede Sünde zieht eine Strafe nach sich, und sie hat sich der schlimmsten Sünde schuldig gemacht.«

»Habt Ihr etwa niemals eine solche Sünde begangen?«

Er wurde feuerrot und sah sie voller Entsetzen an.

»Nein!« schrie sie. »Das habt Ihr nie getan! Ihr seid eben kein richtiger Mann. Vielleicht beobachtet Ihr eine Frau manchmal heimlich und denkt und hofft... aber Ihr flieht die Sünde, weil Ihr kein Mann seid, sondern ein... Puritaner!«

»Ihr sucht nach Entschuldigungen für Eure Zofe und vielleicht für Euch selbst.«

In diesem Moment war es ihr unmöglich, ihre Wut unter Kontrolle zu halten. Sie schlug mit ihrer Reitpeitsche nach ihm und traf seine Hand. Als sie den roten Striemen sah, den die Peitsche hinterlassen hatte, war sie augenblicklich ernüchtert und schämte sich.

»Ihr... Ihr habt mich so wütend gemacht!« sagte sie.

»Der Teufel war in Euch«, antwortete er, und es schien Tamar, als betrachte er seine Hand mit einer gewissen Befriedigung.

Augenblicklich wurde sie wieder wütend. »Wenn Ihr es wagt, mir so zu kommen, schlage ich Euch noch einmal.«

Dann drehte sie sich um und rannte ins Haus.

Annis brachte einen Jungen zur Welt, den sie Christian nannte, weil sie hoffte, der Name könnte ihm helfen, ein besserer Mensch als seine sündigen Eltern zu werden. John wurde einen Monat nach der Geburt freigelassen, und sie zogen in den neuen Kotten nahe bei den Swanns.

Die Leute im Dorf munkelten, die Tylers seien das glücklichste Paar weit und breit. Für ein sündiges Leben schien man also auch noch belohnt zu werden. Prediger Brown lehrte sie etwas anderes. Auch die Kirche lehrte etwas anderes. Es war jedoch leicht zu durchschauen, was geschehen war. Tamar hatte all dies zustande gebracht. Tamar war hocherfreut. Das war kein Wunder! Ein weiteres Baby, das unehelich geboren wurde! Ein weiteres Kind, das im Dienste des Teufels erzogen werden sollte!

Mistreß Alton war außer sich vor Zorn. Sie tratschte mit jedem, der ihr zuhörte. Sie schwieg nur, wenn jemand sie fragte, wie sie es fertigbrächte, in einem Haus zu arbeiten, dessen Herrin sie für eine Hexe hielt. In solchen Momenten fragte sie sich, was sie tun sollte, wenn man sie hinauswürfe. Derlei Gedanken versetzten ihr stets einen Meinen Dämpfer.

Humility Brown war sogar noch entsetzter als Mistreß Alton. Während all der Monate von Annis' Schwangerschaft hatte er versucht, Tamar zu überreden, den Tylers doch keinen Kotten zu geben.

»Was würdet Ihr denn an meiner Stelle tun?« wollte Tamar wissen. »Sagt mir, was würde ein guter Puritaner tun?«

»Für das Mädchen beten.«

»Gebete bauen ihr aber kein Heim. Meine Worte schockieren Euch. Ihr denkt, der Himmel müßte sich auftun, und ein schrecklicher Blitz müßte auf mich niederfahren. Annis hat gesündigt, meint Ihr. Ich sage jetzt zu Euch, was Ihr immer den anderen predigt: ›Derjenige unter euch, der ohne Sünde ist, der werfe den ersten Stein.‹ Seid Ihr auch selbst damit gemeint, Humility Brown? Ich meine, ja. Demütig wollt Ihr sein? Ganz im Gegenteil, Ihr seid eitel und stolz. Der Stolz derer, die wie Ihr errettet sind, scheint mir größer als der Stolz der Verdammten.«

»Ihr belohnt noch die Sünde. Es gibt hier genügend ehrenhafte Ehepaare, die unbefleckt geheiratet haben. Könntet Ihr nicht für ein solches Paar einen Kotten bauen lassen?«

»Aber ich liebe Annis, und sie ist in großen Schwierigkeiten. Doch das könnt Ihr wohl nicht verstehen. Ihr habt immer nur das Gute geliebt und das Böse gehaßt. Ihr würdet Arms hinauswerfen, nicht wahr? Ihr würdet sie zurückschicken zu ihren gemeinen Eltern, die Ihr zweifellos für gute Menschen haltet. Mir scheint, daß Eure Kirche sich von den Lehren Jesu weit entfernt hat.«

»Ihr huldigt dem Bösen, daran gibt es keinen Zweifel.«

Voller Wut verließ sie ihn.

An einem schönen Sommertag kam Bartle nach Hause.

Schon einen Tag später ritt er nach Pennicomquick. Tamar hörte Hufgeklapper und eilte zu ihrem Fenster. Sie hatte schon von seiner Rückkehr gehört. Als Bartle zu ihrem Fenster heraufsah, trat sie hastig einen Schritt zurück. Zu ihrem Erstaunen zitterten ihre Hände, als sie die Glocke läutete.

Arms kam ins Zimmer, denn sie arbeitete immer noch für Tamar. Jeden Tag brachte sie ihr Baby mit, das nun schon ein Jahr alt war. Christian machte gerade seine ersten unsicheren Schritte auf dem Rasen.

»Annis, wenn irgend jemand nach mir fragt, dann sag, daß ich nicht zu Hause bin. Das ist alles.«

Tamar ging wieder zum Fenster, war aber vorsichtig darauf bedacht, nicht gesehen zu werden. Sie sah, wie Bartle auf das Kind zuging. Der Meine Christian watschelte fröhlich auf ihn zu, und Bartle nahm ihn auf den Arm. Christian kreischte vor Vergnügen, als Bartle ihn hoch über seinen Kopf hob.

Ein paar Minuten später kam Annis zu Tamar gerannt.

»Mistreß, Euer Vater schickt mich herauf, um nach Euch zu suchen.«

»Du solltest doch sagen, ich sei nicht zu Hause.«

»Das ist doch eine Lüge, und ich kann nicht lügen.«

Tamar lachte wütend auf. »Da spricht mal wieder der gute Humility Brown aus dir! Du kannst nicht einmal ein wenig lügen, wenn ich dich darum bitte!«

»Ich habe ja nur gesagt, daß ich nach Euch suchen will. Ihr sollt doch bitte hinunterkommen. Ein Gentleman ist gekommen. Euer Vater meint, Ihr werdet Euch freuen.«

»Ich weiß, wer es ist!« schrie Tamar.

Arms dachte schon wieder, Tamar wüßte dies dank ihrer hellseherischen Fähigkeiten. Aus ihr war eine gute Puritanerin geworden, und die geheimen Kräfte ihrer geliebten Herrin erfüllten sie mit Sorge.

Tamars Wut verflog. Verständnisvoll legte sie den

Arm um Arms. »Ich habe ihn vom Fenster aus gesehen. Da du nicht lügen willst, kannst du sagen, daß ich zwar zu Hause bin, jedoch nicht hinunterkommen möchte.«

Kurze Zeit später kehrte Annis zurück.

»Euer Vater läßt Euch ausrichten, es ist Mr. Cavill, der von seiner Seereise zurückgekehrt ist, und er denkt, Ihr werdet Eure Meinung deshalb ändern.«

»Sag ihm, daß ich bei meinem Entschluß bleibe.«

Sie verharrte über eine Stunde in ihrem Zimmer. Erst als sie hörte, daß Bartle fortritt, ging sie nach unten.

Richard saß gedankenverloren am Fenster. Er zog die Brauen hoch, als er sie sah.

»Du warst äußerst unhöflich«, sagte er.

»Ich hatte nicht den Wunsch, ihn zu sehen.«

»Er ist unser Nachbar, und unsere Familien sind befreundet. Er war lange Zeit fort ... fast zwei Jahre. Und du bleibst in deinem Zimmer, wenn er kommt, um uns seine Aufwartung zu machen.« Sie zuckte die Schultern.

»Tamar, warum haßt du diesen jungen Mann immer noch so sehr? Kannst du ihm immer noch nicht vergeben, was er dir vor langer Zeit antun wollte?«

»Nein, das kann ich nicht.«

»Aber es ist doch so lange her, und er war damals nichts als ein ungehobelter Junge.«

»Und jetzt ist er ein ungehobelter Mann.«

»Ich wünschte, du würdest heiraten. Du bist jetzt mit deinen zwanzig Jahren in einem heiratsfähigen

Alter. Du siehst doch, wie glücklich Annis und John sind. Du magst den kleinen Christian. Möchtest du nicht bald eigene Kinder haben?«

»Ich glaube, ich werde es schon selbst wissen, wann ich heiraten soll. Und wenn dieser Zeitpunkt niemals kommt, nun, dann bleibe ich eben unverheiratet. Warum denkst du bloß immer daran, daß ich heiraten sollte, wenn Bartle hier war?« fragte sie grimmig.

»Ich denke vielleicht, er würde einen passablen Ehemann abgeben.«

»Wie kannst du nur so etwas denken? Was mußt du von mir halten, daß du meinst, er würde gut zu mir passen? Er ist nichts weiter als ein Freibeuter, ein Pirat. Ja, ich weiß, es ist alles gesetzmäßig, was er tut, weil es spanische Schiffe sind, die er ausraubt, spanische Städte, die er plündert, und spanische Jungfrauen, die er entehrt!«

»Ich fürchte, du bist entschlossen, ihn weiterhin zu hassen. Es ist dein verdammter Stolz, der immer dein ärgster Feind sein wird. Du bist dir so sicher, wenn du Menschen wie Bartle verurteilst und wenn du Menschen wie Humility Brown rettest. Aber dein sogenannter Gerechtigkeitssinn wird ausschließlich von deinen Gefühlen bestimmt. Bartle ist ein Freibeuter und verdient es deswegen, verachtet zu werden. Ich selbst, Annis, John Tyler – wir alle haben ebenfalls gesündigt, aber uns verteidigst du mutig. Ich wünsche mir sehr, du verhieltest dich Bartle gegenüber ein wenig vernünftiger.«

»Er bedarf meiner Güte nicht.«

Am Tag darauf ritt sie übers Moor und dachte an ihn, wie sie es die ganze Zeit seit seiner Rückkehr getan hatte. Plötzlich hörte sie das Trappeln von Hufen hinter sich, und Bartle selbst war neben ihr.

Er war ein wenig gealtert. Er war jetzt beinahe siebenundzwanzig Jahre alt, und die ersten Fältchen zeigten sich um seine Augen. Seine Haut war noch tiefer gebräunt als zuvor. Die Narbe auf seiner Wange fiel nicht mehr so auf. Aber seine Augen waren noch genauso strahlend blau wie zuvor. Sie fühlte ihren alten Haß in sich aufsteigen.

»Wie schön, dich zu treffen, Tamar.

»Ich bezweifle, daß es schön ist.«

»Welch eine Begrüßung für deinen Geliebten!«

»Du bist nicht mein Geliebter!«

»Hast du unsere gemeinsame Nacht vergessen?«

»Ich habe alles versucht, diese schandvolle Nacht aus meinem Gedächtnis zu streichen.«

»Wenn ich dir völlig gleichgültig wäre, würdest du nicht so leidenschaftlich reden. Und das läßt mich hoffen.«

»Hoffen? Worauf? Daß du mich übervorteilen kannst, wie du es schon einmal getan hast?«

»Komm schon, Tamar. Sei doch mal ehrlich. Du hast doch meinen Trick durchschaut. Ich war lediglich großzügig. Ich habe dir einen Grund geliefert, dich mir hinzugeben.«

»Deine Reden langweilen mich. Ich reite jetzt nach Hause.«

»Nein, du bleibst noch ein Weilchen und unterhältst dich mit mir. Sollen wir absteigen? Wir können ja unsere Pferde an dem Baum anbinden. Dann können wir besser Pläne schmieden.«

»Es gibt keine Pläne, die ich mit dir schmieden will.«

»Das ist aber schade. Denn ich habe Pläne für uns gemacht, die dich bestimmt interessieren.«

»Ich will sie gar nicht hören, und ich steige auch nicht vom Pferd.«

Er lehnte sich hinüber, griff ihre Zügel und lachte ihr ins Gesicht. »Du hast Angst davor abzusteigen. Du fürchtest, daß ich dich dann nehme, wie ich es schon einmal fast getan habe. Erinnerst du dich? Damals warst du so wild auf mich, daß du dich nackt ins Gras gelegt hast, um mich zu verfuhren.

Sie sah ihn voller Hochmut an. »Warum tust du ständig etwas, um meinen Haß auf dich zu verstärken?«

»Weil dein Haß in Wahrheit Liebe ist.«

»Du glaubst wohl, du hast bei deinen spanischen Eroberungen viele Spitzfindigkeiten gelernt. Ich sage dir nur eines: Du weißt nichts von mir und meinen Gefühlen.«

»Spanische und englische Frauen unterscheiden sich nur äußerlich ein wenig voneinander. Man kann sie in verschiedene Typen einteilen: die Demütigen, die Anhänglichen.

Und dann gibt es dort auch Mädchen wie dich. Diese Widerspenstigen bedürfen der Zähmung.«

»Dein dummes Gerede macht mich krank. Ich bin doch kein Pferd, das zugeritten werden muß.«

»Das wohl nicht. Wie ich dir schon vorher sagte, bist du eine Frau, um die man werben muß, auch wenn man sie schon gewonnen hat.«

»Daß du mich einmal so schändlich behandelt hast, gibt dir noch lange nicht das Recht, so mit mir zu sprechen.«

»O Tamar, ich wünschte, du könntest dein Gesicht sehen. Du bist aufgeregt, du möchtest, daß ich dich nehme, wie ich es schon einmal getan habe. Obwohl du gleichzeitig ein wenig Angst hast, möchtest du es. Sei ehrlich, du hast genauso oft an unsere gemeinsame Nacht gedacht wie ich.«

Sie gab ihrem Pferd die Sporen, um ihm zu entkommen, aber er holte sie schnell ein.

Er rief: »Ich dachte, das Kind im Garten sei unseres. Ich war sehr enttäuscht, daß es nicht so ist.«

»Eher hätte ich mich selbst getötet, als dein Kind zur Welt zu bringen.«

»Du redest zu leichtfertig über den Tod, so wie du zu inbrünstig über deinen Haß sprichst.«

»Laß mich in Ruhe. Ich habe nicht das geringste Interesse an dem, was du mir zu sagen hast.«

»Du hast Angst vor mir.«

»Ich kenne dich nur zu gut. Du bist ein brutaler Kerl, ein Frauenschänder und ein Räuber. Ich verachte dich aus ganzem Herzen. Ich traue dir nicht. Du bist stärker als ich, deshalb möchte ich an einsamen Orten nicht allein mit dir sein.«

Er lachte schallend. »O Tamar, habe ich dich jemals zu etwas zwingen müssen? Hast du mich nicht bereitwillig in deinem Bett empfangen? Keine Angst, Tamar, wir beide bleiben unser Leben lang zusammen.«

Sie hatten das flache Land hinter sich gelassen und mußten nun auf einem schmalen hügeligen Pfad im Schrittempo weiterreiten.

»Tamar, hör mir zu. Ich komme in die Jahre und muß endlich heiraten. Mein Vater möchte vor seinem Tod noch seine Enkelkinder sehen. Auf meiner Reise habe ich darüber nachgedacht. Ich liebe die See, aber dich liebe ich noch mehr. Du bist wie das Meer, Tamar, unstet und wunderschön. Zu manchen Leuten bist du gütig, anderen gegenüber wild und böse. Ich will dich, Tamar.«

»Du vergeudest deine Worte. Und wenn du mich um Rat fragst, sage ich dir: Ja, du solltest heiraten und Kinder zeugen. Es gibt hier viele Mädchen von guter Herkunft, so wie du, die exzellente Ehefrauen abgeben. Eine von ihnen wäre sicherlich dazu bereit, sich mit deinen ungehobelten Manieren und mit deiner Untreue abzufinden, nur, um Lady Cavill zu werden.«

»Ich will keine andere, ich will nur dich.«

»Das ist typisch für dich. Du willst das haben, was du nicht bekommen kannst.«

»Ich würde nicht immer auf See sein, Tamar. Wir könnten unsere Kinder gemeinsam aufwachsen sehen.«

»Und ich sage, du bist ein Narr. Deine Familie würde mich niemals als eine angemessene Partie betrachten, und meiner Meinung nach bist du meiner nicht wert. Wir können gar nicht glücklich werden.«

»Meine Familie wird alle Gerüchte, die sich um deine Herkunft ranken, vergessen, sobald wir verheiratet sind.«

»Die Gerüchte werden niemals verstummen.«

»Das liegt an dir selbst. Du reitest mit fliegenden Haaren durch die Gegend, und du siehst dabei wirklich wie eine Hexe aus. Außerdem bist du schöner als alle anderen Hexen zusammen. Deine Schönheit bringt das Blut der Männer in Wallung und läßt die Frauen vor Neid gelb werden.«

»Du würdest mich also heiraten, obwohl du weißt, daß ich anders bin als andere Frauen?«

»Ich will dich heiraten«, versicherte er mit fester Stimme.

Ihre Stimme wurde etwas sanfter. »Bartle, du glaubst ja anscheinend tatsächlich, daß ich keine gewöhnliche sterbliche Frau bin. Du glaubst, ich besitze übernatürliche Kräfte.

Glaubst du, der Teufel hat meine Mutter in jener Nacht vor einundzwanzig Jahren geschwängert?«

Er sah ihr nicht in die Augen. »Wie kann ich wissen, was ich glauben soll?«

»Und doch würdest du mich heiraten. Du willst, daß ich die Mutter deiner Kinder werde!«

»Ja, das will ich«, bekräftigte er in vollem Ernst. »Ich liebe zwei Dinge in diesem Leben, und das wird immer so bleiben. Zum einen liebe ich das Meer; deshalb bin ich schon mit vierzehn fortgegangen, um Seemann zu werden. Ich tat es gegen den Wunsch meines Vaters. Es war mir egal, ob er mich deshalb enterbt. Ich wußte, daß ich mein Leben in Gefahr brachte, dem Tod ins Auge sehen mußte. Aber das war es, was ich wollte. Und zum anderen liebe ich dich, Tamar. Du bist ungezähmt wie die See und genauso gefährlich. Das weiß ich, aber ich muß dich haben. Auf See mußte ich mich ständig allen möglichen Gefahren stellen, und ich werde mich diesen Gefahren auch in meiner Ehe mit dir stellen. Frau, Hexe, Teufelin – was du auch immer sein magst.«

Sie war bewegt. Sie hatte nicht gewußt, daß er mit solcher Ernsthaftigkeit sprechen konnte. Darüber hinaus machte es sie stolz, ihn so demütig vor sich zu sehen. Die Schande, die er über sie gebracht hatte, wurde dadurch gleichsam ein wenig gemildert.

So sanft, wie sie noch nie mit ihm gesprochen hatte, antwortete sie: »Wenn alles, was du sagst, wahr ist, dann tust du mir leid. Denn ich werde dich niemals heiraten. Du mußt dich mit deiner anderen Liebe, der See, zufriedengeben. Du bist ein Narr, Bartle, und ich könnte niemals einen Narren lieben. Wärest du freundlich zu mir gewesen, hätte ich vielleicht so etwas wie Sympathie für dich empfinden können. Und wenn du weiterhin freundlich gewesen wärest, dann hätte ich dich vielleicht sogar geheiratet. Aber Gewalt, schändliche Gewalt, wie du sie mir angetan hast, kann nur Abscheu in mir hervorrufen.«

»Du haßt mich also weiterhin?«

»Ich kann dich niemals lieben.«

»Du hast in meinen Armen gezittert.«

»Vor Haß.«

»Nein, es war vor Leidenschaft.«

»Wenn das tatsächlich so wäre, warum würde ich dann dieses großzügige, hochherzige Angebot, deine Frau zu werden, nicht mit Freuden annehmen?«

»Weil du dich selbst nicht kennst. Du bist entschlossen, mich zu hassen, und du klammerst dich an deinen Haß wie ein Ertrinkender an einen Strohhalm.«

»Eins sollst du wissen: Du hast mir etwas angetan, das ich dir niemals verzeihen kann. Ich bin nicht wie andere Frauen, wie du weißt. Du hast selbst gesagt, daß ich den Teufel in mir habe.«

Er lächelte sie an – seine Augen blitzten auf vor plötzlichem Begehren, das sie wie ein Pfeil traf. Für einen kurzen Moment hielt sie es für möglich, daß sich ihre Ablehnung in leidenschaftliche Hingabe wandeln könnte.

Erschreckt sagte sie: »Ich habe dir nichts mehr zu sagen.«

Dann galoppierte sie davon.

Den ganzen Herbst und Winter über ritt Bartle häufig nach Pennicomquick, und seine Familie lud Richard und Tamar öfter nach Stoke ein. Sir Humphrey war hinfällig geworden und beobachtete ungeduldig, wie Bartle Tamar den Hof machte. Es gefiel ihm zwar nicht, daß Tamar unehelich geboren war, aber er blieb gegenüber ihrer Schönheit nicht unempfänglich. Sie war groß und feingliedrig. Bestimmt würde sie prachtvolle Söhne zur Welt bringen. Da Bartle offensichtlich entschlossen war, sie zu seiner Frau zu machen, hoffte Sir Humphrey, sie würden nicht mehr lange mit der Hochzeit warten. Schließlich wollte er vor seinem Tod noch seine Enkelkinder sehen, deshalb gab es keine Zeit zu verlieren.

Wenn sie den alten Mann betrachtete, dachte Tamar: So ähnlich wird Bartle wohl in dreißig Jahren aussehen. Zu viel guter Wein, zu viel üppiges Essen; zu viele Frauen; Wunden von spanischen Schwertern, die ihre Spuren hinterlassen hatten; lüsterne Blicke für hübsche Mädchen; ein jähzorniges Temperament; vor Gicht geschwollene Beine. Ja, genauso müßte Bartle in dreißig Jahren aussehen. Sie glichen sich wie ein Ei dem anderen.

Dennoch änderten sich während dieser Monate ihre Gefühle für Bartle. Er machte sich nicht mehr so oft über sie lustig, sondern sprach viel von seinen Abenteuern. Dann saßen sie zusammen mit Richard und Bartles Familie in der getäfelten Halle, von deren Wänden die Ahnen der Cavills auf sie herabblickten, und Bartle ließ sein Leben auf See, das er so sehr liebte, lebendig werden. Er berichtete über tausenderlei Gefahren, denen er sich stellen mußte, erzählte, wie er an Bord der spanischen Schiffe gegangen war, um nach Schätzen zu stöbern. Auch Sir Humphrey wartete mit Geschichten über seine eigenen Abenteuer auf. Die beiden konnten die Halle für Tamar in ein Schiff verwandeln, so daß sie glaubte, mit ihnen auf dem Ozean zu segeln. Durch ihre Augen sah sie den Spanier am Horizont und hörte den Ruf: »Ein Segel! Ein spanisches Segel!« Sie sah das von Einschüssen durchlöcherte Schiff; das Feuer, das im Laderaum entstanden war. Sie sah den Arzt vor sich, der in der Dämmerung die Verwundeten versorgte. Sie sah die Schlacht, die am Tag darauf wiederaufgenommen wurde, sie hörte den Klang der Trommeln und Trompeten, den Ruf: »St. George für England!«

Obwohl sie sich dagegen sträubte, war sie fasziniert. Wie seine Augen glänzten, während er sprach. Sie glühten in lebhaftem Blau, wie in den Augenblicken, in denen er sie am stärksten begehrte. Er war ein Mann, wie Humility Brown niemals einer sein konnte.

Um die Weihnachtszeit wurden auf Stoke rauschende Feste gegeben, auf denen Tamar und ihr Vater stets die Ehrengäste waren. Auf zahlreichen Jagdgesellschaften ritten Tamar und Bartle Seite an Seite. Er war sanfter und erinnerte sie nicht mehr an die Nacht, in der er sie mit Gewalt genommen hatte.

Er hatte sich ihre Worte zu Herzen genommen, und sie erwärmte sich allmählich für ihn.

Wenn Bartle den kleinen Christian sah, redete er stets mit ihm und schenkte ihm Süßigkeiten und Früchte. Er setzte den kleinen Jungen auf sein Pferd und ließ ihn vorsichtig reiten. Das Kind betete ihn an.

Annis, die bereits ihr zweites Kind erwartete, sah mit Tränen in den Augen zu.

»Er ist ein guter Mann«, flüsterte sie Tamar zu, »denn nur gute Männer sind freundlich zu Kindern und zu Schwächeren.«

Tamar zwang sich daraufhin, sich an die Zeiten zu erinnern, als er nicht so freundlich zu Schwächeren gewesen war. Aber war es richtig, ihn weiterhin abzulehnen? Sollte sie ihm nicht endlich sein grobes Verhalten vergeben?

Jetzt warb er um sie. Wenn er sie und Richard ins Haus seines Vaters einlud, wollte er ihr zeigen, was er ihr alles bieten konnte.

Wenn sie zusammen auf die Jagd gingen, wollte er ihr beweisen, was für ein schönes Leben sie doch zusammen führen könnten.

Wenn er sich so viel um den kleinen Christian kümmerte, wollte er ihr zeigen, wie glücklich sie sein könnten, wenn sie eigene Kinder hätten.

Aber Tamar konnte ihr Mißtrauen ihm gegenüber nicht so leicht ablegen. Es gab zu viel Schlimmes, an das sie sich nur zu lebhaft erinnerte.

Ich traue ihm einfach nicht, dachte sie.

Und doch kamen ihr die Tage, an denen sie ihn nicht sah, öde und leer vor. Sie erwärmte sich für ihn und hätte ihn vielleicht sogar lieben können. Doch er war nicht imstande, sein ehrenwertes Benehmen über längere Zeit aufrechtzuerhalten.

Wiederholt hatte er beobachtet, wie sie mit Humility Brown redete. Er hatte dann immer abwertend über den Mann gesprochen, und Tamar hatte ihn dann, wie es ihre Art war, verteidigt.

An einem Frühlingstag kam Bartle nach Pennicomquick, als Tamar in eine Unterhaltung mit dem Puritaner vertieft war. Als sie später zusammen ausritten, sagte Bartle: »Du scheinst von diesem Kerl ja sehr angetan zu sein.«

»Ich soll von ihm angetan sein?«

»Vor mir kannst du deine Gefühle nicht verbergen. Du bist von ihm angetan! So wie du ihn ansiehst!«

»Das bildest du dir nur ein.«

»Du hast mit ihm kokettiert. Ja, das hast du! Du hast ihn gezwungen, dich anzusehen, und ihn dann herausfordernd angelächelt. Du scheinst ihn zu mögen!« Vor lauter Eifersucht wurde er ganz rot im Gesicht. »Ich glaube, er ist dein Liebhaber.

»Ich hatte schon geglaubt, deine Manieren hätten sich in letzter Zeit gebessert. Ich habe mich anscheinend getäuscht.«

»Du kannst es nicht verleugnen. Mir kannst du nichts vormachen.«

»Selbst wenn deine gemeine Unterstellung der

Wahrheit entspräche, warum sollte ich es dann vor dir verbergen wollen? Was ginge es dich eigentlich an?«

»Während ich den wohlerzogenen Verehrer spielte, hat er also Liebesfreuden in deinem Bett genossen?«

»Dafür sollte ich dich ohrfeigen.«

»Gib dir keine Mühe, die Ehre deines hinterhältigen Puritaners zu verteidigen. Die Sanftheit dieser Kerle ist mir von jeher verdächtig gewesen. Sie wollen damit nur törichte Frauen wie dich entwaffnen. Sag mir eins: Spricht er zuerst ein Gebet, bevor er sich mit dir vergnügt?«

»Hör auf damit!« schrie sie ihn an. »Ich hasse dich! Wie konnte ich nur glauben, du hättest dich geändert? Wie kannst du es wagen, mir derart gemeine Verdächtigungen ins Gesicht zu sagen? Du glaubst wohl, alle Menschen sind so verdorben wie du selbst!«

Er wurde augenblicklich ernst. »Tamar, ich hatte unrecht, ich sehe es jetzt ein. Vergib mir bitte.«

»Nein! Ich kann deine Reden nicht ertragen. Spar sie dir auf für deine gemeinen Seeleute. Ich spreche, mit wem ich will, und mit dir will ich kein einziges Wort mehr wechseln.«

»Kannst du nicht einem eifersüchtigen Liebhaber vergeben?«

Hochmütig antwortete sie: »Wer es wagt, so mit mir zu reden, dem kann ich nicht vergeben.«

»Hör zu, Tamar, ich hatte unrecht. Ich war dumm

und eifersüchtig. Ich wollte einfach nicht, daß du jemand anders als mich anlächelst.«

Sie sah ihm kalt in die Augen. »Nun gut. Ich bleibe freundlich zu dir, aber nur, weil wir Nachbarn sind und weil unsere Väter es gern wollen.«

Sie sah jene wütende, rasende Leidenschaft in seinen Augen aufblitzen.

Aber sie sagte nichts mehr, und sie ritten zurück nach Pennicomquick.

Am folgenden Tag kam er wieder. Sie entdeckte ihn im Garten mit dem kleinen Christian und dachte: Wie gut er doch aussieht, wie groß und stark er ist. Verglichen mit Bartle wirkte Humility Brown kümmerlich.

Das Kind lachte vor Freude, als Bartle es hochhob. Er liebte Kinder und wurde in ihrer Gegenwart ein bißchen sanftmütiger. Er war ein Mann, den alle Kinder mochten, auch wenn er ihnen nicht allzuviel Beachtung schenkte. Er wäre ein guter Vater – ein Vater, auf den seine Kinder stolz sein würden. Ich bin zwanzig, wen sollte ich sonst heiraten? Liebe sollte jedoch sanft und zärtlich sein – nicht wütend und fordernd wie bei ihm. Nein, sie konnte Bartle nicht lieben, aber es war aufregend mit ihm.

Sie ging zu ihm hinunter, und sie spielten gemeinsam mit dem Kind. Humility Brown kam vorbei, und sie mußte über den Kontrast zwischen den beiden Männern lächeln. Aber Bartle deutete ihr Lächeln falsch. Sein Gesichtsausdruck veränderte sich, und Tamars Wut kehrte zurück.

Bartle sagte: »In diesem Sommer startet eine weitere Expeditionsreise. Ich soll Kapitän auf einem der Schiffe werden.«

»Das wird sicher eine aufregende Fahrt für dich.«

»Da bin ich sicher. Mein Leben als Landratte begann mich schon zu langweilen.«

Sie gingen ins Haus, und sie wunderte sich, wie niedergeschlagen sie beim Gedanken an seinen bevorstehenden Abschied war.

Später dachte sie, wie anders ihrer aller Leben verlaufen wäre, wenn sie ihm damals nicht eine entscheidende Wende gegeben hätten.

Sie war wild, leidenschaftlich und unberechenbar; und sie hatte nicht bedacht, daß Bartle ihr darin ähnelte.

Während ihr größter Fehler ihr Stolz war, mußte man bei ihm seine Ungeduld und seinen Hang zur Gewalttätigkeit nennen. Er war ein überaus leidenschaftlicher und sinnlicher Mann, der jetzt zulange enthaltsam gelebt hatte. Dieses eine Lächeln, das sie Humility Brown geschenkt hatte, reichte aus, um die gewaltige Leidenschaft, die Bartle während all dieser Monate unterdrückt hatte, aufs neue zu entfachen.

Er nahm sie mit an den Fluß, zu der Stelle, an die sich beide nur zu gut erinnerten; und sie merkte gleich, daß sie es wieder mit dem alten Bartle zu tun hatte. Er war nicht mehr der zärtliche Liebhaber, der alles tat, um ihr zu gefallen, sondern wieder

der wollüstige Mann, der entschlossen war, sich zu nehmen, was er haben wollte. Schon sein Griff, mit dem er sie an den Schultern packte, war brutal.

Seine Augen blitzten, und sie wich vor der Leidenschaft, die sie in ihnen erblickte, zurück. Er küßte sie heftig auf den Mund, und seine brennenden Küsse verrieten ihr, daß er sie weiter küssen würde, ob sie wollte oder nicht. Ihre alte Angst und ihr leidenschaftlicher Haß kehrten zurück.

»Laß mich sofort los!«

Aber er hielt sie fest und sah ihr ins Gesicht.

»Wußtest du, daß dieser Mann, dieser Humility Brown, es wagt, auf meines Vaters Grundstück Versammlungen abzuhalten? o ja, diese hinterhältige Kreatur läßt ihre Herde dort in einer Hütte zusammenkommen. Ja, der fromme Mann ist ein Sünder; er bricht das Gesetz. Man hat ein paar hübsche neue Strafen für solche Gesetzesbrecher ersonnen.«

»Warum erzählst du das ausgerechnet mir? Womit willst du mir diesmal drohen?«

»Was glaubst du denn, was ich als treuer Diener meines Königs tun werde?«

»Oh, das könntest du nicht, Bartle! All diese Leute, die bei uns leben, sind doch unsere Freunde!«

»Verbrecher! Und Humility Brown ist der Schlimmste von allen. Man wird ihn in den Kerker werfen. Ich habe gehört, was sie mit diesen Leuten machen. Sie schlagen sie und lassen sie hungern. So einen unverbesserlichen Kerl wie Humility Brown wird man vielleicht sogar aufhängen...«

»Das wirst du nicht tun!«

»Warum nicht?«

»Ich werde dich daran hindern und ihn warnen.«

»Ich werde ihn trotzdem gefangennehmen lassen. Er kann nicht leugnen, was er getan hat.«

»Bist du tatsächlich so grausam?«

Er schüttelte sie, in seinen Augen blitzten leidenschaftliche Gefühle: sein Haß auf Humility Brown und sein Verlangen nach Tamar.

»Mir gefallen deine Gefühle für diesen Mann nicht«, sagte er.

»Du bist verrückt. Er ist doch nur ein einfacher Gärtner. Was sollte ich bloß von ihm wollen?«

»Ich bin doch nicht blind. Er ist ein gebildeter Mann. Er arbeitet nur im Garten, weil er alles auf einem Schiff, das nach Virginia unterwegs war, verloren hat. Er wartet nur darauf, endlich wieder losfahren zu können. Und dann will er dich bestimmt mitnehmen. Richard lädt ihn in seine Bibliothek ein und redet mit ihm. So wird ja wohl kein gewöhnlicher Diener behandelt.«

»Warum sollte Richard denn kein Interesse an einem Diener haben?«

»Unterhält er sich etwa auch mit seinen anderen Dienstboten? o nein, Richard und seine Tochter haben ein Interesse an diesem Kerl, das mir nicht gefällt.«

»Ich hasse dich, Bartle.«

»Weil du ihn liebst?«

Sie wollte ihn ohrfeigen, aber er hielt ihre Hand fest. »Du tust mir weh«, sagte sie.

»Das ist auch meine Absicht. Du sollst lernen, wie weh ich Leuten tun kann, die einen unterwürfigen Prediger einem richtigen Mann vorziehen. Wenn sie ihn aufhängen, nehme ich dich zur Hinrichtung mit. Ich garantiere dir, daß Unmengen von Zuschauern ihn applaudierend zur Hölle schicken werden.«

»Bartle, das meinst du nicht ernst. So etwas Grausames könntest du niemals tun.«

Er beobachtete sie hinterhältig, und sie hätte gewarnt sein sollen. Als er sie losließ und davonging, rannte sie hinter ihm her.

»Ich flehe dich an, tu es nicht, Bartle!«

Er sagte lächelnd: »Mein Schatz, ich kann dir nichts abschlagen. Wenn du mich ganz lieb darum bittest, werde ich es mir vielleicht noch einmal anders überlegen.«

Er legte seinen Arm um sie und drückte sie so fest an sich, daß es ihr den Atem nahm.

»Wenn du mir einen ganz bestimmten Gefallen tust, kann ich dir wirklich keine Bitte abschlagen. Laß dein Fenster heute nacht offen, dann können sich die Puritaner meinetwegen so oft treffen, wie sie wollen.«

»Glaubst du, du kannst mich noch einmal mit demselben Trick hinters Licht führen?«

»Beim ersten Mal war es nur eine Finte. Ich könnte einen Freund wie Richard nicht betrügen. Aber Humility Brown? Ich kann diesen Mann nicht ausstehen, ich verachte ihn; er ist mein Feind, weil du ihn immer so nett anlächelst.«

»Bist du etwa entschlossen, meinen Haß auf dich noch zu verstärken?«

»Du kannst dich mir nicht aus Liebe hingeben, dann muß ich dich eben nehmen, obwohl du mich haßt. So oder so werde ich dich bekommen.«

Wütend warf sie ihren Kopf zurück und ging zum Haus.

Sie lag im Bett und wartete auf ihn.

Sie wußte, daß sie nichts anderes tun konnte. Zuvor hatte er sie nur gefoppt, aber diesmal meinte er es ernst. Er war brutal, er war grob, er war wollüstig. Wie hatte sie bloß daran denken können, ihn zu heiraten?

»Lieber sterbe ich«, flüsterte sie in ihr Kopfkissen. »Was könnte ich denn sonst tun? Wie könnte ich es zulassen, daß man Humility Brown verrät? Auch andere würden mit hineingezogen.«

Sie schloß ihre Augen und versuchte, sich Humility Brown im Kerker vorzustellen, wie er in knietiefem Wasser stand und sich gegen die Ratten wehrte, die seinen ausgemergelten Körper angriffen. Aber sie sah nur Bartle vor sich, wie er zu ihr kam und ihren Namen flüsterte.

Ich hasse ihn! Es ist furchtbar und schändlich.

Aber es ist besser, ich erdulde es, als daß meine Freunde im Kerker dahinvegetieren und vielleicht sogar hingerichtet werden.

Jetzt kam er. Der Vorhang teilte sich wie beim ersten Mal, und sie hörte ihn in der Dunkelheit leise lachen. Seine Hände streichelten sie.

Er sagte: »Du hast also wieder einmal auf mich gewartet, mein Schatz.«

»Ich hasse dich! Ich hasse dich! Ich werde dich immer hassen für das, was du mir angetan hast.«

Wie zuvor verspottete er sie.

»Wie du dich nach mir gesehnt hast! Glaubst du, daß du deine Gefühle vor mir verstecken kannst? Ich bin zu klug für dich. Tamar, ich kenne die Frauen nur zu genau. Warum bestehst du weiterhin darauf, mich zu hassen? Du sehnst dich nach mir. Du verzehrst dich nach mir. Du wußtest, die Puritaner sind mir völlig gleichgültig. Meinetwegen können sie jeden Tag zusammenkommen und sich die Kehlen heiser beten. Ich hätte sie nie verraten. Sehe ich aus wie jemand, der sich dazu herabläßt, armselige Puritaner ans Messer zu liefern?«

»Ich glaube, du wärst zu jeglicher Grausamkeit fähig.«

Er lächelte. »Oh, es war eine wunderschöne Nacht, nicht wahr? Schöner als die erste ... Damals warst du vielleicht noch ein wenig zurückhaltender.«

»Du bist brutal und gemein, und ich hasse dich.«

»Auch wenn du es ständig wiederholst, glaube ich dir nicht. Heirate mich, Tamar. Ich verspreche dir, immer treu zu sein, soweit es in meiner Macht steht.«

»Dich heiraten? Lieber sterbe ich!«

»Und wenn nun ein Kind kommt? Dann wirst du deine Meinung aber rasch ändern.«

»Ein Kind machte keinen Unterschied.«

»Wir werden ja sehen. Ich hoffe so sehr, daß wir ein Kind haben. Ich bin ganz sicher, daß du dann deine Meinung änderst. Um des Kindes willen wirst du in die Heirat einwilligen, genau wie du mich zuerst um Richards und dann um Humility Browns willen in dein Bett gelassen hast. Du scheinst immer erst eine Entschuldigung zu brauchen.«

»Dich heiraten!« begehrte sie auf. »Darüber kann ich nur lachen, obwohl ich wohl besser darüber weinen sollte, denn es würde in einer furchtbaren Tragödie enden. Noch bevor wir eine Woche zusammengelebt hätten, hätte ich dir schon etwas angetan.«

»Keine Sorge! Ich bändige dich schon. Nach einer Woche hätte ich dich bereits in eine sanftmütige, liebevolle und perfekte Ehefrau verwandelt.«

Sie fühlte sich zerschlagen und verwundet, unerträglich gedemütigt. Er versetzte sie in Erregung; das wußte sie nun. Einerseits verabscheute sie ihn während seines Liebesspiels, andererseits empfand sie große Lust dabei. Diese Gefühle lösten in ihr eine tiefe Scham aus.

In den darauffolgenden Wochen fühlte sie sich hin- und hergerissen. Die Vorstellung, daß sie ein Kind erwarten könnte, versetzte sie in Angst und Schrecken, doch manchmal wünschte sie sich, daß es so wäre. Sie stellte sich vor, wie sie zu ihm sagte: »Um des Kindes willen…«

Aber dann erwachte ihr Stolz von neuem. Sie, vor der die Menschen schon als Kind Angst gehabt hatten, sie sollte sich so behandeln lassen, so demütigen lassen, als sei sie nichts als ein Dienstmädchen, das der Herr sich nach Lust und Laune nehmen konnte?

Nein! Aus ganzem Herzen haßte sie ihn und das, was er ihr angetan hatte, und wieder hatte sie schreckliche Angst davor, ein Kind von ihm zu bekommen.

Doch sie war nicht schwanger.

Sie verspottete ihn, als er zu Besuch kam.

»Wann segelst du?«

»Vielleicht, wenn ich mit dir zusammen die Themse hoch nach London fahre.«

»Ich glaube, du wirst dabeisein, wenn die Schiffe lossegeln.«

»Lieber würde ich dich heiraten. Die See habe ich schon satt, deine Reize sind dagegen noch neu für mich.«

»Ich verabscheue deine groben Reden. Auch wenn ich ein Kind erwartete, würde ich dich niemals heiraten. Aber ich werde kein Kind bekommen.«

Sie lachte schallend, als sie seine Enttäuschung sah. Zum guten Schluß hatte er begriffen, was es hieß, wenn sie sagte, daß sie ihn haßte.

Im Sommer segelte er fort, und sie redete sich ein, darüber glücklich zu sein. Als einige Wochen später ein Schiff in den Sund gedümpelt kam – das einzige, das beim Angriff algerischer oder türkischer Piraten davongekommen war –, stand sie mit den anderen Bürgern von Plymouth am Kai. Ihr ganzer Stolz schwand dahin, als sie hörte, daß Bartle zu denen gehörte, die nicht zurückgekommen waren.

V

Tamars Hochzeitsnacht brach herein.

Sie war jetzt dreiundzwanzig Jahre alt – alt genug zum Heiraten-, und die letzten drei Jahre waren ihr öde und ereignislos vorgekommen.

Sie war zwanzig gewesen, als sie von Bartles Tod hörte. Die Männer, die den Angriff überlebt hatten, berichteten, daß sie im Golf von Biskaya übermannt worden waren. An Bord der angreifenden Schiffe waren grimmige Piraten – Türken oder Algerier. Bartles Schiff war beschossen und geplündert worden, bevor es versenkt wurde. Ein solches Schicksal hatte er riskiert, und nun hatte es ihn ereilt.

An den Tagen darauf war sie wie betäubt gewesen. Sie konnte ihre Gefühle für Bartle nicht verstehen. Sie hatte ihn ingrimmig gehaßt, weil er sie so sehr gedemütigt hatte. Zweimal hatte er sie hinters Licht geführt, zweimal betrogen, und er hatte sie gnadenlos verspottet. Er war mindestens ebenso grausam wie die Männer, die ihn getötet hatten. Und doch... wie sollte sie ihre jetzigen Gefühle deuten? Warum verabscheute sie das klare, durchsichtige Wasser, das ihn verschlungen hatte? Warum schien es nichts Aufregendes mehr in ihrem Leben zu geben? Vielleicht, weil es niemanden mehr gab, der ihres Hasses würdig war?

Wenn ein Schiff einlief, war sie immer die erste unten am Kai. Er mußte einfach davongekommen sein. Er war zu jung, um zu sterben. Und es war ihr unmöglich, ihn sich tot vorzustellen.

Sie war rastlos und bedrückt. Es kam vor, daß sie nichts zu hören schien, wenn sie angesprochen wurde. Richard machte sich Sorgen um sie. Er vermutete, sie bereue es, Bartle nicht geheiratet zu haben.

Sie wollte es nicht wahrhaben, daß sie sich nach einem stürmischen, aufregenden Leben zusammen mit ihm sehnte. Es war die Ironie des Schicksals, daß sie ihn, hätte sie ihn geheiratet, vielleicht von dieser unglücklichen Reise hätte abbringen können.

Häufig ging sie zu den Tylers. Annis hatte einen weiteren Jungen bekommen, den sie auf Humility Browns Wunsch Restraint, also Bescheidenheit, genannt hatten. In alten Zeiten hätte Tamar darüber gelacht, denn der kräftige Junge, der gierig an der Brust seiner Mutter saugte, hatte einen wirklich unpassenden Namen erhalten. Aber ihr Sinn für Fröhlichkeit war beinahe völlig verlorengegangen.

Annis war an der Seite ihres frommen, treuen John eine zufriedene Frau. Es irritierte Tamar, eine solche Zufriedenheit zu sehen. Sie beneidete Annis um ihr Heim und ihre Kinder, genau wie sie Richard um seine Gemütsruhe und Humility Brown um seinen Glauben beneidete. Derartige Gefühle befremdeten sie, da doch ihr Leben noch vor kurzem nur aus Spaß und Aufregung bestanden hatte.

Kurze Zeit nachdem Bartle fortgesegelt war, setzte Richard einen Plan in die Tat um, den er schon seit langem gehegt hatte. Es hatte ihm nie gefallen, den gebildeten Humility Brown als Gärtner arbeiten zu sehen. Deshalb hatte er beschlossen, ihm einen Teil seiner Vermögensverwaltung zu überlassen. Natürlich freute sich Humility Brown auf diese neue Aufgabe. Er durfte aus dem zugigen Schuppen, für den er zuerst so dankbar gewesen war, in ein Mansardenzimmer des Haupthauses umziehen.

Humility Brown wirkte plötzlich ganz verändert. Er strahlte vor Glück. Manchmal aß er zusammen mit Richard und Tamar, und bei einer dieser Mahlzeiten berichtete er über seine neu gewonnene Hochstimmung.

»Ich bin ein glücklicher Mann«, erklärte er und sah Richard mit dankbaren Augen an. »Ich hatte geglaubt, meine Wünsche seien sündig, aber nun weiß ich, sie werden vom Herrn gutgeheißen. Als meine Freunde nach Virginia fuhren und mich hier mit Will Spears und seinem Sohn zurückließen, erfüllte mich großes Bedauern, daß ich die Neue Welt nicht erreicht hatte. ›Humility Brown‹, sagte ich zu mir, ›wäre es Gottes Wille gewesen, daß ich nach Virginia fahren sollte, hätte er mich dann in das pestverseuchte Plymouth geschickt?‹ Ich betete jede Nacht um die Kraft, mich in mein Schicksal zu fügen. Aber ich hatte Fernweh. Ich sehnte mich fort. Ich dachte so an meine Freunde, denen es vergönnt war, ein neues Leben in der Neuen Welt zu führen. Dort hatten sie es nicht nötig, sich zu verstecken, um Gott zu dienen. Wie schön wäre es, frei und furchtlos zu sein und meine Augen himmelwärts zu richten und zu rufen: ›Heilig, heilig, heilig!‹«

Tamar beobachtete ihn kritisch. Er war der geborene Prediger und wurde von seinen eigenen Worten mitgerissen. Seine Eitelkeit bestand darin, daß er den Klang seiner Stimme so sehr liebte, wie Tamar ihr hübsches Gesicht liebte. Eines Tages würde sie ihn damit ärgern.

Humility sah ihren kritischen Blick und sagte: »Vergebt mir. Ich bin so begeistert. Ich habe das Gefühl, es sei vielleicht doch Gottes Wille, daß ich nach Virginia fahre. Sir, Eure großzügige Bezahlung erlaubt es mir, Geld für meine Reise ins Gelobte Land zurückzulegen. Es kommen so oft Schiffe nach Plymouth. Mit etwas Geld kann man leicht nach Virginia gelangen. Ich bin froh, da ich jetzt weiß, daß Gott es mir erlaubt, ins Gelobte Land zu reisen.«

Tamar antwortete ein wenig gehässig: »Vielleicht war der Aufschub Eurer Reise eine Bestrafung. Eure Sünde kann aber auch so groß gewesen sein, daß Ihr, genau wie Moses, niemals in das Gelobte Land gelangt.«

»Das kann schon sein«, stimmte Humility zu.

»Dann müßt Ihr ja fürchterlich gesündigt haben. Ich frage mich nur, was Ihr getan habt.«

An diesem Abend verlor sie ein wenig von ihrer Rastlosigkeit. Es gab wieder etwas, das ihr Interesse weckte: Humilitys Reise nach Virginia!

Sie störte ihn bei seiner Schreibarbeit und veranlaßte ihn, von Virginia zu erzählen. Er ließ sich leicht zu solchen Berichten überreden. Es amüsierte sie stets zu sehen, wie er es hinterher bedauerte, Zeit vergeudet zu haben.

»Wenn man Zeit stiehlt, Humility, dann ist es genau dasselbe, als ob man Geld stiehlt.«

»Ihr seid eine Versucherin!«

Sie lachte, und er flüsterte ein Gebet.

»Werdet Ihr Euch jetzt ein härenes Hemd anziehen?« fragte sie. Sie freute sich, daß es ihr wieder einmal gelungen war, Humility zu ärgern.

Aber als er an den folgenden Tagen nicht zu den Mahlzeiten erschien, bedauerte sie, was sie getan hatte. Sie entdeckte, daß er nicht nur ihren Spott reizte, sondern auch Bedauern auslöste. Ausgerechnet Humility Brown trug dazu bei, daß ihr das Leben nicht mehr ganz so trübselig und langweilig vorkam. Bisweilen führten sie auch ernsthaftere Gespräche. Seit er ein Ziel vor Augen hatte, schien er menschlicher geworden zu sein. Gern hätte sie ihm Geld gegeben, aber sie wußte, er würde es nicht annehmen. Er arbeitete wie besessen bis zur Selbstaufgabe.

»Wäre er nicht so ein Fanatiker, könnte er ein großer Mann sein«, sagte Tamar.

»Große Männer sind häufig auch Fanatiker«, entgegnete Richard.

Auch Annis und John sparten. Eines Tages wurden sie mit Humility Brown und vielen ihrer Glaubensgenossen fortgehen ins Gelobte Land.

»So, du willst mich also tatsächlich im Stich lassen, Annis?« begehrte Tamar wütend auf.

Aber Annis schüttelte ihren Kopf. »Vielleicht kommt Ihr ja mit uns, Mistreß.«

»Ich? Aber die Puritaner wurden mich nicht dabeihaben wollen.«

»Doch, wenn Ihr auch Puritanerin werdet.«

»Du redest wie Humility Brown!«

»Oh, Mistreß, wenn Ihr doch nur den Frieden und das Glück erfahren könntet, das John und ich erleben. Wir sind gerettet. Denkt daran. Das Glück ist zu uns gekommen, Mistreß. Jede Nacht bete ich, daß es auch zu Euch kommt.«

Tamar verließ den Kotten und ritt hinaus aufs Moor. Ihr langes Haar wehte im Wind. Hier war die Stelle, an der Bartle sie eingeholt hatte; hier hatte er ihre Zügel ergriffen und ihr frech ins Gesicht gelacht. Nun war sie allein im Moor; und er war allein... auf dem Grund des Meeres. Sie stieg ab und band ihr Pferd an einen Baum. Dann warf sie sich ins Gras und schluchzte herzzerreißend. Sie dachte an Annis und John Tyler, aber am meisten dachte sie an Humility Brown. Was hatten diese Menschen, was sie nicht hatte? Glauben! Den Glauben an die Rettung ihrer Seelen. Den Glauben an ein Leben nach dem Tode, wodurch das, was auf Erden geschah, an Bedeutung verlor. Welch ein beneidenswerter Zustand! Als sie ins Haus kam, steckte sie ihre Haare im Nacken zusammen. Die Wirkung war enorm, denn plötzlich sah sie beinahe sittsam aus. Humility Brown billigte diese Veränderung sehr.

Auch Annis war erfreut, sie so zu sehen. Sie saßen am Kaminsims im Kotten, und die Kinder Christian, Restraint und Prudence spielten zu ihren Füßen.

»Annis, kannst du wirklich sagen, daß du noch niemals im Leben so glücklich gewesen bist wie jetzt?« fragte Tamar.

»Ja, das kann ich wirklich sagen.«

»Aber warum macht dich eine neue Form des Gottesdienstes so glücklich?«

»Weil es der einzig wahre, richtige Gottesdienst ist.«

»Ich frage mich, ob du wohl recht hast...«

Annis setzte sich zu Tamars Füßen. »Mistreß, kommt zu uns. Kommt zu unseren Treffen. Hört den guten Worten zu und seht, ob Ihr nicht auch Frieden findet wie John und ich.«

»Annis, eines mußt du wissen: ihr könntet an eurem Versammlungsort jederzeit entdeckt werden. Ihr kommt dann ins Gefängnis. John würde von euch fortgerissen. Wie kannst du nur glücklich sein, wo du doch in ständiger Angst leben mußt?«

»Wenn John ins Gefängnis muß, dann ist das Gottes Wille. Es hätte schon irgend etwas Gutes zur Folge, denn Gott ist gut.«

»ihr könnt angezeigt werden, weil ihr nicht zur Kirche geht.«

Annis nickte lächelnd.

»Annis, manchmal denke ich, du bist eine Närrin.

Und doch bist du es, die glücklich geworden ist, und nicht ich. Und da wir alle das Glück suchen, müssen diejenigen, die es tatsächlich finden, weise sein.«

»Mistreß, sagt Euch los vom Teufel. Ihr könnt es tun. Ich weiß, Ihr seid eine Hexe, Mistreß. Aber Ihr habt Eure Kräfte nie benutzt, um damit Böses zu tun. Ihr seid eine weiße Hexe, und durch Gebete könnt Ihr Eure Bindung an den Teufel auflösen. Gebete bringen Euch sicher in den Schoß Jesu.«

Tamar sagte lächelnd: »Du redest wie Humility Brown.«

Sie begriff nicht recht, was während dieser Jahre mit ihr geschah. Das, was mit ihr passierte, kam nicht urplötzlich, sondern geschah nach und nach. In jeder Woche schien etwas von ihrer alten Wildheit von ihr abzufallen, und ganz langsam gewann sie immer mehr innere Ruhe. Humility redete lange und ernsthaft mit ihr, seit sie sich nicht mehr über ihn lustig machte. Was gab ihr denn das Recht, sich lustig zu machen? Leute hatten den Glauben gefunden, der ihnen jene Zufriedenheit gab, nach der Tamar sich so sehr sehnte. Sie war rastlos, sie suchte nach etwas, das sie niemals haben konnte, nun wo Bartle tot war. Und wenn Bartle noch da wäre, würde sie es nicht wollen.

Sie war jetzt dreiundzwanzig und noch immer nicht verheiratet. Schon bald würde sie eine alte Jungfer sein. Sie sehnte sich danach, Kinder zu haben. Annis hatte noch eines bekommen, die kleine Felicity. Sie hatte jetzt vier Kinder und Tamar noch kein einziges. Sie liebte Annis' Kinder und versuchte möglichst viel Zeit mit ihnen zu verbringen.

Aber die Teilnahme am Leben einer anderen Frau konnte Tamar auf Dauer nicht genügen.

Sie wollte so glauben wie die Puritaner; sie hatte genug von ihrer Rastlosigkeit; sie sehnte sich danach, bekehrt zu werden, damit das, was auf Erden geschah, seine Bedeutung für sie verlor, da sie auf ein glückliches Leben nach dem Tode hoffen durfte.

Sie vertraute sich Humility an, und er fiel auf die Knie, um Gott zu danken.

Tamars Bekehrung verlief enthusiastischer als bei allen anderen, denn was sie in Angriff nahm, tat sie aus ganzem Herzen. Richard beobachtete sie amüsiert und etwas besorgt. Er sagte ihr, sie nähme diese Religion nur, da sie mit ihrem jetzigen Leben nicht zufrieden sei, und nicht, weil sie tatsächlich daran glaube. Aber sie wandte sich von Richard ab, um sich Humility Brown zuzuwenden.

Sie hörte auf ihn, wie es alle seine Jünger taten; er war ihr geistiger Führer. Seine Stimme hatte eine ganz besondere Macht und übte einen eigentümlichen Reiz auf Tamar aus. Sie erkannte seine Güte.

»Oh, Humility«, rief sie, »ich weiß, mein irdisches Leben zählt nicht viel. Es ist das Leben nach dem Tode, auf das wir uns vorbereiten müssen.«

Er umarmte sie, und sie knieten nieder zum gemeinsamen Gebet. Das Wunder war geschehen: Tamar war bekehrt.

»Tamar.« Er hatte aufgehört, sie Tochter zu nennen. »Es ist für mich die größte Freude, die der Herr mir machen konnte, daß Ihr zur Wahrheit gefunden habt. Ihr habt nun Frieden gefunden. Das ist gut so. Aber ich hatte eine Offenbarung, die Euch betrifft. Ihr seid unausgefüllt. Ihr müßtet die Mutter vieler Kinder sein. Ihr seid frei von den Fesseln des Satans. Gott ist gut. Er ist allmächtig. Mit seiner Hilfe habe ich Euch aus den Händen des Teufels gerissen. Ich könnte Euch zur Zufriedenheit führen. Diese Zufriedenheit könnt Ihr nur erreichen, wenn ihr Eure eigenen Wünsche und Ziele aufgebt und Euch ganz in den Dienst Gottes stellt. Ich will Euch dabei helfen. Gebt mir Eure Hand, und ich zeige Euch den Weg.«

Sie legte ihre Hand auf die seine.

»Tamar, ich habe niemals fleischlichen Gelüsten nachgegeben, und ich werde es auch niemals tun. Aber mir hat sich ein neues Leben offenbart. In dem neuen Land, in das ich zu gehen hoffe, werden wir Kinder brauchen, gute, starke, edle, puritanische Kinder, die das Werk, das wir beginnen, fortsetzen. Jede Frau muß das ihre dazu beitragen; sie muß versuchen, so fruchtbar wie möglich zu sein. Jeder Mann muß das gleiche tun. Wenn ein guter Mann und eine gute Frau im Bund der Ehe zusammenkommen, muß es dabei keine Wollust geben.«

Sie zog sich von ihm zurück. »Was schlagt Ihr vor?«

»Daß wir heiraten und im heiligen Ehebündnis Kinder haben, zur Ehre Gottes und unseres Glaubens.«

Das Blut schoß ihr ins Gesicht. Dieser Vorschlag schockierte sie, und doch bedeutete er die Lösung ihrer Probleme. Sie sehnte sich nach Kindern. Wenn sie Humility Browns Kinder zur Welt brächte, würde sie dazu beitragen, das Gelobte Land zu bevölkern, in das sie eines Tages fahren würden.

Endlich würde es einen Sinn in ihrem Leben geben. Vielleicht war Humility Brown aus diesem Grund nach Plytnouth gesandt worden; vielleicht hatte sie ihm aus diesem Grunde das Leben gerettet. In diesem Moment schien ihr alles so richtig, so einfach und natürlich.

»Ich werde Euch heiraten«, antwortete sie.

Später dachte sie darüber nach, was sie wohl alles durchmachen müßte, bevor sie endlich mit ihren eigenen Kindern in einem fremden Land lebte, und sie fürchtete sich.

Einmal träumte sie, daß ihre Bettvorhänge von Bartle zur Seite gezogen wurden. Er sagte: »Wie kannst du diesen Puritaner heiraten wollen? Ich lasse das nicht zu!« Und im Traum spürte sie, wie seine Hände sie liebkosten.

Dann sprang sie aus dem Bett und betete inbrünstig um die Reinwaschung ihres Körpers und die Rettung ihrer Seele.

Die merkwürdigen Träume kehrten immer wieder. Es waren Träume voller Wut und Leidenschaft.

Was habe ich getan? fragte sie sich. Wie kann ich Humility Brown heiraten?

Richard war gegen die Hochzeit, was er ihr auch

sagte. Es sei, als wolle man einen Paradiesvogel mit einer Krähe paaren.

»Du hast dich mit deiner typischen ungestümen Art in diese Sache hineingestürzt. Ich kenne dich gut-besser als du dich selbst kennst. Du warst niedergeschlagen – nicht ganz bei dir –, und du warst auf der Suche nach einem neuen Lebenssinn. All das Gerede über Virginia hat deine Fantasie angeregt. Ich wünschte ...«

»Ja?« fragte sie.

»Ach, nichts.«

»Sag es mir, ich will es wissen.«

»Oh, es ist dumm von uns, Pläne für andere zu machen.

Ich wünschte mir, ich hätte, wie es mein Recht als Vater gewesen wäre, darauf bestanden, daß du Bartle heiratest. Er wäre dann nicht fortgegangen und ...«

Er hielt inne, denn sie schlug die Hände vors Gesicht und weinte bitterlich.

»O Tamar, mein Liebes ....

»Ich kann es einfach nicht ertragen, wenn du sagst, ich sei schuld an seinem Tod.«

»Natürlich war es nicht deine Schuld. Wenn du ihn nicht heiraten wolltest, dann hattest du auch das Recht, es nicht zu tun. Was ist nur mit dir geschehen, Tamar? Du hast dich so verändert.«

»Ich weiß nicht, was mit mir geschehen ist«, antwortete sie.

»Ich bitte dich, mein Liebling, denke noch einmal

über diese Heirat nach. Laß uns eine Reise machen. Wir fahren die Themse hinauf nach London. Oder sollen wir zu Pferd losziehen?«

Sie schüttelte den Kopf. »Ich habe mich entschieden. Wir wollen Kinder, Humility und ich. Und Richard, wenn wir nach Virginia reisen, mußt du mit uns kommen. Ich könnte es nicht ertragen, wenn du hier bliebest.«

Ihre Augen glänzten plötzlich. »Du bist reich. Du könntest eine derartige Expedition bezahlen. Richard, könntest du dich nicht von diesem Leben trennen, das dich ja doch nicht ganz zufriedenstellt? Du könntest ein ganz neues Leben anfangen.«

»Aus heiterem Himmel stellst du mich vor solche Entscheidungen.«

»Es wäre wundervoll!« rief sie begeistert. »Wir würden alle zusammen aus dem Sund hinaussegeln, mit unseren Vorräten und allen Dingen, die wir für unser neues Leben brauchen. Es kann kein aufregenderes, wundervolleres Abenteuer geben, als fortzusegeln ins Unbekannte.«

Richard ließ sie weiterreden, aber er war weiterhin besorgt. Ein Mädchen sollte besser an ihr gemeinsames Leben mit ihrem Mann denken als an ein Leben in einer neuen Umgebung. Es war etwas geschehen, das Tamar verändert hatte. Könnte es sein, daß sie Bartle geliebt hatte? Es schien ihm, als wolle sie sich berauschen, um ihr Unglück zu ertränken. War ihre Hoffnung auf eigene Kinder und auf ein neues Leben in Virginia ihr Rauschmittel, mit dem sie vergessen wollte?

Als ihr Hochzeitstag immer näher rückte, änderte sich ihre Stimmung. Sie ritt mit wehenden Haaren hinaus ins Moor, und Richard kam es vor, als sei sie beinahe wie früher. Er wäre nicht überrascht gewesen, wenn sie die Hochzeit im letzten Moment abgesagt hätte. Sie hätte es beinahe getan, als Humility seinen Wunsch vorbrachte, mit ihr nach der Heirat in einen der Schuppen zu ziehen, der später in einen Kotten umgebaut werden könnte. Da funkelten ihre Augen! Das sei Wahnsinn, beharrte sie. Sie wollte weiterhin im Haupthaus wohnen. Wenn er schon jeden Pfennig sparen wolle, so solle er nicht unnütz Geld für ein eigenes Zuhause verschwenden. Es sah ja fast so aus, als hätte er Virginia vergessen.

Verletzt durch ihren veränderten Ton, sagte Humility: »Tamar, ein Mann und seine Frau sollten sich zusammen ein Zuhause aufbauen, mag es auch noch so primitiv sein. Ich wünsche nicht, daß wir nach unserer Heirat weiterhin unter Eures Vaters Dach leben.«

»Da kommt wieder einmal Euer Stolz zum Ausdruck. Ihr werdet Euch mit diesen Verhältnissen abfinden müssen.

Denkt daran, daß wir dieses Land sobald wie möglich verlassen wollen. Wir wollten doch heiraten, damit unsere Kinder das neue Land bevölkern können.«

»Ja, so ist es.«

Lachend sagte sie: »Ich kann Euch versichern, daß man in einem komfortablen Haus genauso leicht Kinder bekommen kann wie in einem zugigen Kotten.«

Humility wurde bleich vor Schreck. Er sah, daß sie noch vom Teufel beeinflußt und noch nicht vollständig bekehrt war. Er begriff, daß er sein Leben lang an ihrer Bekehrung arbeiten müßte.

Er mußte sich fügen. Ihr Zimmer war groß genug für sie beide. Er würde ihr großes, bequemes Bett teilen, bis sie sicher sein konnten, daß ein Kind käme. Dann könnte er in seine Mansarde zurückgehen.

Er verstand nicht, was in ihr vorging. Die freizügige Art, mit der sie über Vorgänge sprach, über die sich unverheiratete Paare nicht unterhalten sollten, bereitete ihm Sorge.

Aber bis zur Hochzeit mußte er ihr ihren Willen lassen, danach, so hoffte er, könnte er sie mit Gottes Hilfe beherrschen.

Es blieb ihm also nichts anderes übrig, als in diese unnatürliche Regelung einzuwilligen. Nun, in gewisser Weise hatte sie sogar recht. Bald würden sie nach Virginia reisen.

Je näher der Hochzeitstag rückte, desto mehr fürchtete sich Tamar. Sie hatte immer noch den Gedanken im Hinterkopf, daß Bartle wieder auftauchen könnte, daß er durch ein Wunder mit dem Leben davongekommen war. Seine blauen Augen würden blitzen. Wieder würde er sich eine Erpressung ausdenken, um sie zu zwingen, nicht Humility, sondern ihn zu heiraten.

Aber nichts geschah, als der Hochzeitstag kam, und sie heiratete Humility Brown. Nun lag sie im Bett hinter ihren Bettvorhängen und wartete, wie sie damals auf Bartle gewartet hatte.

Sie konnte den Atem eines Mannes hören – aber es war nicht Bartle, es war ihr Ehemann, Humility Brown.

Die Vorhänge wurden zur Seite gezogen, wie sie in jenen anderen Nächten zur Seite gezogen worden waren. Sie konnte nur seine Umrisse neben dem Bett erkennen – es war nicht der kräftige Körper, den sie zuvor gesehen hatte, sondern der schwächliche, dünne Körper ihres Mannes.

Wie sehr unterschied sich doch diese Nacht von jenen anderen Nächten! Humility kam nicht voller Begehren zu ihr; er flüsterte nicht mit jener leidenschaftlichen Stimme; er streichelte ihren Körper nicht mit drängenden Händen. Er kniete sich am Bett nieder und betete.

»Oh, himmlischer Vater. Ich knie heute nacht an dieser Bettstelle, weil ich glaube, es ist dein Wille. Ich bitte dich, segne diese Frau und mache sie fruchtbar; denn aus diesem Grunde bin ich hier in dieser Nacht, o Herr, nicht, um meine Fleischeslust zu befriedigen, sondern, um Kinder zu zeugen, wie du es befiehlst. Du weißt, wie ich mit mir gerungen habe...«

Tamar konnte nicht länger hinhören, Wie durfte

er es wagen, sie ›diese Frau‹ zu nennen? Er war nicht zu ihr gekommen, weil er sie liebte, sondern weil er Kinder haben wollte, die das Gelobte Land bevölkern sollten. Aber die Sehnsucht nach einem anderen Mann, der Schmerz um das Versäumte, betäubte ihren Zorn, als Humility sich erhob und zu ihr kam.

Einen Monat nach ihrer Hochzeit wußte Tamar, daß sie ein Kind erwartete. Ihre Niedergeschlagenheit war wie weggeblasen; sie freute sich, geheiratet zu haben. Dieses neue Abenteuer war den Preis wert, den sie gezahlt hatte.

Sofort sagte sie es ihrem Mann, der sogleich niederkniete und Gott dankte. Als er sich jedoch wieder erhob, schien es ihr, daß er nicht so dankbar war, wie es zuerst ausgesehen hatte. Den Grund dafür konnte sie sich denken. Obwohl Humility sich für so weise und abgeklärt hielt, waren seine Gedanken ein offenes Buch für sie.

Da sie ein Kind erwartete, war der Zweck ihrer nächtlichen Umarmungen erfüllt. Bis zur Geburt des Kindes durften sie nun nicht mehr stattfinden. Wie könnte es anders sein, hatte er doch immer erklärt, er umarme sie nur aus diesem einen Grund.

»Gott hat unsere Gebete erhört«, sagte er.

»Dann kannst du ja ruhigen Gewissens in deine Mansarde zurückkehren«, antwortete sie boshaft. »Das wäre wohl das beste und klügste. Es wäre schließlich ein großes Unglück, wenn du nach all deinen Entsagungen plötzlich doch deiner Fleischeslust nachgäbest. Das könnte leicht geschehen, wenn du weiterhin in meinem Bett schläfst.«

Sie wußte, daß er an ihr verzweifelte. Er warf ihr vor, nicht sittsam zu sein und einfach zu sagen, was ihr in den Sinn kam, ohne darüber nachzudenken. Er hoffte, daß sie eines Tages von puritanischen Frauen lernen würde, ihre Gedanken zu verstecken, sogar vor sich selbst.

Sie lächelte. Der letzte Monat hatte nicht gerade zur Rettung ihrer Seele beigetragen, wie sie fürchtete. Als sie versprach, ihn zu heiraten, war sie der Rettung sehr nahe gewesen, aber jetzt entfernte sie sich wieder davon.

Als er in seine Mansarde zurückging, war sie erleichtert; sie war wieder Herrin in ihrem eigenen Reich. Sie trug sein Kind in ihrem Körper, und das war alles, was sie von ihm wollte.

Oft rief sie Annis zu sich oder ging zu ihrem Kotten. Sie saßen über ihre Näharbeiten gebeugt und sprachen unablässig von dem Kind. Tamar lernte sogar, stolz auf ihre Arbeit zu sein, was sie selbst erstaunte, denn niemals zuvor hatte sie Spaß an Handarbeiten gehabt. Sie träumte von ihrem Baby, und sie glaubte, daß sie noch nie so glücklich war. Sie dachte nicht mehr an die Reise nach Virginia, sie dachte nur noch an das Kind.

Wie langsam die Monate vergingen! Jetzt war es Frühling, und das Kind würde erst im Dezember auf die Welt kommen. An einem Sommertag, als sie mit ihrer Näharbeit im Garten saßen, sagte Annis: »Es ist wie ein Wunder für mich, daß Ihr und Humility jetzt verheiratet seid. Wir dachten immer, Ihr würdet eine großartige Partie machen. Einen von den Adligen hier nehmen. Und dann habt Ihr einen Puritaner geheiratet. Es hat natürlich niemals einen edieren Gentleman als ihn gegeben; und ich habe auch schon zu John gesagt, daß eine Frau in einer solchen Ehe glücklich sei, aber ... «

»Aber?« verlangte Tamar zu wissen. Als Annis rot wurde, antwortete Tamar mit einem regelrechten Ausbruch: »Eine Frau sollte in einer solchen Ehe glücklich sein, aber ich bin keine gewöhnliche Frau, stimmt's, Annis? Nein, das bin ich nicht! Sieh nicht gleich so erschrocken aus. Wir wissen es doch beide. Oh, Annis, manchmal denke ich, daß ich mit dem Reich der Dunkelheit durch seidene Fäden verbunden bin, die so dünn sind, daß niemand sie sehen kann. Nur ich allein weiß, daß sie da sind.«

»Dann seid Ihr also nicht bekehrt, Mistreß?«

»Nein, Annis.«

»Oh, es ist ja so furchtbar schwer, Euch zu bekehren! Der Teufel hält die Seinen fest. Aber Ihr seid nicht schlecht. Ihr seid eine Hexe. Aber nicht alle Hexen sind schlecht. Wie können sie schlecht sein, wenn sie anderen Menschen helfen?«

»Du bist ein lieber Mensch, Armis.

»Mein einziger Wunsch ist, Euch zeit meines Lebens zu dienen, Mistreß.«

»Du bist auch meine Freundin, Annis.«

Annis rückte näher an Tamar heran. »Ich dachte gerade an die Zeit, als Ihr beinahe Bartle Cavill geheiratet hättet. Lieber Gott! Dann wärt Ihr jetzt Lady Cavill, in Kleidern aus Samt und Seide.«

»Ja, Annis.

Annis fiel ein, daß es Sünde war, über solch weltliche Freuden zu reden. »Ich fürchte, ich bin eine Sünderin. Ich werde nie eine gute Puritanerin. Ich bin eitel, und die weltlichen Reichtümer gefallen mir nur zu gut. Es ist ein furchtbar harter Kampf für mich, die goldenen Stufen zum Himmelreich zu erklimmen.«

»Du wirst diese Stufen schon erklimmen, das verspreche ich dir«, meinte Tamar. »Deine kleinen Sünden spielen dabei sicher keine Rolle.«

»Das könnt Ihr nicht in Ordnung bringen. Dort oben hat der Teufel nichts zu sagen.«

Tamar lachte. »All dieses Gerede über das Himmelreich langweilt mich. Ich will hier unten glücklich sein. o Annis, wie wird mein Baby wohl aussehen? Ist es ein Mädchen oder ein Junge? Ich hoffe, es wird ein Mädchen, denn ein Junge wäre vielleicht wie ..., ein Mädchen vielleicht wie ich. Wie wunderbar, eine Miniaturausgabe von mir selbst zu sehen, eine andere Tamar, aber mit einem Puritaner anstelle des Teufels als Vater.« Sie lachte so laut, daß Annis Angst bekam.

Das Kind wurde an einem verschneiten Dezembertag geboren. Annis stand Tamar bei, denn sie war während der letzten Jahre eine gute Hebamme geworden. Richard hatte vor, den besten Arzt von ganz Plymouth kommen zu lassen, aber Tamar wollte lieber Annis bei sich haben.

Es wurde ein Junge. Tamar fühlte sich wie im siebten Himmel, denn sie hatte kaum Schmerzen gehabt. Sie hielt das Baby in den Armen und glaubte, all ihre Sorgen seien vorbei. Sie hatte endlich ihr Glück gefunden. Der Junge hatte dunkle Augen und dichtes dunkles Haar. Sie lachte vor Freude bei seinem Anblick.

Annis sagte: »Mistreß. Ihr seid hoffentlich nicht enttäuscht, daß es ein solch niedlicher Junge geworden ist? Ihr wolltet ja immer ein Mädchen.«

»Ich soll ein Mädchen gewollt haben? Blödsinn! Ich wollte nichts anderes als diesen süßen Jungen.«

Sie vergötterte ihren Sohn. Er schlief in einem Körbchen neben ihrem Bett, und sie sorgte ganz allein für ihn. Sie wickelte ihn nicht, denn sie erinnerte sich, daß auch sie nicht gewickelt worden war.

Annis schüttelte ihren Kopf. Es war falsch. Er würde sich den Tod holen.

»Er wird sich nicht den Tod holen, ich halte ihn schon warm. Ich will, daß er genauso frei aufwächst und genauso schön wird wie seine Mutter.«

»Aber Mistreß!« rief Annis verzweifelt.

»Ich weiß selbst am besten, was für mein Kind gut ist.«

So ließ Tamar ihren Sohn auf ihre Weise aufwachsen, und er gedieh prächtig. Doch als er getauft werden sollte, gab es einen heftigen Streit zwischen seinen Eltern.

»Wir werden ihn Humility nennen«, sagte sein Vater.

»Dieser Name wird ihn immer daran erinnern, daß er sein Leben in Demut verbringt.«

»Ich will ihn auf keinen Fall Humility nennen«, antwortete Tamar.

»Warum nicht, Frau?«

»Ich habe vor, ihn Richard zu nennen, nach meinem Vater.«

»Vielleicht erlaube ich es dir, unserem nächsten Jungen diesen Namen zu geben, aber nur in Verbindung mit einem passenderen Beinamen.«

»Was?« schrie sie. »Restraint? Charity? Virtue? Ich hasse deine puritanischen Namen.«

»Magst du denn diese Charaktereigenschaften nicht?«

»Ich will meinen Kindern nicht den Stempel aufdrücken: ›Ich bin barmherzig und tugendhaft‹, ›ich bin demütig und bescheiden‹. In Taten und nicht in Worten sollten diese Tugenden zum Ausdruck kommen.«

Sie konnte sehen, wie er krampfhaft versuchte, seinen Zorn zu unterdrücken.

»Wir werden ihn Humility nennen. Meine Liebe, es ist die höchste Tugend einer Ehefrau, ihrem Mann zu gehorchen.«

»Ich bin keine gewöhnliche Ehefrau und möchte von dir nicht als solche bezeichnet werden. Dies ist mein Kind, und ich bestimme, wie es heißen wird.«

»Ich bedaure, daß ich in diesem Punkt nicht nachgeben kann. Wenn du mich in aller Demut gebeten hättest, hätte ich dir vielleicht gestattet, ihn mit zweitem Namen Richard zu nennen. Aber da du dich so gegen mich auflehnst und da du solche gedankenlosen Reden führst, bleibt mir nichts anderes übrig, als dir zu verbieten, ihm diesen Namen zu geben.

Ich muß…«

»Wag es nicht, mir eine Predigt zu halten! Wenn du das versuchst, wirst du in Zukunft immer in deiner Mansarde bleiben, und es gibt keine weiteren Kinder. Das wäre doch ein Jammer, da ich mir noch mehr Kinder wünsche.«

»Ich verstehe dich nicht, Tamar.«

»Nein, mich verstehst du wohl nicht. Aber es reicht, wenn du eines verstehst: Dieses Kind wird Richard heißen.«

»Ein solch unangemessenes Betragen kann ich bei meiner Frau nicht billigen«, erwiderte er. Aber als er sie ansah, redete er nicht weiter.

Sie war wunderschön mit ihrem langen, schwarzen Haar, das auf den Kissen lag, und ihren großen, glänzenden Augen. Das tief ausgeschnittene Nachthemd gab den Blick auf ihren Brustansatz frei.

Der kleine Dick war drei Jahre alt und Rowan soebendgeboren, als die indianische Prinzessin nach

Plymouth kam. Tamar ließ Rowan in Annis' Obhut und nahm Dick mit zum Hafen, um die Ankunft der Schiffe zu beobachten. Der dunkeläugige, lebhafte kleine Junge war ganz Tamars Kind. Es machte ihr große Freude, ihn aufwachsen zu sehen; so mußte auch sie in seinem Alter gewesen sein. All das Schlimme, was ihr in ihrer Kindheit widerfahren war, wollte sie ihm ersparen. Von seinem Vater schien er kaum etwas zu haben. Er versuchte seinen Vater nach Möglichkeit zu meiden. Er hatte Angst vor diesem blassen Mann mit dem ernsten Gesicht, der fast jeden Satz mit »Du sollst nicht...« begann.

Er liebte das Meer und wurde nie müde, es zu betrachten und den Geschichten zu lauschen, die seine Mutter über die Spanier erzählte.

Sie hatte ihn heute mitgenommen, ohne zu ahnen, daß eine so romantische Persönlichkeit an Bord war. Da war sie – eine dunkeläugige, wunderschöne junge Frau, eine Prinzessin aus dem Gelobten Land, mit glattem, schwarzem Haar und fremdartigen Kleidern. Außerdem hatte sie ihr Gefolge mitgebracht – Indianer in farbenprächtigen Gewändern.

Die Prinzessin Pocahontas wurde aber nun Rebekka genannt, weil sie den christlichen Glauben angenommen hatte und mit einem Engländer verheiratet war. Als sich die Zuschauer von ihrer Überraschung erholt hatten, hießen sie sie herzlich willkommen, denn sie kannten ihre romantische Geschichte: Kapitän John Smith war vor etwa einem Jahr nach Plymouth gekommen und durch den Westen des Landes gereist, um Menschen dafür zu gewinnen, ihn in die Neue Welt zu begleiten. Er wetterte gegen jene, die dorthin gingen, um Gold zu suchen. Es gab dort, so betonte er, mehr zu gewinnen: Handel für England; die Urbarmachung der Wildnis; ein Königreich. Er war in Virginia schlecht behandelt worden und wollte nun ein neues Territorium erforschen, das er Neuengland getauft hatte. Dort gab es so viele Fische im Meer wie nirgendwo sonst auf der Welt. Ein Kap hieß sogar Kap Cod (Schelffisch), weil man noch nie so viele Fische wie dort gesehen hatte. Mais konnte man dort anbauen und Vieh züchten. Er warb Leute an, die mit ihm nach Neuengland aufbrechen wollten.

Richard hatte ihn in Pennicomquick empfangen, und Kapitän Smith hatte viel über die Neue Welt erzählt. Obwohl Humility immer davon geträumt hatte, nach Virginia zu gehen, hielt er Neuengland langsam auch für geeignet. Die Monate, in denen Smith seine Reisevorbereitungen traf, verliefen sehr aufregend.

Aber Richard war gegen die Reise. Immer wieder warnte er sie davor, ein bequemes Leben gegen ein hartes, ungewisses Schicksal einzutauschen. Es konnte vielleicht Hungersnöte geben. Hatte Tamar daran gedacht? Würde sie es ertragen, ihren kleinen Dick vor Hunger weinen zu sehen? Sollten doch jene gehen, für die das Leben in England unerträglich war – sie hatten nichts zu verlieren. Aber die anderen sollten es sich gut überlegen, ob sie wirklich dazu bereit waren, ihr angenehmes Leben aufzugeben.

Humility wollte unbedingt reisen, denn er sah es als ein Zeichen Gottes an, daß Kapitän Smith nach Plymouth gekommen war.

Tamar konnte nicht anders, als sich gegen ihren Ehemann aufzulehnen. Sie sagte: »Denkst du nicht immer, wenn etwas geschieht, das du gerne möchtest, es sei ein Zeichen Gottes? Du hast ständig von Virginia gesprochen. Ich dachte immer, das sei das richtige. In Neuengland dagegen gibt es nichts als jungfräuliche Erde. Sollen wir unsere Kinder dorthin bringen, wo sie möglicherweise verhungern? Du kannst ja gehen, aber allein.«

Die Entscheidung wurde ihnen abgenommen. Eines der Schiffe, das auf der Suche nach Gold in die Neue Welt gesegelt war, kam leer zurück und brachte die Kunde von großer Not. Das Interesse an der Reise schwand. Tamar wurde wieder schwanger. Und als Smith mit seinen beiden Schiffen und allen Männern, die er anheuern konnte, lossegelte, war die Familie aus Pennicomquick nicht dabei.

Aber Smith hatte in Plymouth die romantische Geschichte von Pocahontas verbreitet, und als Tamar mit ihrem kleinen Sohn, der vor ihr im Sattel saß, nach Pennicomquick zurückritt, erzählte sie ihm davon.

»Kapitän Smith war in ein fernes Land gereist, mein Sohn. Bei ihm waren viele Männer, die sich dieses Land untertan machen wollten. Aber es gab bereits Menschen in diesem Land, solche Menschen, wie du sie heute gesehen hast, und sie wollten nicht, daß man ihnen das Land wegnahm. Und eines Tages wurde Kapitän Smith von den Indianern gefangen, und sie wollten ihn töten. Da trat die Prinzessin, die du heute gesehen hast, vor und warf sich, als sie ihn ermorden wollten, auf ihn, so daß sie mit ihren Schlägen aufhören mußten. Dann bat sie ihren Vater, den König, sein Leben zu schonen. Und er tat es. In ihrem Land ist sie deshalb als das kleine Mädchen bekannt – denn sie war damals erst zwölf Jahre alt –, das einen Engländer gerettet hat und das eine Freundin der Engländer war. So, mein kleiner Dick, nun wirst du deinen Enkelkindern erzählen können, wen du an diesem Tag gesehen hast. Wie ist ihr Name? Erinnerst du dich?«

»Pocahontas«, sagte Dick mit strahlenden Augen. Er war ganz aufgeregt, weil er so viel Neues gesehen hatte. Eines Tages würde er selbst einer dieser Abenteurer sein.

Er hatte wirklich nichts von seinem Vater, und sie war sehr froh darüber.

Die Ankunft der Prinzessin brachte Aufregung mit sich.

Mit glitzernden Augen erklärte Humility, daß dies ein weiteres Zeichen Gottes sei. Die Beziehungen zwischen den Indianern und den weißen Siedlern waren so gut, daß eine indianische Prinzessin einen weißen Mann heiratete, den christlichen Glauben annahm und ohne Angst das Land des weißen Mannes besuchte. Von den Indianern konnte also keine Gefahr ausgehen.

Humility konnte es kaum erwarten loszusegeln. Als Grund gab er an, daß er nicht länger in einem Land leben wolle, in dem es unter Strafe stand, Gott in der einzig wahren und richtigen Weise zu dienen. Aber Tamar fragte sich, ob dies wohl der einzige Grund sei. Humility war nicht damit zufrieden, wie sie wohnten. Ein Mann, der so stolz war wie er, mußte sich in einer solchen Situation gekränkt fühlen. Kein Wunder, daß er fort wollte.

»Ich werde Richard niemals verlassen«, erklärte Tamar. »Wir müssen nur etwas warten, dann wird er schon mit uns kommen. Für eine solche Entscheidung braucht er viel Zeit. Wenn er mit uns käme, könnten wir auch viel bequemer reisen. Er ist ein reicher Mann, und er könnte sein Geld dazu benutzen, uns ein gut ausgerüstetes Schiff zu beschaffen. Außerdem brauchen wir eine Rücklage, um uns ein neues Leben in einem fremden Land aufzubauen. Glaub mir, wenn die Zeit reif ist, wird Richard schon mit uns kommen.«

Richard sprach sich weiterhin dagegen aus, ein Leben in Wohlstand für eine ungewisse Zukunft aufzugeben. War es denn richtig, so fragte er, Frauen und Kinder in dieses wilde Land mitzunehmen?

»Gott wird auf sie achten«, sagte Humility.

»Spanier, Piraten oder Indianer könnten vor Gott dasein«, warf Tamar schnippisch ein.

Humility betete leise, und Tamar fragte sich einmal mehr: Warum habe ich diesen Mann geheiratet? Wenn ich ihn liebte, wie könnte es mir dann so viel Spaß machen, ihn zu verletzen? Und doch... seit ich ihm einst das Leben rettete, habe ich ihn nie aus den Augen verloren. Mit einem anderen wäre ich auch nicht glücklicher.

»Ich dachte, du wolltest genauso gern fort wie ich«, meinte Humility. »Du redest von Risiken. Hier riskieren wir unser Leben. Wir wissen nicht, wann man uns ins Gefängnis wirft, um uns dort verhungern zu lassen. Ständig brechen wir die Gesetze dieses Landes. Es brauchte nur ein Spitzel unter uns zu sein, schon wäre das Unglück da. In dem fernen Land gibt es vielleicht andere Gefahren, aber wir könnten erhobenen Hauptes herumgehen und müßten uns nicht fürchten.«

Das überzeugte Tamar. »Das ist richtig. Richard, die Freiheit bedeutet eine ganze Menge, selbst wenn sie andere Gefahren mit sich bringt.«

Aber Richard ließ sich nicht so leicht überzeugen. »Denkt doch nach. Wir müßten mein Land verkaufen, ein Schiff ausrüsten und unser gesamtes Vermögen in dieses neue Land mitnehmen. Zuerst müssen wir die gefährliche Überfahrt durchstehen. Wir müßten uns Stürmen und Unwettern aussetzen. Noch schlimmer ist, daß es auf dem Ozean, den wir überqueren müssen, von Piraten aller Nationalitäten nur so wimmelt. Ein Schiff wie das unsere, mit Geld und Waren an Bord, wäre eine leichte Beute. Ein schrecklicher Tod erwartete uns dann, der schrecklichste Tod, vielleicht sogar etwas Schlimmeres als der Tod. Spanier könnten uns vor die Inquisition bringen, Türken könnten uns zu Sklaven machen. Humility würde zwar sagen, daß auch das Gottes Wille sei. Aber ich möchte nicht, daß mir, Tamar oder den Kindern so etwas zustößt. Dick ist drei Jahre alt und Rowan noch ein Baby. Laßt sie ein wenig älter werden. Laßt uns mehr von diesem Lande kennenlernen, bevor wir das Schlimme, das wir hier erlebt haben, gegen Widrigkeiten eintauschen, die wir uns kaum ausmalen können.«

»Stellt euch doch vor«, sagte Tamar, »wenn du ein Schiff ausrüsten würdest, könnten wir schon morgen mit den Vorbereitungen beginnen!«

»Gerade deshalb ist es mir äußerst wichtig, diese Angelegenheit noch einmal gründlich zu überdenken. Es ist immer sicherer, zuerst einmal abzuwarten.«

So warteten sie, und ihr ereignisloses Leben ging weiter.

Sie hörten, daß die kleine Prinzessin in Gravesend gestorben war, kurz vor ihrer Rückkehr in ihr Heimatland. Sie hatte das feuchte Klima in England nicht vertragen.

Richard sagte, daß er recht hatte, als er ihnen von ihrem Vorhaben abriet.

»Das Klima dort könnte auf uns dieselbe Wirkung haben.

Männer und Frauen sind wie Pflanzen. Es ist nicht gut für sie, wenn man sie entwurzelt.«

Dann merkte Tamar, daß sie wieder ein Kind erwartete, und sie verlor jegliches Interesse an der Reise.

Loreas Geburt kostete Tamar beinahe das Leben. Tagelang lag sie halb bewußtlos im Bett, und in den folgenden Wochen war sie matt und teilnahmslos.

Sie hörte Stimmen um sich herum, ohne auf die Worte zu achten. Annis' Stimme war tränenerstickt, Richards war ernst und voller Traurigkeit, Humilitys traurig, aber gefaßt. Dick und Rowan, die fünf und drei Jahre alt waren, klangen ängstlich und verwirrt.

Sie war noch nie so lange untätig gewesen und hatte erstmals Zeit zum Nachdenken. Sie mußte sich eingestehen, daß sie unglücklich verheiratet war. Wie hatte sie nur glauben können, ein einfaches Leben als unterwürfige, fromme Puritanerehefrau an Humilitys Seite würde sie glücklich machen? Oft tat er ihr leid, weil sie ihn geheiratet hatte, und sie bemühte sich, ihre Abneigung gegen ihn zu unterdrücken.

Sie hatten nun drei Kinder. Humility brauchte sicher zwölf, bis er seine Ehe gerechtfertigt empfand. Neun weitere Torturen so wie die letzte, die sie gerade durchgemacht hatte. Sie seufzte. Nun, es war ihre Pflicht, und sie war bereit, sie zu erfüllen.

Dick und Rowan mit ihren rosigen Wangen, klaren, schwarzen Augen und dem dunklen Haar kamen ganz auf sie heraus, waren lebhafte, wilde Kinder. Sie sann über ihr jüngstes Kind, die kleine Lorea nach. Sie war klein und schwächlich, nicht wie ihre Geschwister, die seit ihrer Geburt von jedermann bewundert wurden. Leute wie Annis und Mistreß Alton behaupteten sogar, daß ihre Mutter ihre teuflische Macht dazu benutzt habe, ihre Kinder stärker, klüger und schöner als gewöhnliche Kinder zu machen.

Als sie sich Wochen später von ihrem Krankenbett erhob, sah sie im Spiegel, wie blaß und dünn sie geworden war. Oft saß sie allein in ihrem Zimmer, in Gedanken versunken. Humility freute sich darüber. Er war in ihr Zimmer zurückgekehrt, weil es Zeit war, ein weiteres Kind zu zeugen.

Tamar erinnerte sich noch genau an die Qualen der Geburt, aber sie fügte sich.

Humility kniete nieder, um Gott zu danken.

»Ich danke dir, o Herr, daß du dieser Frau doch noch den rechten Weg gezeigt hast...«

Dick und Rowan waren durch ihre Veränderung ganz verwirrt. Sie war zu müde, um mit ihnen wie sonst zu spielen. Sie mußten sich damit abfinden, daß sie ihre kluge, fröhliche und aufregende Mutter verloren hatten. An ihre Stelle war eine stille Fremde getreten.

Die kleine Lorea war ein kränkliches Kind. Ihr armes, leidendes Gesichtchen sah aus ihrem Windelpaket hervor. Sie lächelte nie und schrie auch kaum.

Humility seufzte, wenn er sie ansah, und murmelte: »Wenn dies Gottes Wille ist, müssen wir uns damit abfinden.«

Er blickte mit strengen Augen auf seine beiden älteren Kinder. Schlagen konnte er sie nicht, aber er fand andere Züchtigungsmethoden. Dick wurde für seine Sünden oft in einen dunklen Schrank gesperrt, denn Humility hatte herausgefunden, daß der Junge nichts mehr fürchtete, als allein in der Dunkelheit zu sein. Rowan, die immer hungrig war, wurde ohne Essen ins Bett geschickt.

Der ganze Haushalt hatte sich verändert.

Der Teufel ist in Ketten, dachte Humility.

Es wurde Sommer, und Tamar saß an den langen, heißen Tagen im Garten. Sie bekam wieder frischere Farben, und sie erfreute sich am Geruch der sonnengetrockneten Erde und am Duft der Blumen. Der Geruch der Erde rief ihr immer Bartle ins Gedächtnis. Sie erinnerte sich gut an den Tag, als Bartle sie überrascht und niedergezwungen hatte – seit dieser Zeit erregte sie der Geruch der Erde. Und nach diesen Tagen im Garten verhielt sie sich Humility gegenüber wieder ablehnend. Sie konnte nichts dafür, daß sie von einem feurigen Liebhaber träumte, der zu ihr kam, weil er sie begehrte, und nicht, um Kinder zu zeugen. Dann kam der Tag, an dem Dick und Rowan fortliefen.

Sie waren am Morgen dabei erwischt worden, wie sie beim Gebet gelacht hatten. Ihr Vater ließ sie rufen und das Vaterunser sprechen. Humility glaubte wie viele andere, daß es eine Sünde sei, das Vaterunser nicht richtig aufsagen zu können. Nur ein unreiner Mund brachte es nicht fertig, die frommen Worte korrekt zu artikulieren. Als die beiden Fehler machten, sprach Humility von den Höllenqualen, die sie deswegen zu erwarten hätten. Dick müßte in ewiger Finsternis sein und würde nichts sehen können als die Augen der Teufel, die ihm mit glühenden Zangen das Fleisch von den Knochen rissen, während er für alle Zeiten brennen müßte. Rowan, die so furchtbar gierig war, müßte vor einem Tisch sitzen, auf dem all ihre Lieblingsspeisen stünden, und jedesmal, wenn sie die Hand danach ausstreckte, würden sie ihr weggenommen. Sie hätte ständig Hunger, würde aber nicht verhungern, denn auch sie müßte in alle Ewigkeit im Fegefeuer brennen.

Der Gedanke an das Fegefeuer machte den Kindern keine allzu große Angst, denn sie hatten sich noch nie verbrannt. Aber Dick grauste davor, mit bösen Teufeln in einem dunklen Schrank eingesperrt zu sein. Rowan, die praktischer dachte als ihr Bruder, konnte sich nichts Schlimmeres vorstellen, als hungrig zu sein.

Vor Loreas Geburt wären sie wohl zu ihrer Mutter gegangen, um bei ihr Trost zu suchen, aber mit der raschen Auffassungsgabe von Kindern wußten sie, daß ihre Mutter sich geändert hatte und daß ihr Vater nun über ihr Leben bestimmte.

Die Hölle und all die angekündigten Bestrafungen ihres himmlischen Vaters lagen noch in weiter Ferne. Aber die Strafen ihres irdischen Vaters würden nicht lange auf sich warten lassen. Dick wollte nicht im Dunkeln eingesperrt werden; und wenn Rowan das Essen verweigert wurde, so konnte sie genausogut draußen im Wald Hunger haben. Dort gab es wenigstens Beeren und Nüsse, die man essen konnte.

Deshalb liefen sie fort.

Tamar war mit Annis zusammen, als sie davon hörte. Sie hatte bei dem Körbchen gestanden, in dem ihr jüngstes Kind lag. Jeden Tag war der Schatten des Todes deutlicher im Gesicht des Kindes zu sehen. Sie fragte sich, wie viele Wochen diesem Kind noch blieben.

Annis sah von ihrer Stickerei auf, und ihre Augen verrieten ihre plötzliche Angst.

»Was beschäftigt dich, Annis?« fragte Tamar.

Annis sagte zögernd: »Ich dachte, Mistreß, Ihr seid doch wieder mit dem Teufel verbunden. Ihr könnt doch einen Zauber anwenden. Das Kind kann dann vielleicht gerettet werden.«

Tamars Augen blitzten auf, aber genau in dem Moment kam Moll Swann ins Zimmer und meldete, daß die Kinder fort seien. Sie hatte schon überall vergeblich nach ihnen gesucht.

In diesem Moment streifte Tamar die Teilnahmslosigkeit der letzten Monate ab wie ein altes Kleid.

»Laßt alle suchen«, befahl sie. »Wir müssen sie ganz schnell finden.«

»Wo wollt Ihr hin, Mistreß?« frage Annis.

»Ich werde sie finden. Laß mein Pferd satteln.«

Wie in alten Tagen war sie in wenigen Minuten auf und davon. Unzählige Gedanken schossen ihr durch den Kopf, als sie mit wehenden Haaren dahinritt. Ihre Kinder waren völlig verängstigt, weil sie, die Mutter, sich nicht mehr um alles kümmerte; und sie konnten das Leben in Pennicomquick, das Humility Brown ihnen aufzwang, nicht ertragen. Das verstand sie, und sie fühlte sich schuldig.

Sie ritt schnell wie der Wind, direkt zu der Stelle, wo die Kinder waren. Einige würden sagen, daß Hexerei dabei im Spiel war. Sie fragte sich, ob das stimmte. Oder lag es daran, daß sie selbst so viele Male mit ihnen dorthin gegangen war? Es war eine grasbewachsene Stelle oben auf den Klippen. Von hier aus konnte man auf den Ärmelkanal blicken. Hier hatte sie ihnen Geschichten über das Meer erzählt; es waren die Geschichten, die sie einst von Bartle gehört hatte. Als sie sie kommen sahen, mit fliegenden Haaren und rosigen Wangen, jubelten sie vor Freude und liefen ihr entgegen.

Dick rief: »Sie kommt! Sie kommt!«

Tamar drückte sie eng an sich, und sie wußten, daß ihre Mutter wieder so wie früher war.

Sie waren selig, daß Tamar sie endlich gefunden hatte. Die dunkle Nacht wäre genauso furchterregend gewesen wie der dunkle Schrank, und der Hunger wäre im Freien so schlimm gewesen wie zu Hause.

Sie setzte die beiden auf ihr Pferd und brachte sie langsam nach Hause. Der Weg kam ihnen nicht lang vor, denn sie waren froh, wieder zusammenzusein.

Die Kinder hatten ihre Angst verloren, denn ihre wahre Mutter, die sie vor ihrem puritanischen Vater beschützte, war zurückgekehrt.

Alle waren in Unruhe, als sie ankamen. Als Richard das Trio auf den Hof kommen sah, wußte er, was geschehen war. Tamars Gesundheit war wiederhergestellt und damit auch die wahre Tamar. Nur, weil ihre Gesundheit nach Loreas Geburt so angegriffen war, hatte sie sich so unterwürfig verhalten. Er sah, wie die Heimkehrer mit Humility zusammentrafen.

Humility hatte sich Sorgen gemacht. Richard wußte, daß er seine Kinder gern hatte. Vielleicht war er auch stolz auf Ihr gutes Aussehen und ihre gute Gesundheit. Aber gerade, weil er stolz auf sie war, hielt er es für seine Pflicht, so streng zu ihnen zu sein. Aber nun mußte er sich mit ihrer Mutter auseinandersetzen, die wie eine Löwin mit ihren Jungen vor ihm stand.

»Der Herr sei gepriesen!« rief Humility. »Die Kinder sind in Sicherheit.«

Tamar antwortete nicht. Sie hob die Kinder herunter und ließ ihr Pferd von Ned Swann versorgen.

»Dick und Rowan«, sagte Humility, »ich sehe, ihr schämt euch für das, was ihr getan habt. Das ist gut. Aber glaubt bloß nicht, daß ihr ungestraft davonkommt.«

Tamar sagte: »Sie sind oft genug bestraft worden,

und ab jetzt wird es keine weiteren Strafen mehr geben.«

Er warf einen kritischen Blick auf ihr zerzaustes Haar und ihr erhitztes Gesicht. »Frau, du hast sie heimgebracht. Nun überlaß sie mir.«

»Im Gegenteil, du wirst sie mir von nun an überlassen.«

Sie spürte, wie sich die Kinder an sie klammerten.

»Annis!« rief sie. »Annis, bring Essen für die Kinder, schnell.«

Die umstehenden Diener tauschten vielsagende Blicke aus. Moll flüsterte Jane zu: »Die Mistreß ist zurück!« Mistreß Alton sah Tamar angstvoll an und begann ein Vaterunser zu murmeln; Tamar mußte innerlich lachen. Sie hatten wohl alle gedacht, der Teufel sei in Ketten, aber jetzt hatte er sich befreit.

Nun, zumindest Dick und Rowan waren glücklich.

»Kommt, meine beiden Lieblinge«, sagte sie, »und versprecht mir, daß ihr eure Mutter nie wieder allein laßt, denn sie wird euch auch nie wieder allein lassen.«

Und sie hielten ihre Hände fest umklammert, als sie an ihrem Vater vorbeigingen, aber sie konnten es sich nicht verkneifen, Humility noch ein paar triumphierende Blicke zuzuwerfen.

Tamar ließ die beiden in ihrem Zimmer essen. Sie erzählten, welch fürchterliche Angst sie ausgestanden hatten und wie sie hofften, daß niemand anders als ihre Mutter sie finden würde.

Dann ging Tamar zu dem Körbchen, in dem das Baby lag. Als sie neben Annis stand und auf ihr kränkliches Baby hinuntersah, kamen ihr wilde Gedanken in den Sinn, und sie spürte plötzlich wieder ihre alten Kräfte. Sie wußte, sie konnte dieses Kind dem Tod entreißen.

Sie nahm Lorea auf den Arm. »Annis, bring mir warmes Wasser, schnell! Verlier keine Zeit!«

Annis murmelte ängstlich: »Was wollt Ihr tun, Mistreß?«

»Tu, was ich dir gesagt habe!«

Als Annis zurückkam, hatte Tamar das feste Windelpaket des Babys aufgeschnitten, dessen arme verkrümmte Beinchen verdreckt und vom Schmutz vieler Monate entzündet waren.

Arms kreischte auf, und die Kinder hörten auf zu essen. »Mistreß, Ihr bringt sie ins Grab!«

»Im Gegenteil, ich werde sie davor bewahren.«

Vorsichtig wusch sie das Baby. Annis gab ihr alles, was sie brauchte, und Tamar murmelte merkwürdige Worte vor sich hin, während sie die Haut des Kindes, die aussah wie verdorbener Käse, wusch und abtrocknete. Dann wickelte sie es in eine Decke, wiegte es in ihren Armen und summte leise vor sich hin. Später schwor Annis, daß sich genau von jenem Moment an die Gesichtsfarbe des Babys geändert hatte.

Dann stillte sie das Kind. Es trank ein wenig Milch und konnte alles bei sich behalten. Die ganze Nacht über behielt Tamar ihre Kinder bei sich – das Baby war an ihrer Brust, die beiden anderen lagen neben ihr.

Humility kam herein, aber sie schickte ihn fort. Er wagte keinen Protest. Annis lag am Fußende des Bettes. Wie ihre Herrin fand auch sie in dieser Nacht keinen Schlaf. Immer wenn das Kind erwachte, wurde es von Tamar gestillt. Arms war sicher, daß sie es hier mit Zauberei zu tun hatte. Später sagte sie zu John: »Es war Hexerei, das ist sicher, aber es war gute Hexerei.«

»Nee«, antwortete John, »es war Teufelswerk, denn Gott wollte dieses Kind zu sich nehmen, und sie hat es gerettet. Wie könnte das denn gut sein?«

Aber Annis glaubte, der liebe Gott werde schon nicht zu streng mit einer Frau sein, die ihr Kind durch Hexerei gerettet hatte, obwohl er beschlossen hatte, daß es sterben sollte.

Der folgende Tag war warm und sonnig. Tamar nahm das Kind mit in den Garten und legte es in den Schatten. Mistreß Alton, die mit Jane und Moll durchs Fenster zusah, war sicher, daß dies Hexerei war. Eine Woche, nachdem Dick und Rowan fortgelaufen waren, strampelte die kleine Lorea mit ihren nackten Beinchen in der Sonne – sie war zwar immer noch schwächlich, aber sie befand sich auf dem Wege der Besserung.

Tamar triumphierte. Ihr kleines Mädchen war gerettet. Sie selbst hatte dieses Wunder vollbracht, und sie fühlte ihre alte Macht wieder in sich.

Richard sah neue Schwierigkeiten nahen und sprach darüber mit Humility.

»Ihr müßt auf der Hut sein. So wie die Dinge liegen, scheinen schärfere Gesetze auf uns zuzukommen, und Menschen wie Ihr werden wieder stärker verfolgt.«

Humility gab seine übliche Antwort auf derlei Warnungen: »Was uns auch zustoßen mag, es geschieht nach dem Willen Gottes.«

Die meisten Puritaner wohnten auch dem Gottesdienst der Staatskirche bei. Dadurch wollten sie es vermeiden, verdächtigt zu werden. Aber Humility weigerte sich zu gehen. Bisher war ja nichts geschehen, niemand hatte ihn angezeigt. Aber Richard betonte, daß sich dies ganz schnell ändern könnte.

»Was geschieht, wenn man Euch ins Gefängnis sperrt? Ihr kämt bestimmt nicht so leicht davon wie John Tyler. Wir sind hier in einer glücklichen Lage, ich weiß. Das Gesetz wird in diesem Teil des Landes nicht so streng angewendet. Aber, Humility, wenn Ihr festgenommen werdet, dann bezweifle ich, daß Ihr je wieder freikommt.« Humility wollte etwas sagen, aber Richard unterbrach ihn ungeduldig. »Ich weiß schon, was Ihr sagen wollt. ›Es ist Gottes Wille!‹ Aber was ist mit Eurer Familie? Was wird aus Tamar und den Kindern?«

»Sie werden hier alle gut versorgt. Wie Ihr wißt, habe ich meine Familie noch nie selbst ernährt. Ich hatte vor, dies zu tun, aber Tamar ist zu stolz. Das Leben, das ich ihr hätte bieten können, war ihr nicht gut genug. Sie hat sich geweigert, ihre Annehmlichkeiten aufzugeben und ihre Pflichten zu tun.«

»Vielleicht hat sie dabei nur an die Annehmlichkeiten ihrer Kinder gedacht«, antwortete Richard kalt. »Und es scheint mir, daß Euer Stolz ebenso groß ist wie Tamars.«

Humility war erstaunt. Richard mußte lächeln. Es versetzte ihn in Erstaunen, daß ein gebildeter Mann wie Humility so blind sein konnte, wenn es um seinen eigenen Charakter ging, und so zufrieden in den engen puritanischen Grenzen leben konnte, die er sich selbst gesetzt hatte.

»Ich, ich soll stolz sein? Der Stolz ist eine der sieben Todsünden. Wenn ich denken müßte, daß ich mich dieser Sünde schuldig gemacht habe ...«

»Ich weiß«, sagte Richard, »dann würdet Ihr fasten und beten. Aber es kann sein, daß ein Mann, der sich seiner großen Güte bewußt ist, die wenigen guten Seiten der anderen nicht zu schätzen weiß. Laßt uns nicht weiter darüber sprechen. Ich wünschte nur, Ihr wäret vorsichtiger, denn vor uns liegen schwierige Zeiten.«

Aber was konnte es schon nützen, mit Humility zu reden? Er faltete nur seine Hände zum Gebet und machte weiter wie bisher. Er riskierte es, ins Gefängnis zu kommen und sogar getötet zu werden.

Richard hatte recht. Der König hielt nicht viel von den Puritanern. Und ihm gefiel es nicht, wie die Engländer den Sonntag begingen. Er wollte zwar, daß sie den Gottesdienst besuchten, aber es gab keinen Grund, trübsinnig zu sein. Es war den Untertanen verboten, Trübsal zu blasen.

Im ganzen Land wurde eine Verordnung verlesen.

Seine Majestät wünschte nicht, daß sein Volk durch irgendwelche Glaubensgrundsätze von harmlosen Vergnügungen, wie Tanzen, Bockspringen oder Bogenschießen, abgehalten würde. Man sollte Moriskentänze tanzen und Maibäume errichten. Diese Vergnügungen waren gesetzlich erlaubt.

Die Verordnung besagte noch etwas anderes: Einige Leute sollten von der sonntäglichen Kurzweil ausgeschlossen sein – jene, die nicht oder nur teilweise am Gottesdienst der offiziellen Kirche teilnahmen. Die Namen derjenigen Männer und Frauen, die dies nicht taten, sollten laut von der Kanzel verlesen werden.

Richard sagte zu Humility: »Denkt an meine Worte. Dies ist der Beginn neuer Verfolgungen.«

Im Osten, wo die Bewegung der Sektierer am stärksten vertreten war, waren die Verfolgungen schon an der Tagesordnung. In London, wo es einige tapfere Separatisten wagten, auf der Straße zu predigen, gab es blutige Krawalle. In Devon war es ein wenig ruhiger, aber Richard schien es, als ob die Gerüchte, die er hörte, einen nahenden Sturm auch für diesen Landesteil ankündigten.

Eines Tages segelten zwei Schiffe in den Sund von Plymouth. Ihre Ankunft weckte neue Hoffnungen bei den Puritanern, die sich heimlich um Humility Brown scharten.

Es handelte sich um die *Mayflower*, ein Schiff von etwa hundertachtzig Tonnen, und die kleinere *Speedwell*.

Dies bedeutete ein großes Ereignis für die Stadt Plymouth; aber niemand war so freudig erregt wie Humility Brown und William Spears, denn an Bord dieser Schiffe befanden sich Männer, die sie von früher kannten, Männer aus ihrer Heimat.

An diesem Tag war Humility so aufgeregt wie selten. Wo diese Männer hingingen, dahin würde er ihnen folgen. Er war sich sicher, es war Gottes Wille, daß er zurückblieb, um möglichst viele Seelen zu retten und sie in das Gelobte Land zu führen.

Miles Standish, sein alter Freund, war hocherfreut, ihn wiederzusehen. Sie führten lange Gespräche, und Standish erklärte Humility, was sie mitnehmen müßten, um im Gelobten Land zu überleben. Humility hörte gespannt zu und machte sich viele Notizen. Es tat ihm sehr leid, nicht mit ihm gehen zu können.

Er sagte zu Standish: »Ich tue unrecht. Ich bin schlecht. Es ist nicht an mir, mich gegen das Schicksal aufzulehnen, das Gott für mich bestimmt hat. Ich bin noch nicht soweit.«

»Humility, mein Freund, es ist schon richtig, daß Gott nicht will, daß du jetzt schon mit uns kommst. Der Kapitän der *Speedwell* hält seine Schaluppe für nicht seetüchtig. Wir hätten dich, deine Familie und deine Freunde gern mitgenommen, aber da die *Mayflower* nun allein segelt, sind wir verpflichtet, die Passagiere an Bord zu nehmen, die der Mut noch nicht verlassen hat. Die ganze Ladung muß jetzt auf einem Schiff untergebracht werden statt auf zweien, wie geplant. Deine Zeit wird schon noch kommen, daran habe ich keinen Zweifel.«

Es war ein bewegender Augenblick, als das Schiff ganz allein ins Ungewisse fortsegelte. Eine Menschenmenge drängte sich am Kai, als die *Mayflower* mit den Männern und Frauen ablegte, die ihrem Heimatland ein letztes Lebewohl sagten, um ein neues Leben aufzubauen, ein neues Land zu finden, in dem sie Gott in Frieden dienen konnten.

Nachdem die Pilgerväter Plymouth verlassen hatten, vergingen die nächsten Jahre ohne nennenswerte Ereignisse. Ein neuer König hatte den Thron bestiegen – König Karl –, aber auch unter seiner Regierung nahm die Verfolgung kein Ende. Humility hoffte weiter, den Pilgervätern eines nicht allzu fernen Tages zu folgen. Tamar fühlte sich zwischen ihm und Richard hin- und hergerissen. Erst nach einer Reihe von Widrigkeiten änderte Richard endlich seine Meinung.

Das erste Unglück betraf die Puritaner. Es war bemerkt worden, daß einige von ihnen den Sonntagsgottesdienst nicht besuchten und sich nicht an den sonntäglichen Vergnügungen beteiligten. Ihre Kleidung war für die damalige Mode zu dunkel; kurz, sie führten ein puritanisches Leben und brachen damit das Gesetz des Landes.

Josiah Hough hatte herausgefunden, daß den Puritanern bei ihrem nächsten Treffen am Donnerstag abend um acht Uhr eine Falle gestellt werden sollte. Augenblicklich informierte er Richard, der keine Zeit verlor, Humility zu unterrichten.

»Ich bitte Euch, am Donnerstag nicht dorthin zu gehen«, sagte er. »Ihr müßt Euren Freunden befehlen, zu Hause zu bleiben.«

»Dies ist der schützende Arm Gottes«, antwortete Humility. »Er will nicht, daß wir im Gefängnis verhungern. Er hat andere Pläne mit uns. Mittlerweile bin ich wirklich davon überzeugt, er will, daß wir in die Neue Welt segeln, wenn die Zeit reif ist.«

An diesem Donnerstag gab es also keine Zusammenkunft in der Scheune. Diejenigen, die den Ort in der Hoffnung, viele Puritaner zu verhaften, umzingelt hatten, waren so wütend, daß sie die Scheune niederbrannten.

»Dieses Mal seid ihr davongekommen«, sagte Richard. »Faßt das als Warnung auf, und seid in Zukunft doppelt vorsichtig.«

Einige Monate gingen dahin, und die Puritaner schienen in Vergessenheit geraten zu sein, denn eine neue Hexenjagd hatte begonnen.

In Devon wurde Jane Swann zuerst davon betroffen.

Jane war ein hübsches Mädchen mit goldenem Haar und blauen Augen. Ned Swann und seine Frau hatten zu den ersten gehört, die zum puritanischen Glauben übergetreten waren, und erzogen ihre Töchter von klein auf in dieser Religion. Moll war einfältig, aber Jane war klug und so hübsch, daß so mancher junge Mann aus der Nachbarschaft sich in sie verliebte.

Eines Nachmittags, als sie in einem einsamen Waldstück, das an die Farm der Hurlys grenzte, Holz sammelte, sprach sie ein reicher Kaufmann aus Plymouth an. Er war ein bedeutender Mann, ein eifriger Kirchenbesucher, der als besonders fromm galt. Da sie nur Gutes über ihn gehört hatte, fürchtete sie sich nicht vor ihm, bis er plötzlich eine Bemerkung machte, die sie in Angst und Schrecken versetzte. Sie wollte fortlaufen, aber er hielt sie fest. Sie drohte, ihn anzuzeigen, wenn er sie anrühre. Er lachte nur darüber.

»Denkst du etwa, jemand wurde auch nur ein Wort von dem glauben, was eine wie du gegen mich sagt?« fragte er.

Die arme Jane war vor Angst wie von Sinnen. Es wurde ihr blitzschnell klar, daß er sie vergewaltigen würde. Entjungfert, besudelt und für immer verdammt, müßte sie alles vor der Puritanergemeinde gestehen. Einem Mädchen mit ihrer Erziehung kam der Tod als besseres Los vor. Eine solche Schande wollte sie nicht überleben. Sie wehrte sich mit aller Kraft gegen diesen Mann, als er ihr die Kleider vom Leibe riß und sie zu Boden zwang.

Er beschimpfte sie, aber sie schrie nur noch lauter. Daraufhin brachte er sie mit einem Schlag, der ihr beinahe das Bewußtsein raubte, zum Schweigen, und fiel weiter über sie her.

Er hatte wohl vergessen, daß das Waldstück so nah an einer Farm lag. Plötzlich hörte er Schritte im Unterholz, und vor ihm standen Peter Hurly und sein jüngerer Bruder George.

Der hochangesehene Bürger war in flagranti erwischt worden; wütend und beschämt stand er auf und rannte davon.

Das halb bewußtlose Mädchen blieb auf dem Boden liegen.

Die Jungen halfen Jane auf, und da sie nicht gehen konnte, trugen sie sie zurück nach Pennicomquick.

Tamar war über den Vorfall entsetzt.

»Bringt sie in mein Zimmer«, befahl sie. »Das arme Kind! Ich werde mich um sie kümmern. Jeder soll erfahren, wer das getan hat. Er muß dafür bestraft werden. Er wird von dem hohen Sockel, den er sich errichtet hat, herunterstürzen.«

Liebevoll umhegte sie das arme, verstörte Mädchen, und die ganze Zeit dachte sie: Dies hätte auch mir passieren können.

Sie erzählte sofort überall herum, was Jane zugestoßen war, und sie nannte auch den Namen des Schuldigen. »Wem soll man denn jetzt bloß noch trauen?« fragte sich jeder.

Mistreß Alton gab dem Mädchen die Schuld. Schließlich konnte nur demjenigen etwas Böses zustoßen, der es auch verdiente. Aber Tamar wachte über Jane wie ein Engel mit einem flammenden Schwert.

Es war wohltuend zu erfahren, daß Janes Peiniger jetzt in der Stadt gemieden wurde. Er wurde nicht länger als ein respektabler Kaufmann angesehen, und sein Reichtum würde bald dahin sein, denn die Leute wollten keinen Handel mit jemandem treiben, der sie über seinen wahren Charakter so getäuscht hatte.

Die arme Jane erholte sich langsam bei Tamars guter Pflege. Tamar überzeugte sie davon, daß das, was ihr zugestoßen war, nicht an ihr gelegen hatte. »Was dir passiert ist, hätte in der Tat jeder von uns passieren können!« sagte sie mit blitzenden Augen.

Sogar Humility räumte ein, daß Jane keine Schuld an dem Unglück trug, das ihr widerfahren war. Er betete lange mit ihr für die Reinwaschung ihrer Seele, obwohl er glaubte, sie könne nur durch ein Leben voll äußerster Frömmigkeit vor den Augen Jesu rein werden.

Eines Tages ging Jane aus und kam nicht wieder zurück.

Sie wurde bereits am frühen Nachmittag vermißt. Als sie am Abend noch nicht zurück war, flüsterte Mistreß Alton Janes Schwester Moll zu: »Verlaß dich drauf, ich hatte recht. Wenn so etwas einem Mädchen zustößt, steckt mehr dahinter, als man mit bloßem Auge sehen kann. Oh, sie sind ja alle so unschuldig, wenn sie erwischt werden. Es war eine Vergewaltigung, natürlich. Es war immer eine Vergewaltigung! Denk an meine Worte, meine kleine Molly, deine Schwester war ausgegangen, um diesen Mann zu treffen, und sie war willig, bis die

Hurlys sie überrascht haben. Und mich würde es überhaupt nicht wundern, wenn sie jetzt zusammen losgegangen sind, um irgendwo ungestört zu sündigen.«

Tamar ging in die Küche. »Ist Jane zurück?«

Mistreß Alton lächelte geheimnisvoll. »Sie wird wohl schon ein gutes Stück weit fort sein. Vielleicht haben sie schon die Tamar überquert. Oder sie sind über den Plym-Fluß geritten. Aber fortgegangen sind sie. Und Ihr könnt sicher sein, daß sie zusammen gegangen sind.«

Tamar sah der Frau ins Gesicht. »Ich sage Euch, daß das nicht wahr ist. Ich habe noch nie ein so verzweifeltes Mädchen wie Jane gesehen, als die Jungs sie hierherbrachten.«

»Verzweifelt! O ja, sie sind alle verzweifelt, wenn sie erwischt werden. Und in dem Moment erwischt zu werden...«

»Wie könnt Ihr es wagen, sie zu beschuldigen? Ich habe mich lange mit ihr unterhalten. Ich kann mich nicht irren.«

»Ihr geht zu freundlich mit diesem Mädchen um. Es soll gezwungen worden sein! Niemand hat jemals versucht, mich zu so etwas zu zwingen.«

»Das überrascht mich keineswegs!« sagte Tamar und verließ die Küche.

Tamar fand in dieser Nacht keinen Schlaf. Sie war überzeugt, daß Jane irgend etwas Furchtbares zugestoßen war. Sie glaubte, ihre geheimen Kräfte hätten ihr das offenbart.

Humility, der ihr Bett teilte, da er auf ein viertes Kind hoffte, bat sie, sich auszuruhen; aber sie konnte nicht. Unruhig schritt sie im Zimmer auf und ab.

In der Morgendämmerung zog sie sich an und ging nach draußen. So kam es, daß Tamar Jane zurück ins Haus brachte.

Jane hatte mit dem Mädchen, das gestern das Haus verlassen hatte, kaum noch Ähnlichkeit. Ihr Gesicht war rot und angeschwollen – voller Blasen und verbrannt. Ihr Mieder war heruntergerissen worden. Auf ihrem Rücken und auf ihrer Brust waren feuerrote, aufgeplatzte Striemen. Ihr ganzer Rücken war mit Brandwunden bedeckt, die man ihr mit einem Feuereisen zugefügt haben mochte. Tamar konnte gar nicht glauben, daß es wirklich Jane war, bis das Mädchen anfing zu sprechen.

Krank vor Arger und Wut trug Tamar das Mädchen zurück ins Haus, denn Jane stand kurz davor zusammenzubrechen. Bis auf eine Viertelmeile war sie ans Haus herangekommen, weiter konnte sie sich nicht mehr schleppen.

Tamars Augen blitzten vor Wut. Sie wußte, daß man sich auf grausame Weise an dem unschuldigen Mädchen gerächt hatte.

Jane kam wieder zu Bewußtsein und stöhnte vor Schmerzen. Ihr blondes, einst so wunderschönes Haar war auf einer Seite ihres Kopfes weggebrannt worden. Sie murmelte: »Sie zwangen mich zu sagen... Sie zwangen mich zu sagen...« Und wieder wurde sie ohnmächtig.

Tamar brachte Jane in ihr Zimmer, weckte Humility und bat ihn, das Bett freizumachen, auf das sie das leidende Mädchen legte.

Humility starrte Jane an. »Was ist mit ihr geschehen?«

»Sie haben sie gequält. Oh, um Gottes willen, fang jetzt bitte nicht an zu beten. Hoi Richard und Arms. Sag ihr, sie soll warmes Wasser und etwas Wein bringen. Schnell, schnell. Es ist jetzt keine Zeit für Gebete. Wir müssen handeln.«

Jane stöhnte leise vor Schmerzen.

»Oh, liebe Jane«, flüsterte Tamar mit Tränen in den Augen. »Ich werde dich retten. Ich werde deine Schmerzen lindern.«

Richard kam herein und starrte auf das Mädchen. »Guter Gott!« rief er. »Was haben sie mit ihr gemacht? Ich schicke sofort jemanden, um einen Arzt zu holen.«

»Ich habe die richtigen Salben, um diese Verbrennungen zu heilen«, antwortete Tamar. »Sie sind mindestens so gut wie die des Arztes. Wo ist Annis? Oh, Annis, Wasser, warmes Wasser und meine Schachtel mit den Salben.«

»Ich lasse sofort einen Arzt kommen«, sagte Richard, aber Tamar legte die Hand auf seinen Arm.

»Wir wissen noch nicht, was all das zu bedeuten hat. Sie murmelte etwas, als ich sie hereintrug, etwas von einer Hexe. Wenn es möglich ist, dann laß niemanden wissen, daß sie hier ist. Ich kann mehr für sie tun als irgendein Arzt.«

Annis kam mit vor Angst geweiteten Augen herein und brachte warmes Wasser und die Salben.

Jane stöhnte leise, als die Wunden ausgewaschen wurden und Tamar die Salben auftrug. Sie führten Wein an ihre Lippen, und Annis mußte Leinen in Streifen reißen, damit Tamar die Wunden verbinden konnte.

Tamar und Arms wachten bei Jane, denn Tamar wollte niemanden außer Annis bei sich haben. Annis glaubte fest daran, daß sie das Mädchen retten würde, und das tat ihr gut. Andere waren sich dessen vielleicht nicht so sicher; und dieser Unglaube, dachte Tamar, würde ihren Erfolg mögilcherweise zunichte machen. Sie fühlte, daß eine zuversichtliche Atmosphäre sowie ihre Kräuter und Salben, zusammen mit einigen magischen Worten, die Heilung des Mädchens ermöglichten.

Kurz nachdem Jane gefunden worden war, wurden überall Gerüchte über sie verbreitet. Jane war eine Hexe. Sie hatte es selbst zugegeben. Der respektable Kaufmann, der über den Verlust seines guten Rufes und seiner Stellung verzweifelt war, hatte mit der Hilfe von ein paar Freunden das Mädchen entführt und ausgefragt. Sie wurde ein oder zwei anerkannten Prüfungen unterzogen, und nach einer Weile brach sie zusammen und gestand ›die Wahrheit‹.

Diesem Geständnis nach war der Kaufmann an dem besagten Tag überhaupt nicht im Wald gewesen. Seine Frau bestätigte dies. Und es gab andere, die bereit waren, es zu bezeugen. Es wurde erzählt, es sei eine Angewohnheit von Jane, häufig in den Wald zu gehen, um sich dort äußerst lasterhaft zu gebärden, zusammen mit ihrem Artgenossen – einem Teufel. Dieser Teufel war manchmal unsichtbar, aber wie alle Teufel konnte er jede erdenkliche Gestalt annehmen. Eine Frau schwor, daß sie, als sie vor einiger Zeit durch den Wald gegangen war, ein Mädchen gesehen hätte, das sich mit nacktem Unterkörper äußerst lasterhaft bewegt hätte. Das sei bestimmt Jane Swann gewesen, die in diesem Moment geschlechtlichen Verkehr mit einer unsichtbaren Kreatur gehabt hatte. Die Frau hatte zugeschaut, und nach einer Weile hatte sie eine Rauchgestalt über dem Mädchen gesehen, die in den Himmel aufgestiegen war. Danach wäre das Mädchen aufgestanden, hätte sich wieder angezogen und wäre davongegangen. Bei jenem unglückseligen Zwischenfall hatten die beiden Jungen dasselbe gesehen wie die Frau, und das Mädchen bat ihren Artgenossen um Hilfe, als ihr klarwurde, daß sie sich nicht mehr verstecken konnte. Dieser nahm daraufhin die Gestalt des Kaufmanns an und verschwand, nachdem ihn die beiden Jungen erkannt hatten. Natürlich sah sie verstört aus. Natürlich gab es Wunden und Beulen. Hatte sie denn nicht etwa gestanden, eine Hexe zu sein? Nun, ihrem Geständnis nach war sie sogar auf einem Besenstiel durch die Lüfte gesaust. Viele konnten bezeugen, sie auf einem Besenstiel gesehen zu haben. So lauteten die Lügenmärchen, die überall verbreitet wurden und durch die die Ehre des Kaufmanns wiederhergestellt wurde.

Richard hatte Mistreß Alton bereits davor gewarnt, mit irgend jemandem über Janes Aufenthalt in Pennicomquick zu reden, da sie andernfalls augenblicklich das Haus verlassen müßte. So gelang es, die Anwesenheit Janes vor der gesamten Nachbarschaft – mit Ausnahme von Janes Eltern – geheimzuhalten.

Nachdem sie ein paar Wochen lang von Tamar gepflegt worden war, hatte sich Jane soweit von ihrem furchtbaren Schock erholt, daß sie die gräßlichen Geschehnisse jener Nacht erzählen konnte.

Ihre Feinde hatten gesehen, wie sie das Haus verließ, sie lauerten ihr auf und brachten sie in ein Haus in der Stadt. Dort mußte sie sich vor ein Feuer setzen; ihr Mieder wurde am Rücken aufgerissen. Man quälte sie so lange mit einem glühenden Eisen, bis sie bereit war, die Geschichte, die man ihr in den Mund legen wollte, zu gestehen.

Trotz der schrecklichen Qualen, die ihr zugefügt wurden, weigerte sich Jane zunächst zu gestehen. Erst als man ihr Gesicht immer dichter ans Feuer hielt, flehte sie um Gnade und gab nach. Ein Mann schrieb ihr Geständnis mit, das sie auf Befehl ihrer Peiniger wiederholte.

Dann verlor sie das Bewußtsein, und man ließ sie auf dem Boden liegen. Sie hatten beschlossen, Jane am nächsten Morgen auf die Landzunge zu bringen, wo alle Welt von ihrer Schlechtigkeit erfahren sollte, und sie dann aufzuhängen. Ihre Peiniger glaubten, daß sie bereits halbtot war, und trafen deshalb keinerlei Vorkehrungen gegen einen möglichen Fluchtversuch. Aber nach etwa einer Stunde hatte sich Janes junger Körper ein wenig erholt. Sie betete um Kraft. Da sie wußte, daß nichts so schrecklich sein konnte wie das Grauen, das sie am nächsten Tage erwartete, wenn sie hier bliebe, schaffte sie es, bis zur Tür zu kriechen. Zu ihrer Überraschung konnte sie diese einfach aufklinken. Sie ging unbehelligt hinaus, denn der Mann, der sie bewachen sollte, war schwer betrunken und schnarchte laut.

Sie brauchte viele Stunden, um sich zurück nach Pennicomquick zu schleppen; ihre Wunden brannten wie Feuer; und nur ihr Glaube an den göttlichen Beistand, um den sie gebetet hatte, half ihr, nicht das Bewußtsein zu verlieren.

Tamar dachte sofort an Rache. Sie wollte diesen bösartigen Mann seiner Sünden überführen. Richard stritt heftig mit ihr, und schließlich sah sie ein, daß ihr Eingreifen Janes Lage nur noch verschlimmern würde. Wenn es herauskäme, daß Jane in Sicherheit war, würde man das Mädchen aufhängen.

»O Tamar«, sagte er, »die Zeit, in der wir leben, ist gefährlich, grausam und gefährlich. Stell dir einmal diese Ungerechtigkeit vor! Ein armes, puritanisches Mädchen, das im Wald nach Holz sucht... und dann passiert ihm so etwas!« Plötzlich hielt er inne und starrte vor sich hin. »Deine Mutter – auch sie war eines Nachts im Wald. Sie wurde von einem Mann verführt, der nicht besser war als dieser Kaufmann. Und in dieser Nacht begann ihr Weg, der am Galgen enden sollte. Es steht mir also nicht zu, andere zu verurteilen.«

Tamar ging zu ihm und legte ihre Hand auf seine Schulter. »Du warst nicht so wie dieser Mann«, tröstete sie ihn. »Du warst zwar gedankenlos und unbedacht, aber er ist böse. Du darfst dich nicht mit ihm vergleichen. O Richard, wenn ich daran denke, was Jane passiert ist, dann möchte ich am liebsten fortgehen. Ich denke an die Männer und Frauen, die auf der Mayflower fortgesegelt sind. Welche Gefahren sie wohl durchmachen mußten? Spanier, Piraten, Gewalt... Aber Richard, wenn sie wirklich in das neue Land gekommen sind – in ein Land, in dem Jane so etwas nicht passieren würde –, dann hatten all ihre Plagen einen Sinn.«

»Ja, dann hätte sich die Anstrengung gelohnt.«

»Richard, auch du beginnst an Flucht zu denken. Ja, das sehe ich ganz deutlich. In ein Land, in dem Bethäuser nicht niedergebrannt werden und in dem man junge, unschuldige Mädchen nicht so brutal mißhandeln darf.«

Sie sprachen nicht weiter darüber, aber dieses tragische Ereignis führte dazu, daß Richard seine Meinung änderte.

Wieder redete man ständig über Hexen. Jemand sah die alte Sally Martin, wie sie sich ernsthaft mit ihrer Katze unterhielt. Ein anderer beobachtete, wie Maddy Barlow gerade ein Kaninchen säugte. Man sah Rauch aus Schornsteinen kommen, der die Form von Teufeln hatte. Keiner wagte es mehr, wilde Gräser oder Kräuter zu sammeln, die als Heilmittel bei allerlei Krankheiten bekannt waren. Wer dabei erwischt wurde, den klagte man der Hexerei an. Überall gab es Spitzel. Niemand war vor Verleumdungen sicher, weder Männer noch Frauen noch Kinder.

»Unzählige Hexen sind unter uns«, wurde geflüstert. »Wer weiß, wer diese Hexen sind? Kinder sind nicht sicher vor ihren eigenen Eltern und Eltern nicht vor ihren Kindern. Sogar Eheleute mögen den Teufel zwischen sich haben.«

Eines Tages besuchte Betsy Hurly ihre Tochter, mit der sie sich längst wieder ausgesöhnt hatte, und sah dabei Jane Swann in Tamars Zimmer am Fenster stehen. Listig sprach Betsy in Pennicomquick nicht von dem, was sie gesehen hatte, aber als sie das Haus verlassen hatte, verbreitete sie die Neuigkeit überall.

Das Gerücht breitete sich wie ein Lauffeuer aus. Jane Swann war in Richard Merrimans Haus. Sie war in dem Zimmer, das von Tamar Brown bewohnt wurde.

Betsy hörte gar nicht mehr auf, darüber zu reden. »Meine Liebe, sie kann es nicht verbergen, daß sie eine Hexe ist. Gräßlich sah sie aus. Ihr gelbes Haar unter einem Verband. Niemand sonst hat eine solche Haarfarbe wie Jane Swann. Da war sie am Fenster. Und ich sah sie, Tamar selbst, wie sie Kräuter sammelte, mit wildem Haar, wie es ihre Art ist. Sie murmelte merkwürdige Dinge vor sich hin, als sie die Teufelspflanzen pflückte.«

Alle dachten, daß etwas getan werden müßte. Und wieder, wie vor vielen Jahren, als Tamar vierzehn Jahre alt war, kam eine Gruppe von Menschen zu Richard Merrimans Haus, um eine Hexe zu holen. Und wieder sprach Richard zu ihnen; aber diesmal stand Humility Brown an seiner Seite.

»Gute Leute«, sagte Richard, »es stimmt, daß Jane Swann in diesem Hause ist. Wir haben sie gesundgepflegt. Ihr wißt, sie wurde im Wald überfallen, und ihr wißt auch, wer es war. Sie wurde dann entführt und aufs grausamste gequält. Wir versuchen, dieses arme Mädchen wieder gesund zumachen. Ich bitte euch, geht fort und laßt uns in Frieden.«

Ein Raunen ging durch die Menge.

»Wer sagt uns, daß er kein Hexer ist? Es gibt auch Hexen unter den Adligen ...«

»Wo ist die andere, die schwarzhaarige Hexe? Um die müssen wir uns kümmern ...«

Dann sprach Humility: »Ich sehe unter euch einige, die mit mir gebetet haben. Ich habe mit diesem armen Geschöpf gebetet, und ich glaube ihm. Ihr wißt, meine Freunde, wenn tatsächlich eine Hexe in diesem Hause wäre, dann wäre ich der erste, der das wüßte. Und ich kenne meine Pflicht, nach der ich euch diese Hexe auszuliefern hätte. Bezweifelt ihr im Ernst, daß ich meine Pflicht tun würde, wie schmerzlich das auch für mich sein würde?«

Nachdem es einen Augenblick lang still gewesen

war, ließ sich eine Stimme vernehmen: »Ihr seid verhext, Priester. Ihr habt eine Hexe geheiratet.«

Humilitys Augen blitzten vor Zorn: »Ihr solltet euch schämen, daß ihr danach lechzt, Gewalt zu sehen!« schrie er und zeigte auf den Mann, der gesprochen hatte. »Stellt euch selbst diese Frage: ›Bereitet uns der Anblick von Blut Vergnügen?‹ Wenn ihr in eure Herzen seht und diese Frage wahrheitsgemäß beantwortet, dann, Freunde, werdet ihr erkennen, daß eure Hoffnung auf Erlösung sehr gering ist. Ich bitte euch, mit mir zu beten, damit auch diese Sünde vergeben werde. Dieses Mädchen, Jane Swann, wurde von ihrem Vergewaltiger schlimm behandelt. Ich sah sie mit eigenen Augen, als die Jungen sie hierhierbrachten. Peter! George! Tretet vor und bezeugt, wie es war. Ihr habt das Mädchen gesehen, mißhandelt und verstört. Stimmt das etwa nicht?«

Die Jungen kamen nach vorne. Sie sagten: »Ja, Mr. Brown, wir haben sie gesehen.«

»Ich danke dir, George. Ich danke dir, Peter. Und diese guten Leute hier denken, daß ihr getäuscht wurdet. Aber ich habe es auch gesehen. Das vergessen sie. Der Teufel konnte euch vielleicht vortäuschen, daß Jane verletzt war, aber würde Gott es etwa erlauben, daß sein eigener Diener derart getäuscht würde? Wohl hat der Teufel Macht, aber er ist nur ein Mann in Ketten, verglichen mit der Stärke des allmächtigen Gottes. Wenn einer von euch denkt, daß etwas Böses in diesem Haus vor sich geht, dann nehmt mich mit, denn dann hätte ich euch getäuscht, Freunde. Nehmt mich und kreuzigt mich am nächsten Baum. Treibt Nägel in mein Fleisch, in meine Hände, durch meine Füße. Ruft: ›Kreuzigt ihn!‹ Gebt mir Essig zu trinken. Oh, meine Freunde, wäre ich doch eines solchen Todes würdig!«

Er fuhr damit fort, Beschwörungen in seine Rede einzuflechten, durch die die Menge ruhig wurde; einige weinten, während andere auf die Knie fielen. Und die Menschen, die eben noch den Tod eines Mädchens gefordert hatten, waren nun durch seine magischen Worte im Gebet vereint.

Aber damit war die Geschichte noch nicht beendet. Nachdem die Leute gemeinsam mit Humility gebetet hatten, gingen sie zwar still davon, aber sie fuhren fort, über die Hexen zu reden, die unter ihnen leben sollten.

Man erinnerte sich daran, daß Tamar ihr Baby gerettet hatte, als es schon fast im Grabe lag; es wurde sogar erzählt, daß Lorea bereits tot gewesen sei, als ihre Mutter sie rettete, indem sie die Seele des Kindes dem Teufel versprochen hätte. Sie dachten daran, wie Simon, der Hexenjäger, Tamar mitnehmen wollte und wie ihn Richard daran hinderte, indem er sagte, sie sei seine ›Tochter‹, und wie sie ihn verzaubert hatte, so wie sie alle Männer verzauberte, sogar Humility Brown. Sie war klüger als eine Hexe; sie war der Teufel selbst.

Sie hatte viele Menschen in ihre Hexerei verwickelt. Man brauchte nur an Annis zu denken: Sie hatte einen Kotten bekommen, und John Tyler hatte sie schließlich doch geheiratet, obwohl es schon etwas spät gewesen war. Richard Merriman war immer schon ein seltsamer Mann gewesen, und er wurde immer merkwürdiger. Sogar Mistreß Alton war eine von ihnen geworden. Hatte sie vielleicht irgend etwas darüber gesagt, daß Jane Swann, die Hexe, sich in ihrem Hause aufhielt? Sie wäre sonst die erste gewesen, die eine Hexe ausgeliefert hätte.

Eines Nachts versuchte man das Haus niederzubrennen. Aber das Feuer wurde schnell bemerkt und sofort gelöscht.

Richard machte sich danach große Sorgen. Erzog Erkundigungen ein und wollte ein Schiff chartern. Er sprach mit Humility über die Dinge, die nötig waren, um im Kielwasser der *Mayflower* fortzusegeln.

John Tyler wurde festgenommen und verhört, und alle Puritaner, die an Humilitys Zusammenkünften teilnahmen, waren in heller Aufregung. Sie hatten gehört, wie man Geständnisse erzwang. Sie hatten Angst, daß der sanftmütige John Tyler nicht fähig war, derartigen Verhören standzuhalten.

Humility schlug vor, sich selbst zu stellen. Aber Richard überzeugte ihn davon, daß das Wahnsinn sei. Sollte Humility zugeben, Zusammenkünfte abzuhalten, würde es zahllose Verhaftungen geben.

Richard ging selbst zur Obrigkeit in Plymouth, zu

einem Mann, der sein Freund war. Richard war ehrlich; denn er wußte, daß die Regierung ganz versessen darauf war, Leute in die Neue Welt zu schicken, um Kolonien unter englischer Flagge zu gründen. Auf dem Kontinent wurden Abtrünnige mit aller Härte bestraft; aber die englische Regierung wollte sie in erster Linie loswerden. Die Regierung war sogar bereit, jenen Abtrünnigen zu helfen, die das Land verlassen wollten. Deshalb gelang es Richard, John freizubekommen, als er erklärte, ein Schiff anheuern zu wollen, mit dem die gesamte puritanische Gemeinde das Land für immer verlassen würde.

Danach war Richard entschlossen, dieses Vorhaben, das zunächst nur eine fixe Idee gewesen war, ernsthaft in die Tat umzusetzen. Er verhandelte über ein Schiff, das ein gewisser Kapitän Flame über den Ozean bringen sollte.

Bei den Treffen der Puritaner kamen immer mehr Menschen zusammen, die ganz aufgeregt waren angesichts der Aussicht auf eine baldige Emigration. Ihr Leben war hart, und über das Leben in der Neuen Welt kursierten wunderbare Geschichten.

Und gemäß der Regel, daß ein atemberaubendes Ereignis selten allein kommt, wurde eines Tages ein fremdes Schiff am Horizont gesichtet. Es war kein englisches Schiff, soviel stand fest. Es war eine lange, schlanke Galeere, die mit erstaunlicher Geschwindigkeit durch den Sund glitt.

Die Stadt war erfüllt von Geschrei und Erregung. Die Männer holten ihre alten Gewehre, und Seeleute schärften ihre Dolche. Aber welche Gefahr sollte von einem einzigen Schiff ausgehen? Es sei denn, andere folgten ihm. Die Flotte war nicht in heimischen Gewässern, und man erinnerte sich lebhaft an den Angriff der französischen Korsaren.

Einige der alten Seemänner erklärten, es sei ein türkisches Schiff, das auf den Hafen zusegelte.

Tamar stand am Kai, als die Galeere anlegte. Sie hatte eine plötzliche Eingebung und suchte einen ganz bestimmten Mann unter diesen ausgemergelten Gestalten, aber sie konnte denjenigen, den sie suchte, nicht entdecken. Inzwischen hatten die Männer ihre Ruder eingezogen, sprangen an Land und umarmten die Umstehenden. Einer kniete sogar nieder, berührte die Pflastersteine und küßte sie. In ihren vielfarbigen Lumpen sahen die Männer kaum wie Engländer aus. Die Sonne hatte ihrer Haut eine dunkelbraune Farbe verliehen, ihre Bärte waren ungepflegt, und auf ihren Rücken sah man Narben von Peitschenschlägen.

Als letzter kam der Mann an Land, nach dem Tamar Ausschau gehalten hatte. Er war unverwechselbar, dieser schlanke, ausgemergelte Riese, denn seine strahlendblauen Augen verrieten sofort seine Identität. Er lachte nun, seine weißen Zähne blitzten in seinem sonnenverbrannten, mageren Gesicht, aus dem die Knochen hervorzustechen schienen. Er blickte sich suchend um, und Tamar wußte, daß sie es war, die er suchte. Sie rannte auf ihn zu. Er fing sie auf und preßte sie an sich; wieder spürte sie eine

Erregung, die sie nicht mehr verspürt hatte, seit er fortgegangen war.

Sie erlebte den denkwürdigen Höhepunkt eines ereignisreichen Jahres: Bartle war nach Hause gekommen.

Er kehrte in sein Haus in Stoke zurück. Rasch verlor er jenes zerlumpte, ungepflegte Aussehen. Zusammen mit den Männern, mit denen er geflohen war, feierte er ein ausgedehntes Fest; er wollte, daß sie bei ihm blieben, denn durch die gemeinsam durchlittenen Qualen war er auf ewig freundschaftlich mit ihnen verbunden.

Sein Cousin, der seinen Titel geerbt hatte, nachdem sein Vater gestorben war und man ihn für tot erklärt hatte, lebte noch im Haus, aber er bereitete sich auf seine Abreise vor.

Bartle war der Held des Tages und wurde vom ganzen Land gefeiert. Nur wenige Männer hätten das überstanden, was er durchgemacht hatte, noch wenigere Männer hätten wie er fliehen und ihre Leute sicher nach Hause bringen können.

Bartle und seine Mannschaft hatten eine aufregende Geschichte zu erzählen. Einige Tage nachdem sie damals Plymouth verlassen hatten, waren sie plötzlich von türkischen Galeeren umzingelt worden. Einige von ihnen ertranken, während die anderen als Gefangene die Galeeren rudern mußten – diese kräftezehrende Arbeit konnten nur die Stärksten von ihnen aushalten. Sie wurden an das Schiff gekettet, je sechs an ein Ruder. Man gab ihnen gerade so viel zu essen, um sie am Leben zu erhalten.

Jedes Anzeichen von Schwäche wurde vom Aufseher aufs schärfste bestraft. Der Skiaventreiber hielt die Peitsche immer in Bereitschaft. Nach Lust und Laune ließ er sie auf die Rücken seiner Sklaven sausen, so daß ihre Haut zerfetzt wurde. Zu einem solchen Leben also war der stolze Bartle verdammt worden. Die Galeeren stachen nur im Frühling und im Sommer in See. Im Winter blieben sie im Hafen, und die Galeerensträflinge wurden in ein elendes Gefängnis gesperrt, bis sie wieder gebraucht wurden.

Dieses Leben hatten Bartle und seine Männer auf wundersame Weise sechzehn Jahre überstanden. Während der letzten vier Jahre hatte Bartle einen Fluchtplan entwickelt, den er mit Hilfe seiner Leidensgenossen in die Tat umsetzen konnte.

Die Disziplin im Gefängnis war lasch, denn es gab nicht viele Aufseher. Als eines Tages eine seetüchtige Galeere genau vor den Toren des Gefängnisses vor Anker lag, ergriffen die Männer die Gelegenheit beim Schopf und brachen aus. Da sie im Rudern äußerst geübt waren, gelang ihnen die Flucht.

Tamar fühlte, daß sich ihre ganze Lebenseinstellung mit der Ankunft der Galeere geändert hatte. Sie hatte sich damit abgefunden, ihr Leben mit Humility zu verbringen; die bevorstehende Emigration hatte sie in Aufregung versetzt. Aber jetzt war Bartle nach Hause gekommen...

Bereits am Tag seiner Rückkehr ritt Bartle abends nach Pennicomquick. Unten am Hafen hatte es nur diese eine Umarmung gegeben; dann hatten sich andere Menschen um Bartle gedrängt, und Tamar hatte die Gelegenheit zur Flucht ergriffen, denn in diesem Augenblick hatte sie sich nur eines gewünscht: Sie wollte fort und allein sein, sie wollte darüber nachdenken, was dieses überraschende Ereignis für ihr friedliches Leben bedeuten könnte.

Sie sah ihn in Pennicomquick ankommen und ging hinunter, um ihn zu begrüßen.

Er blieb auf seinem Pferd sitzen und sah auf sie hinunter.

Er hatte seinen Bart gestutzt und trug wieder seine eleganten Kleider von früher. Sie hingen lose um seinen mageren Körper, aber sie verliehen ihm eine gewisse Würde.

»So«, sagte er, und seine blauen Augen glühten, »du hast also diesen Puritaner geheiratet!«

»Ja.«

Dann lachte Bartle laut und spöttisch.

»Warum machst du dich darüber lustig?« fragte Tamar.

»Warum wohl? Die Hexe … und der Puritaner!«

»Ich habe drei Kinder«, berichtete sie.

»Ich gratuliere dir. Wie viele Söhne?«

»Einen Sohn, zwei Töchter.«

»Du bist jetzt also eine richtige Matrone.«

Sie dachte: Er hat sich kein bißchen verändert. Ich hasse ihn, wie ich ihn immer gehaßt habe.

In diesem Augenblick kam Ned Swann aus den Stallungen, und Bartle saß ab.

»Wie gut, daß Ihr wieder zu Hause seid, Sir Bartle«, sagte Ned.

»Danke, Swann«, antwortete Bartle mit seinem gewinnenden Lächeln.

»Komm ins Haus«, sagte Tamar. »Richard ist gespannt, von deinen Abenteuern zu hören.«

Er konnte seine Augen nicht von ihr lassen, als sie ins Haus gingen, wo er von Richard herzlich begrüßt wurde.

»Bartle, ich habe nicht mehr geglaubt, diesen freudigen Moment zu erleben.«

»Ich auch nicht, Sir.

»Bartle, kommt her, laßt Euch ansehen. Wie stark mußt Ihr sein, um so ein Leben sechzehn Jahre lang aushalten zu können!«

»Ich bin aus hartem Holz geschnitzt. Ich sagte mir: ›Bei Gott und der Heiligen Jungfrau Maria, ich werde aus diesem Gefängnis ausbrechen, und wenn ich dafür zwanzig Wächter umbringen müßte.«‹

»Und hast du so viele umgebracht?« fragte Tamar.

»Nein, nur zehn.«

Humility kam herein, und Bartle verbeugte sich spöttisch. »Oh, da ist ja der Gärtner. Ich erinnere mich an dich, Bürschchen.«

Tamar wurde rot, und Richard sagte: »Wußtet Ihr nicht, daß Humility mein Schwiegersohn ist?«

Bartle antwortete unverschämt: »Merkwürdige Dinge geschehen zu Hause und in fernen Ländern.«

Dann ließ er sich in einen Sessel sinken und trank viel, während er redete. Er beschrieb sein Leben als Galeerensträfling, das Blut, den Schweiß und die Treue seiner Kameraden. Er war während dieser Jahre, die er als Sklave verbracht hatte, härter und ungehobelter geworden; seine Rede war gespickt mit unflätigen Flüchen, bei denen Humility jedesmal zusammenzuckte.

»Keine Sorge«, sagte er, »ich habe nicht so schrecklich gelitten wie einige andere. Ich wurde ein Moslem. Dadurch hatte ich ein besseres Leben. Ich habe Narben-ich könnte sie euch auf meinem Rücken zeigen –, Narben, die ich bis zu meinem Tod behalten werde. Aber ich bin noch gut davongekommen. Es gab welche, die zu Tode geprügelt wurden. Ich nicht. Ich habe mich vor Allah verbeugt und so meine Haut gerettet.«

Tamar sah, daß Humility betete. Auch Bartle sah es.

»Was flüsterst du da, Mann?« wollte er wissen.

»Gebete«, antwortete Humility.

Bartle wurde sofort gehässig. »Ich schockiere dich wohl. So ist das. Du, mein lieber Freund, könntest keinen einzigen Tag auf der Galeere überstehen, trotz all deiner Gebete um Hilfe. Verdammt noch mal, es war eben viel einfacher, die Flucht als ein guter Moslem zu schaffen. Als Christ hätte ich das nie fertiggebracht. Zum Teufel, hätte ich an meinem Glauben festgehalten und meine Gebete gesprochen, dann könnte ich mich jetzt mit meinen Männern auf eine neue Galeerensaison vorbereiten. Es war also viel besser, vorübergehend ein Moslem zu werden.«

»Selbstverständlich!« sagte Tamar und sah Humility zornig an. Aber als Bartle lachte, schenkte sie ihm nur einen hochmütigen Blick. Dann fühlte sie sich auf einmal nicht mehr wie eine Frau Mitte Dreißig, eine Mutter von drei Kindern. Plötzlich war sie wieder ein junges Mädchen, das vor Erregung zitterte, weil ihr ehemaliger Geliebter zurückgekehrt war.

Richard erzählte Bartle von ihrer bevorstehenden Emigration in die Neue Welt, und Bartle hörte interessiert zu.

Seine Augen glitzerten, als er Tamar ansah. »Du willst dieses Land also verlassen, um dein Glück anderswo zu suchen.« Er hob sein Glas, während er den Blick weiterhin auf Tamar gerichtet hielt. »Auf deine Zukunft! Mögest du das Glück finden, das du verdienst.«

Tamar senkte den Blick, denn sie fürchtete sich vor den Gefühlen, die dieser Mann in ihr wachrufen könnte. Sie sagte, sie müsse jetzt gehen, um nach den Kindern zu sehen. Aber Bartle wollte die Kinder gern kennenlernen, und ihr blieb nichts anderes übrig, als sie herunterzuholen.

Dick, der schon von der wundersamen Flucht gehört hatte, stand mit vor Aufregung geröteten Wangen vor Bartle, seine dunklen Augen glänzten vor Bewunderung. Rowan kletterte sogleich auf seine Knie, und als er sie um einen Kuß bat, hörte sie gar nicht wieder auf, ihn zu küssen und am Bart zu zupfen. Nur die kleine Lorea, die anders war als ihre Geschwister, hielt sich schüchtern im Hintergrund. Aber als er seine Hand ausstreckte und sie zu sich heranzog, wurde auch sie von der Faszination ergriffen, die er offensichtlich auf jedes Kind ausübte.

Über ihre Köpfe hinweg blickten sich Bartle und Tamar an. Bartles Augen schienen zu sagen: ›Dies hätten unsere Kinder sein sollen. Der Puritaner sollte keinen Anteil an ihrer Existenz haben.‹ Sobald sie konnte, schickte sie die Kinder fort. Sie wußte nicht, ob sie lachen oder weinen sollte. Sie war wieder lebendig ... denn Bartle war zurückgekommen.

Sie hatte Angst, allein ins Moor zu reiten, weil sie fürchtete, er könne ihr folgen. Es gab zu viele lebhafte Erinnerungen, die sich in ihr Bewußtsein drängten. Nur in Gegenwart anderer wagte sie es, mit ihm zu reden.

Wenn sie ihn sah, wurde ihr immer klarer, wie wenig er sich tatsächlich verändert hatte. Seine Augen verspotteten sie genauso wie vor vielen Jahren. Sie sah ihren strahlenden Glanz, wenn er sie anblickte, und ihren verächtlichen Haß, wenn er Humility ansah. Eines Tages, so dachte sie, wird er mir wieder ein Ultimatum stellen, wie vor so vielen Jahren. In der Tat, er hatte sich kaum verändert.

Sie versuchte, sich ganz auf die bevorstehende Reise zu konzentrieren. Häufig saß sie mit Richard und Humility zusammen und listete die benötigte Ausrüstung auf. Es war Frühling, und noch vor Ende des Sommers wollten sie lossegeln.

Bartle bezauberte Dick und Rowan, und sogar Lorea wollte auf seinen Schultern sitzen. Annis' Kinder rannten ihm nach und bettelten, auf seinem Pferd reiten zu dürfen. Alle beteten ihn an. Vom Fenster aus beobachtete Tamar ihn häufig. Er lag mit Dick im Gras. Der Junge hörte so aufmerksam zu, daß Tamar sicher war, Bartle erzählte ihm gerade eine abenteuerliche Seefahrergeschichte. Sie konnte Bartles Gedanken lesen: Dieser Junge könnte mein Sohn sein.

Wie froh war sie, daß sie bald von England fortsegeln würden, fort von dieser Gegend, die so voller Erinnerungen steckte, fort von Bartle.

Sie hatte Humility angelogen und ihm gesagt, sie sei wieder schwanger. Sie konnte ihn jetzt nicht in ihrer Nähe ertragen. Es war besser, er hielt sich ganz fern, als daß er wieder neben ihrem Bett kniete und um ihre Fruchtbarkeit betete. Dann würde sie vielleicht etwas brüllen, das sie später bereute. Vielleicht würde sie ihm sogar sagen, daß sie ihn abstoßend fand, oder ihm gestehen, daß sie vor ihrer Hochzeit ein Verhältnis mit Bartle hatte.

Es war Frühsommer. Ihr Schiff, die *Liberty,* lag im Hafen... In ihrem Kotten packte Annis ihre wertvollsten Besitztümer ein. Dabei erzählte sie ihren Kindern von dem neuen Leben, das sie in jenem wundervollen Land jenseits des Ozeans führen würden. Die Familie Swann und noch vierzig weitere Familien wollten reisen. Mistreß Alton hatte unter Tränen und voller Demut darum gebettelt, mitzudürfen. Denn man verdächtigte sie der Hexerei, nachdem herausgekommen war, daß sie die Anwesenheit von Jane Swann im Hause Richard Merrimans verschwiegen hatte. Sie würde in eine unangenehme Lage kommen, wenn man sie hier zurückließ.

Richard und Tamar verachteten diese Frau, weil sie eine Fanatikerin war, jederzeit bereit, zu spionieren und zu quälen. Und doch war sie Puritanerin geworden und hatte wie alle anderen das Recht mitzufahren. So kam es, daß sogar Mistreß Alton Reisevorbereitungen traf.

Eines Tages riefen Richard und Humility Tamar zu sich.

Richard war sehr aufgeregt. »Es sieht so aus, als seien wir gerade noch einmal davongekommen. Dieser Mann, Kapitän Flame, der so vorzügliche Referenzen aufzuweisen hatte, scheint ein Pirat zu sein. Er und seine Männer sind eine Bande von Verbrechern. Sie planten, mit uns hinaus auf die hohe See zu fahren, uns dort alle zu ermorden und mit dem Schiff und all unseren Besitztümern auf Piratenfahrt zu gehen. Diesem Schicksal sind wir nun glücklicherweise entronnen.«

»Gelobt sei Gott!« sagte Humility.

»Bedeutet das, daß wir unsere Reise erneut aufschieben müssen?« fragte Tamar. »Wir müssen uns ja schließlich einen neuen Kapitän und eine neue Mannschaft suchen. Und wem können wir schon trauen? Kapitän Flame schien so ein ehrlicher Mann zu sein.«

»Es muß keinen Aufschub geben«, antwortete Richard.

»Ich glaube, wir haben bereits einen Kapitän gefunden, dem wir vertrauen können.«

Tamar sah ihn erwartungsvoll an.

»Bartle«, erklärte Richard. »Er hat versprochen, das Schiff in die Neue Welt zu bringen.«

VI

Die *Liberty* sollte also unter Bartles Kommando in die Neue Welt segeln. Sie hob und senkte sich in der Brandung, ungeduldig, endlich losfahren zu können. Während des ganzen Morgens wurde der letzte Proviant an Bord gebracht: gekochte Hammelbeine, in Essig eingelegtes Rindfleisch, geräucherte Schinken, Haferflocken und feines Weizenmehl, Wein und Bier, Butter, Ingwer, Zucker, Johannisbeeren, Pflaumen, Käse und Zitronensaft zum Schutz gegen Skorbut.

Tamar stand mit Richard und ihren Kindern an Deck. Humility sang Psalmen mit den Puritanern; gerade hatten sie ihr Gebet um eine sichere Reise beendet.

Als Tamar auf das Land zurückblickte, in dem sie ihr ganzes bisheriges Leben verbracht hatte, wallten starke Gefühle in ihr auf; und doch tat es ihr nun nicht mehr leid, von hier fortzufahren... jetzt nicht mehr.

Die Kinder neben ihr hüpften vor Aufregung auf und ab. Sogar Lorea konnte nicht stillstehen. Dick klärte Lorea über die Funktionen der verschiedenen Schiffsteile auf. Er lenkte ihre Aufmerksamkeit auf die Segel und auf die Takelage. Sein Freund, der Bootsmann, hatte ihm die Nadeln und das Garn gezeigt, mit dem er die Segel ausbesserte. »Wenn wir mal in einen großen Sturm kommen, dann zerreißen die Segel. Dann müssen wir vielleicht in die Rettungsboote. Vielleicht ertrinken wir auch.«

»Ich werde bestimmt nicht ertrinken«, sagte Rowan, »denn ich werde im Boot des Kapitäns sein.«

»Ich auch, ich auch«, schrie Lorea. »Ich bin im Boot des Kapitäns, du nicht auch, Mama?«

Tamar gab keine Antwort; sie schaute zurück aufs Land.

»Es ist sehr unwahrscheinlich, daß wir auf der ganzen Überfahrt in keinen einzigen Sturm geraten«, sagte Dick altklug.

Die Mädchen quiekten vor Freude.

Bartle war in eine Unterhaltung mit dem Steuermann vertieft.

»Er sagt ihm, wie er die Segel setzen muß!« rief Dick. »Er sagt ihm, welchen Kurs wir nehmen und wo wir an Land gehen.«

Richard meinte: »Du scheinst ja eine ganze Menge über Schiffe zu wissen, kleiner Dick.«

»O ja, Sir Bartle hat mir alles erklärt. Wenn ich groß bin, segele ich mit Sir Bartle.«

Tamar lächelte. »Lieber Richard, ich bin ja so froh, dich so fröhlich und ausgelassen wie die Kinder zu sehen. Es war ja wohl nicht so einfach für dich, so viel von deinem Grundbesitz zu verkaufen und dein Heimatland zu verlassen.«

Richard zuckte die Schultern; aber sie wußte, er träumte davon, eines Tages zurückzukehren. Er hatte sein Haus nicht verkauft, sondern es einem entfernten Cousin bis zu seiner Rückkehr anvertraut. Sollte er nicht zurückkommen, ginge das Haus in den Besitz seines Vetters über. Aber Richard war sicher, wiederzukehren.

Die Kinder tanzten um Bartle herum.

Tamar sah, wie seine Hand auf Dicks Schulter ruhte. Dick stellte ihm eine seiner unzähligen Fragen.

Richard bemerkte ihren Blick. »Haßt du ihn noch immer?« fragte er.

Sie antwortete nicht.

»Wir dürfen nicht vergessen, daß Bartle jetzt unser Kapitän ist«, sagte er. »Wir müssen ihm ohne Widerrede gehorchen.«

»Seine Befehle gelten für seine Mannschaft und nicht für seine Passagiere.«

Sie schwiegen. Die Hut setzte ein.

Sie hörten die rauhen Stimmen der Matrosen, die sich Befehle zuriefen; ein Shanty wurde gesungen. Dann wurde das Ankerspill in Gang gesetzt, die Anker wurden gelichtet, die Rahe wurde gebraßt. Die Segel waren gesetzt, und die *Liberty* glitt langsam aus dem Sund hinaus.

Sie waren zwei Tage auf See, als der Wind auffrischte. Viele Passagiere lagen seekrank in ihren Kojen, es ging ihnen so schlecht, daß sie wünschten, zu Hause geblieben zu sein.

Tamar war nicht schlecht; sie war an Oberdeck gekommen, um der Enge des Zwischendecks zu entgehen und um frische Luft zu atmen.

Die Kinder waren unten geblieben, und Annis paßte auf sie auf. Sie hoffte, daß sie schliefen. Sogar Dick war ein wenig müde nach der Aufregung der vergangenen zwei Tage.

Als sie an der Reling stand, trat Bartle neben sie. Er rückte nahe an sie heran. »Ich habe immer geplant, eine Reise mit dir zu machen«, sagte er. »Aber ich hatte nicht vor, auch deinen Ehemann mitzunehmen.«

Sie gab keine Antwort, sondern rückte ein bißchen von ihm weg. Er umfaßte ihren Arm und zog sie wieder näher an sich heran.

»Eine steife Brise und eine bewegte See. Wie gefällt dir das, Tamar?«

»Es ist noch zu früh, das zu sagen.«

»Zu früh, in der Tat!« Seine Lippen streiften beinahe ihr Ohr. »Wo gehen wir hin, du und ich?«

»In die Neue Welt, dachte ich, wenn man dir trauen kann, daß du uns auch wirklich dorthin bringst.«

»Aber was erwartest du sonst noch? Freude und Glück? Oder fortwährende Enttäuschung?«

»Das solltest du wohl wissen.«

»Ja, das dachte ich auch. Aber du scheinst es zu sein, die den Ton angibt.«

»Wie kommst du darauf?«

Seine Stimme klang hart und wütend. »Sechzehn Jahre lang habe ich ein solches Elend, eine solche Not und eine derartige Demütigung erlitten, wie du es dir überhaupt nicht vorstellen kannst. Und das alles ist nur wegen dir geschehen. Wenn du dich anders entschieden hättest, hätte ich diese sechzehn Jahre zu Hause verbracht, mit dir und unseren Kindern. Aber durch deinen Stolz und durch deine Dummheit hast du nicht nur mein Leben zerstört, sondern auch dein eigenes. Glaubst du etwa, ich kann das jemals vergessen? Glaubst du im Ernst, ich könnte es zulassen, daß du es vergißt?«

»Du gingst auf deinen eigenen Wunsch zur See«, antwortete sie kalt. »Du hast immer gesagt, daß du dir der Gefahren, die du auf dich nehmen mußt, bewußt bist. Haben die Türken dich etwa durch meine Schuld gefangengenommen? Selbst wenn ich es hätte voraussehen können – hätte ich dich heiraten sollen, obwohl ich dich verachtete?«

»Du wolltest mich. Nur dein Stolz hinderte dich daran, es zuzugeben. Du bist eine stolze und törichte Frau, Tamar, und ich kann dir niemals vergeben, was du uns angetan hast.« Seine Stimme wurde plötzlich sanft. »Da sind ja Tränen auf deinen Wangen.«

»Tränen!« schrie sie wütend. »Es ist nur die Gischt. Ich gehe jetzt hinunter, um nach den Kindern zu sehen.«

»Du bleibst hier.«

»Wenn ich gehen will, dann gehe ich auch. Niemand hat mir etwas zu befehlen.«

»Ich befehle es dir.«

»Oh, der Kapitän ist im Dienst.«

»Ganz richtig, und wer es wagt, mir zu widersprechen, der wird in Ketten gelegt.«

»Du würdest es also wagen, mich in Ketten zu legen?«

»Wenn nötig, ja.«

Beide mußten lachen.

»Du gibst zwar vor, nicht bei mir bleiben zu wollen, aber in Wahrheit kannst du dich gar nicht von mir trennen«, sagte er.

»Was ist mit deinen Pflichten auf diesem Schiff? Solltest du dich nicht ein wenig darum kümmern?«

»Das Schiff ist gut versorgt.«

»Was planst du?«

»Ich werde das Schiff in die Neue Welt bringen.«

»Ich meine... was dich und mich anbetrifft.«

»Meine Pläne, die deine Person betreffen, haben sich kaum geändert, seit ich dich zum ersten Mal sah«, antwortete er lachend.

»Ich bin gespannt. Was wird es diesmal sein? ›Wenn du mich nicht in deine Kajüte einlädst, lasse ich das ganze Schiff in Ketten legen, oder ich liefere euch den Türken aus.‹«

»Da bringst du mich auf eine gute Idee«, warnte er sie.

»Ich habe einen Ehemann, mit dem ich die Kajüte teile«, erinnerte sie ihn.

»Gott verfluche diesen Puritaner!« Sie schwiegen eine Weile, bevor er fortfuhr: »Während meiner Gefangenschaft konnte ich meine elende Existenz nur aushalten, indem ich von einem ganz anderen Leben träumte. Während ich an den Rudern schuftete, stellte ich mir oft vor, mit dir zusammen übers Moor zu reiten und mit dir über die Dummheiten unserer Jugend zu lachen. Ich träumte davon, daß wir zusammen nach Stoke ritten und daß unsere Kinder uns entgegenliefen. Es war ein lebenswertes Leben. Und sogar du – stolz wie der Teufel mit deinem wehenden schwarzen Hexenhaar – warst endlich zufrieden.«

Sie murmelte: »Es tut mir sehr leid, was dir passiert ist, aber es war deine Schuld, nicht meine. Es war alles deine Schuld. Es begann an jenem Tag, als ich vierzehn Jahre alt war. Wärst du damals freundlich zu mir gewesen, als ich es am dringendsten gebraucht hätte, wäre vielleicht alles ganz anders verlaufen. Aber was nützt es, sich gegenseitig Vorwürfe zu machen? Wir sind, wie wir sind, und nichts kann uns ändern. Du bist brutal, und du wirst immer brutal bleiben.«

»Es war deine Schuld!« schrie er. »Glaubst du, ich hätte dich nicht kriegen können? Ein kleines vierzehnjähriges Mädchen! Nur, weil ich wahre Angst in deinen Augen sah, ließ ich von dir ab. Und was diese Nächte angeht... Warum habe ich dich wohl zu dem gezwungen, was du getan hast? Weil du es so wolltest. Du täuschst dich selbst, deshalb ist es einfach für andere, dich zu täuschen. Glaube ja nicht, daß du jemals von mir loskommst. Denkst du, ich lasse es zu, daß deine Ehe mit diesem Puritaner uns im Wege steht? Ich sage dir jetzt etwas, das dir zeigen soll, wie weit ich gehe: Kapitän Flame ist schändlich verleumdet worden. Er ist ein guter

Kapitän, ein ehrenwerter Mann. Aber für das Schiff, mit dem Tamar davonsegeln wollte, konnte es nur einen einzigen Kapitän geben, und der bin ich. Deshalb habe ich dafür gesorgt, daß es so kommt.«

Sie sah ihn voller Erstaunen an.

»Deine Streiche finden wohl nie ein Ende?«

»Nur ein ganz bestimmtes Ende«, antwortete er lachend.

Seit einem Monat waren sie nun schon auf See, und Tamar fühlte, daß sie auf eine emotionale Katastrophe zusteuerten.

Alles, was Humility sagte oder tat, reizte sie bis aufs Blut. Sie haßte ihn immer mehr. Immerhin lachte sie über den seelischen Kampf, den er mit sich auszufechten hatte. Obwohl er glaubte, sie sei schwanger, sehnte er sich nach ihr. Wenn sie ihn in seiner Koje beten hörte, wußte sie, daß es um sie ging.

Aber ihre Gedanken an Bartle verstörten sie. Er schien ihr Schicksal in seinen Händen zu halten, wie er dieses Schiff in seinen Händen hielt. Sie wußte, er wartete nur auf eine passende Gelegenheit.

Er demütigte Humility, wo er nur konnte; und seine Mannschaft folgte seinem Beispiel. Ging Humility auf eine Gruppe von Matrosen zu, so wurde ihre Sprache noch eine Spur obszöner und gewöhnlicher. Humility, der sich nun mehr denn je seiner Pflicht bewußt war, nahm ihre Flüche und Beleidigungen nicht zur Kenntnis, sondern tat sein Bestes, um gute Puritaner aus ihnen zu machen.

Das Leben auf See wurde denjenigen zur Last, die nicht daran gewöhnt waren. Das stürmische Wetter, die ewige Angst vor feindlichen Schiffen, das eintönige Essen – all diese Erfahrungen, die zuerst neu und aufregend gewesen waren, zerrten an den Nerven der Passagiere.

Am glücklichsten waren die Kinder. Sie litten nicht so sehr unter den Unbilden des Wetters, und solange sie etwas zu essen hatten, waren sie zufrieden. Die fünf ältesten Kinder von Annis – Christian, Restraint, Prudence, Felicity und Love – machten sich nützlich, indem sie auf die Babys aufpaßten. Die jüngeren Kinder – Charity, Patience, Joshua, Moses, Matthew, Ruth und die kleine Miriam – spielten jene Spiele, bei denen Dick meist der Anführer war.

Sogar wenn sie die Kinder beobachtete, spürte Tamar, wie ihre Anspannung wuchs. Dick wurde immer mehr wie Bartle; diese Ähnlichkeit zeigte sich natürlich nicht im Aussehen, sondern in seinen Gesten, seinem Benehmen und in seiner direkten Art. Dick hatte begonnen, den Kapitän so gut er konnte nachzuahmen.

Auch jetzt spielte Dick wieder den Kapitän. Den anderen Kindern hatte er bestimmte Rollen in seiner Mannschaft zugewiesen. Mit seinen rosigen Wangen und seinen blitzenden Augen brüllte Dick Befehle. Er stand breitbeinig da, wie Bartle, auch seine rauhe Stimme klang wie die des Kapitäns.

»Setzt die Segel!«

Tamar und Annis sahen ihnen zu. Annis murmelte etwas vor sich hin und blickte ihre Mistreß ängstlich an.

»Was bekümmert dich?« wollte Tamar wissen. »Du siehst krank und traurig aus, Annis. Man kann kaum glauben, daß du diese Reise schon seit Jahren geplant hast.«

»Ich werd' schon glücklich sein, wenn wir an Land gehen. Oh, dann werd' ich mich freuen. Es ist eine furchtbar lange Seereise, Mistreß. Es gibt so viele Gefahren. Jede Nacht zittere und bete ich in meiner Koje, wenn das Schiff durch die See schlingert und die Männer ihre Befehle schreien.«

»Macht schnell, Jungs!« schrie Dick. »Kommt schon, Männer! Was steht ihr da und haltet Maulaffen feil? Verdammt, ich lasse euch in Ketten legen. Alle Männer auf ihre Plätze! Laßt das Topsegel hoch und begrüßt sie. Von wo kommt euer Schiff?«

Rowan, die die Rolle des spanischen Kapitäns übernommen hatte, rief: »Von Spanien. Woher kommt eures?«

»Aus England!« rief Dick. »Gebt ihr eins auf die Breitseite und stürmt nach vorne: St. George für England!«

»Wollt ihr wohl ruhig sein!« schrie Annis. »Ihr und euer ewiges Gerede über die Spanier. Kein Wunder, daß wir alle so durcheinander sind.«

Dick sagte zornig: »Es könnte passieren. Man muß darauf vorbereitet sein. Sir Bartle sagt...«

Aber Annis wandte sich ungeduldig ab; ängstlich blickte sie Tamar an.

»Der Junge betet den Kapitän an«, sagte sie mit bebender Stimme.

»Annis, was betrübt dich?« fragte Tamar.

»Das habt Ihr mich schon einmal gefragt, Mistreß. Irgend etwas ist mit diesem Schiff...«

»Und mit seinem Kapitän?« fragte Tamar.

»Ja, mit dem Kapitän und mit seiner Mannschaft. Sir Bartle möchte ich auf keinen Fall in die Quere kommen.«

»Und warum nicht, Annis?«

»Weil ich glaube, ich hab' gesehen, wie der Teufel aus seinen blauen Augen herausguckt. Er war immer schon wild, auch bevor er von den Türken gefangen wurde, aber jetzt ist er noch wilder geworden.«

»Das meiste ist nur Geschrei«, antwortete Tamar etwas spöttisch. »Man kann sein Geschrei auf dem ganzen Schiff hören.«

»Es ist seine ganze Art. Ist er etwa jemals freundlich zu seinen Männern? Nein, das ist er nicht. Er ist ein strenger Meister. Und doch sind es seine Männer. Egal was passiert oder was er macht, sie bleiben bei ihm. Irgend etwas Magisches hat er an sich. Das kann ich fühlen, und das ist die Magie eines Teufels. Sonst würde er nicht einen guten Mann wie Mr. Brown beleidigen. Er hat den kleinen Dick bezaubert, genau wie alle anderen Kinder. Ihre Augen glänzen, wenn er mit ihnen spricht. Wenn sie nur dicht bei ihm stehen dürfen, dann sind sie schon glücklich, egal ob er sie dann verflucht. Es ist sehr schade, daß wir ihn nicht bekehren können. Das wäre ein Gewinn für alle Rechtschaffenen und ein Verlust für den Teufel.«

»Der Teufel wird diesen Mann nie loslassen!« sagte Tamar.

»Ich fühle mich bei all diesen rauhen Gesellen hier nicht sicher«, sagte Annis. »Ich hab' da so ein Gefühl.. eines Tages wird irgend etwas geschehen. Seht Ihr nicht, wie sie jeder Frau hinterher starren? Viele sind wohl schon monatelang auf See gewesen und haben keine einzige Frau zu Gesicht bekommen. Jetzt ist das ganz anders, mit all den Frauen an Bord. Und, Mistreß, der Kapitän hat ein Auge auf eine ganz bestimmte Person...«

»Der Kapitän hat seine Augen auf uns allen«, warf Tamar ein.

»Aber auf die einen mehr als auf die anderen. Da ist zum Beispiel Polly Eagel.«

»Polly Eagel!«

»Ihr erstes Kind ist nicht von Tom Eagel.«

»Annis, würdest du bitte mit diesem Getratsche aufhören!«

»Sehr wohl, Mistreß. Ich habe gehört, daß das Geflügel hier an Bord ziemlich mickrig ist. Und im Ferkelwurf ist ein Schwächling. Aber so ist das doch immer. Ein Ferkelchen wird von den anderen weggedrängt, meist das kleinste und schwächlichste, und schließlich stirbt es.«

»Willst du damit sagen, daß der Kapitän und Polly Eagel...?«

»Nicht jetzt, Mistreß. Das war, bevor wir gefahren sind. Nun, Ihr wißt doch, wie hübsch Polly Eagel ist mit ihrem flachsblonden Haar und ihren himmelblauen Augen. Nein, nein, jetzt nicht mehr. Jetzt gibt es nur noch eine, die der Kapitän ansieht, Mistreß.«

»So, so, erzähle ruhig weiter.«

»Das macht mir angst, Mistreß. Seine Augen glühen richtig in seinem braunen Gesicht, und wie er Mr. Brown behandelt, das macht mir auch angst. Es ist nicht recht. Und doch weiß ich, was es zu bedeuten hat.«

»Du denkst zuviel, Annis.«

»Das kann schon sein, Mistreß. Aber ich bitte Euch, gebt acht. Ihr könnt nicht mit einem Mann wie Mr. Brown spielen. Er ist zu gut dazu. Ihr könnt aber auch nicht mit einem Mann wie Sir Bartle spielen, denn er ist zu böse. Wenn Ihr anfangt, mit solchen Männern zu spielen, dann kommt etwas Böses dabei heraus. Davor habe ich Angst, Mistreß, vor diesem Bösen.«

»Annis, glaubst du, ich kann damit nicht umgehen, wenn sich die Situation zwischen den beiden zuspitzt?«

»Das nicht, Mistreß. Ihr habt Eure Zauberkraft, aber Sir Bartle auch, er hat ebenfalls eine Art Zauberkraft. Er ist viel herumgekommen in der Welt, und er hat vieles gesehen, was wir noch nicht sahen. Es soll ja ein richtiges Wunder gewesen sein, daß diese Männer aus dem Gefängnis ausbrechen konnten. Wenn ich sehe, wie er diese Männer anschreit, dann denke ich: Es ist der Teufel selbst, der dieses Schiff steuert. Und ich frag' mich: Hat er wohl seine Seele dem Teufel verkauft, damit er aus dem Gefängnis fliehen konnte?«

»O nein!« rief Tamar mit plötzlicher Wildheit. »Er gehörte längst dem Teufel, bevor ihn die Türken gefangennahmen.«

Die Kinder rannten an ihnen vorbei.

»An die Pumpen! Wir sind von Schüssen durchlöchert. Das Schiff steht in Flammen!«

Tamar blickte zu ihnen hinüber, ohne sie wirklich zu sehen. Sie mußte an den Teufel denken, der aus Bartles Augen schaute.

»Gott sei's gedankt!« schrie Dick. »Das Feuer ist gelöscht. Verbindet die Verwundeten. Schrubbt das Deck. Bringt die Segel in Ordnung. Flickt die Lecks aus. St. George für England!«

Irgend etwas wird bald geschehen, dachte Tamar. Es rückt näher und näher.

Als mehrere Passagiere krank wurden, ging Tamar dem Schiffsarzt bei der Pflege zur Hand. Sie hatte ihre Salben und Tinkturen, und viele vertrauten ihren Fähigkeiten mehr als denen des Arztes. Die meisten Kranken litten unter den Folgen der vielen salzigen Speisen, der stickigen Luft unter Deck und den unhygienischen Verhältnissen. Humility litt mit den anderen, aber er gönnte sich keine Ruhe. Er ging zu den Kranken, betete mit ihnen und sprach mit ihnen über die Arbeit, die in dem neuen Land auf sie wartete. Bartle sprach bei jeder Gelegenheit mit Tamar, und jedes Wort zeigte ihr, daß er ihre Heirat ignorierte und sie für sich haben wollte. Bisweilen fragte sie sich, ob er plane, Humility zu töten. Er hatte während seines Lebens viele Menschen getötet – warum sollte es also auf einen mehr ankommen?

Ihre eigenen Gefühle ließen sich nur schwer durchschauen. Sie redete sich ein, daß Humility ihr leid tat, daß es sie mit Bewunderung erfüllte, wenn er blaß und dünn auf dem Schiff umherging, nur an das Leiden anderer dachte und nie an sich selbst. War sie jedoch mit ihm zusammen, so konnte sie nicht anders, als ihn zu verhöhnen, indem sie seine Begierde weckte, um ihn dann an ihren Zustand zu erinnern. Er reizte sie bis aufs Blut; er machte sie wahnsinnig. Sie haßte Bartle, so redete sie sich ein; er war grausam und böse; und doch schlug ihr Herz vor Freude schneller, wenn er auf sie zukam, und insgeheim wußte sie – obwohl sie es sich nie eingestehen würde-, daß Bartles Gegenwart die Reise für sie spannend und erregend machte.

»Oh!« sagte Bartle eines Tages zu ihr, als sie mit ihrem Salbenkasten an ihm vorbeigehen wollte. »Du hättest nicht auf eine solche Reise gehen sollen. Eine Frau in deinem Zustand ...«

»Wer hat dir gesagt, daß ich ein Kind erwarte?«

Grinsend antwortete er: »Die Leute reden so allerlei, John Tylers Frau weiß es; John Tyler weiß es auch.«

»Ich wäre John Tyler und seiner Frau sehr dankbar, wenn sie über meine Angelegenheiten in Zukunft schweigen würden. Was dich angeht, du brauchst mich wirklich nicht zu bedauern.«

»Ich mache mir aber Sorgen um dich. Solange wir leben, werde ich mich um dich sorgen.«

»Mein Kind wird nicht auf diesem Schiff auf die Welt kommen!«

»Manchmal dauern Reisen länger, als wir denken.«

»Trotzdem wird mein Kind nicht auf diesem Schilf zur Welt kommen!«

»Wie kannst du da so sicher sein?«

»Ich bin ganz sicher!«

»Mr. Humility Brown dankt Gott für die Fruchtbarkeit seiner Frau! Das berichtet Annis. Sie sagt aber noch etwas anderes. Annis fragt sich nämlich, ob ihre Herrin nicht vielleicht einen Fehler gemacht hat. Sie fragt sich, ob vielleicht gar kein Kind kommt.«

Tamar wurde feuerrot.

Er fuhr fort: »Du darfst nicht so böse auf die Tylers sein- sie sind ehrliche, einfache Leute! Tyler ist eine Klatschbase, und bei seiner Frau kommt er ja nie zu Wort. Wenn ihm dann der Kapitän die Ehre erweist, ihm Fragen zu stellen, dann ist es nicht einfach für ihn, das, was der Kapitän gern wissen möchte, für sich zu behalten.«

»Wie kannst du es wagen, mit diesen Leuten über mich zu reden?«

»Hab keine Angst. Es bleibt unser kleines Geheimnis. Humility Brown ist dein Ehemann; er ist ein gottesfürchtiger Mann; er teilt dein Bett aus Frömmigkeit, nicht aus Leidenschaft. Er ist solch ein guter Mann! Humility Brown vollzieht schließlich keinen Liebesakt, wenn der Liebesakt schon seinen Zweck erfüllt hat.«

»Ich habe deine Grobheiten seit jeher verabscheut. Wenn du mir gefallen willst, warum gewöhnst du dir dann nicht endlich bessere Manieren an?«

»Wenn ich dir gefallen will! Aber ich gefalle dir doch schon längst! So sehr, daß du diesen Mann nicht mehr in deiner Nähe ertragen kannst, seit ich heimgekommen bin. Deshalb sagst du ihm einfach, du seist schwanger, weil du weißt, daß der fromme Mann dich dann in Ruhe läßt.«

Sie drängte sich an ihm vorbei und ging hocherhobenen Hauptes weiter; aber sie hörte sein spöttisches Gelächter hinter sich, und sie fühlte sich unsicherer als je zuvor.

In der Nacht, in der der große Sturm aufkam, bemerkte Tamar endlich, wie sehr Humility litt. Die See war den ganzen Tag über rauh gewesen, und gegen Abend mußten alle Passagiere unter Deck gehen.

Tamar brachte die drei Kinder in ihre Kajüte und blieb in ihrer Nähe. Die kleine Lorea zitterte; sogar Dick hatte Angst. Es war etwas ganz anderes, einen richtigen Sturm zu erleben, als im Spiel so zu tun, als ob es stürme. Darüber hinaus mußte er unten bleiben; Bartle hatte es ihm befohlen. In den Stürmen seiner Fantasie war Dick an Deck und brüllte seiner Mannschaft Befehle zu.

»Wie schlimm ist dieser Sturm?« frage Rowan.

»Nicht so schlimm wie der, von dem Sir Bartle mir erzählt hat«, rief Dick. »Das war im Golf von Biskaya.«

»Ich hab' keine Angst«, sagte Rowan.

»Wer sagt denn, daß du Angst hast?«

»Nun, die meisten Leute haben Angst. Annis und John haben den ganzen Nachmittag gebetet. Was passiert, wenn das Schiff untergeht?«

»Ich zweifle daran, daß Sir Bartle das geschehen läßt.«

»Er sagt, das Schiff wäre ein pockennarbiger alter Pott – ein gottverdammter alter Pott. Das hat er gesagt. Ich glaube, er mag dieses Schiff nicht.«

Dick lachte. »Kapitäne reden immer so. Sie lieben ihre Schiffe aber trotzdem. Wenn das Schiff sinkt, dann gehen wir eben in die Rettungsboote. Vielleicht werden wir von Piraten gefangen.«

Lorea begann zu weinen.

»Seid still!« sagte Tamar zu den beiden älteren Kindern. »Es wird alles gut, mein Schatz. Wir erleiden schon keinen Schiffbruch.«

»Woher willst du das wissen, Mama?« fragte Dick.

»Weil der Kapitän auf uns aufpaßt.«

Sie konnte sehen, daß die drei Kinder mit dieser Antwort zufrieden waren.

Der Seegang wurde immer stärker. Der Sturm heulte, und die zerbrechliche *Liberty* wurde von den Elementen hin und her geworfen.

Humility stolperte herein.

»Dies ist eine schreckliche Nacht, Frau. Gerade habe ich schlechte Neuigkeiten gehört. Ein Mann ist über Bord gespült worden.«

»Mann über Bord! Mann über Bord!« kreischte Dick.

»Können sie ihn nicht herausholen?« fragte Tamar.

Humility sah sie stumm an; vor den Kindern wollte er nicht sagen, daß es bei einem derartigen Seegang unmöglich war, den Mann zu retten.

»Es war einer aus der Mannschaft«, sagte Humility. »Erst gestern noch hörte ich ihn entsetzlich fluchen. Wer kann wissen, was das Schicksal für uns bereithält?«

Tamar dachte grimmig: Wenn dieser Sturm noch schlimmer wird, dann können wir uns eine ganz gute Vorstellung von dem machen, was das Schicksal für uns bereithält. Die *Liberty* war ein zerbrechliches Schiff; und selbst die stabilsten Schiffe konnten nicht endlos gegen einen solchen Sturm ankämpfen.

Sie dachte an Bartle und fragte sich, was er wohl gerade machte. Plötzlich war sie wütend. Er wußte, ob sie in Gefahr waren oder nicht, sie jedoch nicht.

Sie zog die Kinder näher an sich. Lorea fing an zu wimmern. Der Lärm und das wilde Auf und Nieder des Schiffes versetzten das kleine Mädchen in Angst und Schrecken.

Humility blickte von seiner Frau zu seinen Kindern und sagte: »Wir können nicht niederknien, das Schiff schwankt zu sehr. Aber Gott wird es verstehen, wenn wir unsere Gebete so sagen, wie wir sind. Dieses eine Mal wird er uns schon vergeben. Kommt, Kinder, betet mit mir. Wir wollen Gott bitten, uns sicher durch die Nacht zu bringen, wenn dies sein Wille ist.«

Tamar sagte: »Wenn es sowieso sein Wille ist, dann brauchen wir ihn auch nicht zu bitten. Und wenn es nicht sein Wille ist, dann nützt es ja wohl auch nichts, ihn anzuflehen. Du verschwendest also deine Gebete.«

»Frau, ich dulde keine so unziemlichen Reden von dir in einem solchen Moment.«

»In solch einem Augenblick! Soll ich jetzt Gott um Hilfe bitten, obwohl ich es in anderen Momenten nicht tat?«

»Du willst mich nicht verstehen.«

»Ich verstehe nur zu gut!«

Ich verstehe, dachte sie, daß ich dich hasse. Ich schäme mich, dich geheiratet und deine Kinder geboren zu haben. Bartle ist es, nach dem ich mich sehne, und ich will ihn so leidenschaftlich, wie er mich will. Auch wenn ich ihn vielleicht nicht liebe. Wie dumm war ich, auf die Liebe zu warten! Wie kann ich so etwas in einem solchen Augenblick denken? Wer weiß, in einer Sekunde, in einer Stunde, bevor der Morgen graut, mag dieses Schiff bersten, und mein Körper und Bartles lägen dann auf dem Meeresgrund.

Als sie ihren Mann ansah, der sich an der Koje festhielt und mit geschlossenen Augen seine Gebete murmelte, schienen Wellen des Hasses sie zu überrollen – so gewaltig wie der Sturm, der an der Takelage riß, und wie die mächtigen Wellen, die das Schiff hin und her warfen, um es zu zerstören.

Er hatte seine Augen geöffnet, und sie bemerkte, wie er zu ihr herüberblickte und dann schnell wegsah.

Sie schien ihm jünger auszusehen als in den letzten Jahren – wieder wie das junge Mädchen, das in den Garten gekommen war, um ihn zu verspotten. Jetzt waren ihre Wangen gerötet, ihr Haar war durcheinander. Sie weigerte sich, es zu bedecken oder zu flechten. Sie wußte, daß sie ihn reizte, ihn zur Sünde anstachelte. Sie führte ihn in Versuchung, denn sie wußte, der Teufel war an seiner Seite und flüsterte ihm etwas zu, so wie er einst Jesus etwas zugeflüstert hatte. Der Teufel zeigte ihm seine Frau, so wie er Jesus einst die Königreiche dieser Welt gezeigt hatte. »Sie ist deine Ehefrau«, sagte der Teufel. »Ist es denn verbotenes fleischliches Begehren, wenn ein Mann mit seiner Ehefrau schlafen will?« – »Für jemanden wie mich schon!« lautete seine Antwort. »Sie ist deine Ehefrau, deine Frau …«, beharrte die Stimme in der Dunkelheit. »Ich habe diese Frau nur genommen, um mit ihr Nachkommen für die Neue Welt zu zeugen. Und ich wählte sie nicht wegen ihrer Schönheit, sondern weil sie eine verirrte Seele hat, die meiner Führung bedarf, und weil sie einen guten, starken Körper hat, der dazu bestimmt ist, Kinder zu gebären. Es war nicht aus Wollust, nicht aus Wollust…«

Aber als sie ihn ansah mit jenem gewissen Glanz in ihren Augen, sagte sie zu ihm: »Humility, du betrügst dich selbst. Es war doch aus Wollust. Und eines Tages wirst du vor dem Thron des allmächtigen Gottes stehen und es zugeben müssen.«

Er schloß die Augen vor ihrer Schönheit und Wildheit und vor dem verderbten Wissen in ihren Augen. Er betete darum, daß das Schiff den Sturm überstehen möge, daß sie alle gerettet würden, um in der Neuen Welt ein gottesfürchtiges Leben zu führen; und er betete um die Kraft, der Versuchung widerstehen zu können, die diese sinnliche, verderbte Frau für ihn darstellte. Er betete um die Rettung des Schiffes, aber im geheimen betete er um die Rettung seiner Seele.

Nach dem Sturm war es ein paar Tage lang windstill. Das Wasser war spiegelglatt, und der Himmel hatte dieselbe Farbe wie die Augen des Kapitäns. Der Bootsmann und sein Maat saßen an Deck, flickten die Segel und reparierten die übrigen Schäden, die der Sturm hinterlassen hatte. Der Küfer und sein Geselle waren mit ihren Aufgaben beschäftigt. Der Koch und sein Küchenjunge kochten auf Befehl des Kapitäns Delikatessen für einige kranke Passagiere und Seeleute: Milchreis mit Zucker und Zimt, gekochte Trockenpflaumen, Hammelfleisch und Rinderbraten.

Humility hielt an Deck eine Gebetsstunde ab. Tamar hörte, wie sie voller Gefühl die Psalmen sangen. Sie hatten den Sturm sicher überstanden und waren von der Angst und Aufregung noch ganz entkräftet. Aber dies war ein Zeichen, sagte Humility. Der Herr hatte beschlossen, daß sie sich im Gelobten Land niederlassen sollten.

Bartle kam und stellte sich neben Tamar.

Sie sah ihn an. »Reis mit Zucker und Zimt!« sagte sie. »Und das für die einfache Mannschaft. Es überrascht mich, daß du so großzügig bist.«

»Ich verwöhne sie nicht. Ich tue es aus gesundem Menschenverstand. Diese Burschen, die naß bis auf die Haut sind und vor Kälte zittern, würden sonst ein furchtbares Fieber bekommen. Solche Delikatessen wie Milchreis und Hammelfleisch, etwas frisches Wasser, gekocht mit Zucker, Ingwer und Zimt, und ein bißchen Wein können einem Mann das Leben retten. Gibt man ihm dagegen gesalzenen Fisch mit Öl und Senf oder salzige Erbsen, dann geht es ihm schlecht. Solche Kost mag in gewöhnlichen Zeiten gut genug sein, aber nach einem solchen Sturm muß ich meine Leute verwöhnen, wenn ich sie behalten will. Meine Mannschaft ist mir zu viel wert, als daß ich irgendwelche Verluste riskieren könnte. Wenn wir nun in weitere Stürme geraten? Wenn wir nun auf irgendwelche Feinde treffen? Nein, nein, es ist nur gesunder Menschenverstand. Du lieber Gott! Was dieser Prediger wieder für Phrasen drischt! Tamar, Tamar, warum hast du ihn bloß geheiratet?«

Sie wandte sich ab, aber er legte seine Hand auf ihren Arm, und obwohl sie ihn abschütteln wollte, vermochte sie es nicht.

»Das Leben auf See«, fuhr er fort, »ist voller Gefahren. Wir hätten zu Hause bleiben sollen, du und ich. Oh, nicht jetzt. Vor siebzehn Jahren.«

»Du blickst dauernd in die Vergangenheit. Ich ziehe es vor, in die Zukunft zu sehen.«

»Das tue ich auch. Wann, Tamar? Wann?«

»Ich verstehe dich nicht.«

»Du hältst ihn von dir fern. Du sehnst dich nach mir. Aber was nützt das Sehnen, wenn wir nichts tun, um unsere Sehnsucht zu befriedigen?«

»Wie ich dir schon vor vielen Jahren sagte: Du bildest dir sehr viel auf dich ein«, antwortete sie.

»Ich habe auch allen Grund dazu.«

»Bist du so sicher?«

»Ja, das bin ich. Du kannst ihn nicht in deiner Nähe ertragen, deshalb belügst du ihn. Du sagst ihm, daß du ein Kind erwartest. Und du hast mich auch belogen. O Tamar, ich war zu lange ohne dich.«

»Du könntest es mit Polly Eagel als Ersatz versuchen.«

»Mit wem?«

»Du stellst dich dumm, aber ich weiß von deinen Abenteuern. Ich sagte Polly Eagel.«

»Ich kenne sie nicht.«

»Du verschwendest deine Zeit, wenn du mir weismachen willst, daß du nicht ihr Liebhaber warst. Ich nehme an, du willst mir jetzt vormachen, du hättest es vergessen.«

»Es hat keine Bedeutung, ob du mir nun glaubst oder nicht. Es hat so viele gegeben, Tamar.«

»Und du glaubst, es würde mir Spaß machen, die hundertste zu sein?«

»Ob du nun darüber glücklich bist oder nicht, du bist schon eine von ihnen.«

»Da sieht man es mal wieder! Ich kann dich nur hassen. Du verspottest mich. Du machst dich über mich lustig. Wie könnte ich jemanden wie dich lieben?«

»Und doch tust du es.«

»Laß mich allein, ich bitte dich.«

»Nicht, bevor du meinen Plan gehört hast.«

»Was für ein Plan ist das?«

»Ein Plan für uns beide.«

»Ein solcher Plan interessiert mich nicht.«

»Du wiederholst dich.«

»Du langweilst mich. Ich bitte dich, geh jetzt.«

»Und ich bitte dich, Tamar, um deiner selbst willen, mach mich nicht wütend. Wenn ich wirklich in Wut gerate, bin ich nicht mehr in der Lage, mich zu beherrschen. Du wirst mir jetzt zuhören. Ich habe folgenden Plan: Wir haben unseren Bestimmungsort bald erreicht; die Passagiere gehen von Bord; aber du und ich, deine Kinder – und Richard, wenn er es wünscht-, wir segeln zurück nach Hause. Wir lassen deinen Ehemann mit seinen Pilgern dort. Dann hat er sie, und ich habe dich als Belohnung dafür, daß ich ihn sicher in das neue Land gebracht habe.«

»Ein äußerst interessanter Plan«, antwortete sie kalt. »Aber wie ich dir schon sagte, es ist dumm von dir, mich in deine Pläne einzuschließen.«

Er trat näher an sie heran. »Ich bin es leid zu warten. Wir können so nicht weitermachen. Einer von uns wird sonst sehr bald irgend etwas tun, das diesem unerträglichen Zustand ein Ende bereitet.«

Sie hatte angefangen zu zittern. Sie konnte ihm nicht in die Augen sehen, deshalb starrte sie in das durchsichtige Wasser.

Es war Nacht, und über dem Schiff lag eine gespannte Atmosphäre. Sogar die Seeleute waren bedrückt und flüsterten nur.

An Deck brannte kein Licht, auch nicht an den Masten. Der Kapitän hatte es so befohlen.

»Jeder, der Licht macht«, hatte er gebrüllt, »sei es nun ein Mann, eine Frau oder ein Kind, wird sofort in Ketten gelegt.«

In der Abenddämmerung war ein Schiff am Horizont gesichtet worden, und jeder Seemann wußte, daß es ein spanisches Schiff war.

Unter Deck sprachen die Passagiere flüsternd miteinander. Das alte Schiff dümpelte vor sich hin, denn es hatte im Sturm Schäden erlitten. An Bord waren Männer und Frauen, die ein Zuhause suchten, keine Schlacht oder Beute. Sie besaßen Möbel und Werkzeuge, aber keine Waffen. Die katholischen Spanier konnten sie genauso in Angst und Schrecken versetzen wie die islamischen Türken.

Annis rannte zu Tamars Kajüte und kam ganz atemlos an. Tamar hörte sie in der Dunkelheit keuchen. Arme Annis! Sie wurde schon alt. Sie hatte zu viele Kinder geboren, und in der letzten Zeit bekamen ihre Lippen einen bläulichen Schimmer, wenn sie außer Atem war. Tamar erinnerte sich plötzlich an sie, wie sie als kleines, flachsblondes Mädchen in den Lackwellschen Kotten geschaut und ihre Zunge herausgestreckt hatte. Wenn der Tod näher kam, dachte man wohl an die Vergangenheit.

Annis sagte: »Mistreß, Mr. Brown predigt gerade auf dem unteren Deck. Er ist ein sehr tapferer Mann, denn wenn die Spanier ihn kriegen, steht ihm ein schlimmes Schicksal bevor. Monatelang quälen sie ihn, dann verbrennen sie ihn bei lebendigem Leibe. Sir Bartle ist auf dem Oberdeck. Er hat mich gebeten, Euch zu ihm zu bringen. Er will Euch etwas Wichtiges sagen. Er sagt, Ihr sollt unbedingt kommen.«

Tamar warf ihren Umhang über und ging an Deck. Es war eine wolkige Nacht, nur ab und zu blinkten ein paar Sterne durch die Wolkendecke. Bartle hatte sie gesehen und ging schnell auf sie zu.

»Tamar?«

»Ja, Bartle?«

»Ich danke Gott für diese dunkle Nacht.«

»Ja, Gott sei Dank, es ist dunkel.«

Er legte seinen Arm um sie, und sie ließ es geschehen. Sie dachte an die mächtige Galeone, die in diesem Moment auf sie zusegeln mochte.

Er sagte: »Wenn der Morgen dämmert, werden wir mehr wissen. Aber es gibt Hoffnung für uns. Vielleicht haben sie uns nicht gesehen. Ich habe den Kurs geändert. Tamar, die Spanier dürfen dich nicht gefangennehmen. Es wäre besser, ich würde dich mit meinen eigenen Händen töten.

»Ja«, antwortete sie mit fester Stimme.

»Bleib bei mir, mein Liebling. Ich möchte, daß du bei mir bist, wenn es dämmert. Wir haben nie zusammengelebt, und es kann sein, daß wir niemals zusammenleben werden. Aber wir können zusammen sterben.«

Er streichelte sacht ihren Arm. Dann zog er sie an sich und küßte sie so zärtlich wie nie zuvor. »Was für ein unheiliges Durcheinander haben wir doch aus unserem Leben gemacht«, fuhr er fort. »Aber für Reue ist es jetzt zu spät. Bleib ganz dicht bei mir. Schade, daß ich deine Augen nicht sehen kann. Sie sind bestimmt sanft und zärtlich. Sie blitzen nicht mehr vor Wut und Stolz.«

»Nein«, sagte sie. »Ich gehe jetzt nicht von dir fort.«

»Niemals wieder?«

Sie antwortete nicht, und er führt fort: »Deine Ehe, das war doch keine wirkliche Ehe.«

»Die Kinder sprechen doch wohl dafür.«

»Vielleicht haben wir nur noch ein paar Stunden zu leben. Laß uns ehrlich sein. Was fühltest du, als du hörtest, daß ich vermißt werde?«

»Verzweiflung. Ja, heute weiß ich, daß ich verzweifelt war. Ich suchte Frieden, und ich dachte, ich würde ihn mit Humility Brown finden.«

»Das Leben hier auf dieser Erde wurde uns geschenkt, damit wir es leben. Sollen wir etwa in diese Welt geboren worden sein, um dauernd an eine andere zu denken?«

»Oh, du bist ein Heide.«

»Niemals hätte ich an so etwas gedacht, wenn du mich mein Leben hättest führen lassen. Wir hätten heiraten und unsere Pflicht für unsere Familien und unsere Heimat erfüllen sollen. Wir hätten unsere Kinder dazu erziehen sollen, dem Staat und der Kirche zu gehorchen. Du bist die Heidin, und du hast aus mir einen Heiden gemacht.«

Sie schwiegen, und sie fühlte seine Lippen auf ihrem Haar. Dann fuhr er fort: »Wohin gehen wir, du und ich? Kommt der Tod bei der Dämmerung? Das ist einfach. Das geht ganz schnell. Aber wenn wir nicht sterben, was dann, Tamar? Wohin sollen wir dann gehen?«

»Wir können nicht weiter denken als bis zum Morgen.«

»Warum kannst du nur zärtlich und ehrlich sein, wenn der Tod auf uns lauert?«

»Warum bist du jetzt anders als sonst?«

»Oh, Tamar! Laß uns an all das denken, was hätte sein können. Vor siebzehn Jahren hatten wir die Chance zu leben. Für mich gab es Sklaverei und Peitschenhiebe, für dich eine andere Form von Sklaverei. Aber beides geschah aus unserem eigenen

Willen. Wir hätten zusammen in unserem Heim sein können. Wir könnten dort sein, jetzt. Glaubst du, daß es irgendwo grüneres Gras gibt als in Devonshire oder mildere Luft? Nirgends auf der Welt hat das Meer eben diese Farbe wie an unseren Stränden. Nirgendwo sonst steigt der Nebel so weich und warm auf wie bei uns, um dann plötzlich zu verschwinden und die Sonne durchzulassen, eine warme, freundliche Sonne, die niemals zu stark brennt. Doch du hast dieses Leben fortgeworfen. Du hast mich in die Sklaverei verbannt und dich selbst in ein Leben mit einem Puritaner. Ich könnte dich hassen, Tamar, wenn ich dich nicht liebte.«

»Auch ich könnte dich hassen.«

Sie küßten sich jetzt leidenschaftlich; und sie fühlte, wie all das, was sie achtlos fortgeworfen hatte, wiederkehrte; sie wußte, ihre Küsse waren ein Versprechen für die Zukunft... wenn sie den kommenden Tag überlebten.

Plötzlich hörte sie Bartle lachen, und es war jenes Lachen, an das sie sich nur allzu gut erinnerte.

»Tamar, wir können nicht sterben. Wir müssen uns gegen den Spanier wehren. Wir haben Schießpulver und Gewehre. Wir werden über uns selbst hinauswachsen. Du gehst in deine Kajüte und nimmst deine Kinder mit. Dort wirst du bleiben, bis ich komme. Und ich werde kommen. Ich verspreche dir, ich werde kämpfen, wie ich noch nie zuvor gekämpft habe. Ich werde doch jetzt nicht sterben, da ich gerade mein neues Leben mit dir beginnen will.«

Sie klammerte sich an ihn. »Wir müssen nicht sterben. Natürlich müssen wir nicht sterben!«

Als es dämmerte, war die gesamte Mannschaft an Deck.

Gespannte Augen suchten den Horizont ab.

Das spanische Schiff war verschwunden.

Das Schiff fuhr weiter.

»Wann werden wir endlich Land sichten?« Diese Frage wurde der Mannschaft jeden Tag gestellt.

»Eine Woche noch, vielleicht etwas länger, vielleicht kürzer.«

Eine Woche! Nachdem sie nun fast drei Monate lang unterwegs waren, stieg jetzt die Aufregung. Noch war um sie herum nichts als Wasser, aber jeden Tag konnte jetzt Land in Sicht kommen.

Die Karte, die Kapitän John Smith vor über zehn Jahren gezeichnet hatte, wurde eifrig studiert. Allein die Namen erfreuten sie: Plymouth, Oxford, London; der Fluß Charles und Southampton; und weiter die Küste entlang lagen Dartmouth, Sandwich, Shooters Hill und Kap Elizabeth. Solche Namen hatten wirklich einen heimatlichen Klang.

Tamars Unsicherheit war seit jener gefährlichen Nacht gewachsen. Bartle erfüllte ihre Gedanken – nicht dieses neue Land. Sie hatte ihn nach dieser Nacht des gegenseitigen Einverständnisses gemieden, aber so konnte es nicht weitergehen. Sie durfte Humility nicht aus ihren Gedanken verbannen. Was hatte sie getan in dieser Nacht? Sie hatte Bartle all ihre Geheimnisse preisgegeben; sie konnte ihre Gefühle für ihn nicht länger verleugnen.

Aber schließlich hatte sie ihre Kinder. Sie war mit Humility Brown verheiratet. Wie konnte sie also mit Barile nach England zurückkehren?

Humility hatte ihre Veränderung bemerkt. Sie hatte immer weniger Geduld mit ihm. Sie machte ihnen das Leben schwer, indem sie ständig Streit suchte. Wäre er nicht ein so guter Mensch, dachte Tamar, würde ich mich ihm gegenüber nicht so schuldig fühlen, und ich würde ihn auch nicht so sehr hassen.

Aber sie haßte und verabscheute ihn. Sie wünschte, er wäre tot. Sein Tod böte den einfachsten Ausweg für sie und Bartle. Sie betrachtete ihn prüfend. Er sah sehr krank aus. Diese Reise war über seine Kräfte gegangen, denn er war kein besonders robuster Mann. Er fastete ziemlich häufig, um zu büßen, wie sie glaubte. Bestimmt hatte er wieder sündige Gedanken gehabt, wie er es nannte, und diese Gedanken drehten sich wohl immer um sie.

Vielleicht ist er kein so guter Mensch, wie er selbst glaubt, dachte sie. Wenn ich ihm das beweisen könnte, würde ich mich nicht mehr so schuldig fühlen.

Je mehr sie an ihn dachte, desto unwiderstehlicher wurde ihr Wunsch, ihm zu beweisen, daß er nicht besser war als andere Menschen. Während das Schiff der Neuen Welt immer näher kam, konnte sie an nichts anderes mehr denken.

Eines Abends, als sie in ihrer Kajüte waren, blickte er sie forschend an und sagte: »Tamar, was ist nur über dich gekommen? Während dieser Reise hast du dich sehr verändert. Fast bis du wieder wie das junge, wilde Mädchen, das du vor deiner Bekehrung warst. Bitte, laß dich doch von mir leiten.«

»Ich soll deiner Führung bedürfen?« schrie sie ihn an. »Sieh mich doch an! Mir geht es gut. Es ist mir noch nie bessergegangen. Du siehst aus wie ein Totenkopf. Vielleicht bedarfst du ja meiner Führung.«

»Ich rede von geistiger Führung. Die Gesundheit deines Körpers ist hervorragend. Aber was ist mit der Gesundheit deiner Seele?«

Dann kam es zu jenem Zusammenprall, auf den ihr gesamtes gemeinsames Leben zugesteuert war.

Die See war ruhig in dieser Nacht, und sie lag in ihrer Kajüte, als Humility hereinkam. Wie gewöhnlich kniete er nieder und betete, bevor er in seine Koje kroch.

Während sie ihn beobachtete, fühlte sie deutlich, daß der Teufel bei ihr war, denn sie beschloß, der Augenblick sei gekommen, ihm zu beweisen, daß er trotz all seiner frommen Worte und Ideale ein Mann wie jeder andere war. Sie würde ihm zeigen, daß er ein Mann war, wie Bartle einer war. Während es Bartle nicht kümmerte, von den Leuten für den gehalten zu werden, der er war, versteckte Humility seine wahren Gelüste unter dem Deckmantel der Frömmigkeit. Sie hatte sich geschworen, ihm diesen Mantel vom Leib zu reißen; sie würde ihn bloßstellen, nicht nur vor ihren Augen, sondern auch vor seinen eigenen. Dann wurde er vielleicht endlich damit aufhören, für sie zu beten und ihr seine Führung anzubieten, um in seinem Herzen sagen zu können: »Gott sei Dank, ich bin nicht wie die anderen Männer!«

»Humility«, sagte sie und streckte ihre Hand aus.

Die Zärtlichkeit in ihrer Stimme überraschte ihn. Das Mondlicht zeigte genug von ihrer Schönheit, um ihn zu erregen. Ihr langes, wildes Haar fiel auf ihre Schultern, und ihr Busen war nackt.

»Frau«, sagte er heiser, »was kommt über dich?«

Sie nahm seine Hand. »Ich weiß es nicht. Es ist nur, daß ich mich nicht wie eine Ehefrau fühle. Ich werde behandelt wie eine Frau, die Kinder gebären soll, nicht wie eine, die geliebt wird. Du betest, bevor du mich in die Arme nimmst. ›Mach diese Frau fruchtbar!‹ Diese Frau! Fruchtbar! Das sind nicht die Worte eines Liebhabers. Ich werde nicht geliebt, so wie andere Frauen.«

»Ich habe dich geliebt, ich liebe dich wirklich... so wie es für einen Mann angemessen ist, seine Ehefrau zu lieben.«

Sie lächelte verführerisch und legte ihren Arm um ihn.

»Aber du hast mich leidenschaftlich geliebt«, sagte sie.

Er schloß seine Augen, und sie mußte innerlich über seine Feigheit lachen. »Ich war dem Herrn geweiht«, antwortete er. »Die Ehe war mir nicht bestimmt. Ich wollte der Fleischeslust für immer entsagen. Gott hat unsere Verbindung gesegnet. Haben wir nicht drei Kinder, und ist nicht ein viertes unterwegs?«

Sie legte ihre Lippen an sein Ohr und flüsterte: »Ich will um meiner selbst willen geliebt werden … und nicht um der Kinder willen, die ich gebäre.«

»Du bedarfst dringend des Gebets, Frau.«

»Nicht ich!« erwiderte sie und unterdrückte mühsam ein Lachen. »Du bist es, der beten muß, Humility. Bete jetzt, Bleib nah bei mir und bete.«

»Du bist eine Verführerin«, sagte er.

»Du mußt nicht so ein Feigling sein, Humility. Du mußt mich ansehen. Meine Nächte sind einsam, weil mein Ehemann nur an seine Kinder denkt und nicht an seine Frau.«

»Warum führst du mich so in Versuchung?«

»Ja, warum wohl? Warum verführen Frauen Männer und Männer Frauen? Komm näher, Humility, und ich werde es dir sagen. Ich bin zu lange allein gelassen worden.«

Eine Art Besessenheit war über sie gekommen. Bartle und ich sind nicht schlimmer als er! dachte sie. Keiner von uns ist besonders gut oder besonders schlecht Ich kann es nicht ertragen, wenn er Gott dafür dankt, daß er besser ist als die anderen. Ich werde ihm hier und jetzt zeigen, daß er es nicht ist.

Sie liebte ihn nicht, sie haßte ihn. Sie begehrte ihn nicht, er wirkte abstoßend auf sie. Aber in diesem

Moment wollte sie nichts anderes, als ihm die Augen über sich selbst zu öffnen.

»Komm näher, Humility«, flüsterte sie.

Sie hatte nicht gewußt, wie verzweifelt er gegen das angekämpft hatte, was er als Sünde betrachtete. Er war nicht scheinheilig, er glaubte fest an die Grundsätze, die er anderen predigte.

Sie sah, wie erblicklos vor sich hinstarrte und ganz blaß geworden war.

Sie konnte der Versuchung, ihn zu verhöhnen, nicht widerstehen. »Ein Mann ist also ein Mann, auch wenn er Puritaner ist. Er kennt dieselben Gelüste wie andere Männer, und wenn er in Versuchung geführt wird, dann gibt er diesen Gelüsten nach.«

Er bedeckte sein Gesicht mit den Händen.

»Wäre ich doch gestorben, bevor das hier passiert ist. Alle diese Jahre voller Reinheit, fortgewischt von diesem einen Akt.«

Hitzig schrie sie: »Betrüg dich doch nicht selbst. Die Versuchung war eben vorher nicht da. Hätte sie es gegeben, dann wärst du ihr schon früher erlegen. Als du auf deine Mansarde gingst, war ich froh darüber und machte keinerlei Anstalten, dich zurückzuhalten. Hätte ich gewünscht, daß du bleibst, daß du mit mir schläfst, dann hättest du das zweifellos getan. Ich bitte dich, sage nie wieder, du wärst ein besserer Mann als andere. Denn das bist du nicht. Und für einen Sünder ist es besser, das zuzugeben, als sich für einen rechtschaffenen Mann auszugeben.«

Seine Lippen murmelten ein Gebet, aber sie konnte ihre Zunge nicht im Zaum halten.

»Du bittest Gott um Vergebung. Was soll er dir denn vergeben? Ich bin deine Ehefrau. Warum solltest du ein besserer Mensch sein, wenn du mich meidest? Hör auf damit! Sieh dich selbst, wie du bist. Ein Mann, nicht mehr und auch nicht weniger. Du bist ein tapferer Mann, aber andere Männer sind auch tapfer. Du bist ein Puritaner, aber andere sind ebenfalls Puritaner. Du bist wollüstig, aber andere Männer sind auch wollüstig. Du hast an deinen einfachen Gewändern ebensoviel Freude wie ich an meinen Kleidern aus Samt und Seide. Du bist genau wie alle anderen. Eins mußt du wissen: Niemals wäre es dir möglich gewesen, der Versuchung, mit mir zu schlafen, zu widerstehen, wenn ich dich in Versuchung geführt hätte. Verurteile andere nicht, wenn du nicht auch selbst verurteilt werden willst.«

Er schien sie gar nicht wahrzunehmen. Er murmelte: »Ich bin unwürdig. Ich habe bewiesen, daß ich unwürdig bin. Gott ist mir nicht mehr gnädig, für mich gibt es keine Hoffnung mehr.«

Er ging hinaus, und sie lag in der Koje und dachte an ihn. Jetzt hatte er sich selbst erkannt. Wenn sie ihm jetzt von ihren Zukunftsplänen erzählte, könnte er ihr nicht mehr ihre große Sünde vorwerfen, denn das würde ihn nur an seine eigene Sünde erinnern.

Viele würden zwar sagen, er hätte nicht gesündigt, aber er glaubte fest, er hätte es getan.

Doch wenig später urteilte sie nicht mehr so hart über ihn. Er war ein guter Mann; er war sogar ein edler Mann. Vielleicht konnte sie ihn ja noch davon überzeugen, daß ganz normale Vorgänge schließlich keine Sünde seien. Sie würde zu ihm sagen: »Wenn Gott es nicht wollte, daß wir so etwas tun, warum sollte er uns dann solche Gelüste geben?« Sie fürchtete aber, es würde ihr nicht gelingen, ihn damit zu trösten, aber wenn sie ihn das nächste Mal sah, würde sie es zumindest versuchen.

Sie sah Humility niemals wieder.

John Tyler war der letzte, der ihn lebend erblickte.

»Es war noch früh am Morgen«, berichtete John. »Da ich nicht schlafen konnte, ging ich an Deck. Und da stand er, Mr.

Brown, er lehnte sich über die Reling und guckte ins Wasser.

Ich sagte: ›Guten Morgen, Mr. Brown. Ein schöner Morgen, nicht wahr?‹ Aber er gab keine Antwort. Er hatte wohl ein ernsthaftes Gespräch mit unserem lieben Gott. Dabei wollte ich ihn nicht stören, und ich ging weiter. Ich hab' nach den Schweinen und dem Geflügel dort oben gesehen. Ich blickte mich noch mal um. Er stand noch da, aber eine Minute später hab' ich noch mal geguckt, da war er weg. Er war spurlos verschwunden. In der kurzen Zeit hätte er nicht nach unten gehen können. Ich hab' angefangen zu zittern... plötzlich hab' ich gewußt... er war über Bord gegangen.

Nun, den Rest wißt ihr. Ich habe Alarm geschlagen, aber es war zu spät. Keine Spur von ihm, und das Schiff fuhr schnell in der steifen Brise.«

Humility Brown war über Bord gegangen! Die Nachricht verbreitete sich wie ein Lauffeuer. Ein furchtbarer, unglaublicher Unfall. Die Puritaner trauerten aufrichtig um diesen Mann, den sie als ihren Leiter betrachteten. Aber niemand betrauerte ihn so sehr wie seine Frau.

Die Schuld lag schwer auf ihren Schultern.

Nur wegen ihr war er gestorben. Ich habe ihn in den Tod geschickt. Ich hätte ihn genausogut über Bord stoßen können. Für mich gibt es kein Glück mehr, denn wenn ich danach greifen will, wird er dort sein, um mich an meine Sünde zu erinnern. Ich kann meine Schuld nicht verleugnen, denn ich wollte ihn aus dem Weg haben. Ich glaube, ich wußte, er würde so etwas tun, als ich ihn derartig in Versuchung führte, daß er nicht widerstehen konnte.

Aber sogar der tragische Tod von Humility Brown geriet in Vergessenheit, als Land in Sicht kam. Wie einst Moses blieb es Humility verwehrt, das Land zu erblicken, nach dem er sich so gesehnt hatte.

Diese Schuld liegt für alle Zeiten auf meinem Gewissen! dachte Tamar.

VII

Der Anblick eines fremden Landes, das vielleicht eine neue Heimat bietet, war wunderbar. Tamar stand mit Richard und Bartle an Deck und blickte auf die Küste, die, je näher sie ihr kamen, immer deutlicher zu erkennen war.

Als die *Liberty* vor Anker gegangen war, ruderten in kleinen Booten Siedler auf sie zu, um sie zu begrüßen und willkommen zu heißen. Die Seeleute ließen die Beiboote des Schiffes zu Wasser. Am Ufer versammelte sich eine aufgeregte Menschenmenge. Die Ankunft von Freunden aus der Heimat bedeutete immer ein großartiges Ereignis.

Es war unmöglich, nicht darauf stolz zu sein, zu diesen Abenteurern zu gehören. Aber Tamar schien es, als stünde eine schattenhafte Figur neben ihr- ein dünner Mann in nassen Kleidern, mit völlig verstörtem Blick.

Sofort wandte sie sich Bartle zu. Seine Augen leuchteten. Er war ein wahrer Abenteurer, immer auf neue Entdeckungen aus. Ihr Blick wanderte zu Richard. In seinem Gesicht spiegelte sich seine Hoffnung, bei der Gründung dieser neuen Gemeinde eine nützliche Rolle zu spielen.

Nach all diesen Monaten auf See war es wundervoll, wider festen Boden unter den Füßen zu haben, den fauligen Geruch unter Deck los zu sein, den man trotz der frischen Seeluft immer in der Nase hatte. Wie angenehm war es doch, Luft zu atmen, die nach Wald und Wiesen duftete.

Man führte sie auf direktem Wege zur Ansiedlung, wo sie von den Kirchenältesten und vom Gouverneur begrüßt wurden. Die Ansiedlung zog sich eine Straße längs, die sich vom Strand aus ein paar hundert Fuß einen Hügel hochwand. Die Häuser waren aus Holzplanken grob zusammengezimmert worden, aber vor jedem Haus befand sich ein kleiner Garten, der die Neuankömmlinge plötzlich schmerzlich an zu Hause erinnerte. Als sie die liebevoll angelegte Straße hinaufblickten, fiel ihr Blick auf einen Platz, der mit Kanonen umringt war, die jederzeit dazu benutzt werden konnten, die Straße gegen mögliche Angriffe zu verteidigen. Die Gefahr war noch nicht vorbei, das wußten sie.

Aber im Moment herrschte nur Freude. Zwar lebten in dem kleinen Ort einige Freunde von zu Hause, aber die meisten Siedler waren den Neuankömmlingen unbekannt. Dennoch hatte ihre erste Begegnung etwas von einem Familientreffen an sich. Tamar selbst erkannte einige dieser Männer, wie Kapitän Standish, Edward Winslow und Gouverneur Bradford wieder, denn sie hatte sie vor der Abfahrt der *Mayflower* getroffen.

Sie fragten sie nach Humility, doch sie war noch zu überwältigt von ihren Gefühlen, um über ihn sprechen zu können. Richard antwortete für sie.

»Es war ein schrecklicher Unfall. Ein schlimmer Schock für uns alle. Das Tragische daran war, daß es in der Nacht geschah, bevor Land in Sicht kam. Seit Jahren hatte er nur für diesen Augenblick gelebt.«

»Es war zweifellos Gottes Wille«, sagte Gouverneur Bradford.

Und dann, bevor das Willkommensmahl bereitet wurde, dankten sie Gott für die sichere Überfahrt.

Es war ein eindrucksvoller Augenblick – die Mannschaft des Schiffes und die Siedler hatten sich am Strand versammelt, während die Kirchenältesten ein Dankgebet sprachen und alle in die Dankeshymnen einstimmten.

Nach dem Dankgottesdienst verbreitete sich in der kleinen Gemeinde eine eifrige Geschäftigkeit. Man wollte den Neuankömmlingen zeigen, was puritanische Gastfreundschaft bedeutete. Die Ladung des Schiffes löste große Freude aus. Geflügel! Schweine! Nicht einmal Gold hätte sie mehr erfreuen können.

Jede Hausfrau war damit beschäftigt, ihren Teil des Festmahls zuzubereiten. Die Neuankömmlinge wurden auf die Haushalte verteilt, und eine Hausfrau wollte die andere mit ihrer Kochkunst übertreffen. Kein einfacher Pudding für die Gäste! Kein Maiskuchen mit Schellfisch! Für das große Festessen mußte es überbackene Bohnen mit Schweinefleisch geben.

Es gab so viele wundervolle Dinge zu sehen, während das Festmahl vorbereitet wurde. Die Kinder liefen wild in der Gegend herum, sie ließen den Sand durch die Finger laufen. Sehnsüchtig sahen sie zum Wald hinüber und konnten es kaum erwarten, auf Entdeckungsreise zu gehen, nachdem sie monatelang auf dem engen Schiff eingesperrt gewesen waren. Die Siedlerkinder sahen ihnen ernst zu, und einige spielten mit; diejenigen, die sich an zu Hause erinnerten, stellten viele Fragen.

Die Erwachsenen unterhielten sich; sie konnten gar nicht mehr aufhören zu reden; sie sprachen über den ersten schrecklichen Winter, in dem fast die Hälfte von ihnen gestorben war; sie erzählten von dem Feuer, das beinahe zu einer tödlichen Katastrophe geführt hätte. Mr. Carver und Mr. Bradford, die zu der Zeit krank gewesen waren, hätten dabei um ein Haar sowohl ihr Leben als auch ihre Häuser verloren. Oh, das war eine schreckliche Zeit gewesen! Und das alles nur wegen eines Funkens, der das Dach eines Kottens in Brand gesetzt hatte. Aber der Herr hatte sie bewahrt; schlimme Not hatten sie durchgemacht, aber dank seiner Hilfe und seiner Gnade hatten sie alles überstanden.

Die Gespräche, die kein Ende finden konnten, brachten die Leute zum Lachen und zum Weinen. Sie lachten, wenn sie über die Mißgeschicke berichteten, die ihnen seinerzeit Sorge bereitet hatten, die aber im nachhinein nur noch komisch wirkten. Weinen mußten sie über die vielen Siedler, die bereits in der Erde Neuenglands begraben lagen. Sie berichteten, wie sie das Land urbar gemacht und wie sie in dem seichten Fluß, der hier ins Meer mündete, Fischfallen aufgestellt hatten. Sie hatten herausgefunden, daß der dringend benötigte Mais erst dann gedieh, wenn sie den sandigen Boden mit Seefisch düngten.

Fisch! Die Neuankömmlinge sollten schnell entdecken, daß es nirgends solchen Fisch gab wie am Kap James. An einem klaren Tag wie diesem konnte man das Kap von der Ansiedlung aus sehen. Der Schellfisch dort war doppelt so groß wie anderswo. Deshalb ließ er sich auch schneller fangen und verarbeiten. Oh, der Herr sorgte gut für sie. Im Sommer gab es außer Schellfisch noch Meeräschen und Störe. Und wie gut die Rogen schmeckten! Die Eingeborenen sagten, daß es hier so viele Fische gab, wie ein Mensch Haare auf dem Kopf hat.

Auch Früchte gab es in Hülle und Fülle – Blaubeeren, Himbeeren, Pflaumen, Erdbeeren und Kürbisse; Walnuß- und Kastanienbäume wuchsen überall im Wald; und Flachs fand sich überall, aus dem sie stabile Seile und Netze anfertigen konnten. Es gab Biber und Otter, Füchse und Marder – und in der Alten Welt wurden gute Preise für die Felle dieser Tiere bezahlt.

Dies war wirklich ein Land, in dem Milch und Honig flossen!

Aber diese schrecklichen ersten Monate! Da hatten sie die Früchte dieses Landes noch nicht entdeckt. Fleisch und Mehl wurden schmerzlich vermißt; man hatte zuwenig Kleidung und nicht genug

Bettzeug, keine Dochte für die Lampen, kein Ölpapier für die Fenster der Häuser, die gebaut werden mußten. Die grausame Kälte hatte sie unvorbereitet überrascht. Aber ihre Entschlossenheit war stärker gewesen als die eisigen Winde und die Schneestürme. Niemals, so schworen sie sich, würden sie nach England oder Holland zurückkehren. Sie hatten gelobt, dieses Land zu ihrem Zuhause zu machen, sich ein freies, neues Leben in einem neuen Land zu schaffen, und mit Gottes Hilfe sollte es ihnen auch gelingen.

Die ersten Siedler fanden während ihres zweiten Winters heraus, daß der erste ein milder Winter gewesen war. Da wußten sie trotz des Windes und des Schnees, den sie zu erdulden hatten, daß Gott bei ihnen war, denn hätten sie während der ersten Monate in dem neuen Land einen normalen Winter erlebt, dann wäre nicht nur die halbe, sondern die ganze Kolonie zugrunde gegangen.

Es gab so vieles zu erzählen, so vieles zu erfahren. Sie berichteten von dem großen Tag des ersten Dankfestes. Es sollte ein nüchternes Fest werden – ein ernsthaftes Frohlocken, um dem Allmächtigen zu zeigen, wie dankbar sie waren, daß er sie sicher durch große Gefahren geleitet hatte. So schickte Gouverneur Bradford Männer in den Wald, die Wild jagen sollten, und es gab ein dreitägiges Freudenfest. Die Puritaner lächelten bei dieser freudigen Erinnerung.

»Freunde, stellt euch vor! Massoit kam zu unserem Fest. Massoit ist ein Indianerhäuptling, der dank der Gnade Gottes und des Verhandlungsgeschicks von unserem Gouverneur und Kapitän Standish und vielleicht auch infolge des Anblicks unserer Kanonen unser Freund geworden ist. Es gab Tänze und Gesang, und wir waren ganz entsetzt, wie ihr euch vorstellen könnt, denn es sollte doch ein ernstes Fest werden, dem Allmächtigen zu Ehren; und mitten unter uns waren diese Wilden und verehrten ihre eigenen heidnischen Götter... Barbaren und Heiden. Sie zeigten uns ihre Tänze, ihre Gesichter waren bemalt, ihre Körper fast nackt. Aber wir glauben, Gott hatte Verständnis dafür, daß wir sie als unsere Gäste behandeln und ehren mußten. Und ihre Tänze und ihre Nacktheit hatten nichts mit der Dankbarkeit in unseren Herzen zu tun.«

Nun sollte das Festmahl beginnen. Das Schweinefleisch schmeckte hervorragend. Es gab Ale und Gin zu trinken; als sie gegessen hatten, fanden sich wieder kleine Gruppen zusammen, um sich zu unterhalten. Aber nun redeten sie von zu Hause – nicht von ihrem neuen Zuhause, sondern von ihrem Zuhause jenseits des Ozeans, das die meisten von ihnen nie wiedersehen würden.

Ja, es war ein wunderbares Land, in das sie gekommen waren, aber sie dachten doch ständig an ihre Heimat. Hier gab es Fisch in Hülle und Fülle, aber wie oft dachten sie an das schöne rote englische Rindfleisch und an das gute englische Ale! Das Heimweh überfiel sie wie eine Krankheit; einige waren mehr davon betroffen als andere. Einige waren vielleicht gestorben, weil sie die grünen Wiesen Englands so sehr vermißten.

Als Tamar all dies sah und hörte, war sie begeistert. Hier wollte sie leben, unter all den tapferen Männern und Frauen. Sie stellte sich eine Stadt vor, die nicht nur aus einer Straße mit ein paar Häusern und Gärten bestand; sie sah eine Stadt vor sich – eine große Stadt, wo alle in Freundschaft lebten und wo es keine Grausamkeit gab und keine Brutalität, sondern Freiheit. Ja, Freiheit, das war das Wichtigste – Freiheit, sein eigenes Leben zu leben, seine eigenen Gedanken zu denken.

Zum Schlafen gingen sie zurück zur *Liberty,* weil es in der Ansiedlung nicht genügend Übernachtungsmöglichkeiten gab.

Bartle kam zu ihr, als sie zurück an Bord waren.

»Ein edles Vorhaben!« sagte er. »Aber das ist nichts für uns.«

»Warum nicht?«

»Heiden und Puritaner können nicht miteinander leben.«

»Jeder kann auf Freiheit hoffen«, meinte sie. »Warum sollten wir nicht Puritaner werden?«

»Du weißt, daß wir das niemals können.«

»Es sind wundervolle Menschen. Wenn ich mir vorstelle, wie sie hier ankamen, als nichts da war außer einem Sandstrand und einem Hügel, auf dem man eine Stadt bauen konnte, und dem Wald, in dem es von Wilden wimmelte. Und sie hatten nur ihren Mut und ein Meer voller Fische. Ich wünschte, ich hätte eine von ihnen sein können.«

»Was ist bloß über dich gekommen?« ftagte er. »Du änderst dich von einem Tag zum anderen. Hast du etwa die Nacht schon vergessen, als wir dachten, die Spanier würden uns gefangennehmen? Da hast du versprochen, bei mir zu bleiben. Du wolltest deinen Ehemann verlassen und mit mir zurückfahren. Nun ist er tot, dadurch ist alles einfacher für uns. Wir brauchen uns nun nicht mehr um ihn zu kümmern.«

»Wir müssen an ihn denken«, antwortete sie.

»Du sprichst in Rätseln.«

»Nein. Er ist tot, und ich habe ihn getötet.«

»Du... sollst ihn getötet haben?«

Dann berichtete sie ihm, was sich in der Nacht vor Humilitys Tod in ihrer Kajüte abgespielt hatte.

Er war zornig. Sie bilde sich das ein, sagte er. »Er hat sich selbst umgebracht. Was redest du bloß für einen Unsinn. Er hat sich umgebracht, weil es ihm an Lebensmut fehlte.«

»Ich habe ihn getötet, kurz bevor wir das Land erreichten, nach dem er sich immer gesehnt hat.«

»Du täuschst dich selbst. Wie immer wird deine Sicht durch deine Gefühle getrübt. Du denkst mit dem Herzen, nicht mit dem Kopf. Wie solltest du wissen, daß er sich umbringen würde? Warum hat er sich denn umgebracht? Weil ihm der Mut zum Leben fehlte. Stets hat er nur über die Sünde gegrübelt, so daß er sie dort sah, wo sie nicht ist. Denk nicht mehr an ihn. Er war ein schwacher Mann. Wenn Gott beschlossen hat, daß er nicht in dieses Land kommen sollte, so geschah dies, weil er unwürdig war. Dies ist ein Land für tapfere Männer und Frauen.«

»Ich fühle eine große Last auf meinen Schultern. Ich habe ihn getötet, und ich muß für meine Sünde bezahlen. Ich kann kein Glück finden, bevor ich das nicht getan habe. Das wurde mir heute klar, als ich diesen Leuten zuhörte. Wenn ich hier bleibe und versuche, Humilitys Arbeit zu verrichten, dann werde ich meine Sünde in gewissem Maße wiedergutmachen.«

Wütend entgegnete er: »Ich verstehe dich nicht. Was ist mit uns? Was wird aus unserem gemeinsamen Leben, das du mir versprochen hast, falls wir den Spaniern entkommen würden? Warum mußt du jetzt, wo alles so einfach sein könnte, solche Hindernisse aufbauen?«

»Ich bin nicht mehr jung und töricht. Ich bin nicht länger eine Frau, die durch ihren Liebhaber erregt wird.«

Er nahm sie in seine Arme. »Das werde ich schnell ändern«, sagte er grimmig.

Aber sie war entschlossen. »Laß mich eine Weile in Frieden. Ich muß über all dies nachdenken. Ich verstehe meine Gefühle ja selbst nicht. Gerade in diesem Augenblick sehe ich sein armes, blasses Gesicht vor mir, seine traurigen Augen, die in meine blickten. Meine eigene Stimme höre ich, wie sie grausame, brutale Dinge zu ihm sagt; sie schneiden ihm wie ein Messer ins Herz, und sie waren die Waffen, die ihn töteten.«

Bartle wandte sich zornig von ihr ab. Er war sprachlos vor Wut. Schnell verließ er sie.

Sie ging zurück in ihre Kajüte und sah sich ängstlich um. Es schien ihr, als sei der Geist Humilitys in dieser Kajüte. Sie lag in ihrer Koje und wälzte sich die ganze Nacht schlaflos herum.

Es dämmerte bereits, als sie endlich einschlief; und dann träumte sie, Humility sei in ihrer Kajüte, das Wasser tropfe aus seinen dunklen Kleidern, und die Haare hingen feucht um sein totenbleiches Gesicht.

»Nur durch ein Leben in Frömmigkeit«, sagte Humilitys Geist, »kannst du deine Sünden wiedergutmachen.«

Früh am nächsten Morgen kam Richard in ihre Kajüte. »Störe ich dich, Tamar?«

»Nein.«

»Aber du siehst so müde aus. Du hast wohl kaum geschlafen. Ich selbst habe nur sehr wenig geschlafen. Gestern war ein Tag, an den ich mich zeit meines Lebens erinnern werde.«

»Ich mich auch«, antwortete sie.

»Tamar, du wirst hier glücklich werden.«

Sie schüttelte den Kopf, aber er bemerkte es nicht; er schien an ihr vorbei zu sehen – in eine Zukunft, die ihn erfreute.

»Als ich die Stadt sah, die sie gebaut haben«, sagte er mehr zu sich selbst, »wurde ich übermannt von meinen Gefühlen. Ihre einfachen Häuser, klein, schmucklos, so eben genug Platz bietend. Aber denk dir! Sie mußten zuerst Bäume fällen, bevor sie mit dem Bau beginnen konnten. Winslow erzählte mir, daß sie in jenen Tagen von Sonnenaufgang bis Sonnenuntergang gearbeitet hätten. Sie fällten Bäume, sägten Bretter und Balken. Er sagte mir, daß viele Männer krank wurden und starben, bevor sie mit dem Bau beginnen konnten. Diejenigen, die halbwegs gesund waren, arbeiteten ununterbrochen, so lange das Wetter es zuließ. Sie hatten einen unbezwingbaren Willen. Hätte ich doch einer von ihnen sein können. An diese Männer wird man denken, solange man sich an Menschen erinnert. Am meisten beeindruckt mich, daß sie an jenem ersten Sonntag ihre Dankgebete sagten, statt mit dem Häuserbau fortzufahren, da es ihnen wichtiger war, den Sonntag zu heiligen. An diesem ersten Sonntag wurde nicht gearbeitet. Ich stelle sie mir vor; sie hatten kein Bethaus – sie hatten überhaupt kein einziges Haus. Ich kann sie vor mir sehen, wie sie ihre Dankgebete unter freiem Himmel sprachen. Tamar, diese Menschen strahlen eine Erhabenheit aus, wie ich sie noch niemals erlebt habe. Schon oft habe ich gedacht, daß ich an den Zimmermannssohn glauben könnte. Es waren nicht seine eigenen, einfachen Lehren, die ich nicht akzeptieren konnte; es waren die verschiedenen komplizierten, von den unterschiedlichen Kirchen festgelegten Doktrinen, die ich ablehnte. Aber dieses einfache Leben – dieses Leben der Güte und Bescheidenheit-, es erscheint mir jetzt als das einzig wahre Leben. Der Glaube, den diese Menschen hierhergebracht haben, ist der einzig wahre Glaube.«

»Wahrscheinlich hast du recht«, antwortete Tamar.

»Diese ersten Siedler waren tapferer als die Puritaner, die wir kennen. Die meisten von ihnen haben Jahre im holländischen Exil verbracht. Ihr Ziel war es, die Rituale der bestehenden Kirche nicht einfach zu verändern, sondern eine neue Kirche zu gründen. Deshalb war es zunächst nötig, das Land zu verlassen, um dann eine eigene Gemeinde zu gründen.

»Du willst einer von ihnen werden, Richard. Ich glaube, das will ich auch. Ich will mit ihnen arbeiten und zusehen, wie hier eine große Stadt entsteht, wo Freundlichkeit herrscht statt Brutalität und wo Freiheit an die Stelle der Verfolgungen tritt. Ich will hier so einfach leben wie diese Menschen. Ich muß das tun, weil Humility nicht mehr lebt, um es zu tun.«

Nun sah Richard sie prüfend an.

»Ich habe gedacht, daß du und Bartle ... «

»Was ist mit uns?«

»Ich dachte, ihr würdet jetzt bestimmt bald heiraten. Er liebt dich, und ich glaube, du liebst ihn auch,«

»Ich weiß es nicht«, antwortete sie.

»Du mußt hier glücklich werden, Tamar. Und

du mußt auch Bartle hier glücklich machen. Du brauchst ihn, denn ich glaube nicht, daß du ohne ihn glücklich sein kannst. Obwohl es schwerfällt, sich vorzustellen, daß er hier leben kann, zusammen mit Puritanern, so sollte er es dennoch versuchen, um deinetwillen. Er könnte nach England zurückgehen; er könnte das Leben führen, das ihm bestimmt ist, als Adliger und als Besitzer vieler Ländereien. Aber du, Tamar, du darfst es niemals wagen zurückzugehen. Wärest du geblieben, dann hätten sie dich früher oder später geholt. Das habe ich immer gewußt, und ich mußte immer daran denken. Vielleicht wäre es noch einige Jahre gutgegangen, aber eines Tages hätten sie es getan. Eines Tages hätten sie dich aufgehängt. Niemals hätten sie vergessen, daß man dich einst für eine Hexe gehalten hat. Deshalb stimmte ich zu, hierherzukommen. Ich wußte, zu Hause wärst du niemals in Sicherheit gewesen.«

»Ja, das fühlte ich auch, denn man hat mich so oft argwöhnisch angesehen. Sie warteten nur auf eine Gelegenheit, mich wehrlos zu machen. Ich stellte mir oft vor, wie sie kommen würden, um mich zu holen, mit Simon Carter an der Spitze. Und nicht nur mich. Auch die arme Jane Swann. Vielleicht sogar Mistreß Alton und dich, Richard. Keiner von uns war in Sicherheit. Und John Tyler und Annis und ihre Kinder... sie hätten vielleicht sterben müssen für ihre Religion.«

»Diese schlimme religiöse Verfolgung! Du bestehst darauf, daß du der Hexengemeinde angehörst, weil du die Rituale einer alten Religion kennengelernt hast. Es ist nur die Verfolgung, religiöse Verfolgung, vor der wir zu fliehen versuchen.«

»Richard, ich weiß, ich muß hierbleiben. Ich muß den Teufel aus meiner Seele vertreiben.«

Richard seufzte. »Wo du doch jetzt eine erwachsene Frau und Mutter bist, glaubst du immer noch an die schwarze Magie?«

»Ich weiß, daß ich dem Teufel gehöre. Ich habe sogar einen Mord auf dem Gewissen.« Sie führ fort, bevor er sie unterbrechen konnte. »Es gibt so vieles, was du nicht von mir weißt. Ich bin voller Sünde. Genau wie Bartle. Deshalb können wir einander auch nicht widerstehen. Er ist brutal und grausam, barbarisch und mörderisch. Ich bin genauso. Ja, das bin ich. Laß es mich erklären; dann wirst du es verstehen. Bartle war mein Geliebter, vor vielen, vielen Jahren. Ich wollte es nicht, aber er hat mich dazu gezwungen. Es ging nicht so zu wie damals, als du mich gerettet hast... es war viel komplizierter. Und ich weiß jetzt, daß ich mich insgeheim darüber gefreut habe. Ich betrog mich selbst und dachte, ich würde ihn hassen, aber es stimmte nicht. Dann habe ich Humility geheiratet. Ich hatte kein Recht, ihn zu heiraten. Es war der Teufel, der mich dazu überredete. Ich verstehe das jetzt. Hätte ich Bartle geheiratet, dann hätte ich keinen Einfluß auf Humility gehabt. Bartle gehörte schon dem Teufel, und es war Humilitys Seele, die der Teufel haben wollte.«

»Was sagst du da, Tamar? Du bist hysterisch.«

»Du hältst dich für weise, Richard. Das bist du auch, aber deine Weisheit stammt aus Büchern. Doch du weißt nichts über Frauen wie mich. Ich rettete Humilitys Leben, und darauf war ich stolz; es kam mir so vor, als habe ich deshalb ein Recht auf sein Leben. Ich weiß jetzt, daß der Teufel mir das ins Ohr flüsterte. Ich machte mir selbst vor, daß meine Seele gerettet war. Jetzt ist mir alles so klar – meine Grausamkeit, meine Gemeinheit. Du weißt, was passierte. Dann kam Bartle nach Hause. Natürlich wollte ich Bartle. Wir waren von derselben Art. Wir stritten, wir haßten uns; und wir liebten einander wahnsinnig. So war es immer. Auf der Überfahrt hierher, da erkannte ich genau, daß ich Bartle wollte und meine Kinder. Aber Humility wollte ich nicht. Deshalb habe ich ihn getötet.«

»Du redest Unsinn, Tamar. John Tyler hat gesehen, wie Humility starb.«

»John Tyler war dort, als er über Bord fiel. Aber warum fiel er ins Wasser? Es gab keinen Grund dafür. Es war ein ruhiger Morgen. Warum sollte er also über Bord gehen? Er sprang aus eigenem Willen; er tötete sich selbst, da ich dafür gesorgt hatte, daß er nicht imstande war, sein Leben fortzusetzen.«

»Ich verstehe, du steigerst dich in Selbstvorwürfe hinein. Es war nicht dein Fehler, daß er über Bord fiel. Er liebte dich; du hattest ihm Kinder geschenkt. Du wolltest ihn in das Land begleiten, nach dem er sich immer gesehnt hatte. Seine kühnsten Träume sollten endlich in Erfüllung gehen.«

»Ich habe ihn getötet, glaube mir! Ich habe ihn in den Tod getrieben. Seine Gebete machten mich wütend, beleidigten meinen Stolz. Er hatte mich nicht aus Liebe geheiratet. Immer wieder sagte er es mir... er schlief nicht mit mir, weil er mich begehrte, sondern, um Kinder für die neue Kolonie zu zeugen. Weil ich das nicht ertragen konnte, habe ich ihm bewiesen, daß er so lüstern war wie alle anderen Männer auch, daß er sich selbst täuschen konnte, aber nicht mich. Dann reizte ich ihn. Er wäre, so sagte ich ihm, nicht nur ein Sünder, sondern auch ein scheinheiliger Mensch. Die Wahrheit war zuviel für ihn. Er glaubte, er müsse die ewige Verdammnis erleiden. Er hatte sich einer der sieben Todsünden, über die er ständig predigte, schuldig gemacht – der Fleischeslust. In all den Jahren hatte er der Wollust gefrönt – nicht wie Bartle, der sich mit seinen Eroberungen brüstete und dem es gleich war, was man von ihm dachte. Nein, er frönte der Wollust unter dem Deckmantel der Frömmigkeit... und im Schutz der Dunkelheit. Genau das habe ich ihm gesagt. Und dann ging er hinaus und brachte sich um.«

Richard packte sie bei den Schultern und schüttelte sie sanft.

»Tamar, was redest du da? Ich hole dir jetzt ein Glas Rum, und dann mußt du dich hinlegen. Du mußt dich jetzt ausruhen, und wenn du dich erholt hast, komme ich wieder und rede noch einmal mit dir. Diese furchtbare Tragödie war einfach zuviel für dich. Die letzten Tage haben dich zu sehr mitgenommen. Wenn ich mit dir geredet habe, wirst du das einsehen. Humilitys Tod war ein Unfall. Niemals hätte er sich wegen eines, wie du es nennst, lüsternen Aktes umgebracht. Du warst schließlich seine Frau.«

»Er dachte, ich sei schwanger. Ich hatte ihn angelogen, weil ich ihn nicht in meiner Nähe wollte. Er dachte, ich sei schwanger, und doch ...«

»Du mußt dich beruhigen, Tamar, sonst wirst du krank.«

Sie nahm seine Hand; die ihre war ziemlich kalt.

»Ich bin ruhig«, sagte sie, »und auch wenn ich ruhig bin, sehe ich mich als Mörderin. Ich schickte ihn in seinen Tod, und all die Arbeit, die er tun wollte, bleibt nun ungetan. Ich kann nur Frieden finden, wenn ich versuche, diese Arbeit fortzusetzen. Richard, Vater, versuch mich zu verstehen. Versuch mir zu helfen.«

Er küßte sie auf die Stirn.

»Ich verstehe dich, liebes Kind«, antwortete er. »Ich verstehe. Ich helfe dir. Zusammen werden wir seine Arbeit fortsetzen.«

Die Tage gingen schnell dahin. Die Ladung des Schiffes wurde gelöscht, Ställe für das Geflügel und die Schweine wurden gebaut. Bäume mußten gefällt werden, denn die Neuankömmlinge brauchten viele Häuser. Dazu kam die ständige Jagd nach etwas Eßbarem. Wären sie mit dem Fisch zufrieden gewesen, den es hier in Hülle und Fülle gab, hätten sie viel Zeit sparen können. Selbst wenn nur ein paar kleine Boote hinausfuhren, kam genug Fisch für die ganze Gemeinde zusammen. Aber sie sehnten sich nach Fleisch. Krebse, Austern, Muscheln und Schellfisch reichten ihnen auf die Dauer nicht aus. So mußten sie im Wald auf die Jagd gehen.

Auch die Kinder hatten sich an den Arbeiten zu beteidigen, sie mußten Wasser und Brennholz holen. Tamar sah Dick und Rowan zu, wie sie zusammen mit Annis' Kindern und anderen hin und her rannten. Sogar Lorea mußte kleinere Aufgaben übernehmen.

»Bei uns gibt es keinen Müßiggang«, lautete die Regel. »Niemand hat irgendwelche Vorrechte. Wer in einem Haus leben möchte, der muß es selbst bauen; wer essen will, der muß dafür arbeiten.«

Aber die Kinder waren begeistert von ihrem neuen Leben. Alles war neu und aufregend für sie; alles war irgendwie anders als in Devon: die Farbe des Meeres; der sandige Strand, auf dem sich die Wellen schäumend brachen; das Kap, das man an klaren Tagen deutlich sehen konnte; der schnell dahinfließende Fluß, der an dieser Stelle ins Meer mündete; die Berge am Horizont; die Stadt selbst, die sich auf dem Hügel immer mehr ausbreitete; die wilden Vögel, Gänse, Kraniche und Reiher; und der Wald. Dicks Augen blickten immer wieder sehnsuchtsvoll zum Wald. Dieser geheimnisvolle Wald, in dem die rothäutigen Menschen wohnten. Jeden Morgen erwachte Dick bei Sonnenaufgang, und abends fiel er todmüde ins Bett. Dick war von seinem neuen Leben völlig hingerissen.

Richard hatte Pläne gemacht, die die Zustimmung des Gouverneurs und der Kirchenältesten fanden. Er hatte sorgfältig ausgewählte Bücher mitgebracht und schlug vor, die Kinder zu unterrichten. Es war absolut notwendig, daß sie lesen und schreiben lernten. Man konnte ihnen nicht erlauben, unwissend aufzuwachsen, sonst wären sie nicht in der Lage, die Bibel zu lesen und ihren Kindern dasselbe beizubringen.

Die Siedler hatten sich darüber schon große Sorgen gemacht. Sie hatten nicht viel Zeit gehabt, über Erziehung und Bildung nachzudenken; sie waren vor allem damit beschäftigt, am Leben zu bleiben. Richard freute sich sehr, weil er nun endlich eine nützliche Aufgabe in der neuen Gemeinde gefunden hatte. Als Tamar den Wunsch äußerte, ihm zu helfen, war Richard sogleich einverstanden, denn es gab viele Kinder, die es zu unterrichten galt, und ein Helfer war ihm sehr willkommen. Wer wäre besser für dieses Amt geeignet als seine eigene Tochter, die er selbst lesen und schreiben gelehrt hatte?

Dieser Vorschlag wurde weit weniger freudig begrüßt als der erste. James Milroy, ein Witwer mittleren Alters, dessen Frau im vergangenen Winter gestorben war, deutete an, daß es Gott wohl kaum gefalle, wenn eine Frau die männlichen Mitglieder der Gemeinde unterrichte.

Richard versuchte, diese Bedenken zu zerstreuen, und erklärte, er brauche einen Helfer. Es sei sein Recht, diesen Helfer selbst auszusuchen. Die Angelegenheit wurde nicht weiter besprochen, aber als sie in die ernsten Gesichter um sich blickte, fühlte Tamar Wut in sich aufsteigen. Sie mußte ihre Lippen zusammenpressen, um die Worte, die aus ihrem Mund strömen wollten, aufzuhalten. Später bereute sie, daß sie überhaupt etwas gesagt hatte, denn während sie sprach, schien es ihr, als stünde Humility unter diesen Männern. Statt wütende Antworten zu geben, beschloß sie zu beweisen, daß eine Frau die Arbeit genausogut machen konnte wie ein Mann. Wenn sie guten Unterricht erteilte, konnte ihr Geschlecht doch keine Rolle mehr spielen.

Richards Haus war als erstes fertig, da es auch als Schule dienen sollte. Während es gebaut wurde, kamen einige Indianer und sahen zu. Sie standen herum, ihre Gesichter waren zinnoberrot bemalt. Sie wollten damit zeigen, daß sie in friedlicher Absicht nahten. Sie lächelten und schwatzten miteinander. Sie boten Hirschfelle zum Tausch gegen Sägen und Ölpapier. »Mawchick chammay!« sagten sie. »Die besten Freunde!« Sie lachten, während sie zusahen, denn was der weiße Mann tat, kam ihnen merkwürdig und wundersam vor.

Annis und ihre Familie waren bei verschiedenen Familien untergebracht, damit sie alle ein Dach über dem Kopf hatten, bis ihr eigenes Haus fertig war. Annis war überglücklich.

»Mistreß, dieses Land ist tatsächlich wundervoll«, sagte sie zu Tamar. »Jetzt weiß ich erst, welch große Angst ich jedesmal hatte, wenn John fortgegangen war. Ich konnte mir gar nicht vorstellen, wie schön es ist, keine Angst mehr zu haben. Und alle halten hier so viel von John. Er ist ein guter Farmer. Der Gouverneur hat zu mir gesagt: ›Dein Mann ist einer von der Sorte, die wir hier brauchen.‹ Das hat er gesagt. Und Christian und Restraint sind auch gute Arbeiter.

Und er hat noch gesagt: ›Und du, Tochter, mit deiner netten Familie, du bist eine Frau, wie wir sie hier brauchen, eine Frau, die ihre Pflicht Gott gegenüber kennt, eine reine Frau, die uns viele Kinder geschenkt hat.‹ Oh, Mistreß, ich bin ja so glücklich. Dies ist das Gelobte Land.«

Mistreß Alton lebte bis zur Fertigstellung von Richards Haus bei einer anderen Familie. In dem Haus, in dem sie wohnte, lebte auch James Mikoy; und Tamar hatte gehört, daß James Milroy eine Frau suchte.

»Wer weiß«, sagte Tamar zu Richard, »am Ende findet Mistreß Alton hier im neuen Land noch einen Ehemann!«

Bartle gab Tamar Grund zur Sorge. Er war von dieser Gemeinschaft sogar noch weiter entfernt als sie selbst. Er wurde anerkannt als der Kapitän des Schiffes, der Güter und Siedler in die Kolonie gebracht hatte. Aber zu den Gebetsstunden ging er nicht, und er wurde dort auch nicht erwartet. Im kommenden Frühling wollte er mit der *Liberty* zurück nach England segeln und in London über die Kolonie berichten. Dann wollte er Waren, die in der Kolonie benötigt wurden, nach New Plymouth bringen oder bringen lassen.

Bartle hatte natürlich nicht den Wunsch, ein Mitglied dieser Gemeinde zu werden, während Tamar immer fester glaubte, daß sie hier ihr Seelenheil finden könnte.

Bartle war wütend. Er hielt ihren Entschluß für eine neue Verrücktheit von ihr – diese Verrücktheit, die sie beide seit ihrem ersten Treffen verfolgt und die ihrer beider Leben ruiniert hatte. Würde sie es denn nie begreifen? Immer hieß es nur warten, warten, warten. Verstand sie denn nicht, daß ihr Wankelmut und ihr Stolz an all dem Unglück schuld waren, das sie beide erleiden mußten?

»Jetzt ist die richtige Zeit!« schrie Bartle. »Nicht morgen... oder nächstes Jahr! Jetzt! Jetzt! Jetzt!«

»Du mußt versuchen, mich zu verstehen. Du mußt mir helfen.«

»Humility Brown stand uns im Weg, als ich nach Hause kam. Jetzt steht er uns nicht mehr im Weg. Wir sind frei, wir können heiraten, und immer noch sagst du: ›Warte!‹ Über diesem ewigen Warten werden wir alt. Unsere Jugend haben wir bereits hinter uns, und immer noch sagst du: ›Warte!‹«

»Wir sind nicht frei, Bartle. Humility steht zwischen uns.«

»Er ist tot!«

»Sein Geist lebt weiter, um mich zu verfolgen, weil ich ihn getötet habe.«

»Was für ein Unsinn, er hat sich selbst umgebracht. Oder es war ein Unfall. Ja, es war ein Unfall!«

»Du kannst nicht einfach sagen, es war ein Unfall, nur, weil sich das besser anhört.«

»Doch, das kann ich. Und ich werde es sagen. Er ist tot; sein Leben ist zu Ende; und unser Leben ist kurz. Du stellst meine Geduld auf die Probe, wie du es immer getan hast. Du weißt, wie ich bin, wenn ich ungeduldig werde. Ich weigere mich, länger zu warten. Ich weigere mich, mein Leben zu vergeuden.«

ihre Augen füllten sich mit Tränen. »O Bartle, ich bitte dich ...«

»Es hat keinen Sinn, mich anzuflehen! Ich will dich heiraten und im Frühling mit dir zusammen zurück nach England segeln. Komm! Das ist unser Leben. Wir werden dort bleiben.«

»Richard sagt, in England würde ich nie in Sicherheit sein. Ich bin als Hexe bekannt. Sie werden das nie vergessen.«

»Glaubst du etwa, man würde es wagen, meine Frau anzurühren?«

»In Devon, wo man mich kennt, werde ich niemals sicher sein.«

»Es muß noch einen anderen Grund geben, weshalb du nicht zurück willst. Du hast doch keine Angst vor ihnen.«

»Ich will nicht zurück, weil ich hier leben möchte.

Ich muß ein Leben voller Verzicht und Entsagungen führen. Ich weiß das. Es ist mir ganz klargeworden. Sie haben es mir offenbart durch ihre große Güte.«

»Du wirst deine Meinung ändern.«

»Das glaube ich nicht.«

Mit einem Griff, der ihr weh tat, umklammerte er ihre Hände. »Du bist eine Närrin, Tamar. Du hängst dich an Ideale, die du nicht erreichen kannst. Du denkst nur mit dem Gefühl. Jemand wie du kann nicht unter Puritanern leben. An dir ist nichts Puritanisches. Du gehörst zu mir, sowie ich zu dir gehöre. Ich frage mich, wie weit meine Geduld noch geht. Eines Tages werde ich dir beweisen, wie falsch es war, deine Zeit hier zu vergeuden. Nein, ich werde es dir nicht erlauben, noch mehr Zeit zu verschwenden. Steh nicht so traurig und heilig da, sonst zeige ich dir, daß nichts Heiliges an dir ist. Du hast keinen Grund, traurig zu sein.« Er ließ sie stehen, sagte aber vorher noch: »Glaube nicht, daß ich diesen Zustand noch länger billige. Du wirst schon sehen.«

Sie zitterte. Zu gut erinnerte sie sich an dieses Lächeln, an dieses Blitzen in seinen tiefblauen Augen. Ihr Herz schlug schnell, sie sehnte sich danach, daß er zurückkam. Er sollte wiederholen, daß er nicht länger warten würde. Aber Humility schien gerade jetzt nahe bei ihr zu sein, Humility mit seinem weißen Gesicht und seinen nassen Kleidern – ein trauriger, vorwurfsvoller Geist. »Bete darum«, sagte Humilitys Geist, »daß du deine Lust überwinden kannst.«

Sie betete, als sie zurückrannte, um den Arbeitern beim Bau des Hauses zuzusehen, in dem sie mit Richard für das Wohl der Kolonie arbeiten würde.

Eines Tages war Dick verschwunden, und Tamar war kopflos vor Angst.

Es war ein eiskalter, sonniger Wintertag. Sie sah ihren Sohn im Wald vor sich, vielleicht verletzt, bewegungsunfähig; er mußte vielleicht die Nacht dort verbringen, die kalte Nacht. Er würde erfrieren. Die Winter in diesem Land waren viel strenger als in Devon. Die Winter zu Hause waren im Vergleich dazu gar keine richtigen Winter, denn in Devonshire schneite es manchmal den ganzen Winter über nicht. Dort herrschte ein mildes Klima. Nun erfuhren sie erst, wie kalt und frostig ein richtiger Winter war.

Sie mußte ihr Kind finden, aber sie wagte es nicht, sein Verschwinden bekanntzugeben, weil sie fürchtete, es habe irgendwelche Regeln übertreten. Wenn Dick wirklich im Wald wäre, hätte er mit Sicherheit eine Strafe zu erwarten. Die Männer hatten natürlich recht, wenn sie die Kinder mit Strenge erzogen. Kinder, so sagten sie, würden in Sünde geboren und müßten davon weggebracht werden. Diese Auffassung zog oft harte Bestrafungen nach sich, und die Kirchenältesten ordneten häufig Prügel an. Aber auch wenn sie vielleicht recht hatten, durfte das mit Dick nicht geschehen, denn er war ein stolzes Kind und stets auf seine Ehre bedacht. Er war genau wie sie, und er hatte auch gelernt, wie Bartle zu reagieren. Er könnte eine öffentliche Demütigung nicht ertragen, denn er fühlte sich bereits wie ein Mann und wollte auch so behandelt werden.

Wenn sie Bartle finden könnte, würde er ihr helfen, den Jungen zu suchen und ihn heimlich zurückzubringen, so daß seine Missetat nicht bekannt würde.

Sie machte sich auf den Weg zum Strand und wollte zur *Liberty* rudern. Dann wollte sie Bartle um Hilfe bitten. Sie konnte sich vorstellen, daß Bartle, grausam wie er war, Bedingungen stellen würde. »Ich werde den Jungen finden und seine Missetaten vor den Puritanern geheimhalten, und als Bezahlung dafür verlange ich...«

Jemand rief ihren Namen. Sie drehte sich um und sah James Milroy auf sich zukommen. Er war der Witwer mittleren Alters, der dagegen gesprochen hatte, daß eine Frau die Jungen der Gemeinde unterrichtete.

»Ihr sorgt euch um Euren Sohn«, sagte er. »Ich kann Euch sagen, wo er ist.«

Als er sie mißbilligend ansah, steckte sie eine widerspenstige Locke unter ihre Haube.

»Ihr wißt, wo er ist!« rief sie. »Ist er in Sicherheit?«

»Es sieht ganz danach aus. Sir Bartle ist mit ein paar Männern in den Wald geritten, um zu jagen, und der Junge ist bei ihnen.«

Sie war erleichtert, aber James Milroy schüttelte ernst den Kopf.

»Erlaubt einem Freund, der es gut mit Euch meint,

Euch einen Ratschlag zu geben. Ihr dürft dem Jungen nicht erlauben, soviel Zeit mit Sir Bartle zu verbringen. Dieser Mann ist ein Sünder und wird Euren Jungen in Versuchung führen. Seine Sprache beleidigt die Ohren aller gottesfürchtigen Menschen. Er hat einen schlechten Ruf.«

»Ich danke Euch, Sir«, sagte sie mit blitzenden Augen, »aber er ist mein Sohn, und ich glaube, ich weiß, was gut für ihn ist.«

»Da muß ich Euch widersprechen, und das täten die Kirchenältesten ebenfalls. Der Junge hätte sich nicht ohne Erlaubnis entfernen dürfen. Ich muß darauf bestehen, daß er eine gerechte Strafe für sein Vergehen erhält.«

»Ihr meint ...«

»›Wer die Peitsche schont, der haßt seinen Sohn.‹ Der Junge ist schon ganz verwöhnt. Er braucht einen Vater.«

»Ich kann Euch versichern, daß ich am besten beurteilen kann, wie mein Sohn erzogen werden muß.«

Sie drehte sich um und ging erhobenen Hauptes fort. Wäre sie auch nur eine Sekunde länger geblieben, hätte sie ihre Wut nicht mehr unterdrücken können.

Die Jäger kehrten gegen Abend zurück und brachten genug Fleisch für die ganze Ansiedlung mit. Tamar sah sie kommen. Dick ritt an Bartles Seite. Es machte sie ein bißchen stolz, daß Dick beinahe schon ein Mann war.

Auch James Milroy gehörte zu denen, die die Jäger bei ihrer Rückkehr empfingen. An der Art, wie er seine schmalen Lippen zusammenpreßte, erkannte Tamar, daß er eine Strafe für ihren Sohn fordern wollte.

Sie sah, wie die Männer sich dem Jungen näherten und wie ihm einer eine Hand auf die Schulter legte. Sie sah Dicks Augen aufblitzen, als er näher an Bartle heranrückte.

Dann hörte sie, wie Dick entrüstet sagte: »Ich war jagen. Ich habe Nahrung besorgt. Das ist doch eine gute Sache.«

Tamars Herz sank, denn nun stand Bartle James Milroy gegenüber. Er baute sich zu seiner vollen Größe auf und lachte dem Mann frech ins Gesicht.

Ein Raunen lief durch die Menge. Die Freude über das Fleisch, das die Jäger gebracht hatten, war verflogen, da sich ein schwerer Mißklang eingeschlichen hatte.

»Ich habe den Jungen mitgenommen«, sagte Bartle. »Wenn jemand an seinem Verschwinden schuld hat, dann bin ich es. Was wünscht Ihr, Sir? Wollt Ihr mich herausfordern? Dann kommt, ich bin bereit. Sollen wir mit dem Schwert oder mit den Fäusten kämpfen? In einer Minute wird es mit Euch vorbei sein; ich schwöre bei Gott ... «

Einer der Kirchenältesten war zu ihnen getreten und legte seine Hand auf Bartles Arm.

»Sir Bartle, ich bitte Euch, haltet Euch zurück.«

Bartle brummte: »Dann soll er den Jungen in Ruhe

lassen. Wer ihn anrührt, bekommt es mit mir zu tun.«

»Es ist verboten«, sagte James Milroy, »daß Kinder ohne Einverständnis ihrer Eltern oder der Ältesten in den Wald gehen.«

»Er kam mit Erlaubnis seiner Eltern«, antwortete Bartle.

»Ich weiß, daß das nicht stimmt.«

»Ihr wagt es, mich zu beleidigen?«

Zwar wußte James Milroy, daß er sich nicht mit Bartle messen konnte, aber ein Feigling war er auch nicht. Wäre er nicht tapfer gewesen, hätte er kein Mitglied dieser Gemeinde sein können. Er war felsenfest davon überzeugt, das Richtige zu tun.

»Ihr beleidigt die Wahrheit, Sir Bartle. Denn seine Mutter war in Sorge und suchte nach ihm. Ich traf sie und sagte ihr, wo er war.«

Bartles Augen verengten sich. Er hätte Hand an den Mann gelegt, aber der Älteste sagte: »Da seine Mutter hier ist, können wir sie ja fragen. Ihr habt Euch Sorgen gemacht, nicht wahr, Mistreß Brown? Ihr hattet dem Jungen nicht die Erlaubnis gegeben oder?«

Tamar funkelte James Milroy wütend an.

»Der Junge hatte meine Erlaubnis zu gehen. Er darf mit Sir Bartle auf die Jagd gehen, wann immer er es wünscht.«

James Milroy starrte sie entsetzt an. Es hätte ihn nicht gewundert, wenn der Himmel sich aufgetan hätte und Tamar tot umgefallen wäre.

Warum sollte sie versuchen, eine von ihnen zu sein, fragte Tamar sich.

Sie war eine Heidin; sie und Bartle waren gleich. Was kümmerte es sie, wenn sie lügen mußte, um ihren Sohn vor Strafe und öffentlicher Demütigung zu bewahren? Und was kümmerte es Bartle?

Später bereute sie ihr Verhalten. Sie hatte unrecht getan. Es wäre besser gewesen, wenn Dick seine Schläge erhalten hätte, als daß sie einen Meineid auf ihre Seele geladen hatte.

Schlimmer noch, sie hatte Bartle nachgegeben; sie war zu seiner Komplizin geworden. Zusammen mit ihm hatte sie sich gegen die puritanischen Gesetze gestellt.

»Warum soll man einen Jungen dafür bestrafen, daß er auf die Jagd geht? Überlaß ihn lieber mir, und ich werde einen Mann aus ihm machen.«

»Er muß lernen, sich an Regeln zu halten – an die Regeln der Gemeinschaft, in der er lebt.«

»Er wird das lernen, was gut für ihn ist, wenn er mich als Lehrer hat.«

»Ich möchte, daß er einmal gutherzig und edelmütig wird.«

»So wie sein Vater?« warf Bartle ein. »Dieser arme, schwache Mann, der ins Meer sprang, weil er sich dazu verführen ließ, mit seiner eigenen Frau zu schlafen.«

»Wie kannst du es wagen…?«

»So klingst du schon wieder eher wie früher. Bei

Gott, ich sehe dich tausendmal lieber wütend als fromm.«

Sie wollte ihn gerade anfahren, als sie plötzlich den Eindruck hatte, Humilitys Geist stünde neben ihm; und ihr war, als sehe sie Bartle mit Humilitys Augen – als Inkarnation des Teufels, der sie in Versuchung führen wollte.

Sie ging fort, aber sie hörte Bartle noch laut lachen, und sie nahm an, daß er neue Pläne schmiedete.

Nach diesem Vorfall wich Dick nicht mehr von Bartles Seite. Er betete ihn an. Einmal musterte Dick seine Mutter kritisch und sagte: »Du warst auch einmal so wie Sir Bartle, Mama; jetzt wirst du immer mehr wie diese Leute.«

»Dick, lebst du nicht gern hier mit diesen Menschen?«

fragte sie ernst.

»Doch, ich lebe gern hier, weil ich gern mit Sir Bartle auf die Jagd gehe. Eines Tages segele ich mit ihm fort. Er hat versprochen, wenn er zurück nach England fährt, dann ...«

Der Junge schwieg. Aber sie hatte verstanden, daß Bartle dabei war, ihr den Sohn zu nehmen. Der Gedanke machte sie krank. Sie betete ständig. Mit Richard konnte sie nicht darüber reden, denn Richard wollte, daß sie Bartle heiratete. Richard hatte an ihre erste Bekehrung nicht geglaubt, er glaubte auch nicht an diese.

Einige Wochen nach der Ankunft der *Liberty* legte ein anderes Schiff in New Plymouth an, auf dem holländische Siedler waren. Den Gästen wurde große Gastfreundschaft erwiesen, denn der Gouverneur sagte, es sei eine große Freude für die gesamte Kolonie, wenn Menschen als Freunde kamen und nicht als Feinde.

Die Holländer bewunderten die Lebensweise der Menschen in New Plymouth und waren erstaunt, daß die Pilger so wenig Arger mit den Indianern erlebt hatten. Die Franzosen und Holländer in anderen Teilen des riesigen Kontinents hatten nicht derart freundliche Wilde angetroffen. Tamar wußte, daß dies an der gütigen und ehrbaren Lebensweise der Puritaner lag.

Das Weihnachtsfest nahte, und Tamar plante eine Feier für die Kinder. Sie versprach ihnen, daß es Tänze, Spiele und gutes Essen geben sollte. Die Kinder tanzten die Straße hinunter und schwatzten munter über diese Weihnachtsfeier.

Dann bekam Tamar die Nachricht, daß einer der Kirchenältesten sie zu sprechen wünschte, und sie ging zu seinem Haus.

»Setzt Euch, liebe Schwester«, sagte er. »Ich habe mit Euch zu reden. Mir kam zu Ohren, daß Ihr ein Fest zu Christi Geburt plant.«

Tamar wartete, und nach einer Pause fuhr er fort: »Unser Herr Jesus, Schwester, war ein Mann der Sorge, und deshalb ist es nicht angemessen, zu seiner Geburt ein fröhliches Fest zu feiern. An diesem Tag sollten wir statt dessen beten.«

»Aber ...«, begann sie.

Er hob seine Hand. »Laßt mich ausreden, ich bitte Euch. Ich wollte es Euch zuerst sagen, bevor wir den Kindern erklären, daß es nicht stattfinden kann, dieses bacchantische Fest. Aus Dummheit habt Ihr ihnen verkehrte Ideen in den Kopf gesetzt. Fürchtet Euch nicht, Schwester, wir klagen Euch nicht an. Wir wollen Euch nur vor Augen führen, daß Ihr töricht gehandelt habt.«

»Aber es ist doch nur ein harmloser Spaß für die Kinder. Es ist keine Orgie. Es ist doch nur ein wenig Vergnügen, ein wenig Spaß.«

»Liebe Schwester, Ihr habt alte Ideen aus England mitgebracht. Aber all diese Schlechtigkeit haben wir doch hinter uns gelassen. Dafür gibt es keinen Platz in der Neuen Welt. Habt keine Angst. Wir haben gesehen, wie Ihr Euch bemüht habt, eine von uns zu werden, und wir sind sehr erfreut über Eure Fortschritte. Wir möchten Euch helfen, und deshalb habe ich Euch zu mir kommen lassen.«

Sie sah in sein Gesicht, und ihre Augen blitzten. Sie wollte aus diesem Zimmer hinausrennen, das ihr plötzlich wie ein Gefängnis erschien. Sie blickte auf das Regal, auf dem einige Bücher lagen. Das oberste war eine Bibelübersetzung. Dann sah sie auf den Bretterfußboden und anschließend auf die Fensterscheiben aus Ölpapier. Plötzlich mußte sie voller Wehmut an ihr Schlafzimmer in Pennicomquick denken, an den Teppich auf dem Fußboden und an die Fensterscheiben aus Glas, an das Bett mit den Bettvorhängen. Sie wollte aus diesem begrenzten, primitiven Leben fliehen. Sie wollte frei sein. Frei? Aber sie war doch in dieses Land gekommen, weil sie die Freiheit gesucht hatte.

Sie unterdrückte diesen Gedanken. Humility schien wieder dazusein; sein anklagender Finger schien auf sie gerichtet zu sein. Sie wartete so geduldig, wie sie nur konnte.

»Ihr seid noch immer eine ziemlich junge Frau. Ihr seid eine starke Frau. Ihr habt Kinder geboren und könntet noch mehr gebären. Es ist Eure Pflicht vor Gott und vor Eurem neuen Land, Kinder zu haben, die ihm dienen, indem sie dieses Land urbar machen. Ihr seid zu jung, um unverheiratet zu bleiben. Ihr müßt nicht so erschreckt aussehen. Ich habe gute Neuigkeiten für Euch. Einer unter uns ist bereit, Euch zu heiraten, Euch zu leiten und den Kindern, die Ihr schon habt, ein Vater zu sein und Euch noch mehr zu schenken.«

Sie spürte einen wilden Zorn in sich aufsteigen. »Und wer ist dieser Mann?«

»James Milroy. Ein guter Mann, ein ehrenwerter Mann, ein Mann, der schon vor langer Zeit sein Leben Gott geweiht hat. Er hat ein beschützendes Auge auf Euch gehabt, seit Ihr hier seid. Er fühlt, daß Ihr und Eure Kinder der Führung und Leitung bedürfen; und er fühlt, daß Gott ihn für diese Aufgabe ausersehen hat. Er will mit Freuden den Willen Gottes erfüllen.«

»Wenn er eine Ehefrau sucht, so gibt es andere, die würdiger sind als gerade ich.«

Doch der Kirchenälteste bemerkte den Spott in ihrer Stimme nicht. »Das mag sein. Aber der gute James Milroy hat sich noch niemals vor seiner Pflicht gedruckt, wenn er sie deutlich vor Augen hatte. Deshalb ist er bereit, Euch als seine Frau zu sich zu nehmen.«

»Das ist in der Tat sehr großzügig von ihm. Ihr könnt ihm folgendes sagen: Sollte ich jemals wieder heiraten, werde ich meinen Ehemann selbst auswählen.«

»Ihr macht so viele Fehler, Schwester. Euer Leben ist voller Fehler. Ihr habt böse Gedanken aus der Alten Welt mitgebracht und haltet daran fest. Ihr habt es Euch angemaßt, Jungen zu unterrichten. Wir mögen das nicht. Die Pflicht einer Frau ist es nicht, Männer zu unterrichten, denn eines Tages werden diese Jungen Männer sein. Nein, wir wollen, daß Ihr wie die anderen Frauen seid. Ihr sollt am Spinnrad sitzen, auf den Feldern helfen, und vor allen Dingen sollt Ihr eine Ehefrau sein, die uns Kinder schenkt. Ja, liebe Schwester, wir erkennen Euch an. Einer von uns bietet Euch an, sich um Euch zu kümmern und Euch auf den rechten Pfad zu Gottes Gnade zu führen.«

Sie war zu empört, um zu sprechen. Sie dachte nur: James Milroy! Dieser Mann!

Als sie ihn sich vorstellte, diesen ernsten, stillen Mann, sah er in ihrer Fantasie wie Humility Brown aus.

Die Stimme fuhr fort: »Ihr gehört dem schwächeren Geschlecht an, Schwester. Und man sieht sofort, daß Ihr in der Alten Welt verwöhnt würdet. Euer Vater verwöhnt Euch immer noch. Wir mögen ihn; die Arbeit, die er für uns leistet, macht uns große Freude, und wir wissen, daß er eines Tages ganz zu uns gehören wird. Aber auch er hat noch vieles zu lernen. Ihr hattet Pech mit Eurer Erziehung, und Ihr tut uns leid. Euch ist Schönheit geschenkt worden; und Schönheit, liebe Schwester, ist nicht immer ein Geschenk Gottes, sie kann auch eine große Bürde sein. Frauen sind schwache Geschöpfe. Wir dürfen nie vergessen, daß sie den Männern nicht ebenbürtig sind. Sie müssen den Männern untertan sein, die bereit sind, sie zu heiraten Vergeßt niemals, daß es Eva war, die den Versuchungen der Schlange zugehört hat. Es war Evas Schuld, daß Adam, unser Vorvater, aus dem Garten Eden vertrieben wurde. Adam war schwach, aber Eva war schlecht. Und alle Frauen sind Nachfahren von Eva, so wie alle Männer Adams Nachfahren sind. Frauen können viel leichter zur Sünde verführt werden als Männer, da sie einen schwächeren Verstand haben. Und deshalb müssen sie ihrem Mann in allen Dingen gehorchen. Kinder werden in Sünde geboren und müssen deshalb mit Strenge auf den rechten Pfad der Tugend geführt werden. Es ist eine große Aufgabe, vor die wir Männer gestellt sind.«

»Eine große Aufgabe, zweifellos!« antwortete sie.

»Werdet Ihr mir nun erlauben, James Milroy zum Hause Eures Vaters zu schicken?«

Sie senkte ihre Lider, damit er das Funkeln in ihren Augen nicht sehen konnte. Als sie sprach, war ihre Stimme kaum hörbar. »Ich bin zu sündig für solch einen Mann«, erwiderte sie. »Für einen solchen Adam ist es besser, eine würdigere Eva zu finden, eine, die nicht diese schwere Bürde der Schönheit auf ihren Schultern tragen muß.«

»Eure Bescheidenheit ehrt Euch ...«, setzte der Älteste an.

Aber sie lief schnell zur Tür und sagte: »Ich wünsche Euch einen guten Tag.«

Sie rannte zum Strand, nahm sich das erstbeste Boot und ruderte wütend zur *Liberty*.

Sie kletterte an Bord und rief einem der Seeleute zu: »Sag Sir Bartle, daß ich hier bin. Ich will ihn sehen, sofort!«

Sie brauchte nicht lange auf ihn zu warten. Er brüllte vor Lachen, als er sie erblickte. Im Gegensatz zum Kirchenältesten sah er ihr es an, wenn sie sehr wütend war.

Er nahm ihre Hände. »Welche Freude, daß du mich besuchst.«Dann zog er sie an sich und küßte sie auf den Mund.

Sie befreite sich von ihm. »Ich komme gerade vom Kirchenältesten«, berichtete sie atemlos.

»Ich glaube nicht, daß er dich sehr erfreut hat.«

»Mich erfreut! Ich bin außer mir vor Wut!«

»Das gefällt mir gut. Es ist solange her, daß ich dich so wütend sah, viel zu lange.«

»Ich bin sündig! Ich bin eine Schwester Evas, die

verantwortlich ist für alle Sünden, die jemals auf Erden begangen wurden. Ich bin durch die Bürde meiner Schönheit benachteiligt. Und jetzt will Bruder Milroy mich auf den Pfad der Tugend führen. Er will sich um meine Kinder kümmern und mir weitere Kinder schenken. Er ist bereit, mich zu heiraten... um meine Seele zu retten und um die Kolonie mit weiteren Kindern zu bevölkern.«

»Ha! Noch ein Humility Brown. Und was hast du zu diesem unwiderstehlichen Angebot gesagt?«

»Ich wurde selbst einen Ehemann auswählen.«

»Das war gut gesprochen. Und du hast ihnen bestimmt gesagt, daß du schon gewählt hast.«

»Nein, das sagte ich nicht.«

»Das war aber ein Versäumnis«, meinte er und küßte sie noch einmal zärtlich. »Das macht nichts. Wir sagen es ihnen zusammen.«

»Ich wollte nicht...«, begann sie.

»Aber ich; der Augenblick ist gekommen. Jetzt gibt es keinen weiteren Aufschub. Recht haben sie, wenn sie sagen, du solltest nicht unverheiratet bleiben. Zur Hölle mit ihnen! Sie würden dich mit einem der Ältesten verheiraten. So wie deine Stimmung in den letzten Wochen war, hättest du vielleicht einen anderen Humility Brown geheiratet, wenn ich nicht da wäre, um dich daran zu hindern. Hör mir zu, mein Schatz. Du gehörst nicht hierher. Wir gehören nicht hierher. Wir werden heiraten und fortsegeln. Sobald diese Sturmböen aufhören, sobald die Sonne wieder herauskommt...«

»Bruder Milroy!« schrie sie. »Dieser Mann! Du kannst dir wohl vorstellen, wie er sich um meine Kinder kümmern wurde. Armer Dick! Arme Rowan! Arme kleine Lorea!«

»Was meinst du, wie sie sich freuen, wenn sie von uns erfahren! Es ist ihr innigster Wunsch, daß ich ihr Vater werde.«

»Du hast sie verzaubert.«

»So wie ich dich verzaubert habe. Und du mich, Tamar.«

»Beruht es auf irgendeiner Magie, die du in fernen Ländern gelernt hast?«

»Ich weiß es nicht. Ich weiß nur, daß ich sie liebe und sie mich mögen. Und daß ich ihre Mutter liebe... und daß sie mich liebt.«

»Wenn ich dich heiraten würde, könntest du dann deinen Plan aufgeben, nach England zurückzukehren? Ich meine, würdest du hierbleiben? Natürlich wirst du zurückfahren, um Güter zu holen. Das solltest du tun, und ich werde mit dir gehen. Ich meine, könntest du diesen Ort zu deinem Zuhause machen?«

»Willst du das wirklich?«

»Ich fühle, dieser Ort hat mir etwas zu zeigen. Ich denke an Humility. Bitte sei nicht wieder ungeduldig. Du sagst, ich hätte ihn nicht getötet, aber ich weiß, daß ich ihn in den Tod getrieben habe. Das lastet schwer auf meinem Gewissen. Ich könnte niemals glücklich sein, wenn ich nicht das tue, was ich als meine Pflicht ansehe. Und jetzt weiß ich, daß ich hierbleiben und versuchen will, ein besseres Leben zu führen.«

Er nahm ihr Gesicht in seine Hände, und seine blauen Augen sahen sie zärtlich an.

»Einst sagte ich, daß ich für dich durch die Hölle gehen würde. Nun, wenn ich das könnte, werde ich wohl auch das Leben in einer puritanischen Ansiedlung ertragen.«

»Ich werde dich heiraten, Bartle.«

Er zog sie eng an sich, während er freudig und triumphierend lachte.

»Wir werden heiraten«, sagte er. »Und wir werden ein kleines Haus bauen. Wir fangen morgen damit an. Wir werden in einem kleinen Haus unter Puritanern leben. Solang du willst. Aber ich glaube nicht, daß wir lange hier bleiben werden. Eines Tages sagst du sicher: ›Laß uns fortsegeln. Es gibt noch andere Orte auf der Welt.‹ Aber nach England kehren wir nicht zurück, denn Richard hat recht. Höchstens segeln wir noch einmal in den Sund – nur, um Devon wiederzusehen. Das grünste Gras, die Hügel und Berge, die fruchtbare rote Erde ... Aber wir werden nicht bleiben, denn ich hätte Angst, die Hexenjäger könnten dich holen und dir etwas antun. Und wenn dir etwas zustieße, was würde dann aus meinem Leben? Wie öde war es doch immer, wenn ich ohne dich auskommen mußte.«

Sie versuchte, gegen die große Erregung, die sie überfiel, anzukämpfen.

»Du willst mich also wirklich, Bartle. Es geht dir

nicht darum, daß es für eine Schwester Evas gut ist, einen Ehemann zu haben, der sie leitet und der mit ihr Kinder für die Kolonie zeugt. Du willst mich, weil ich bin, wie ich bin... weil du ohne mich nicht glücklich sein kannst?«

Als er sie zurück zum Ufer ruderte, redeten sie über den Kotten, den sie sich bauen wollten.

»Er wird wie ein Kotten bei uns zu Hause sein«, erinnerte sie ihn.

»Dort wird es schöner sein als an jedem anderen Platz auf der Welt«, antwortete er.

Richard freute sich sehr über die Neuigkeit. Die beiden älteren Kinder tanzten vor Freude, und die kleine Lorea konnte nicht still sein, weil sie so aufgeregt war, ihn als Vater zu bekommen.

Es war ein unglücklicher Zufall, daß der Kirchenälteste, der Tamar mißverstanden hatte, John Milroy gerade in dem Augenblick zu Richards Haus schickte, als Tamar und Bartle ihre Verlobung verkündeten.

Tamar lächelte den Mann säuerlich an. Sie mochte ihn nicht, weil er sie so sehr an Humility erinnerte.

Bartles Augen funkelten vor Bosheit, als er den Mann ansah.

»Hier kommt Master Milroy. Er wünscht eine Unterredung mit dir, Richard«, sagte er.

»Setzt Euch doch, ihr müßt etwas mit uns trinken«, wandte sich Richard an den Gast.

»Ich wünsche, allein mit Euch zu sprechen«, antwortete James Milroy.

»Könnte es sein, daß Ihr gekommen seid, um meinen Vater um meine Hand zu bitten?« fragte Tamar.

Der Puritaner errötete.

»Oh, ich sehe, ich habe recht. Mir wurde gesagt, Ihr wünscht, mich zu leiten, meine Seele zu retten und meinen Körper fruchtbar zu machen. Euer Angebot kommt zu spät, Sir. Ich habe beschlossen, Bartle Cavill zu heiraten.«

Es wurde still in dem kleinen Zimmer. Richard sah unbehaglich von dem frisch verlobten Paar auf den Puritaner. Der arme Mann war schockiert, sein Gesicht noch immer rot. Tamar und Bartle sahen richtig schadenfroh aus. Richard dachte: In Tamars Leben hat also eine neue Phase begonnen. Sie ist nicht länger eine Puritanerin, nun ist sie wieder sie selbst.

Dick war so erfreut über die Neuigkeit, daß er die Anwesenheit des Puritaners völlig vergaß. »Sir Bartle, ich werde Euch von jetzt an Vater nennen, ich kann nicht länger warten.«

»Ich werde Euch auch Vater nennen!« erklärte Rowan.

»Lorea auch!« sagte Lorea.

Die Kinder ergriffen Bartles Hände und tanzten um herum wie um einen Maibaum.

James Milroy sah der Szene entsetzt zu.

Er erhob sich und sagte in ruhigem Tonfall: »Ich bitte um Vergebung. Ich habe einen Fehler gemacht.«

Als sich die Tür hinter ihm schloß, nahm Bartle Tamar in seine Arme und küßte sie leidenschaftlich, während die Kinder Beifall klatschten. Nur Richard sah sorgenvoll drein.

Ihr Haus wurde fertiggestellt. Sie hatten dem Magistrat ihren Heiratswunsch kundgetan, und die einfache puritanische Zeremonie war vorüber.

Tamar dachte nicht länger daran, eine Puritanerin zu werden; sie wollte nur noch glücklich sein. Nur danach hatte sie sich all die Jahre gesehnt, wie sie jetzt erkannte. Es spielte keine Rolle, daß ihr Glück so spät gekommen war; es war niemals zu spät. Sie hatte fast vergessen, daß ein Mann namens Humility existiert hatte.

Sie lagen in ihrem kleinen Zimmer in ihrem winzigen Kotten, und beide dachten sie an einen anderen Raum, mit einem Bett hinter einem Vorhang und einem weit offenen Fenster. Aber nie zuvor waren sie so glücklich gewesen wie gerade jetzt.

In diesen ersten Wochen ihrer Ehe war es bitterkalt, doch sie hatten es warm und gemütlich in ihrem kleinen Haus. Sie dachten nicht über diesen Winter hinaus. Jetzt waren sie endlich glücklich. Im Frühling wollte Bartle auf der *Liberty* zurücksegeln, und Tamar sollte ihn begleiten. Denn sie hatten beschlossen, sich nicht mehr für längere Zeit zu trennen.

Bisweilen ritt Bartle in den Wald, um zu jagen. Einmal war er zwei Tage und eine Nacht lang fort. Dies waren die längsten Stunden, die sie seit ihrer Hochzeit erlebt hatte. Aber er kehrte wohlbehalten in die Ansiedlung zurück, mit genügend Fleisch für alle Siedler.

Tamar genoß es, Annis in ihrem Kotten zu besuchen und sie so zufrieden zu sehen, jetzt, da auch sie zufrieden war.

»Oh!« sagte Annis. »Jetzt seid Ihr glücklich. Am Ende seid Ihr glücklich wie noch niemals vorher. Sir Bartle, er ist wohl der richtige Mann für Euch, und es ist recht und billig, daß Ihr jetzt Lady Cavill seid. Ich habe immer gewußt, er ist der richtige für Euch, so wild er auch ist, denn auch Ihr seid wild, Mistreß.

»Nein, ich war wild, Annis. Ich habe mich verändert. Ich möchte nur ein stilles Glück und Frieden für immer.«

Annis sagte nichts dazu, aber sie wußte, daß Tamar mit Bartle kein friedliches Leben führen würde. Denn er war kein friedlicher Mensch wie Humility Brown.

»Erwähne seinen Namen nicht in meiner Gegenwart!«

schrie Tamar.

Annis zitterte. Es machte ihr immer angst, wenn Tamar ihre Gedanken lesen konnte.

»Er war ein guter Mann«, sagte Annis, »und er wird in diesem Moment glücklich sein. Er sieht durch die goldenen Wolken herunter und freut sich, daß Ihr so glücklich seid.«

»Ich habe gesagt, du sollst nicht von ihm sprechen!« schrie Tamar, stand auf und ging nach Hause.

Danach schien Humility Brown eine Weile in ihrem Kotten zu sein. Ja, sie war glücklich. Aber sie hatte dieses Glück durch Humilitys Tod erworben. Immer würde er dort sein, glaubte sie, um sie in unerwarteten Augenblicken zu überraschen, immer dazu bereit, ihr Glück und ihr neues Leben zu verderben.

Es war kein gutes Leben, fürchtete sie. Es war fröhlich und voller Gelächter und auch voller Leidenschaft und Streit. Bartle wurde schnell eifersüchtig. Er warf ihr sogar vor, sie würde James Milroy zu freundlich anlächeln. Das machte sie zwar einerseits wütend, brachte sie aber andererseits auch zum Lachen, wodurch Bartle wiederum wütend wurde. Aber solche Szenen endeten stets mit einer leidenschaftlichen Umarmung. Sie selbst war bisweilen auch eifersüchtig und klagte ihn der Untreue an, weil sie an den schlechten Ruf dachte, den er in England besessen hatte.

Nach den ersten Wochen eines zärtlichen Einverständnisses kam es zu plötzlichen leidenschaftlichen Wutausbrüchen. Beide waren sie aufbrausend und genossen ihre Wut, weil sie wußten, daß eine leidenschaftliche Versöhnung folgen würde.

Sie führten kein ruhiges, sondern ein wildes und aufregendes Leben, sogar hier in einer puritanischen Ansiedlung. So hatte sie sich ein Zusammenleben mit Bartle immer vorgestellt. Wie hatte sie bloß jemals anders leben können?

Aber erst als es Ärger mit den Indianern gab und Bartle mit den anderen Männern fortritt, bewaffnet mit Musketen und Säbeln – da erst wußte sie, wie sehr sie ihn liebte und daß sie lieber stürbe, als ihn noch einmal zu verlieren.

Da auch John Tyler mit den Männern fortgeritten war, wurde Tamars Freundschaft zu Annis noch enger. Während dieser acht Tage waren sie ununterbrochen zusammen, machten sich gegenseitig Mut und sprachen über ihre Liebe zu ihren Männern, während die Kinder draußen spielten. Nur die kleine Lorea saß auf einem Hocker und hörte ihnen zu.

Die Männer kamen bis auf einen, der von einem Pfeil durchbohrt worden war, unversehrt und siegreich zurück.

Sie klammerte sich an Bartle, und es folgten viele Tage und Nächte, in denen sie sehr zärtlich zueinander waren und aller Streit vergessen zu sein schien.

Dann hoffte sie, daß Bartle mit seinem jetzigen Leben zufrieden war. Er jagte für die Siedler und beschützte sie vor den Indianern. Warum sollte er nicht zufrieden sein? Es war ein gutes Leben für einen Mann.

Der Gedanke, den Rest ihres Lebens in diesem kleinen Kotten zu verbringen, machte sie glücklich. Sie würde ihre Kinder um sich haben, den Garten pflegen, Maiskuchen backen und vielleicht sogar das Spinnen lernen.

Sie hätte wissen sollen, daß ein solches Leben nichts für sie oder für Bartle war. Sie gehörten nicht zu diesen Menschen, und man duldete sie nur, weil man sie für Durchreisende hielt. Bartle hatte zudem nie vorgegeben, einer von ihnen zu sein.

Dann geschah etwas, wodurch Tamar so sehr schockiert wurde wie damals, als sie die arme Jane Swann gefunden hatte, die vor ihren Peinigern geflohen war.

Es betraf Polly Eagel. Pollys Ehemann war ein stiller Mann, und Polly wäre nie eine Puritanerin geworden, wenn sie ihn nicht geheiratet hätte. Polly war oberflächlich und genoß es, bewundert zu werden. Frauen wie sie konnten Unruhe und eine sündige Lebensweise in die Siedlung bringen. Um die ersten Pilger machte er sich keine Sorgen, denn diese waren ernst, rechtschaffen und jederzeit bereit, für ihren Glauben zu sterben. Sie waren so unbeirrbar wie eh und je und brauchten keine Überwachung. Anders stand es mit den Neuankömmlingen, die aus unterschiedlichen Gründen emigriert waren – aus Abenteuerlust oder um ihr armseliges Leben zu Hause hinter sich zu lassen. Der Kapitän und seine Leute waren böse Menschen. Und Tamar – er dankte Gott, daß er davor bewahrt worden war, sie zu heiraten – war eine verdorbene Kreatur. Sie hatte ihn verzaubert, das wußte er jetzt, nicht weil sie einen Mann wollte, der sie auf den rechten Weg führte, sondern weil sie die Männer zu fleischlicher Lust verführen wollte. Es war viel Schlechtigkeit mit der *Liberty* nach New Plymouth gekommen. Sie mußte ausgemerzt werden, und James Milroy wollte dafür sorgen, daß dies geschah.

Schon seit einiger Zeit empfand er Mißtrauen gegenüber Polly Eagel. Sie war hübsch mit ihrem lockigen Haar, an dem sie ständig herumzupfte und das sie scheinbar unabsichtlich unter ihrer Haube hervorschauen ließ. Er hatte ein wachsames Auge auf Polly Eagel und – von göttlicher Führung geleitet – beobachtet, wie sie mit einem der Seeleute unkeusche Dinge trieb.

Die Seeleute fielen nicht unter das puritanische Gesetz, ihre Seelen gehörten ihnen selbst, also dem Teufel, und ewige Verdammnis würde ihr Los sein. Aber Polly Eagel war ein Mitglied der puritanischen Kirche und mußte ihre gerechte Strafe erhalten.

Annis stürzte in Tamars Kotten und überbrachte die Neuigkeit. Annis war aufgeregt. Dies war etwas, das auch zu Hause hätte geschehen können.

»Mistreß, habt Ihr schon gehört? Habt Ihr gehört, was Polly Eagel gemacht hat? Master Milroy hat sie erwischt. Während des sündigen Aktes, habe ich gehört. O Herrin, er hat es den Kirchenältesten erzählt, und sie haben Polly holen lassen. Sie muß ihre Sünden gestehen, im Bethaus, vor uns allen. Dann kriegt sie ihre Strafe. Diese Schande, daran könnte eine Frau glatt sterben. Nein, Polly Eagel ist nicht so eine. Sie würde deshalb nicht sterben. Sie ist ein verdorbenes Ding. Nur der arme Bill Eagel, der tut mir leid.«

An dem Tag, an dem Polly ihre Sünde gestehen sollte, war das Bethaus mit erwartungsvollen Menschen gefüllt. Tamar war mit Richard dort. Bartle betrat das Bethaus nie.

Die Vorfreude, die sich in den Gesichtern um sie herum spiegelte, machte Tamar betroffen. Sie fühlte sich ganz krank angesichts dieses Schauspiels. Vielleicht weil sie selbst eine Sünderin war, nicht besser als Polly Eagel. Polly hatte Ehebruch begangen. Tamar war schuld am Tod ihres Ehemanns. Deshalb konnte sie es wohl nicht wie diese rechtschaffenen Menschen genießen, wenn eine Sünderin ihre gerechte Strafe erhielt.

Der Kirchenälteste redete endlos. Polly saß in der ersten Reihe; ihr Gesicht war weiß, ihr Kopf gesenkt. Sie sah nicht mehr aus wie die fröhliche, junge Frau, die aus England gekommen und auf die Tamar eifersüchtig gewesen war, weil Bartle Interesse an ihr gezeigt hatte. Nun wurde Polly erniedrigt. Neben ihr in der ersten Reihe saß ihr Ankläger, James Milroy, mit gefalteten Händen. Seine Augen waren auf die Decke der Halle gerichtet, als ob er wüßte, daß Gott dort oben saß und wohlwollend auf die Taten des James Milroy herabblickte.

Der Kirchenälteste predigte über die Sünde, die Sünde, die wie ein Nebel in ihre Mitte gekrochen war, die Sünde, die man ausmerzen und besiegen mußte. Von allen schlimmen Sünden, die es auf dieser Welt gab, war der Ehebruch eine der schlimmsten, und eine unter ihnen hatte sich dieser Sünde schuldig gemacht. Sie hatte gestanden und bereut, und das war ein Grund zur Freude; aber Gott war ein gerechter Gott, und solche Sünden durften nicht ungestraft begangen werden. Vielleicht könnte diese elende Sünderin durch ein frommes, aufopferndes Leben doch noch Erlösung erlangen. Dies mußten Gott und sie selbst entscheiden. Der Gefährte ihrer Sünde war nicht an ihrer Seite. Seine Seele war ohnehin verloren. Aber niemand sollte glauben, er könne ungestraft davonkommen. Ewig würde er in der Hölle brennen. Polly Eagel sollte nun vortreten.

Polly stand auf und wandte sich der Gemeinde zu.

Sie wurde abwechselnd rot und blaß, und sie sprach so leise, daß sich die Zuhörer anstrengen mußten, um ihre Worte zu verstehen.

Sie war eine elende Sünderin. Sie hatte ihr Ehebett besudelt. Wie man ihr befohlen hatte, berichtete sie in allen Einzelheiten über ihre Sünde. Viele Augen leuchteten. Die puritanischen Herzen schlugen schnell. Tamar, die all dies beobachtete, dachte, es sei besser, sie dürften ab und zu tanzen oder ein Theaterstück ansehen. Dann wären sie nicht so sehr darauf versessen, sich am Unglück anderer zu erfreuen.

Und plötzlich fühlte sie ein überwältigendes Mitleid mit Polly Eagel und Haß auf die anderen. Sie haßte den Ältesten mit seinen fromm gefalteten Händen, sie haßte James Milroy mit seinen himmelwärts gerichteten Augen, sie haßte all jene, die mit scheinheiligen Augen und zusammengepreßten Lippen Polly Eagel verurteilten. Aber fast im selben Augenblick wurde ihr klar, daß sie sie haßte, weil sie selbst dort neben Polly Eagel stehen sollte, denn sie hatte eine größere Sünde als diese begangen.

Pollys Geständnis war beendet, aber es bildete nur den Auftakt zu ihrer Bestrafung. Eine festliche Prozession verließ das Bethaus, geführt von den Kirchenältesten und den Honoratioren der Ansiedlung, unter denen sich auch Polly Eagel befand; andere wichtige Mitglieder der Gemeinde folgten, hinter ihnen ging die Gemeinde.

Sie wandten sich zu einer Plattform, deren Bedeutung Tamar vorher nicht erkannt hatte. Der Pfahl war natürlich ein Schandpfahl. Wie der Galgen war ihr ein Schandpfahl als ein notwendiger Teil jeder Gemeinde erschienen. Doch in einer Gemeinde wie New Plymouth hatte sie ihn lediglich als eine Warnung empfunden. Galgen und Schandpfähle gehörten in die Alte Welt; sie hatte geglaubt, es gebe keinen Platz dafür in der Neuen Welt.

Pollys Hände wurden auf ihrem Rücken zusammengebunden, und sie wurde gezwungen, sich auf einen Stuhl zu setzen. Tamar sah die heiße Kohlenpfanne, die heißen Eisen; sie hörte, wie Polly Eagel einen wilden Schrei ausstieß, bevor sie ohnmächtig wurde und in die Arme eines Kirchenältesten zurückfiel.

Eine lange Zeit verging, bevor Polly das erstemal wieder in der Öffentlichkeit erschien, denn sie mußte einen Monat lang im Strafhaus dienen. Tamar hatte in dieses arme, gedemütigte Gesicht gesehen, und sie konnte niemals wieder hineinsehen. Klar und deutlich stand auf Pollys Stirn der eingebrannte Buchstabe A für adultery (Ehebruch), und der Anblick des verbrannten, wunden Fleisches hatte sie rasend gemacht.

Sie hatte ihre Illusion verloren. Sie fühlte sich wie ein Reisender, der einen langen Weg voller Sorgen und Nöte zurücklegte nur, um schließlich festzustellen, daß er im Kreis gewandert war, und der jetzt wieder fast am Ausgangspunkt stand.

Der Schnee war getaut, und die Luft war milder geworden. Der Frühling war in Neuengland eingekehrt.

Vielleicht war es im kalten Winter einfacher, ein puritanisches Leben zu führen. Aber wenn die Drosseln und Rotkehlchen im Wald ihre Nester bauten und ihr Zwitschern die Luft erfüllte, wenn die Obstbäume blühten, dann sahen die jungen Mädchen und Männer sich an und dachten, daß es im Leben noch etwas anderes geben müßte als Arbeit und Gebete, wie es die Ältesten predigten. Zwei junge Leute wurden öffentlich ausgepeitscht, weil sie miteinander geschlafen hatten, ohne verheiratet zu sein. Sie erklärten, daß es ihre Absicht gewesen war, bald zu heiraten, aber der Frühling hatte ihre Gefühle verwirrt. Das war keine Entschuldigung. Deshalb wurden sie bestraft, bevor sie sich trauen lassen durften. Man sagte ihnen, sie verdienten eigentlich den Tod, aber da sie Mitglieder einer neuen Kolonie waren, die Kinder brauchte, wurde ihnen die Chance gegeben, durch ein gottesfürchtiges, frommes Leben ihre Vergebung zu erlangen.

In dieser Zeit bereitete den Kirchenältesten ein gewisser Thomas Morton große Sorgen, da sie ihn für eine gefährliche Bedrohung hielten. Er galt den Puritanern als ein Mensch gewordener Teufel. Er war ein prahlerischer Geselle und sehr stolz auf seine Gelehrsamkeit. Er nannte sich selbst Doktor der Rechtsgelehrsamkeit. Einige Jahre zuvor war er mit Kapitän Wollaston und einer Gruppe von Siedlern nach Neuengland gekommen, um eine Ansiedlung zu gründen. Sie hatten sich in der Nähe von New Plymouth niedergelassen und den Fleck Mount Wollaston genannt. Aber da Wollaston das Leben in Neuengland als zu hart empfand, war er weiter nach Virginia gesegelt, um dort sein Glück zu versuchen. Morton hatte dann das Kommando über die Ansiedlung übernommen und als erstes den Ort in Merry Mount (Glücklicher Berg) umgetauft.

Die Beziehungen zwischen Merry Mount und New Plymouth waren alles andere als herzlich. Morton beschuldigte die Puritaner, die englischen Gesetze zu mißachten, weil sie Trauungen nicht in der hergebrachten Form vornahmen. Die Puritaner ihrerseits klagten Morton an, weil er den Eingeborenen Gewehre und Alkohol verkaufte und dadurch das Leben aller Siedler in Gefahr brachte. Der wahre Grund für die Zwistigkeiten lag aber darin, daß die beiden Gruppen unterschiedlichen Glaubensrichtungen anhingen.

Als die Tage wärmer wurden, traf Bartle Vorbereitungen für die Rückreise nach England. Den ganzen

Tag lang fuhren kleine Boote hin und her und brachten Waren auf die *Liberty*. Vielen war der Anblick des Schiffes unerträglich, weil es sie an zu Hause erinnerte. Annis nahm ihr jüngstes Kind mit an den Strand und zeigte ihm, was dort vor sich ging; aber Annis war traurig, die Vorbereitungen zu sehen, weil ihre geliebte Mistreß auf diesem Schiff fortsegeln wurde. Tamar hatte zwar gesagt, sie werde zurückkehren, aber vieles konnte geschehen, um sie davon abzuhalten.

Der Frühling brachte viel Unruhe, denn er wurde von der Jugend und den Liebenden genossen. Es gab viele Hochzeiten, und vermutlich hätte es viele Auspeitschungen geben können, wenn die Puritaner nur genügend Beweise gefunden hätten.

Mistreß Alton und Bruder Milroy hatten sich angefreundet. Beide waren eifrig darauf bedacht, irregeleitete Menschen wieder auf den Pfad der Tugend zurückzubringen.

Das Leben vieler Puritaner wurde nun auch von Thomas Morton beeinflußt. Die Kirchenältesten wetterten gegen ihn im Bethaus, aber die Jungen und Lebenshungrigen wandten ihren Blick immer häufiger nach Merry Mount und tuschelten darüber, was auf dem ›Berg der Sünde‹, wie die Ältesten ihn nannten, vor sich ging.

Denn Thomas Morton errichtete einen Maibaum auf Merry Mount. Zu Hause hatten sie jedes Jahr um den Maibaum getanzt, da es in England Brauch war, sich an den ersten Maitagen zu vergnügen und den

Mai willkommen zu heißen. Der Herr von Merry Mount war ein fröhlicher Mann, und in seiner Ansiedlung wurde gezecht und gefeiert.

Er habe ein Götzenbild aufgestellt, wetterten die Ältesten; ja, ein Goldenes Kalb. Wenn die Rache Gottes über ihn kam, werde er schon merken, daß er aus Merry Mount einen sündigen Ort gemacht hatte.

Aber Thomas Morton kümmerte sich nicht um die Ältesten. Er war in die Neue Welt gekommen, um ein Vermögen zu machen. Er fing Tiere in Fallen und verkaufte ihre Felle in der Alten Welt. Und zweifellos hatte er entdeckt, daß die Vorliebe der Indianer für das ›Feuerwasser‹ und ihre Freude an europäischen Feuerwaffen ihm ein äußerst profitables Geschäft verschafften. Nun hatte er in den Augen der Puritaner eine ebenso große Sünde begangen, indem er einen Maibaum aufgestellt hatte.

Die Menschen in New Plymouth waren aufgeregt. Alle Seeleute von der *Liberty* hatten beschlossen, dem ›Goldenen Kalb‹ die Ehre zu erweisen. Es wäre ein wenig wie zu Hause, sagten sie, wenn sie um einen Maibaum herumtanzen könnten.

Während der letzten Tage vor dem ersten Mai gab es lärmende Gelage in Meny Mount. Kanonenschüsse wurden abgefeuert, um das fröhliche Fest zu begrüßen, und der Klang der Trommeln wurde durch die klare Luft bis nach New Plymouth getragen. Der Maibaum war eine große Tanne, an die man Ziegenbockshörner genagelt hatte. Er war schon von weitem zu sehen.

Am Morgen nahm Bartle Tamar mit zur *Liberty*, um ihr zu zeigen, wie weit die Vorbereitungen für die Reise gediehen waren.

»Schon in einigen Wochen segeln wir nach England!« sagte er mit leuchtenden Augen.

Aber wenn sie an England dachte, erinnerte sie sich an all das Schreckliche, das sie dort erlebt hatte. Sie dachte an ihre Mutter im Lackwellschen Kotten, an die Frauen, die von den Hexenjägern untersucht wurden, an die Seeleute, die in den Straßen bettelten. Sie blickte aufs Land zurück. Wie schön war doch dieses Land! Der Nebel stieg von den Wiesen auf, und der glitzernde Fluß strömte ins Meer. Sie blickte auf den Wald und auf die Berge am Horizont. Die Ansiedlung selbst war nicht gerade schön zu nennen, aber sie hatte etwas an sich, das sie tiefer berührte als die Schönheit der Natur. Diese kleinen Häuser standen für Tapferkeit, Mut und Opferbereitschaft. Sie wünschte, ihr Blick würde nicht auf die Plattform mit dem Galgen und dem Schandpfahl fallen. Sie wünschte, sie könnte den Schrei, den Polly Eagel ausgestoßen hatte, als man ihr den Buchstaben A auf die Stirn brannte, aus ihrem Gedächtnis verbannen. Sie wünschte, sie mußte nicht an Polly Eagel denken, wie sie durch die Dorfstraße ging, mit gesenktem Kopf, aller Fröhlichkeit beraubt.

Aber Polly hatte gesündigt, erinnerte sie sich.

Doch das haben wir alle, lautete die Entgegnung.

Aber das ist nicht dieselbe Grausamkeit, wie ich sie zu Hause erlebt habe.

Es ist trotzdem Grausamkeit.

Sie teilte Bartle ihre Gedanken mit, und er zog sie lachend an sich.

»Du möchtest ein eigenes Land haben«, meinte er. »In diesem Land gäbe es keinen Winter. Es herrschte ewiger Frühling, und wir blieben immer jung. Das Essen wüchse auf den Bäumen, und wir beide legten uns ins Gras und liebten uns.« Dann lachte sie mit ihm darüber, daß sie, die so unvollkommen war, eine perfekte Welt haben wollte.

Bartle sagte: »Wir gehen nach Merry Mount und tanzen um den Maibaum. Das wird uns an unsere Heimat erinnern. Und wenn du erst dieses fröhliche Fest erlebst, dann willst du genauso gern von dieser Küste weg wie ich.«

Sie freute sich wirklich darauf, fröhliches Gelächter zu hören und mit Bartle zu tanzen. Sie hatte diese Dinge vermißt, zu lange hatte sie darauf verzichten müssen.

Sie wollte Annis bitten, sie zu begleiten, denn Annis liebte Fröhlichkeit, aber sie fragte sie dann doch nicht. Es wäre nicht gut, Annis in Versuchung zu führen; Annis war so glücklich in ihrem neuen Leben; sie war gerettet und besaß wohl nicht mehr diesen Hang zur Frivolität wie einst.

Hatte sie es wohl vergessen, wie sie sich mit John Tyler in ihres Vaters Scheune getroffen hatte? Sie schien sich nicht daran zu erinnern, denn wenn junge Leute öffentlich für das bestraft wurden, was sie einst selbst getan hatte, so sagte sie nichts dazu.

Bartle und Tamar nahmen ein Boot und ruderten die Küste hinunter nach Merry Mount. Es war schon später Nachmittag, als sie dort ankamen, und alle Siedler waren mit den Vorbereitungen für das Freudenfest beschäftigt. Spärlich bekleidete Indianer standen herum und schauten zu; einige machten ernste Gesichter, einige lächelten über die Grillen des weißen Mannes.

Thomas Morton hieß Bartle und Tamar willkommen.

»Kommt, meine Freunde, lacht und seid glücklich mit uns.

Das Leben muß man genießen.«

Er wußte, daß Bartle der Kapitän des Schiffes war, das bald nach England zurücksegeln wurde, und daß Tamar seine Frau war. Es wäre also ein größerer Triumph gewesen, junge Puritaner mit dem Maibaum zur Sünde zu verführen. Aber trotzdem waren alle willkommen.

Morton hatte ein Festspiel geplant und eigens für diese Gelegenheit ein Lied geschrieben, bei dem jeder mitsingen sollte. Alte Tänze sollten getanzt werden, die in England seit Menschengedenken üblich waren.

Die Dämmerung kam, und das Fest näherte sich seinem Höhepunkt. Fackeln wurden angezündet. Die Indianer tanzten mit ihren Frauen ihre Volkstänze. Im Licht der Fackeln leuchteten die bemalten Gesichter der Indianer, ihre Körper glänzten – einige waren nackt, einige waren mit Hirschfellen geschmückt. Ihre Köpfe und Gesichter waren eingeölt. Ihre Gesichter hatten sie zinnoberrot bemalt, um zu zeigen, daß sie in friedlicher Absicht gekommen waren.

Der Schein der Fackeln, der sich auf den Gesichtern der roten und der weißen Menschen widerspiegelte, bot einen merkwürdigen, fantastischen Anblick.

Morton hatte jede Menge Getränke herbeigeschafft, und die Indianer stießen Freudenschreie aus, weil sie das ›Feuerwasser‹ des weißen Mannes genießen durften. Für sie war es magisches Wasser, das im Hals brannte und den Geist benebelte, so daß man ganz fröhlich davon wurde. Es war das Wunderbarste, was der weiße Mann ihnen mitgebracht hatte.

Auch Tamar und Bartle wurden von der Erregung um sie herum angesteckt. Sie tanzten mit den anderen um den Maibaum herum. Im Licht der Fackeln sah Tamar ein paar junge Leute aus New Plymouth, die eine schlimme Strafe riskierten, nur, weil sie um den Maibaum tanzen wollten.

Und dann erblickte sie zwischen den tanzenden und schwitzenden Männern und Frauen sowie den bemalten Indianern plötzlich James Milroy. Seine Augen glühten, als er sie und Bartle so engumschlungen miteinander tanzen sah.

Sie lachte im Bewußtsein ihrer Freiheit. Es war ihr klargeworden, daß James Milroy sie ebenso begehrte wie Humility Brown; sie wußte nun, daß es ihr möglich war, ihren ersten Ehemann allmählich zu vergessen. Diese Männer, die ihr so heilig vorgekommen waren, unterschieden sich in Wahrheit kaum von den Männern, die sie verachteten. Solche Gedanken brachten ihr eine gewisse Erleichterung, und listig fragte sie sich: Ist Bruder Milroy gekommen, um die Lustbarkeiten zu beobachten oder um zu spionieren? Auf jeden Fall kommt er zu seinem eigenen Vergnügen, so wie alle anderen. Worin besteht dann der große Unterschied zu den anderen?

Vom Schweißgeruch der heißen Körper um sie herum wurde ihr schlecht, und ihr Hirn war wie benebelt. Der Schnaps war wirklich stark gewesen.

»Komm«, sagte sie zu Bartle. »Laß uns in den kühlen Wald gehen. Mir ist heiß, und ich bin müde. Ich bin den Lärm und den Gesang leid. Ich habe genug und würde mich gern ausruhen.«

Er hatte nichts einzuwenden, und sie gingen zusammen in den Wald, wo er seinen Umhang ins Gras legte, damit sie darauf ruhen konnten.

Es war friedlich, dort im Wald zwischen den Bäumen zu liegen. Die Stille wurde nur vom Schrei eines Vogels und vom Zirpen der Grillen unterbrochen. Ab und zu hörten sie das Flüstern menschlicher Stimmen, denn sie waren nicht die einzigen Liebenden, die sich vom Fest fortgestohlen hatten, um allein zu sein.

Durch die Dunkelheit drang ab und zu der Lärm des Gelages zu ihnen.

Tamar dachte, daß die Ältesten vielleicht recht

hatten, als sie den Tanz um den Maibaum mit dem Tanz ums Goldene Kalb verglichen. Aber Menschen mußten eben manchmal fröhlich sein und tanzen. Das Leben konnte doch nicht immer nur grau und eintönig verlaufen. Wenn der Herr von Merry Mount den Rum und weltliche Reichtümer verehrte, wie die Puritaner sagten, so hatten sie selbst schließlich auch ihr Goldenes Kalb aus Stolz, Frömmelei und Intoleranz. Woher waren diese Gedanken so plötzlich gekommen? Sie wußte es selbst nicht.

Nach dem Maifeiertag verlief das Leben voller Angst und Heimlichkeiten. In den folgenden Wochen gab es unzählige Bestrafungen und Geständnisse im Bethaus. Tamar beobachtete, daß die ernsten Puritaner nun mit noch mehr Eifer an den Gebetstreffen teilnahmen als zuvor. Einige der Sünder beschrieben ihre Sünden in aller Deutlichkeit; sie erhielten ihre Peitschenhiebe und wurden danach getraut.

Auch Tamar war bei dem Gelage zugegen gewesen, aber ihr Ehemann hatte sie begleitet, und Sir Bartle gehörte der Gemeinde nicht an. Ihre Heirat war allgemein beklagt worden, und man blickte mit Mißtrauen auf sie. Aber da sie unter dem Schutz ihres Ehemannes stand, entging sie einer Strafe.

Als entdeckt wurde, daß zwei der Siedler Quäker waren, wurden diese an einen Wagen gebunden und aus New Plymouth hinausgeprügelt. Man warnte sie davor, zurückzukehren, da man sie andernfalls aufhängen würde.

Viele Menschen waren gekommen, um beim Auspeitschen der Quäker zuzusehen.

Und dann erinnerte sich Mistreß Alton an Annis' frühere Schandtaten und sprach auch mit Bruder Milroy darüber, woraufhin Annis und John vor die Ältesten zitiert wurden.

Tamar war mit Richard im Bethaus, als John und Annis ihre Geständnisse ablegten.

Richard hatte versucht, sie zu überreden, nicht dorthin zu gehen, denn er sah in ihren Augen etwas, das ihn erschreckte. Er wußte, sie hatte seit Humilitys Tod versucht, eine gute Puritanerin zu werden, weil sie glaubte, auf diese Weise ihre Sünde wiedergutmachen zu können. Mit einer unglaublichen Selbstbeherrschung hatte sie einen wesentlichen Zug ihres Charakters unterdrückt. Aber das, was monatelang verdeckt gewesen war, konnte jeden Augenblick wieder hervorbrechen.

Richard hielt sich dicht an ihrer Seite. Er wußte, wie betroffen sie sein mußte, da sie eine tiefe Freundschaft mit Annis verband.

Annis hatte sich verändert, seit sie beschuldigt worden war. Sie war eine alte Frau geworden. Die rote Farbe ihrer Wangen sah beinahe violett aus, und an ihren Augen konnte man ihre Verwirrtheit ablesen. Sie hatte sich so sehr bemüht, anerkannt zu werden, sie war bereit gewesen, das neue Land und das neue Leben zu lieben; und nun konfrontierte man sie mit ihren alten Sünden. Sie war so beschämt, daß sie ihren Kopf nur noch gesenkt hielt.

Sie hatte seit jener gräßlichen Anschuldigung weder gegessen noch geschlafen.

Dick begleitete Richard und Tamar auf ihrem Weg zum Bethaus. Aber als sie gerade hineingehen wollten, sagte Richard zu Tamar: »Geh weiter, Tamar. In einer Minute werde ich wieder bei dir sein. Dick, komm einen Augenblick her.«

Tamar, die in diesem Moment nur an Annis denken konnte, hörte kaum, was er sagte, und betrat das Bethaus.

Nachdem sie gegangen war, sagte Richard zu Dick: »Dein Vater ist auf der *Liberty*. Geh zu ihm und sage ihm, daß er sofort kommen soll. Es ist sehr wichtig, er muß sofort hierherkommen. Sag ihm, daß ich dich geschickt habe, um ihn zu holen, er muß augenblicklich zu mir kommen. Wenn wir noch im Bethaus sind, dann soll er am Schandpfahl auf uns warten. Sag ihm, er muß um deiner Mutter willen unbedingt dort sein. Er muß dort sein, wenn Annis bestraft wird, falls er gebraucht wird. Sag ihm, daß ich Angst habe, Angst um Tamar.«

Dick rannte los; er freute sich, daß Richard ihn mit einer so wichtigen Botschaft betraut hatte.

Richard begab sich ins Bethaus.

»Wo ist Dick?« fragte Tamar.

»Ich habe ihn fortgeschickt; es ist nicht gut für ihn, bei einem solchen Schauspiel dabeizusein.«

Sie nickte. Sie hatte Annis' gebeugten Rücken erblickt, und die Tränen schossen ihr in die Augen.

Sie hörte die dröhnende Stimme des Ältesten.

Sünde, Sünde...! dachte sie. Sie denken an nichts anderes als an Sünde! Sie sind so besessen davon, daß sie um sich herum nichts als Sünde sehen.

»Diese Sünde wurde vor vielen Jahren begangen, aber sie wiegt deshalb genauso schwer. Sie liegt auf der Seele wie ein häßlicher Fleck auf einem sauberen Gewand. Dieses Gewand muß in das Blut des Lammes getaucht werden, damit es wieder so weiß wie Schnee wird. Reue ist nicht genug. Reue muß zwar sein, aber auch Sühne. Brüder und Schwestern, in der letzten Zeit hat sich unter uns die Sünde wieder breitgemacht. Seit unser bösartiger Nachbar, der Herr über den Hügel der Sünde, ein Goldenes Kalb aufgestellt und diesem seine Ehre erwiesen hat, gibt es wieder Böses unter uns.«

Tamar rang die Hände.

»Bleib ruhig, Tamar!« flüsterte Richard. »Bleib ganz ruhig!«

»Richard... nicht Annis! Ich liebe Annis. Sie ist wie meine Schwester. Sie ist meine Freundin...«

»Wir leben in einer unvollkommenen Welt«, antwortete er.

Wütende Blicke wurden ihnen zugeworfen. Das Flüstern im Bethaus war eine Sünde, die bestraft werden mußte wie jede andere Sünde auch. Aber dann vergaß man Richard und Tamar, denn Annis und John Tyler waren aufgestanden, um ihre Sünde zu gestehen.

Tamar hörte Annis' Stimme, und ihr schien, als käme sie aus der Vergangenheit.

»Wir waren jung ... und wir waren sündig ... und wir haben uns in der Scheune getroffen ... wir wußten es nicht besser, zwischen uns war eine große Sünde ...«

Tamar kam es so vor, als erlebe sie die Vergangenheit noch einmal. Sie sah sich selbst in Pennicomquick, wie sie einen Liebestrank zusammenrührte und Zaubersprüche murmelte. Wieder hörte sie Annis' Vertraulichkeiten, wie damals, als sie beide auf ihren Strohsäcken lagen.

Nicht Annis! Dies durfte nicht mit Annis geschehen. Sie wollte rufen: »Schäme dich nicht, Annis. Sie sind es, die sich schämen sollten. Du bist eine gute Frau, wie sehr du auch in deiner Jugend gesündigt haben magst! Du und John, ihr wart glücklich. Du liebst dieses Land. Du wolltest nichts anderes, als hier arbeiten und Gutes tun ...« Aber ihre Lippen waren trocken, ihre Zunge war wie gelähmt, und sie schien keine Stimme zu haben.

Annis fuhr fort: »Johns Fehler war's nicht. Er hatte nichts damit zutun. Es ist meine Sünde gewesen. Ihr dürft ihn nicht bestrafen. Ich hatte einen Zauber von einer Hexe. Es kam ein Kind ... mein erstes ... mein Christian. Er sollte so heißen, damit er besser wäre als seine Mutter. Es war nicht Johns Fehler, daß der Junge vor unserer Hochzeit geboren ist. Er war im Gefängnis, denn er war im Gebetshaus gewesen, so konnten wir nicht heiraten ... und unser Kind wurde geboren ...«

Dann sprach der Älteste. Wie in so vielen Fällen,

lag auch hier die Schuld bei der Frau. Daran hatte er keinen Zweifel. Sie hatte sich, wie sie selbst sagte, mit Hexen zusammengetan, in der Hoffnung, einen Mann in die ewige Verdammnis zu schicken. Dafür sollte sie noch heftigere Schläge erhalten. Aber der Mann sollte keine Strafe bekommen.

Als sie das Bethaus verließen, um zur Plattform zu gehen, versuchte Tamar, Annis zu rufen, aber sie brachte kein Wort über die Lippen. Sie sah Annis, wie sie im hellen, harten Tageslicht einherging, und sie fühlte, wie ihr das Herz brach. Sie hatte selbst nicht geahnt, wie sehr sie ihre Freundin liebte, die sie seit ihrer Kindheit kannte. Worte schossen ihr durch den Kopf: »Nehmt mich! Peitscht mich aus! Ich gab ihr den Zauber… Peitscht mich aus, wenn ihr es wagt Verurteilt mich! Verurteilt uns beide, wenn ihr euch traut!«

Man hatte Annis' Rücken entblößt. Man hatte ihre Brust mit einem Tuch bedeckt, das im Nacken zusammengehalten wurde. Als sie an den Schandpfahl gebunden wurde, glich sie in nichts mehr der früheren Annis. Ihr gedunsenes Gesicht war in sich zusammengefallen, und ihre Wangen und ihre Lippen hatten eine beängstigende violette Farbe.

Tamar wäre nach vorne gerannt, aber Richard hielt ihre Hand fest umklammert.

»Laß uns gehen!« sagte er. »Du sollst das hier nicht mit ansehen.«

Suchend blickte er sich um, aber Bartle war noch nicht gekommen.

»Ich werde bleiben!« sagte sie. »Ich werde bleiben. Ich muß in ihrer Nähe sein. Ich kann nicht fortlaufen, weil ich nicht wage zuzusehen.«

Sie sah ihn an. In ihren Augen stand blanker Haß. »Weißt du, was ich tun würde, wenn ich die Stärke von zehn Männern hätte?« fragte sie. »Ich würde dort hinaufspringen. Ich wurde die Ältesten und Bruder Milroy an den Pfahl binden. Ich würde sie auspeitschen!« Ihre Stimme brach, und die Tränen liefen ihre Wangen hinunter. »Annis!« flüsterte sie. »Aber was hat Annis getan? Was hat sie jemals verbrochen? Sie wollte doch nur leben und glücklich sein!«

Die Peitsche sauste durch die Luft. Sie schien lange Zeit in der Luft zu bleiben, bevor sie auf Annis' Rücken klatschte.

Ein roter Striemen schwoll auf der zarten Haut an. Annis stieß einen herzzerreißenden Schrei aus, als sie am Pfahl zusammensackte.

Die Peitsche traf sie erneut, aber diesmal war kein Schrei zu hören.

Tamar riß sich los.

»Ich muß zu ihr! Ich muß jetzt zu ihr. Wie kann ich einfach dabeistehen und zusehen … während sie ihr das antun!« Sie bahnte sich ihren Weg durch die Menge, bevor Richard sie aufhalten konnte. Sie kletterte auf die Plattform. Der Mann mit der Peitsche trat einen Schritt zurück und starrte auf Annis Körper, denn etwas kam ihm seltsam vor, ihr violettes Gesicht, ihre geöffneten Lippen und ihre Augen, die blicklos vor sich hin starrten. Annis war merkwürdig still.

Tamar kniete neben ihr nieder.

»Annis, liebste Annis, sprich mit mir. Hier ist deine Tamar. Was haben diese brutalen Mörder dir angetan? Annis … sieh mich an … sprich … sprich. Ich befehle es dir, Annis! Wage es nicht, ungehorsam zu mir zu sein! Ich bin es, Tamar!« Sie schluchzte, denn sie wußte schon, was die anderen erst noch erfahren sollten. Sie brauchte ihre Hand nicht auf Annis' Herz zu legen, um zu spüren, daß es aufgehört hatte zu schlagen. Sie hatten Annis umgebracht. Sie hatten sie so beschämt und entwürdigt, daß es ihr das Herz gebrochen hatte.

Aus ihrer Trauer entstand eine rasende, unkontrollierbare Wut. Sie riß dem Mann die Peitsche aus der Hand, holte aus und ließ sie mit aller Kraft auf ihn niedersausen.

Sie schrie: »Du hast Annis ermordet. Du hast meine Freundin getötet. Ich hasse euch alle. Ich wünschte, ich hätte eure verlogenen Gesichter nie gesehen. Ihr seid grausam, böse und schlecht. Ich hasse euch. Ich hoffe, ihr werdet alle ewig in der Hölle schmoren, sowie ihr es verdient … du und du und du …«

Einer der Ältesten band Annis vom Pfosten los. Es war totenstill, als man Annis vorsichtig hinlegte.

»Ich fürchte, sie ist tot«, sagte er langsam.

»Tot! Tot!« schrie Tamar. »Und ihr habt sie getötet!«

Richard stand jetzt neben ihr auf der Plattform. »Komm weg hier, Tamar. Komm schon.«

Aber sie bewegte sich nicht von der Stelle. Sie starrte auf Annis' toten Körper, während Erinnerungen auf sie einstürmten.

Wer gab diesen Leuten das Recht, ihre liebe, gute Annis zu verurteilen?

Worte strömten aus ihrem Mund. Ihre Augen blitzten, und ihr Haar hing ihr wild ins Gesicht. Viele der Zuschauer begannen zu beten, weil sie glaubten, eine Hexe vor sich zu haben.

Sie schrie: »Ihr habt sie ermordet! Ihr alle zusammen.

Glaubt ihr etwa, ihr hättet mich täuschen können? Glaubt ihr etwa, ich hätte es nicht bemerkt, wie Bruder Milroy mich mit lüsternen Augen beobachtet hat? Ihr Männer hier, ihr habt Gelüste wie alle anderen Männer auch! Aber ihr seid ja so rein, nicht wahr? Wir brauchen Kinder für die Kolonie... nicht den Körper einer Frau, der uns erfreut. Ich hasse euch. Ich verachte euch. Ihr sündigt genau wie die Menschen in Merry Mount; aber sie sündigen freudig, und ich könnte mit fröhlichen Sündern glücklicher sein als mit grausamen, mörderischen Sündern! Freiheit! Welche Freiheit gibt es denn hier? Seht euch Polly Eagel an! Habt ihr alle etwa niemals gesündigt, vielleicht nur in Gedanken, weil es euch an Mut fehlte, eure sündigen Gedanken in die Tat umzusetzen? Freiheit! Ihr sprecht von der Freiheit, Gott zu dienen. Ja! Ihr meint die Freiheit, ihm auf eure Weise zu dienen! Das wird uns auch zu Hause in England geboten. Was ist mit den Quäkern, die ihr aus der Stadt geprügelt habt? Was hatten sie denn getan, außer, daß sie Gott auf ihre eigene Weise dienten?«

Bruder Milroy hatte sie am Arm gepackt; ein anderer half ihm, sie festzuhalten.

Mistreß Alton schrie mit schriller Stimme aus der Menge: »Sie ist eine Hexe. Der Teufel hat ihre Mutter vergewaltigt. Im alten Land war sie als Hexe bekannt.«

»Genau wie du!« rief Tamar. »Du… du bösartiges altes Weibsstück. Du hast Annis auf dem Gewissen, du mit deiner Grausamkeit. Du wolltest James Milroy für dich selbst, nicht wahr? Aber seine lüsternen Augen waren auf mich gerichtet. Der Teufel gab mir meine Schönheit, sagen sie. Aber sie möchten diese Schönheit gerne genießen… natürlich nur zum Nutzen der Kolonie! Du hast den Hexenjäger auf mich gehetzt, als wir noch in Pennicomquick waren. Dachtest du etwa, ich hätte das nicht gewußt? Ich verachte dich. Bis heute wußte ich nicht, daß du es verdienst, gehaßt zu werden.«

»Hexerei!« kreischte Mistreß Alton. »Hexerei! Sie ist eine Hexe. Sie ist es, die Annis den Zaubertrank gab, mit dem sie in die Sünde getrieben wurde. Sie hat es selbst zugegeben, daß sie eine Hexe ist. Hängt sie schnell auf, bevor sie uns alle verhext. Sucht nach dem Hexenmal. Zieht sie aus, findet es und stecht hinein! Ihr werdet schon sehen, sie ist eine Hexe. An den Galgen! An den Galgen mit ihr! Verliert keine Zeit mehr, denn sie ist böse. Sie gehört dem Teufel!«

»Hexe! Hexe!« schrie die Menge. Tamar sah die leuchtenden Augen, die grausamen Münder, und sie dachte: So aufgeregt waren sie noch nie seit ihrer Ankunft hier. Was ist schon das Auspeitschen von Annis gegen das Aufhängen einer Hexe?

Richard versuchte zu sprechen. Er hielt die Hand hoch, seine Augen blickten verängstigt. Guter Richard! Nur, um dies hier zu vermeiden, hatte er seine Heimat verlassen. Und nun hatte es sie eingeholt.

»Hört mir zu!« schrie Richard, aber seine Stimme ging in dem Geschrei unter. »Eine Hexe! Eine Hexe! An den Galgen mit ihr. Sie ist des Teufels. Des Teufels eigene Tochter! An den Galgen! An den Galgen!«

Tamar spürte den Atem derer, die sie ergreifen wollten. Ihr Kleid wurde zerrissen. Die Brutalsten aus der Menge waren auf die Plattform gesprungen. Sie hatte diese Gesichter schon einmal gesehen; Puritaner waren nicht anders als die anderen.

Aber nun bahnte sich jemand den Weg zu ihr. Ein Arm legte sich um sie. Ein Mann, der an ihrem Mieder gezerrt hatte, wurde von der Plattform geschleudert.

Sie sah das Funkeln blauer Augen sowie das Aufblitzen eines Schwertes und fühlte sich plötzlich ganz schwach.

Während der letzten Sekunden hatte sie Bartle ganz vergessen.

VIII

Die *Liberty* hatte Kap James hinter sich gelassen und segelte die Küste hinunter auf die Chesapeake Bay zu.

Mit ihr segelten alle, die die Ansiedlung verlassen wollten; die Swanns und ihre Familie; John Tyler und seine Kinder, denn sie konnten es nicht ertragen, mit den Menschen zusammenzuleben, die Arms getötet hatten. Tom Eagel und seine Frau Polly waren dabei sowie einige junge Paare, die um den Maibaum getanzt hatten und dafür öffentlich gedemütigt worden waren. Und Richard fuhr mit, wie auch Tamar und ihre Kinder.

Die Sonne sank, und der Himmel und das Wasser färbten sich blutrot. Bald würde es dunkel sein.

Tamar kam an Deck und stellte sich neben Bartle. Er legte den Arm um sie und hielt sie eng an sich gedrückt. Dann lachte er, denn er war vergnügt, wieder ein Schiff unter sich zu haben.

Zum zweiten Mal in ihrem Leben war sie mit knapper Not dem Galgen entronnen. Niemals würde sie den Augenblick vergessen, als Bartle neben ihr auf der Plattform stand. Sein Schwert hatte in der Sonne geblitzt. Jeden, der es gewagt hätte, sie anzurühren, hätte er sofort getötet. Und diese Leute waren ängstlich zurückgewichen. Dann hatte Richard gesprochen und ihnen gesagt, daß er mit seiner Tochter New Plymouth verlassen würde, um niemals zurückzukehren.

»Wir kamen, um der Gewalt und der Intoleranz zu entgehen«, hatte Richard ausgeführt. »Wir dachten, wir wären dem entronnen, aber wir haben uns geirrt. Diese kleine Kirche ist so intolerant wie ihre größere Schwester. Wir werden mit der *Liberty* fortsegeln. Wir werden uns einen Platz auf diesem großen Kontinent suchen. Der Weg wird vielleicht lang sein und voller Gefahren; aber die Freiheit wird unser Lohn sein, und für die Freiheit muß man kämpfen, ein Leben lang. Nur jene, die zu diesem Kampf bereit sind, sollten uns begleiten.«

Einige waren dazu bereit.

Bartle ergriff Tamars Hand, während sie beobachteten, wie die Sonne blutrot ins Meer tauchte. Sie sahen zu, wie der rosa Schimmer auf dem Wasser sich nach und nach in ein dunkles Grün verwandelte.

»Wohin werden wir gehen?« fragte Bartle. »Wohin wird uns dieser pockenverseuchte alte Pott bringen?«

»Er wird uns dorthin bringen, wo wir hin sollen«, antwortete Tamar. »Irgendwo auf diesem riesigen Kontinent werden wir Freiheit finden, denn in unseren Gedanken ist dieses Land schon das Land der Freiheit.«

Noch einmal änderte das Wasser seine Farbe; weiter im Osten sah es jetzt tiefschwarz aus.

Bartle sagte: »Sie ist ein schwächliches Ding, unsere *Liberty*, wenn es darum geht, sich Stürmen, Piraten und Wilden zu stellen.«

»Ja, wir sind in Gefahr«, erwiderte Tamar. »Das wissen wir alle. Aber das, was wir suchen, ist es wert, alle Gefahren dieser Welt auf sich zu nehmen.«

Sie schwiegen beide, als sich die Dunkelheit auf sie herabsenkte und sie einhüllte, so daß sie das Wasser nicht länger sehen konnten.

Aber die *Liberty* fuhr tapfer weiter.